中国专业作家小说典藏文库

中国专业作家小说典藏文库

肖克凡卷

美丽花环

肖克凡 ◎著

中国文史出版社

目录

远山沉没

一

开山炮声隆隆响起的时候，正是王青山睡眠的黄金时刻。他的人生美梦往往出现在凌晨时分，尤其是那些与灵秀有关的令人激动不已的梦境。

梦中，常常是他背负着灵秀攀上高山。灵秀的乳房紧紧贴在脊背上，令他脚步踉跄。远山朦胧，总也攀不到峰顶。梦中的王青山气喘吁吁，不畏山高路陡。灵秀默默不语，任他背负着。天色似乎很是昏暗，总也找不到上山的道路。他心里阵阵起急，就急醒了。急醒的青山每每大汗淋漓。是啊，灵秀是他梦中的女人。灵秀其实是木生的妻子。木生是青山的铁杆朋友。这真是一件毫无办法的事情。

朋友的妻，不可欺。在火镇，这是一句至理名言。

木生起初是一个石匠。进入九十年代之后，木生又被人们称为采石的技师。方圆百里，似乎木生生来就与石头有缘。

王青山呢，不是石匠也不是技师，他什么都不是。火镇地处青峰山谷，人们世世代代靠山吃饭。王青山常常背着猎枪独自进山，又常常背着猎枪独自出山，有时就两手空空。人们说王青山是一个猎人，他就自嘲地说自己根本算不上猎人。放眼百里青峰山，飞禽尚存，走兽却几乎

1

绝迹。如今这般，哪里还会有什么真正的猎人呢？大概不会有猎人了。他说这话时脸上总有几分英雄末路的表情。他不愿承认自己是猎人恰恰说明他认为自己是一个真正的猎人。他家的墙上，挂着三支猎枪，宛若一部青峰山狩猎史。就这样，他成了一个生不逢时毫无用武之地的男人，显出游手好闲的样子。

尽管这样，在火镇他还是颇有名声的。他的崇拜者首推韩小根，这个王青山的追星族高中毕业在家赋闲，整天跑到青峰山里转来转去，充满对狩猎生活的向往。韩小根坚信，方圆百里只有王青山称得上真正的猎户。喝过墨水的韩小根很有思想，他认为天下行当七十二，猎人行当的最大魅力就在于顶风冒雪披荆斩棘，挺起胸膛直接向大自然索取。猎人捕猎比之农夫种田，拥有更为阳刚的搏战意味。韩小根弄来一支破旧的火枪，天天趴在大杨树下练习瞄准，心中充满憧憬。渐渐地，韩小根竟然有些走火入魔了。

木生则很忙。重点工程一炮打响，他扛起铺盖就到水库工地参加建设去了。只剩下灵秀一人在家。木生有技术，凿炮眼填炸药，开山破石堪称一绝。而王青山却无所事事，成了火镇最后的守卫者。

凌晨时分王青山醒来了，魁梧的身躯躺在炕上，很像是住在水浒客店里的一条大汉。墙上挂着三支猎枪。只有清清楚楚看到这三支猎枪，他才承认自己真的醒了。醒了的王青山立即感到百无聊赖，唯一能做的事情就是吸烟。连吸三支，跟墙上的猎枪的数目一样。

其实王青山不是被远处的开山炮声给惊醒的。他似乎惊醒于一个梦境。醒来的一瞬间，他却将那个梦境忘得一干二净。那一定是一个可怕的噩梦，醒来浑身已被汗水透湿。他猜想，那个被遗忘的梦境肯定与灵秀有关，否则他不会惊出一身透汗。这时，他感到屋里的空气一阵膨胀。随之产生的异样感觉使他认定远处的水库工地正在进行最后的爆破。他想到开凿炮眼的石匠木生。想到木生，他心头又是一阵愧疚。自己在梦中背负着灵秀攀山越岭，其实就是对做爱的企盼。每逢醒来都觉得这是对朋友的最大不忠。王青山一次次在心中谴责自己，又一次次热盼梦境的降临。更有甚时，他期望梦境成为现实——灵秀成为自己的媳妇。

这真是一件可望而不可即的事情。

正是不凉不热的天气，穿起衣裳他从墙上摘下猎枪，一支接一支擦拭着，做到一尘不染。这三支猎枪，一支是祖父留下来的，一支是父亲留下来的，最后一支才是他自己添置的。擦拭了猎枪，他出屋子去看望站在院里的黑龙。黑龙是一只石头大狗。自从那只名叫黑龙的猎犬无疾而终，他就成了一个魂不守舍的人。只有木生懂得他的心，上山选了一块上等石料，叮叮当当凿了三天三夜，终于雕出这只惟妙惟肖的石头大狗。木生真是一个巧夺天工的石匠，谁看了这只石狗，都说黑龙死而复生。从此，石头雕成的黑龙就矗立在他的生活之中。有时睡到半夜，他甚至能够听到院子里响起黑龙的吠声。木生惊人的石雕技艺，使王青山与爱犬黑龙永远得以团聚。因此，他与木生愈发成为形影不离的铁杆朋友。

摸了摸石狗，他走出院子来到镇里的大杨树下。晨曦之中的小镇名叫火镇。若明若暗之间，王青山眺望着远处青峰山主峰。是啊，一切都不会长久了。青峰山水库一旦建成，地处青峰山腹地的火镇就会被那一派大水所淹没，万劫不复。伸手摸一摸大杨树，王青山打了一个冷战。

这株大杨树已经死了。

王青山知道火镇的死亡已经开始。但是他万万也没有想到首先死亡的竟然是小镇的元首——大杨树。面对死亡他并不甘心，仄身耸肩，用力朝树干一撞，大杨树的枯叶哗哗落下。这声音使人想起满地碎纸。

眼前的一切，果然被那位盲眼老者一语言中。

四年前的春天，一位行踪不定的盲翁来到大杨树下，打坐三日。火镇的人们远远看着，以为树下蹲了一块喘气的石头。一群妇女叽叽喳喳围在树下，争着向盲眼老者求签问卦。

最后才轮到灵秀问卦。女人们算卦，询问的往往都是家庭的温饱、丈夫的前程。女人们呢就以为灵秀一定会请盲翁算一算何时能够喜得贵子。因为灵秀嫁给木生两年了，未见有孕。论身材论相貌灵秀并不属于十分出众的女子，但不知为什么，即使人山人海，男人们的目光却总是一眼就能看到灵秀。王青山觉得灵秀身上似乎能够放出光芒，照亮男人的心田。

盲翁问灵秀为谁算卦。灵秀想了想，请盲眼老者占一占火镇的前程。

人们惊得面面相觑，偌大的火镇，男男女女老老少少，还从来没有谁为了这座古老的镇子求签问卦。

是啊，火镇的前途到底是个什么样子呢？

盲翁面静如水。你们这个镇子名叫火镇呀？你们这个镇子为什么要叫火镇呢？天啊！大水就要淹灭大火啦。

灵秀说，大水真的要淹灭大火？

盲翁摸了摸灵秀的前额，苦苦一笑说，大水必定要淹灭大火啊。

灵秀眨了眨大眼睛，落下几滴清泪。

盲翁果然是个天外高士，一语道破火镇的命运。后来就传来了修建水库的消息。地处库区的火镇，被划入搬迁范围，迟早也要落入水底而成了永远的龙宫。

大杨树似乎也不愿沦为一株水草，趁着还是旱地，它竟抢先而死。

此时，王青山觉得自己就要变成一块喘气的石头了。他起身离开大杨树下，信步朝着灵秀的院子走去。

灵秀是镇上的小学教师。她家的院门上挂着一块大匾：模范园丁。他走到匾下，抬起头来定定看着这四个大字。这世上凡是与灵秀有关的事物，他都爱看。当然，有时只能是偷看。每次偷看灵秀的时候，他的心儿都是咚咚跳得山响。这足以说明他是一个真正的童子之身。

定定看着灵秀门上的大匾，突然听到一阵哗哗的水声，这令他感到

4

惊讶。火镇毕竟地处山区，属于缺水的地方。偶尔听到叮咚水声，也不过是青山深处的一眼山泉而已。既然听到哗哗水声，王青山好奇之心萌动，俯身凑到门前，顺着门缝儿朝院内窥视。

院门紧锁。一条绳子扯起一张床单，仿佛形成一面布墙。灵秀赤着上身站在里面，下身只穿了一条白色裤头。她正在哗哗洗上身，那两只丰满的乳房不停地跳跃着，白灿灿地耀眼。灵秀尽情地洗着，扯在身旁的床单根本不能遮挡女人的风景。门外的他目光定定看着晨光里赤身裸体的灵秀，只觉得浑身的血液已经凝结，呼吸渐渐变得黏稠，双腿阵阵发软。有生以来，首次看到白光耀眼的女人胴体，又恰恰是灵秀。他痴痴看着，忘记了世间的一切。

晨沐之中的灵秀根本不知门外有人偷窥，她擦拭着自己的乳房。

王青山感到一阵强烈的眩晕。

远处传来开山的炮声很是沉闷。院里哗地又是一声水响，那水花好似溅在他的心头。他跟跟跄跄离开灵秀的院门，朝远处走去。一阵眩晕袭来，世界在眼前跳动不止，空气也随之震荡起来。幻觉主宰着他，哗哗水响猛然变成滔滔水啸。天河决堤，洪水泛滥，世界蓦然变小——最后只剩下脚下一块旱地。他摇摇晃晃，跌落在水中。

火镇的黎明静悄悄。

太阳升起来了，吱扭一声，晨沐之后的灵秀打开院门走了出来。看到面前躺着一个男人，她啊地大叫一声，吓得跑了回去。

过了一会儿，她似乎已经镇定下来了，小心翼翼走出院门，蹲下身子看了看，认出躺在地上的男人是王青山。她伸手摸了摸王青山的额头，滚烫。滚烫就好，要是冰凉那就糟了。她弯下腰肢张开双臂，使足力气要将王青山抱起来。抱不动。一个纤细的女子怎么能够抱起一个粗壮的男人呢？灵秀也觉出自己有些不自量力，抬手擦了擦额头的汗水，小步一串跑到广播站去了。

灵秀除了教书，还是火镇广播站的播音员。只是火镇的喇叭哑了，人们已经很久没有听到她的声音了。

打开麦克风，她气喘吁吁告诉火镇的人们，王青山病了，倒在当街，要赶早送他去县立医院抢救。之后她又说，镇委会前天发下去的动迁情况调查表，三天之内必须交上来，过期不候。各家各户随时都要做好搬迁的准备。

火镇上的运输专业户小磊，开来了新买的卡车，韩小根背起王青山。人们送他去县立医院。山路颠簸，车上王青山不断地呻吟。大家静静听着。

石头。狗。猎枪。灵秀……

这四个词汇似乎就是王青山生活的全部内容。

听着王青山昏迷之中一次又一次呼唤自己的名字，灵秀腾地红了脸。

此时谁也不会知道，随着开山炮声的轰响，二十八岁的灵秀即将成为火镇最为年轻的寡妇。而王青山患的则是一种无名的眩晕症。在后来的日子里，他的耳边总是响起滔滔水声，日夜不绝。他告诉医生自己患的是晕水症。医生不以为然，要求他全日卧床。他在县立医院住了一个月，医生们对他的眩晕症束手无策，只能将他转到省城的中心医院治疗。

省城的中心医院名医成群，王青山的无名眩晕立即成了他们的科研对象。他住的病房，窗外就是那条横穿省城的河流。他终日卧床，总觉得窗外那条河流的水声，滔滔不绝于耳。这自然加重了他的病情。他每天都要告诉查床的主治医生，自己的病因与窗外那条河流有关。主治医生认为王青山一定是对治疗丧失了信心，表现出明显的焦灼心理。面对这种患者，医生的唯一办法就是要他口服镇静剂，使他的身心松弛下来。王青山却告诉主治医生，家乡的山里有一种猛兽，名字叫猇。方圆百里几十年，几乎没人见过猇的真颜。猎人越来越少，猇也就越来越少。如今几乎没有猎人了，猇也即将灭绝了。他问主治医生是不是也想

6

见到犼这种猛兽。医生觉得好笑，回家查了查《新华字典》，发现犼根本就不是动物，"犼"是老虎吃人之前所发出的声音。

捧着《新华字典》的主治医生感到一阵恐惧。他意识到自己遇见了一个罕见的病例。面对这样的患者，任何一位医生的内心都会感到无可奈何。

查房的时候，王青山又对主治医生说，如今青峰山区，仅剩最后一只雄犼。一只雄犼怎能繁殖呢？所以说这种猛兽终究会灭绝。要是谁有缘见到犼，那真是今生的造化了。

说罢，王青山流下眼泪。

主治医生摇了摇头，说这是心病，毫无办法。

日子流水似的过去了。卧床不起的王青山静静地躺着，他曾经讲给主治医生的那些关于犼的故事，则再也没有提起。有些话题，往往是不可重复了。

二

木生是被一块横空出世的飞石击中后脑而当场气绝的。这是水库工地的最后一次爆破，之后技师木生就可以功成身退了。据目击者说，木生撤入安全区域，按说是不该出事的。那一块呼啸而来的飞石击中木生的头颅，顿时血肉模糊。

人们惋惜地说，方圆百里再也没有木生这样的石匠了。

青峰水库虽然一派热火朝天的建设场面，但唯心主义猖獗。看相占卦，成了人们日常娱乐的主要内容。木生丧命的消息不胫而走，在筑坝工地引起强烈反响，立即有人暗中推八卦演六爻，判断木生的死因。

有消息说，木生的死亡纯属天意。这位天才的石匠自从成了炸山专家，就受到了上天的注目。这次修建水库，削山平壑，迁村流人，惊动山妖，有违天道。上天伐罪，选中木生。那块击中木生的石头，正是山

7

妖附体，木生罹难，也就在劫难逃了。依照这个逻辑，木生以自己的生命替代了众人的罪孽。他死得其所。

灵秀见到尸体的时候，刚刚经过整容。木生看上去很安详，脸色尚好。水库建设指挥部的领导们紧紧握住她的手，宣布林木生同志被追认为"水库英雄"。关于后事，灵秀没有提出任何要求。水库建设指挥部决定将木生的遗体埋葬在青峰山主峰。根据水库设计的容量，日后水库蓄容达到最高水位，远山沉没，大水浩荡，也不会淹没青峰山的主峰。那时青峰山的主峰就会成为水库之中的一个岛屿。这个岛屿将被命名为青峰岛。

灵秀同意将木生葬在青峰岛。一个石匠，就这样回归了大自然。下葬的那天飘着毛毛细雨，一行人攀上青峰山，将木生葬埋。之后，大家在墓前立了一块青石墓碑。墓碑上写的是：青峰水库建设英雄林木生之墓。

灵秀没哭，她在墓碑旁边栽下了一棵小小的柏树。

她等待着水库的落成。

不知为什么，灵秀渐渐有了一种难以名状的失落感。她总觉得浩浩荡荡的青峰水库，是自己用丈夫的生命兑换的。木生离她而去，水库却朝她走来。水库与木生不可兼得，二者之中她只能得其一。这就是命。

火镇搬迁的那天，木生墓前的那株柏树，悄悄吐出新芽。灵秀独自攀上青峰山，悄然落泪。墓前她告诉亡夫，火镇的人们就要搬到新镇去了，那里的新居一排排的，远远看着很像是沙盘里的模型。生活将发生根本的变化，没了山，却来了水。山民离开山地，山峰变成岛屿。对于水，人们一无所知。世界变得面目全非。灵秀静静坐在墓前，焚烧纸钱。太阳落山，她起身摸了摸木生的墓碑，仿佛摸到亡夫的脸颊。她知道，水库蓄容之后只能乘船前来扫墓。木生也就成了岛国的居民。此时，她终于懂得了水在今后的生活之中意味着什么。水，首先成了疆界，把过去与将来划分开了。

8

回到火镇，她响应搬迁的号召，早早搬家。新镇在高处，离火镇二十里。新居很好，只是没了那个石匠。安顿妥帖，她又着手为住在省城医院的王青山搬家。她在登记表上签字，成了他的搬迁代理人。走进那座单身男子的小院，灵秀首先嗅到一股深山老林的气息。她知道这就是王青山。

墙上挂着三支老式猎枪，角落里悬着几张动物的皮毛。她看了看，最大的动物也只不过是狍子而已。后来，她又在皮毛里发现了一张狐狸的。之后她又在柜子里找到一个本子，将物品逐一造册登记。她有条不紊乐此不疲，很像一位博物馆的馆员整理着馆藏。时光悄悄流淌过去，她怦然心动，觉得自己走进了王青山的生活深处。

王青山的家当简朴得令她惊异。他只有三只碗、一双筷子，当然还有一口做饭的铁锅。应当说王青山属于大山，那些捕猎用的夹子、绳索等等器具，足以证明主人的身份。尽管火镇的户籍里早就没了猎户一说。

王青山的心思，灵秀都知道。一连拾掇了三天，屋子里的东西总算整理出一个眉目。灵秀自言自语说，我也快成了一个猎人啦。这时候她在一个空白的笔记本里看到了两个字：灵秀。翻了几页，她又看到一个字：狼。她知道这是王青山写的。但是她判断不出是什么时候写的。坐在长凳上她觉得有些疲累，就将那三支猎枪搂在怀里，歇着。

小磊来了。这是一位精明能干的小伙子。

她没有察觉，搂着猎枪她睡着了。猎枪是一种阳气十足的兵器。

看到她将猎枪搂在怀里，鳏夫小磊就想将寡妇灵秀也搂在怀里。他小心翼翼坐在她的身旁，呼吸一下子变得急促起来。灵秀被惊醒了。

张开双臂，小磊去搂灵秀。她身子一闪却将那三支猎枪推到他怀里说，当心猎枪走火啊。

小磊只得将三支猎枪搂在怀里。这猎枪，沉甸甸地透着寒气。小磊动情地对灵秀说，咱们应当在一起过好日子啦。有山的时候咱们靠山，有水了咱们靠水。歌曲里早就唱了，万水千山总是情。

灵秀不与小磊对视，她走到院子里大声说，小磊呀，青山哥的这只石头狗一定要用棉被包裹起来，这样，运输的时候就不至于磕磕碰碰的了。这只大狗可伤不得，它是青山哥的性命。

小磊走过来摸了摸黑龙说，这石狗还是木生的遗作呢。木生是一位石雕艺术家。可惜，他生前被埋没了。

听了这话，灵秀不言不语。

选了一个好日子，灵秀让小磊开来小卡车，动手替青山搬家。当小卡车载着青山的全部家当驶上公路的时候，火镇便成了一座杳无人迹的死镇。有消息说，青峰水库全面竣工，不出十天，大水即将淹没火镇。

青山的新居是三间红砖北房，坐落在新镇的小高地上。人们知道青山患病住在省城中心医院，都来帮助灵秀替王青山拾掇屋子。她仿佛成了这里的主妇，连声朝大家说着谢谢。几个小伙子吆喝着，将石狗黑龙立在院里。灵秀告诉大家，一切都要按照原来的位置摆放，一丝一毫也不要改样。只有这样，青山才能顺顺当当找到自己的新居。

小磊不解地说，王青山根本没死，你怎么就为他招魂啊？

不知道什么时候，韩小根影子似的出现在院子里。他大步咚咚走到屋里，看了看挂在墙上的那三支猎枪，放心地喘了一口气。灵秀不知小根到这里来干什么。小根告诉她说，这里的所有物品一定要好好保护，将来这座院子肯定会成为王青山故居纪念馆的。

小磊说，小根，你怎么也把青山当成已故的人物来对待呢？这很不吉利啊。

韩小根大声说，在我眼里，青山哥当然是个了不起的人物。

收拾停当，灵秀让小磊在院子里放了一挂鞭炮，说是要崩一崩煞气。之后，她对小磊说，咱们该去省城看一看青山啦。

对久居火镇的人们来说，省城是一个陌生而遥远的地方。

小磊对灵秀说，我看咱们还是等待水库蓄水以后再去省城吧，我想

10

亲眼看一看火镇被大水淹没时候的情形。人活一辈子，这种景致恐怕没有第二回了。到时候，我要站到高处去看。哗啦哗啦的大水啊，那一定惊心动魄。

灵秀自言自语说，水库一旦蓄水，木生可就住在小岛上了。从小到大，我还没见过小岛是什么样子呢。

小磊说，别愁，到时候将汽车换成汽船，不就行了吗？

天啊，你怎么会想到汽船呢？我想到的只是帆船。这人的心思啊，真是无边无际。灵秀惊喜地注视着小磊。

小磊得意地说，既然来了大水，咱们就得懂得追随潮流，是吧？

三

一天清早，王青山躺在病床上突然听到窗外传来一阵小鸟啁啾，仿佛一股清爽的春风吹入心田。在嘈杂的都市里听到鸟语，不能不令人感到惊喜。

起身推开窗子，却怎么也看不到小鸟的踪影。他怀疑自己的耳朵出了毛病。虽然没有看到小鸟，却明明听到了鸟叫。足矣。离开窗前回到床前，他猛然觉得心清目明。世界，变成一块风平浪静的甲板。他不由摸了摸额头，眩晕的感觉荡然而去。纠缠他一年之久的顽症，一下子没了踪影，他兴奋得恨不能生出双翅飞回青峰山。

今天真是一个黄道吉日，我大病痊愈了。

既然大病痊愈，我就立即出院回家。想到这里，他开始收拾行装。住院一年间，他居然拥有了几件家当。譬如说袖珍收录机，譬如说二十四倍望远镜，譬如说电动剃须刀。住院一年间，他花光了所有的积蓄。多年收藏的那些动物皮毛，也只剩下一件狐狸皮。眩晕症使王青山成了一个穷人。

邻床病友的半导体里正在播报本省新闻，他无意之中听到青峰水库全面竣工的消息。他静下心来仔细听着，新闻却播完了。青峰水库竣工之日，竟然是自己眩晕症痊愈之时。这是一个巧合呢，还是一个命定呢？真是说不清楚。青峰水库的竣工，也使他想起自家院子里的那只石狗黑龙。想起黑龙，他又想起木生。想起木生，自然也就想起了灵秀，因为灵秀是木生的妻子。

久治无效的眩晕竟然痊愈，这真是让人不敢相信。思来想去，他坚决认为这个吉祥的日子与灵秀有关。生活之中他所遇到的一切好事，都能从中找到灵秀的影子。譬如说前年，他扛着猎枪走出镇口，迎面遇到的第一个人就是灵秀。这就叫作抬头见喜。果然，进了山他就打中一只肥硕无比的野猪，足有五六百斤重。灵秀真是一个贵人。

拎起提包，他环视着住了一年之久的病房。站到窗前，望着远处那条横穿省城的河流。阳光之下，一派金波。这时候他才发现，病房的窗子距离河边其实是很远的，根本无法听到大河的流水。也就是说住院一年以来所听到的所谓水声，绝对是一种幻觉。

他笑了，与邻床病友打了招呼，拎着提包走出病房。他认为自己已经出院了。迈着猎人的步伐走在医院的楼道里，他自我感觉良好。这时候他想起了猎枪。

城市里都是人。城市里没有动物。城市里处处都是一模一样的楼房和一模一样的街道。真正的猎人来到城市肯定会迷路的，因为这里的万事万物都是一个模样。城市过于平坦，使那些走惯山路的汉子常常平地跌跤。城市是别人的城市。这样想着，他的步子越迈越大。穿过医院树林的时候，他看到一个小白脸儿举着一支气枪正在打鸟。

王青山走上前呆呆看着小白脸儿，觉得这位城市猎人根本算不上自己的同行，而那支气枪看上去也绝对属于小儿科。他伸手拍了拍小白脸儿的肩膀说，你要是真的想打猎，就跟我到青峰山去。青峰山上还是能够打到四条腿走路的动物的。在城市，你只能打到两条腿走路的动物。你想去青峰山吗？我教你下套，教你结扣，教你怎样制造火药。

小白脸儿朝后退了一步，颇为不满地说，你说的是什么呀？我根本不认识你。什么两条腿啊四条腿啊，你真是个深山老林里来的老土！

王青山笑了。他知道自己是对牛弹琴，就转身走了。

一群身穿白大褂的护士叫喊着追了上来。一时，院子里形成一群白衣天使勇追逃犯的局面。

王青山弄不明白这是怎么一回事。

身高体胖的女护士长冲了上来，张开双臂拦住王青山。护士们随即跟了上来，手拉手围成一个圆圈儿，将他包围起来。

护士长满脸怒气地说，十三床，你太不像话啦！你根本就没有结账，欠着三千多块钱医药费，拎起提包就跑啊！你以为山里人跑得快，我们城里人追不上啊？

王青山神情很窘。敢情我还欠着这么多医药费啊？我一时走得急，把结账的事情给忘了。你们放心，我是不会赖账的。你们到青峰山一带打听打听我王青山的为人，我从来不做让人戳脊梁骨的事情。

护士长撇了撇嘴说，那你就交出三千一百六十八块五毛七！我们马上放你出院。要是交不出来啊，对不起，只能等你家里来人保你了。

刚才还扛着气枪打鸟的那个小白脸儿，不知从哪里找出一架照相机，朝着王青山叭叭叭不停地拍摄起来。

王青山恨不能立即变成一条小虫钻进地里，摆脱难堪的境地。

我今天真的没有钱结账。好吧，大家不要围观了。我们山里人说话算话，从来不会赖账的。我回到病房去吧。

不要吵了不要吵了。一个满脸裹着纱布只露着两只眼睛一张嘴的患者走了过来。听说话的语调，这肯定是一个男人。听说话的嗓音，这又似乎是一个老者。

你是住在五官科的患者吧？护士长隔着纱布就能看出身份。

脸上裹着纱布的患者点了点头。

护士长又问，你是来做整容手术的吧？

13

脸上裹着纱布的患者又点了点头，然后走近王青山说，你欠着医院三千多块钱医药费，悄悄逃走是不对的。为什么要悄悄逃走呢？我看你根本就没有必要悄悄逃走。你说呢？

王青山说，我不是悄悄逃走的。我的眩晕症已经好了，我想马上出院回家去看一看。广播新闻里说，青峰水库建成了。我想去看一看青峰山是个什么样子。我还算是一个猎人吧？我在山里打猎从来都是行得正，坐得端。我怎么会偷偷逃走呢？我父亲说过，就是面对黑熊都不能逃走。何况面对一群护士。

脸上裹着纱布的患者说，既然你急着出院，我先替你交上这些钱。这样总可以了吧？

围观的人们发现脸上裹着纱布的患者原来是一位慈善家，就小声欢呼起来。慈善家从怀里掏出一只肥胖的钱包，从从容容数出三千二百元人民币，交给了护士长说，你去给这位内四科的十三床结账吧。结了账，请将收据送到这里来。好吗？

护士们随着护士长走了，活像一群得胜还朝的宫女。

围观的人们根本没有想到面前的故事就这样戛然而止，于是纷纷散去。脸上裹着纱布的患者坐在医院路旁的绿色长凳上，不言不语。

王青山说，谢谢您替我解了围。说着他从提包里找出一颗猎枪子弹的弹壳说，这上面刻着我的名字，就先押在您手里做个凭证吧。在我心里它比身份证还管用。回到家我取了钱，立即给您送来。您贵姓啊？

脸上裹着纱布的患者说，不要着急。这样吧，我给你留一个电话号码吧，25689084，一个月之后两个月之内，你打这个电话找我，还钱不迟。

那我怎么称呼您呢？王青山问。

不用称呼。只要你打来电话，接电话的那个人必然是我。你尽管放心吧。只要你记住我，我就会记住你的。

脸上裹着纱布的患者说罢起身走了。王青山追了几步，欲言又止。

望着远去的背影，他知道这是一个好人。

过了片刻，护士长送来收据，还找了一些零钱。王青山接过收据问护士长，现在是不是可以离开医院了。护士长将"出门证"递给他，然后大声说，刚才脸上裹着纱布的那个患者到哪里去啦？他真是一位活雷锋。

一位小护士跑上来告诉护士长说，刚才那位脸上裹着纱布的患者，我看见他住在五官科的高干病房。高干，怪不得他出手这么大方呢。三千二。

护士长说，如今的高干病房里能有几个真正的高干啊？财大气粗的个体户只要花钱，照样住进来享受高干待遇。嘻！

王青山独自在医院的长椅上坐了很久。他想到五官科病房拜访那位脸上裹着纱布的先生，看一看他的真正身份到底是什么。转念一想，又觉得毫无必要。既然记下了25689084这个电话号码，就应当相信通过这个电话能够找到这位好人。

想到这里，他拎起提包拿着出门证，朝医院的大门走去。

一辆崭新的大卡车停在医院大门口，车上站着十几个山区装束的男女。王青山从卡车前面走过去，车上的人们一起喊叫起来。

他终于听到了乡音。

很久没见小磊了，站在王青山面前的是一个油头粉面的小伙子。小磊从驾驶室里钻了出来递给王青山一支万宝路，啪的一声亮出金灿灿的进口打火机说，青山哥，你的头还晕吗？

青山说，住院一年多，我倒是戒过几次烟。头呢，也不晕了。你们这是干什么来啦？

我到省城来拉高级瓷砖，货主急用。顺便把他们拉到省城中心医院看一看病。听说这里的皮肤科全国有名啊。

望着从家乡来的这么一群男男女女，王青山狐疑地说，怎么一下子来了这么多病人啊？这时他看到苤蓝从汽车上跳了下来。苤蓝的父亲当

15

年也是一位猎户，一次只身走进青峰山，再没回来。后来也没找到尸体，苤蓝精神受到极大的刺激，从此不再进山。苤蓝是灵秀的表妹。前年镇上有人撮合，要单身的青山与单身的苤蓝处一处对象。这件事情未见双方做出反应，也就不了了之了。尽管不了了之，事后在镇上走个迎面，彼此还是不敢对视，心里颇不自然。

没人知道青山心里装着的那个女人是灵秀。

苤蓝围着一条真丝头巾，走上来叫了一声青山哥。这时他才看清，苤蓝的脸上长了一块块红斑，看着让人很不舒服。苤蓝，你这是怎么啦？

苤蓝目光低垂说，新镇流行一种无名无姓的皮肤病，看上去像是湿疹可又不是湿疹，反正与水有关。无论男女老少，染上这种皮肤病就昼夜瘙痒，没个安宁。真让人受不了啦。

小磊对人们说，你们快去皮肤科挂号看病吧，我去货场拉材料了。回去的时候坐长途汽车，在大石桥买票。说罢，小磊对王青山挥了挥手，开着大卡车走了。

压低声音，青山问苤蓝说，灵秀她没患上这种皮肤病吧？

苤蓝听了这话，摇了摇头说，灵秀的适应能力多强啊。

人们七嘴八舌说了起来。青山哥，你的家就是灵秀和小磊、小根他们一起给搬到新镇的。你赶快回去看一看新镇是个什么样子吧！

不知为什么，他觉得自己有些对不起苤蓝。挺好的一个姑娘，不知不觉就成了大龄女青年。如今又长了一身湿疹。惨了。这一切都与那大水有关。潮湿，成了一件令人头疼的事情。

这一群来自家乡的男男女女，走进省城中心医院，医治那令人烦躁不安的皮肤病去了。苤蓝回过头来，定定看着王青山。匆忙之中，大家谁也没有忘记那个全镇的约定：不许告诉病中的王青山，木生早已身亡的消息。

因为木生是青山的铁杆朋友。

王青山上路了，赶往家乡。他恨不能立即见到木生。见到木生，自然也就见到了灵秀。他想象不出家乡变成什么样子了。

路上，他又想起了那位对猎人崇拜得五体投地的小伙子——韩小根。

青峰山区还会有猎人吗？青峰山里的猴呢？

四

说本月十三号，来水。政府下达的通知还说，鉴于山民们祖祖辈辈从未见过大水，各村各镇一定要加强政治思想工作，开展爱水护水的教育，保证水库蓄容的顺利完成。

人们小心翼翼，等待着。

大水到达的那天早晨，先是听到一阵巨大的轰鸣，仿佛天上飞来了许许多多飞机。大地震荡着，颇有火山爆发的感觉。天气预报说得对，果然是一个多云的天气。多云的天气往往令人心情湿润。灵秀早已做了准备，听到轰鸣的声音，她立即朝高处跑去。所谓高处，就是新镇为了举行升旗仪式而专门建立的高台。高台上已经站满了人。人们伸长脖子，朝东面的山谷里望去。

东面就是青峰山水库。

青峰山水库的腹地，就是那座即将被淹没的古老的火镇。

水，似乎是从四面八方涌流而来的。仿佛一条大龙变成了许许多多小龙，向火镇爬来。火镇被雾气所笼罩，天地之间一派朦胧。朦胧之中，大水汇成一个重大的阴谋。当太阳在多云的天气里偶尔露出面孔的时候，人们的视野蓦地清朗，看到了最后的火镇——那株死去的大杨树的树梢。青峰山水库好似一面越长越大的镜子。人群不由得发出一声呼喊。

这是与火镇的最后道别啊。

灵秀的衣着十分朴素，黑衣黑裙，显得面孔很白，这样也就显得眸子更黑。她的头发上戴着一只白色蝴蝶。这是一种塑料制成的头饰，看上去栩栩如生。她的目光望得更远——青峰山的主峰。那里是木生居住的地方。

身旁的韩小根双唇颤抖着说，我从来没见过这么大的水啊！青峰山没啦，青峰山变成青峰湖啦……

之后，一群老头子突然唏嘘不已，渐放悲声。

明知这是早已注定的事情，人们还是哭着喊着说青峰山没了。

灵秀不言不语，定定注视着远处的青峰山。天地之间一派朦胧，但是她看得清晰，青峰山正在缓缓浸入水中，青峰山主峰，依然矗立着，只是大水澎湃，浪波荡漾，青峰山的主峰越变越小，渐渐融化为一个岛屿。这个过程的变化尽管非常缓慢，但她还是受到了很大的刺激。一座高大的青峰山啊，就这样被柔情万般的大水簇拥着浸润着咬噬着，瘦成一个小岛。

人丛之中，小磊紧紧抓住灵秀的手。不知不觉她出了一身冷汗。大水，就这样缓缓淹没了古老的火镇。

韩小根大叫着冲了出去。新镇离青峰水库的东岸十六里，他毫不停顿奔跑着，晕倒在途中。清醒过来他立即告诉大家，童年的一把弹弓忘在了火镇。那是一把祖传的弹弓，他曾经用那把弹弓射中一只落在大杨树上的白色乌鸦。

火镇的人们一起奔到水边，高声呼喊着水中的家园。水边潮气扑面，不谙水性的山民们怯怯不敢近前。走到哪里都觉得不爽，天空也像是一团湿布。

灵秀注视着远处的青峰山。主峰果然无恙，木生的坟墓没有被淹。她甚至觉得看到了墓碑旁边自己亲手栽种的那一株柏树。柏树正在长高。木生住在那边，我住在这边。只有站在水库的岸边眺望，她才切切实实懂得了生死之间的界限其实是一派难以逾越的大水啊。

韩小根喃喃自语，都沉到水里去了。馒头崖沉到水里去了，黑松林沉到水里去了，白龙沟沉到水里去，就连飞禽走兽也都跟着沉到水里去了。往后，我到什么地方去打猎呢？青山哥到什么地方去打猎呢？

听了这话，小磊对韩小根大声说，打什么猎啊？往后就没有什么猎人啦！工业化，城市代，自动化，即使有人打猎也不过是一种休闲，做一做样子罢了。

灵秀悄无声息抹了抹眼角。是啊，生活猛然变得面目全非。高山出平湖，旱地变水乡。这种天壤之别的变化，对火镇的人们来说，仿佛脱胎换骨一般。连绵不断的潮湿日子，还在后头呢。面对滔滔大水，灵秀又想到了船。

小磊呼呼喘着粗气用力抓住她的手说，灵秀！咱们以后……

她心里想着大事，躲闪着他的拉扯说，小磊，不要拉拉扯扯的。如今大山一下子变成了大水，我的心里很乱，我要回家去想一想。说着，她伸手抚了抚头上戴的白色蝴蝶，仿佛是怕它展翅飞了。

小磊只得呆呆望着灵秀远去的背影。

新镇的街道处处崭新。新得过了分，则缺少几分人气，看上去很像为了拍摄电影而临时搭建的大型道具。一个地方的人气，其实是由一代又一代的血肉之躯浸润而出的。缺少人气，新镇的人们行走坐卧，多少都带有几分做戏的感觉，看着颇为滑稽。走在新镇街道上，灵秀扭摆着腰肢，一颤一颤的。于是那只表示新寡的白色蝴蝶的头饰，也仿佛在这样的颤动之中拥有了生命，一下子鲜活起来。生与死，竟然凝结在这只白色蝴蝶身上——只是一个瞬间。

当天夜里，灵秀凑在灯下，找来锯条与剪子，又拿来木条和布头，想做一只小小的帆船。与汽船相比，她更喜欢这种御风而行的帆船。关于帆船，她只是在电视节目里见过它的模样。她从来没有想到自己的生活居然与帆船发生关联。因为帆船属于遥远的大水。灵秀心灵手巧，山区长大的她竟然能够摸索着做出自己人生的第一只小船。子夜时分，她完成了这一次杰出的手工劳动。当她出神地看着自己的作品的时候，突然小声哭了起来。她知道一切都将发生巨变。

日子变了。日子必须要变。人呢，也要跟着日子变化。她自言自语着。之后，她摘下头上的白色蝴蝶，上床睡了。天亮的时候，她想起了王青山。是啊，人生在世，有人晕山，有人晕水。山与山呢各不相同，水与水呢也是各不相同，人与人更是各不相同啊。

凌晨时分，突然传来一声枪响。灵秀被惊醒了。她仄起身静静听着，不知出了什么事情。王青山不在家，难道这里还会有别人摆弄火枪啊？

灵秀坚信王青山是青峰山区的最后一个猎人。

晨曦之中，街上响起一阵零乱的脚步。似乎有人痛苦地呻吟着。

立即起床，她在大街上听到了最新消息。刚才的那一声枪响，是韩小根摆弄猎枪走火，伤了脸颊。

看来这个韩小根真是决心要成为青峰山区最后一个猎人。心里这样想着，她觉得应当去看一看韩小根。

脸上裹着纱布的韩小根是个孝子，与老娘住在一个院子里。他躺在自家的床上，显然是在忍受着巨大的疼痛。猎人受伤，绝不应当发出任何呻吟。这是深山老林的基本规则。因为你的呻吟随时都会招来野兽。灵秀走进屋子的时候，果然没有听到呻吟。韩小根自幼就想成为猎人里的英雄。

深更半夜的，谁要你去摆弄猎枪呢？她问。

原本相貌堂堂的韩小根脸上裹着纱布，只露着两只眼睛说，我已经离不开猎枪了。我正在存钱，然后去买上三支真正的猎枪。

灵秀笑了笑说，买一支猎枪就够用了，干吗还非要买上三支猎枪呢？如今买猎枪还要到县里的武装部开证明。手续是非常麻烦的。

因为青山哥就有三支猎枪，所以我也要有三支。我就是崇拜青山哥。可是，我认为王青山不是最后一个猎人。为什么说他不是最后一个猎人呢？因为他毕竟打猎多年，很有成绩，什么狐狸啊野猪啊狍子啊，应有尽有。当然，青山哥也有一个最大的遗憾，那就是他从来也没有见过山中兽王：猺。你知道猺吗？

灵秀点了点头说，知道。听说猺是老虎的父亲。

脸上裹着纱布的韩小根从床上坐起来，颇有几分舍身成仁的气魄，说世上无难事，只要肯登攀。我想，今年我才二十五岁，这辈子肯定能够见到猺。我有这个信心！所以我才说，我是最后一个猎人。真的，我才是最后一个猎人。你知道我是怎样被走火的猎枪打中的吗？

一定是你跟那猎枪有缘分呗。

青山哥在省城住院不在家。每天夜里我都悄悄攀上墙头，跳到院里去看一看石狗。它活着时名叫黑龙，死了仍然名叫黑龙。不知为什么，我总觉得黑龙活着。走到青山哥的屋里，我崇拜那三支古老的猎枪！我做梦都想背着猎枪进山。嘿！只有背上这样的猎枪，才称得上真正的猎人啊。那天夜里啊，我从墙上拿下一支猎枪，装上了火药，然后幻想着进了山，迎面遇见了朝思暮想的猺！啊，我就埋伏起来。幻想到这里，不知什么原因，猎枪就走了火。咣！至今我左耳还是常常嗡嗡嗡什么也听不到。猎枪走火的时候，轰的一声，天地君亲师，什么都不存在了。当时我想，完了，这辈子是当不成猎人了，更见不到猺了。

灵秀笑了笑说，青峰山都成了青峰湖。没了大山，那猺也就没了驻地。你说，那猺该怎么办呢？

韩小根很有把握地说，别愁，这事情我早就问过青山哥。他说除非普天之下都布满大水。只要还有几分旱地，猺就会安然无恙。因为我是这里的最后一个猎人，所以我有信心，迟早是会见到猺的。

灵秀摇了摇头。不，你不是最后一个猎人，最后一个猎人肯定是王青山。王青山之后，就没有什么猎人了。

有！王青山之后的猎人就是我。我真的想当最后一个猎人。我真的能当最后一个猎人！脸上裹着纱布的韩小根拍着胸脯急声急语说着。

说到这里，韩小根突然浑身瘙痒起来。他也患了那种无名的湿疹。

不知为什么，灵秀却没患上这种疾病。她暗自思忖，这一定与自己平日养成的晨洗习惯有关。除了冬季，她每天清晨都要关门闭户站在院里哗哗大洗。她已经上了瘾，一日不洗，浑身不爽。木生活着的时候，每逢晨洗，他就蹲在门槛上，看着妻子白白亮亮的身子，使劲抽着烟卷儿。记得有一次木生大步走上前来，抚摸着她的乳房小声说，灵秀啊你根本就不像山里的女子。要是给你雕像，至少要用上一辈子的时光。我要是雕不完，就让咱们的儿子接着雕。

可是，木生迟迟没能让灵秀怀孕。于是木生常常外出赚钱，走区串镇为人家的绿化小区雕出一座座石像。木生回到家将赚来的钱交给灵秀，自我解嘲说，我在外面有三十六个儿子，可惜都是石头做的。

如今木生死了，灵秀只能将亲手做成的小小帆船供在遗像前，权做祭品。

灵秀很想为自己亲手做成的这只小小帆船选定一个顺风天气，放它到青峰湖里，然后看着它漂向青峰岛。

朝水库走去的路上，天色很好。不知为什么她竟体会到一种放生的感觉。从新镇到青峰水库，要走上一个小时，灵秀气喘吁吁，走上那个高坡。远远地，她似乎看到水边立着一块石头。这个突然出现的风景令她惊异，就快步朝前走去。

走近了，她啊地大叫了一声。

王青山定定站在水边。阳光之下，他的身上似乎散发出一种流动的气质，在空气里弥散开去，扑面而来。看着王青山的背影，谁都会认为这个男人在这里已经矗立了百年。

她的声音有些颤抖。青山，你回来啦？

嗯，我回来啦。

你，不是晕水吗？

嗯，我晕水。可现在已经好多了。那远处就是青峰山吧？

青峰山浸到水里去了，只剩下一个山尖儿。所以如今它改名青峰岛啦。

噢。岛。面目全非啊。猇也被大水淹没啦。咱们的火镇呢？

咱们的火镇沉到水里去了。

这时候，王青山终于转过身来，定定注视着灵秀。

灵秀觉得透不过气来了。渐渐地，她感到自己正在被青山的目光吃掉。

木生呢？

死了。

王青山的脸孔，一下子就扭曲了。

我早就说过，他不该去水库工地炸山！他就是不听我的劝告，还是去炸山了。这都是命啊！这都是命……

灵秀手里捧着小小帆船轻声轻语说，木生就埋在对面的青峰岛上。

一艘红色的汽艇突突突啸叫着在青峰湖里驶来驶去，在湖面上划过一条红线。王青山吃惊地看到驾驶汽艇的竟是油头粉面的小磊。莫非这家伙的前世是一条水虫？

望着呼啸而去的红色汽艇，王青山又觉得一阵眩晕。

五

王青山跨进新居的院子一眼看到石狗黑龙，不禁湿了眼窝。进到屋里，他从墙上摘下那三支猎枪，心头倏地一热。东瞅西瞧，觉得新居布置得与老屋一模一样，甚至觉得自己依然生活在火镇。他知道这一切都是灵秀的用心。从前在火镇的时候，灵秀是木生的媳妇，可是在梦里灵秀又是他的媳妇。如今搬到新镇，灵秀谁的媳妇也不是了，成了寡妇。

木生竟然死了。只剩下木生留在人间的石狗。抱过三支猎枪拿来油瓶，他坐在黑龙近前，开始擦枪。这三支猎枪一年多没擦，却不见生锈。他心中很是诧异。

听说青山哥回来了，脸伤未愈的韩小根立即跑来看他。见韩小根脸上也裹着纱布，王青山吓了一跳，以为省城中心医院的那位患者从天而降。

小根，你怎么也成了这个样子啊？

韩小根很是难堪地告诉青山哥，每天夜里自己都要越墙而过进到屋里来擦拭这三支猎枪。有一天凌晨他摆弄猎枪一不小心走了火，伤了左脸。

王青山听了韩小根的话心里一热，却沉了沉面孔说，以后，不许再摆弄这三支猎枪了。

韩小根连连点头说，我崇拜猎枪。

看着脸上裹着纱布的小根，王青山心情迫切起来。他要立即凑齐三千二百块钱，然后到邮电所拨通电话与那位脸上裹着纱布的患者取得联系。欠着别人的钱，他总有一种被人踩了尾巴的感觉。

可是，没钱。他住院治疗眩晕症，已经花光了自己的全部积蓄。他想起那一出京戏《秦琼卖马》。英雄末路的感觉，浓浓笼罩在他的心头。其实他恨不能立刻就到木生的坟前去扫墓，面对死去的铁杆朋友大哭一场。但是他已在心里拿定主意，必须还清那笔欠款之后，体体面面站到木生墓前，奉上祭品。木生生前就是一个体面的男子，王青山认为自己必须活得体面，才能对得起朋友。

当然还要对得起灵秀。

看了看屋里屋外，能够变卖的东西，也只有那几张皮子了。

灵秀来给他送饭了，是他爱吃的面条。他不言不语坐在那里擦枪，并不抬头。木生不在了，他与她，彼此反而尴尬起来。而那座突然出现在生活之中的青峰水库，似乎成了他与她之间的第三者。不言不语，生活似乎一下子凝固了。以前，在梦中倒是常常与灵秀在一起；如今，反而梦不见灵秀了。他知道，如果这样下去，自己迟早是要闷死的。

放下饭盒灵秀望着他说，你再歇上几天，也该找些事情做啦。他点了点头，嗯了一声。灵秀说还有事情要去做，转身就走。他立即抬起目光，偷偷注视着她的腰身。灵秀似乎脊背上长着一双眼睛，猛地回过头看他。猝不及防，他立即低下头抽烟。灵秀无奈地摇了摇头，走出屋去。

　　心底那个由来已久的欲望，咚咚撞击着他的胸口。他接连抽了三支烟卷儿，迫使自己镇定下来。这时候他知道该动弹了，就拎着一张狐狸皮和两张狍子皮，步出家门。走在新镇的大街上，颇有"屋中才三日，世上已千年"的感觉。望着陌生的景物，他觉得自己分明成了一个过时的人物。除了卖掉手里的这几件皮货，他不知道自己还能做些什么。

　　这条公路十六里，它的终点是青峰湖的岸边。不知从什么时候开始，青峰湖畔突然热闹起来。先是开来了打桩机，接着就是拉运建筑材料汽车，来来往往昼夜不停。人们很快知道，青峰湖一带的环湖地区，已经被确定为风景秀丽的度假村。一座座豪华的别墅，一座座旅游酒店，如雨后春笋，一夜之间就沿着湖畔冒了出来。镇上那些吃饱了没事的老年人们，怀念故地。他们天天都要来到湖边，指着远处的一派大水，争论火镇的遗址究竟在什么位置。阳光之下，蓄水不久的青峰水库一派氤氲，亚似海湾。空气显得潮润，景色近乎朦胧。那大水的颜色也随时都在变换，有时深绿，有时淡黄，有时又给人一种难以确定的颜色。而火镇的遗址究竟位于何方，又的确是一件很难说清的事情。不觉之中，老人们争鸣的地方，悄然发展成为一个集市。

　　既然这里车来车往有了流通，自然也就成了商品经济的王国。起先是有人摆了茶摊，接着就升级为专卖可口可乐饮料亭，很快又出现了三家饭馆和一群专卖旅游纪念品的散兵游勇。最为轰动的消息就是省城专门开设了一条旅游专线，每逢周末来青峰湖观光的人流骤增。来自大城市的游客除了盛赞这里人杰地灵、造物神奇，就是将喝空的易拉罐儿扔得到处都是。

这里终于变成了别人的地方。

王青山迈着大步走近湖畔集市。脚下的道路过于平坦，对于爬惯了山路的猎人来说，总觉得双腿发软。空气也显得混浊，充满了人间的烟火。真正的猎人是无法在这种环境里生存下去的。他只得在心中咒骂自己并不是一个猎人。走进集市，他将几张皮子摆在地上。看看前后左右，有些不知所措，有生以来第一次摆摊卖货，总觉得自己反而成了别人的猎物。

几个省城来这里旅游的孩子，似乎从来没有见过动物的皮毛，站在摊前，好奇地议论着这只死去的狐狸。

叔叔，这只狐狸是您用火枪打死的吗？

王青山摇了摇头说，它中了我下的套子。这是十二年前的事情了。

一个男孩子说，哎哟，今年我十二岁了。我出生的那年，这只狐狸却死去了。

听了这话，王青山的心头一颤。

一个女孩子说，叔叔，动物是人类的朋友。

王青山笑了。是啊，动物是人类的朋友。可是如今人类的朋友差不多都死绝了，人类已经没有朋友了。

男孩子又说，叔叔，您的意思是不是说，人类是人类的朋友？

很难。我有一个朋友，那才叫真正的朋友呢。可是，他死了，让石头给砸死了。我呢，就没有朋友了。今生今世也没有朋友了。

远处有人招呼着，这几个孩子就跑去了。王青山的话正说到半截儿，一下子没了听众，心情很是失落。不知什么原因，平时寡言少语的他，今天很想说话。

清了清喉咙，他大声吆喝道：真正的狐狸！

应声走过来一个小伙子，操着省城口音问他那张狐狸皮卖多少钱。他抬头看了看，说一千八。之后，他觉得这个小伙子有些面熟。

这是真正的狐狸吗？小伙子问。

他低头看着自己的皮货说，你是真正的人吗？

小伙子听了这话，急了。有你这样说话的吗？我怎么不是真正的人！

他抬起头来毫无表情地说，你要是真正的人，我这皮货就是真正的狐狸皮！

小伙子索性盘腿坐在他的面前。今天我这个真人就是要见一见你这张真狐狸皮！说，到底卖多少钱？

这时候，他终于想起面前的这个游客就是在省城中心医院举着气枪打鸟的那个小白脸儿。见到这个小伙子，他就想起那个脸上裹着纱布的患者。想起脸上裹着纱布的患者，他的心情就一阵窘迫。

他心里小声说，我必须尽快还清那笔欠款。

小伙子见他走神，就大声催促说，到底卖多少钱！

两千。

刚才你还说一千八呢，怎么又变成两千啦？你的脑子是不是有毛病？省城中心医院的脑系科还是很有名气的，你应当去检查检查。

王青山不急不恼说，对待那些不识真货的人，我说一千八。对待识货的，我当然要货卖实价，两千。

小白脸儿伸手摸了摸皮子，从怀里掏出钱夹，飞快地数出二十张百元钞票，递给王青山。王青山却踌躇了。

小白脸儿嘿嘿笑着说，告诉你吧，这张狐狸到了省城至少能卖三千五。你后悔了吧？你现在后悔还来得及。

我不后悔，我只是跟这张皮子有些感情。它是当年我第一次单独进山打中的第一只猎物，开门红。保存了这么多年是为了留个纪念。没办法，谁让我急着用钱呢。

是啊，当年杨白劳也是急着用钱，才借了黄世仁的高利贷的，结果喝了卤水。数一数吧，这是两千块钱。哎，你能给我找个住的地方吗？

王青山接过两千块钱，伸手指了指远处湖畔的大酒店说，听说它三

27

星级，住在那里，你还可以用气枪打鸟呢。

小伙子听了这话怔了怔，然后拎起那张狐狸皮，吹着口哨走开了。

保存多年的最后一张狐狸皮，终于跟着人家走了。他手里攥着两千块钱，来不及伤感就在心里打起了算盘。两千。如果再能弄到一千二百块钱，加在一起就是三千二百块钱，就能够还清那笔住院的欠款了。

家里唯一值钱的东西，只有那三支猎枪了。

他走过一家饭馆，看见门前立着一块牌子：收购鲜活湖虾。这时苤蓝从饭馆里走了出来，吆喝着"先生吃饭啊"。当她看清是王青山的时候，不禁满脸绯红。见苤蓝成了饭馆的"门前妹"，他的心里很是别扭。

苤蓝告诉他，从省城医治皮肤病回来，病情大为好转。脸上的红斑也已消褪。但医生说随时都可能复发。王青山听了，就说，这种皮肤病肯定与水有关。苤蓝低下头去说，既然来了大水，我们也没有办法啊。只能这样了。

一群操着外地口音的木匠身上背着工具拥到饭馆门前，苤蓝连忙迎上去朝着他们打着招呼。

请进请进。包子饺子面条米饭啊，各种炒菜啊，啤酒白酒葡萄酒啊，丰俭由人经济实惠啊，热情服务宾至如归啊。

素常腼腆的苤蓝如今变成一个站在饭馆门前吆吆喝喝的女子。王青山看着那群木匠进了饭馆，听到身旁有人议论，说这些外埠的木匠是来这里打制木船的。这时苤蓝又从饭馆里走出来，脸上挂着窘意。苤蓝告诉他这次去省城医治皮肤病花销不少，来饭馆打工就是为了赚几个钱过日子。听了这话，他将手里拎着的两张狍子皮递给苤蓝说，拿去吧，要是经济上有困难就再来找我。

说完，他大步离开饭馆门口，心里很有几分悲壮的滋味。

走起路来王青山脚步咚咚，仍然是一派踢倒山的气势。苤蓝怀里抱着那两张狍子皮，呆呆注视着他远去的背影。

苤蓝知道，一个人手里有一本难念的经。可是眼下，王青山几乎成了一个无所事事的男人，手里根本无经可念。作为最后一个猎人，王青山无路可走。

怀里揣着两千块钱朝家里走去，他渐渐明白了一个道理。这些年来，除了生病，他并不以为人活着是有痛苦的。如今他懂得了，即使人不生病，其实也是有痛苦的。这就是人活着的滋味。

变了。瘦子变成胖子，长子变成矮子，瞎子睁开了双眼，哑巴张口谎话连篇。山变成了水，天变成了地。妈的，我变成了什么啦？我变成了一个什么都不是的东西。

走进新镇。韩小根正倚在一棵小树上举着一根木棍练习瞄准。他的脸伤已经初愈，左边的脸颊留下了一块伤疤。远远看着这个迷恋狩猎的小伙子，王青山脑海里蓦地闪现出一个念头。他咬了咬牙，大声将自己的这个崇拜者喊了过来。

小根，你要是愿意，我就卖给你两支猎枪。价钱由你决定。

韩小根听了这话，惊了。青山哥，你不是跟我开玩笑吧？

那三支猎枪里头，你任选两支。我呢，只留一支就足够用了。

青山哥你是不是遇到了什么难处？你要是急需用钱，尽管说一声好了。

你到底买不买我的猎枪？你要是不买，我就卖给别人去了。

韩小根怔了怔，立即连声说，我买！我买！多少钱我都买！

好吧。一支猎枪六百，两支总共一千二。

韩小根大声说，这也太便宜啦！这也太便宜啦！

我只要一千二，因为我只需要一千二。

回到家，王青山看着墙上那三支猎枪自言自语说，猎人不能没有猎枪啊，没有猎枪还叫什么猎人啊。只留下一支吧，一支也就足够用了。凑齐了三千二百块钱，我就给省城打电话。还清了欠款我就体面了，然后我就到木生的坟前去，看一看老朋友。木生你生前是个石匠，死后还是石匠。可我呢？我什么都不是了。

吃了晚饭，他心里突然生出一个念头：我要是不去打那个电话，脸上裹着纱布的那个患者就永远也无法找到我。想到这里打了一个冷战，挥起手来狠狠打了自己一个耳光。妈的，脑子里居然能够冒出这种想法，我真的不是猎人啦！夜里，他做了一个梦，梦见木生来了。木生拍着他的肩膀说，青山兄弟，我死了，我就将灵秀交给你照顾啦，你一定要好好对待她啊。

他一下子就被惊醒了。依照青峰山区的习俗，只要死者托梦，这个男人就有勇气娶死者的遗孀为妻。

这几天，我就到青峰岛去给木生扫墓。他对挂在墙上的那三支猎枪说。

六

听说王青山要卖猎枪，灵秀就跑来询问，脸上的表情喜忧参半。这些天灵秀忙了起来，不再来给他送饭。青山见到灵秀进屋，故意做出轻描淡写的样子，告诉她说，既然没了青峰山，猎枪也就没用了，卖了无妨。灵秀眨着一双大眼睛看着他，品咂着他话中的含义。他就低头抽烟。

沉默了片刻，灵秀说，你心里真的放弃青峰山啦？

王青山不言不语。

灵秀又说，你要是真的不当猎人，咱们可以谋划着做些别的事情。如今能做的事情很多。所以我也就不当小学老师了。从前说山不转水转，如今是山也转水也转。人活着，不也得转吗？不转，就锈了。

王青山使劲掐灭手中烟蒂，突然压低声音说，前天夜里，我梦见木生了。

哦，木生跟你说话啦？说了些什么话呀？灵秀连忙问道。

没、没说什么话。王青山支支吾吾，又点燃一支烟卷儿。

灵秀说那些外埠来的木匠还等着她去发放木料，然后就定定注视着王青山。

王青山浑身燥热，有一种头重脚轻的感觉，使他站立不稳。他大步跨到灵秀近前，一把将她搂在怀里。

这才是真正的灵秀啊。梦里多少次将她搂在怀里，亲吻着抚摸着，醒来都是一场空。如今木生托梦来了，将灵秀托付给他。此时，他终于将心爱的女人抱在怀里，尽情地揉搓着。他激动得眼含泪花，不知道是想哭还是想笑。

灵秀的前额靠在他的胸前，身子软软的，与他黏在一起。听到他的心房咚咚跳得山响，灵秀感到非常满足。

他那粗糙的大手抚摸着她的脊背。这令她感到意外。女人是没有脊背的。男人才有。男人所抚摸的，应当是女人松软的乳和臀。女人因此而成为女人。王青山的大手在灵秀脊背上滑动着，显出一种精细的笨拙。只有在这种时候，灵秀才觉出青山的的确确是一个童贞未失的男子。他真的不懂怎样摆弄女人。

男人的呼吸愈发急促起来，那只大手也滑向腰际。他瓮声瓮气说，木生梦里跟我说了！木生梦里真的跟我说了！我告诉木生放心吧，我会用尽全力去做的！

灵秀不言不语，任他抚摸着。他的抚摸，依然笨拙。

那只白色蝴蝶，从她的头发上悄然脱落，掉在了地上。他与她都没有察觉白色蝴蝶的落地。片刻，她在他怀里呻吟着说，今后，今后你到底打算怎么办呢？

他将她抱了起来，大声说，就这么办！就这么办！然后摇摇晃晃朝床边走去。这时院子里响起了噔噔噔的脚步声。

韩小根来了。

灵秀慌忙从他怀里脱出，整理着散乱的头发。之后她与韩小根打了个招呼，说是还有事情要做，就匆匆走了。

韩小根说是来送钱的。交了钱，这位热爱狩猎的小伙子欢天喜地扛着那两支猎枪走了。王青山失去两支猎枪，闷在屋里连着抽了三支烟卷儿，苦笑着。失去了两支猎枪，但同时也意味着凑齐了三千二百块钱——能够还清欠款了。这时他看到了落在地上的那只白色蝴蝶。他抓在手里，使劲攥着。许久，他都不能平静。

下午，他走出家门，到镇上的邮电所去打直拨电话。

25689084。通了，响了三声，就听见一个男人的声音：主人外出，这是录音电话，请留言。主人外出，这是录音电话，请留言。

王青山想了想，大声说，我就是找您借了三千二百块钱的那个人，我现在要把这三千二百块钱还给您。您上次根本就没问我的名字，我叫王青山。您说怎么办呢？过几天我再给您打电话。先谢谢您啦，您是个好人，至今我还不知道您的尊姓大名呢。

放下电话，花了六块八长途电话费。出了邮电所，心里空空荡荡的，好比去看望一个老朋友而这个老朋友不在家。迎面又遇到韩小根。这家伙自从买了那两支猎枪，整天雄赳赳气昂昂，阔步街头，那样子看上去不像猎人，倒像一个荷枪实弹的戒严战士。

他目光恋恋地望着那支猎枪，然后问小根发现了什么猎物。小根咧了咧嘴说，到处都是人，只要有人的地方，就不会有动物。青山哥你知道为什么猎人越来越少吗？是因为动物越来越少。迟早这个世界只剩下最后一只动物和最后一个猎人。

听了这话，王青山受到了极大的震动。

小根不以为然，举起猎枪指了指远方的青峰湖说，挺好的一座青峰山，沉到水里去了。不过青峰山上的那些大树倒是都伐了，泡在水里。这几天，镇政府又组织人力忙着从水里往岸上捞木头，说是要卖。

青峰山沉到水底去了，猇也沉到水底去了吧？王青山突然问道。

不可能！猇是不会被大水淹没。青山哥，你明明说过，即使天下大水滔滔，只剩下几分旱地，獏也会安然无恙的。

见韩小根的思想如此坚定，王青山感到非常满足。

小根，如今全镇只有你我之间能够谈一谈獏的事情了。咱们选一个时间，我好好跟你讲一讲当年进山打猎的情况。

小根乐了，又背着猎枪跑到别处练习瞄准了。

果不其然，那些伐倒多日漂浮在湖里的大树都被捞上岸边，说是小磊成立了什么公司，要造船。

造船？王青山心里好生纳闷，不知道那个油头粉面的家伙又要追赶什么时髦。路旁一家商店里正在播放当年的革命唱段，是当年的样板戏《沙家浜》。王青山想起戏里的一段台词：要你们下阳澄湖捕鱼捉蟹，按市价收买。每条船上派一个弟兄，保护你们！

往事如烟。

走到新镇的小广场上，一个外埠口音的老者迎面与他打了一个招呼。

他说，我不认识您啊。

老者又高又瘦，十分醒目的是那两道令人羡慕的寿星眉。面孔光亮，皮肤白皙，看着很是高贵。尤其走起路来颇有风度，像是电视新闻里经常出现的那种职业外交家。老者听了王青山的话并不在意，微微一笑说，你不认识我，我也不认识你。彼此打个招呼呢，从此不就认识了吗？我是从外地到青峰山水库来旅游的。我想找一个住的地方。

湖畔一带，有好几座开张不久的酒店，听说都很高级。

不，我只想住在民宅，因为我极有可能要在这里住上很长一段时间。如今在许多旅游风景区，张家界呀九寨沟的，民宅都是对外开放的。按日入住，也可以按月定租，价格一般都很公道。你看，我住到你家里可以吗？房租由你来确定。

我家里倒是有两间空房。不过，我与别人是很难相处的。我很个别。

老者拎起提包毫不在意地说，走吧。其实我也很个别。两个都很个别的男人住在一起，可能倒是一件很有意思的事情。你要多少钱房租？

王青山豁豁亮亮说，随你便吧。你愿意住几天就住几天，你愿意给多少钱就给多少钱。

事情就这样谈成了。王青山替房客拎着提包走在前，那提包很沉；老者紧随其后，步履飘逸。走过镇里的小广场，王青山突然回头问老者，您贵姓？

姓萧。

王青山惊讶地啊了一声。

老者大惑不解。你这是怎么啦？

王青山缓了口气说，您姓萧。萧与猇同音，你知道猇吗？

xiāo？我不知道。

我说的是一种又凶猛又高贵的动物，可惜谁也没有见过它。咱们走吧。

老者乐乐呵呵说，我觉得这是一个好兆。我姓萧，你呢又很欣赏一种名叫猇的动物，萧与猇同音，我看这就叫缘分。你相信缘分吧？

我信命。

走到院子门前，新镇大街上的广播喇叭突然响了起来。王青山已经很久没有听到灵秀的播音了，就站住脚步听着。

的确是灵秀在播音。不知道为什么，王青山用一种近乎炫耀的口吻对身边的萧姓老者说，这是灵秀！

老者说，灵秀这个名字很好听，她是你什么人？

王青山被老者问得难以回答，怔了怔他才说，她不是我什么人。之后，他掏出一支烟卷，点燃使劲吸了几口，听着喇叭里的灵秀。

喇叭里的灵秀说，大家都知道，如今我不当老师了，也不当广播员了。今天我在这里宣布一件事情。小磊公司为了尽快求得发展，要集资入股。每股一千元。有意入股者请在三天之内直接找石小磊联系。总共一百八十股，欲购从速。

石小磊这家伙敢情成了新镇的人物了。灵秀的声音给王青山带来不悦。这种不悦的心情，使王青山的嘴角绷得铁紧。渐渐地，一种不祥的预感仿佛一块乌云飘到他的心头：莫非灵秀与小磊凑合在一起啦？

走进院门的时候，房客老者不由得回头望了望挂在树上的喇叭。

王青山说，城市里已经没有这种喇叭了吧？

老者点了点头说，刚才喇叭里说的集资入股，从目前我国现行的有关金融法规来看，是不合法的。今后出了纠纷，法律肯定不予支持。

您是在大学里教书吧？

从前，我在大学里教过书，不过那都是三十年前的事情了。如今我已经退休享福了。俗话说这就叫作颐养天年啊。

王青山听了这些话，认为这位房客是一位开朗乐观的老者，心里不禁羡慕起来。这时萧姓老者开始参观王青山的小院。先是摸了摸石狗，说这只石狗完全称得上是一件艺术作品，而真正的艺术作品又都是拥有生命的。王青山立即说这尊石狗是一位最亲密的朋友给雕刻的，可惜那位朋友已经死了。老者就说了声对不起。

走进屋里看到墙上挂着一支猎枪，他回头看了看王青山说，嗯，怪不得我看你像一个猎人呢，敢情你真的就是一个猎人。

你真的已经看出我是一个猎人啦？王青山心情很激动，却故意装得平静。

我敢断定，你的父亲是个猎人，你父亲的父亲也是猎人。对吧？

王青山激动之余显得有些消极。是啊，传到我这一辈，青峰山地区已经没有猎人了。今后我还能不能当一个猎人，就更是不好说了。

老者拍了拍手说，你就一步一步朝前走吧。

听了这话，他也说不清是喜是忧，只是觉得身上与心里都增添了几分活力。他将老者领进那间屋里，老者立即表示满意。王青山说，我是房东，你是房客。今天呢你给我带了好心情。这样吧，我去请一个人来，给咱们包饺子。从明天起呢，咱们还是各人吃各人的饭。行吧？

老者咧嘴笑了。这笑容，看上去活像一个孩子。

王青山急匆匆去请灵秀了。

黄昏时分，灵秀正匆匆忙忙从家里走出，钻进小磊大卡车的驾驶室里，轰的一声朝湖畔度假村的方向驶去。王青山呆呆望着越驶越远的汽车背影。

是啊，木生已经死了。灵秀也不是石匠的媳妇了。她谁的媳妇也不是了，她成了她自己的人。她不愿意在学校教书，就不教书了。可是，木生已经在梦中托付我了。木生口口声声要我照顾灵秀啊。

无精打采走回家去。见到房客老者，他说，咱们自己动手吧。

老者乐乐呵呵说，让我猜一猜吧。你刚才一定是去请喇叭里的那位名叫灵秀的女子，没请来。哈哈，别泄气，毛主席活着的时候说过，我们不反对外援，但是不能依赖外援。如今这话，照样有效。咱们自己动手包饺子吧。我倒很想听一听狓的故事。

他终于打起精神。好吧，我讲。先告诉您吧，狓是老虎的父亲。

老虎的父亲不就是老老虎吗？老者笑着问道。

王青山郑重地说，不，老虎的父亲叫狓。小时候我爷爷对我讲过，青峰山里就有狓。真的，青峰山里就有狓。

可是，如今青峰山不是沉到湖里成了青峰岛了吗？大水一浸，那狓，现在怎么样啦？老者十分关切地问着他。

是啊。话说到这里，才刚刚到达关键时刻。您说呢？那狓如果落入水底，它到底会怎么样呢？

老者颇为紧张地说，不会被淹死吧？我想狓是不应当被淹死的。

王青山狠狠吸了一口烟，自豪地说，当然不会被淹死。狓怎么会被淹死呢！龙不会被淹死吧？只要龙不会被淹死，狓就不会被淹死的。

老者说，狓到了水里不但不会被淹死，而且还变成了蛟，是吧？

王青山惊了。他扔掉烟蒂急声说，您怎么知道的！这是我爷爷告诉

36

我爸爸，我爸爸又告诉我的。三代单传啊。您怎么会知道的呢？这真是天大的怪事！

王青山盯着老者，仿佛是抓住了一个美蒋特务。屋里的空气居然一时紧张起来。他开始怀疑萧姓老者是个颇有来历的人物。

老者十分诚恳地说，这是我猜出来的。

真的？

真的。因为我的猜测往往符合事物的一般规律。猇呢是山中王者，王者一般是不会轻易灭亡的。山中王者进入水中，自然要转化为水中王者，水中王者当然就是蛟了。这是一个比较容易判断的问题。老者慢慢悠悠说完，微微一笑。

三代单传的关于猇的故事，竟被这位老者一语猜中，王青山心中有些失落。他心中暗暗揣度，这位老者肯定是一位既有学问又有来历的非凡人物。

就这样，王青山的心情渐渐清朗起来。

两人开始包饺子了。

偷眼看着老者，王青山突然问道，您，要在这里住上不少日子吧？

老者擀着饺子皮说，我要在这里写完那部大书。总共一百万字，我已经写了九十九万字了。我肯定会将这部大书写完的。

蓦然之间，他认为今天应当是个喝酒的日子。不知为什么，老者的到来，使这座小院亮堂起来。他暗暗希望老者能够在这里长久居住下去。他开始厌倦孤单的生活。

老者的饺子捏得很好。看得出，这是一个生活能力很强的老人。他抬起目光看了看王青山，轻声轻语说，我已经看出来了，你呀其实面临着重大选择，要么坚持下去继续当猎人，要么就转行不当猎人。

王青山倏地将嘴角抿得铁紧。

七

接连好几天，他都是黄昏时分到镇上的邮电所去打电话。一个人无论多么繁忙，晚上总该归巢吧？可是电话里仍然是那一段录音：主人外出，这是录音电话，请留言。

一遍又一遍听得多了，电话里的声音竟然耳熟能详，老朋友似的。

依照原先的想法，还清了欠款就去给木生扫墓。现今这个样子，电话那端总是播放录音，扫墓的日子兴许就要永无休止地拖延下去。回到家，他看了看皇历。记得当年父亲每次进山，都是要看一看皇历，辨一辨吉凶。果然，有一次父亲看错了皇历，进山归来就被人们拉去批斗，说是要割资本主义的尾巴。那一次父亲没有打中什么猎物，只采回来一口袋蘑菇，在集上卖了。父亲性子暴，根本无法接受人类对他的欺辱，跑到青峰山上用大脚趾扣响猎枪自杀了。如今王青山手里留下的这支猎枪，就是父亲的遗物。父亲的理想是进山打猎的时候，遇到猇，然后经过一场博斗被猇吃掉。被猇吃掉，是猎人一生的光荣归宿。可是，父亲的理想没能实现。全怪父亲看错了皇历。

王青山知道父亲遗留下来的那支猎枪究竟意味着什么。

从皇历上选中了一个宜于祭祀的日子，他去找灵秀。他心中已经有了打算，要在木生的墓前，向灵秀说起婚事。这样也就算对死去的木生有了一个交代。走到灵秀门前，他看到一只大锁，情绪一下便低落下来。灵秀变了，成了一个整天奔波在外的女人。从前，灵秀是木生媳妇的时候，晕山。有时挎着篮子去采山菜，最高也只能攀到黑松林下的小山坡。如今有了青峰湖，不知灵秀是不是晕水。王青山心中猜测，灵秀一定是与小磊在一起。他认为灵秀永远也不会嫁给小磊的。与木生相比，小磊算个什么东西。

找不到灵秀，只能独自前去扫墓。木生生前与他，本来就是两个男

38

人之间的交往，没有灵秀的事情。这样一想，也就坦然了。想起木生活着的时候爱吃年糕，他就到镇上的张家老店去买。张家老店的伙计告诉他，没货。今后张家老店的传统食品都不做了。张家老店要迁到湖畔游览区，改卖意大利的比萨饼。听了这话，不知为什么王青山愤怒了。他笑着对伙计说，告诉你家掌柜的，这几年刚刚能吃上饱饭，怎么就学起假洋鬼子来啦？当心撞到我枪口上！

回到自家院子里，他摸了摸石狗黑龙，抬眼看到萧姓老者正坐在屋里写字。老者果然是老做派，用的是毛笔。他隔着窗子跟老者打了个招呼说，一百万字您已经写了九十九万字，剩下的一万字您快写完了吧？

老者朝他笑了笑说，有时一天能写三千字，有时一天只能写一个字。

听了这话，王青山觉得很有趣，就进了自己的屋子去收拾东西。一瓶酒，两卷纸钱，二斤点心，四只苹果。所有祭品统统装进那只牛皮背囊里。最后，他扭身背上了猎枪。

就连他自己也不知道，为什么要背着猎枪去给木生扫墓。

已经很久没有挎着猎枪出门了。他苦笑着走出院门。

走出二十几步，不知什么缘由他回头朝家门看了看。其实猎人外出是没有回头张望的习惯的，然而他毕竟回头张望了。

那位老者竟然站在门口，目送着他的背影。

他扯了扯背在身上的猎枪，心头爬过一只小虫儿，热酥酥的难受。多少年了，多少次只身外出，从来没人这样站在门口目送他上路，而这位非亲非故的房客老者却默默做了。如果父亲在世，也已经是老者这样的年岁了。这样想着，他心里终于承认这是一种缘分。

他并不向老者挥手。他不喜欢那样。他端端正正背着猎枪，手里拎着祭祀木生的用品，朝湖畔的码头走去。

湖畔越来越繁华了。来来往往的人们，一门心思为了赚钱，南腔北调的口音嘈杂无比。当王青山身背猎枪走近码头的时候，引起一阵惊奇。是啊，今非昔比物去人非了。在这绿波荡漾的青峰湖畔，山，已经隐向天边而成了淡远的背景。于是猎枪更成了稀有之物。人们注视着这个持枪荷弹的汉子，不知他是哪一路的英雄豪杰。

几只新造的木船摆在岸边。船旁的招牌上写着：新船，六千元一条。几个山民模样的汉子正在与那个外地口音的船主讨价还价。王青山听到那个船主说，六千块钱不贵。你下湖捕虾，大酒店每斤二十元收购，三百斤活虾就能收回买船的成本。这青峰湖水财源滚滚啊，让你们这些世代受苦的山民轻轻松松就从水里捞到钞票。这才叫真正的翻身解放呢！

王青山不言不语朝前走去。路旁的一座六角商亭正在装修，抬头看见商亭的招牌上红漆写着七个大字：灵秀文化精品屋。仿佛中了定身法，他原地不动呆呆站了很久。想来想去，也想象不出灵秀成为老板娘之后是个什么样子。

迷迷糊糊就朝码头走去。这里已经设立了往返于青峰岛与新镇之间的渡船，票价六元。这似乎是一只从海边买来的报废的木船。如果是在电视剧里，它肯定只能充当一个没用的道具。令他感到惊讶的是，即使是这么破旧的木船，仍然有人愿将广告贴在舱上：小磊渔业商行大量收购鲜活湖虾，按市价收买。

望着蓄水不久的水库，王青山不信湖里会有多少活虾。

站到船上，他知道自己晕水，就主动从怀里掏出一只非常结实的塑料袋，预备着呕吐。为了去看木生，他愿意受尽水上的折磨。

这时，他感到一阵眩晕。恍恍惚惚之中，他似乎看到湖上驶来几条渔船。他咬牙坚持着定睛去看。天啊，一只渔船上站着一男一女，是二顺子两口子。二顺子摇着橹，二顺子媳妇正在从水里往船上收网。

王青山惊异地睁大眼睛，绝不相信面前的现实。在他的记忆之中，二顺子昨天还是一个上山采药的山民，而二顺子媳妇，更是全镇有名的山村巧妇啊。怎么眨眼之间这两口子竟成了水上的渔民。人，真的成了两栖动物。

他使劲揉了揉眼睛想看个仔细，胃里一阵翻腾，猛地大口呕吐起来。这时他觉得自己的胃口成了青峰水库，呕吐出来都是绿水。

这水，真是杀人不见血啊。他倚在舱前心里狠狠说道。

渡船朝青峰岛行驶着。王青山已经吐净了胃里的所有东西，再吐也只能是滴滴绿水了。他急切地等待着靠岸，停船上岛成了他此时最大的理想。这时他想起自己的牛皮背囊里放着在省城住院时买的望远镜。通过望远镜看一看远处的青峰岛，他懂得了什么叫作先睹为快。

从望远镜里他看到东南方向来了天气，那是一团含着雨水的云彩。猎人的眼睛观望气象，是他家的祖传。可转念一想，如今是航行在青峰湖上而不是行走在青峰山里。高山变为大湖，那一团云彩究竟会不会下雨，他心里就拿不准了。

心里又想起了灵秀。

既然木生已经托了梦，我就应当找到灵秀当面锣对面鼓说出心里的想法。只有这样，才能既对得起死去的朋友，又对得起活着的自己。渡船驶近青峰岛，水汽显得更大了。这时在他心中，灵秀的形象一时朦胧起来，仿佛雾里看花。以前在梦里，灵秀的音容笑貌，从来都是非常清晰的。从清晰到朦胧，王青山若有所失。我这么多年心里单相思，究竟爱灵秀什么地方呢？他心里暗暗自问，居然无法自答。莫非仅仅因为她是一个女人？

男人与女人的事情，想不明白。

渡船靠岸了。一步跳到码头上，他显现出与众不同的敏捷。朝前走着，他才明白为什么这么多人乘坐渡船到这座青峰岛上来。这里已经是一个王国了。令他感到震惊的是，当年的青峰山，水浸之后成了所谓青峰岛。而所谓青峰岛，如今也已经不是什么荒岛了。山石纷纷被削平，树木纷纷被放倒，俯瞰全岛很像一只剃光头发的大脑壳。从渡船走下来的汉子们，大多是来这里充当苦力的。处处都有建筑工地，有盖高楼的，也有盖洋式平房的，给人一种圈地为王的印象。楼房是大酒店，平房是游乐宫。路标上写着，环岛四周东部为垂钓区，西部为浴场区，南部是商贸游乐中心，北部则是森林公园。麻雀虽小，五脏俱全。青峰岛活像一个暴发户，变得一派陌生。不但别人不认识它，就连它也不认识它了。

这就是父亲当年开枪自杀的地方啊。

朝南走去。青峰岛的南部完全是一派跑马占地的景象。一堆堆砖瓦砂石，将这里打扮成一个乱七八糟的世界。王青山举起望远镜看了看，朝着木生的坟墓走去。望远镜里，他已经看到了木生墓前灵秀亲手种下的那株柏树。

越走越近了，这时他才看到，木生的坟墓已经被圈在一个建筑工地里了。

横里蹿出一个头戴黄色安全帽的家伙，大喝一声：站住！

他只得站住，望着这个头戴黄色安全帽操着外埠口音的汉子。

你是干什么的！身上还背着猎枪？没看见这里写着施工重地闲人免进吗？

我是来看望一个朋友。只待一会儿，我就走。

这里能有你的朋友？哈哈，我是这里的工头儿，我要你立刻离开这里！

我的朋友埋在这里了，我是专门来祭奠他的。咱们谁也不碍谁，行吗？

不行！这里是疗养院的建筑工地。

面对这种动物，王青山突然觉得活着特别没有意思，他缓缓从肩上摘下猎枪，又缓缓将枪口对准黄色安全帽，然后缓缓问道，我是专门来祭奠朋友的，你只要再说一声不行，我肯定打碎你的脑袋，行吗？

"黄色安全帽"的脸色立即变得惨白，之后就淌下一道道汗水。

行吗？王青山又问。

"黄色安全帽"双唇颤抖着说，你、你千万不要开枪，咱们、咱们井水不犯河水。

王青山眨了眨叮人的目光，残忍地笑了笑。井水不犯河水？其实，我的猎枪里面没装子弹。

戴黄色安全帽的家伙还是吓得转身跑远了。

跪在木生墓前，他号啕大哭。焚烧纸钱的时候，东南方向的天气果然上来了。是雨。他大声对墓碑说，木生，看起来这天道没变！山民的眼光看天气，觉得有雨就果然有雨！

正是在这种激动的情绪之中，风越来越大，雨点啪啪落了下来。王青山仰面朝天，哈哈大笑，很是自豪的样子。雨水流入嘴里，他贪婪地喝着，心里充满莫大的惬意。跪在雨里，王青山蓦然感到心明如镜，目光似乎看到了人生的深处。

是啊。人活一辈子，各有各的结局。作为一个石匠，木生为飞石索去性命，不能说是死于非命，因为你是石匠。一个猎人若是落入雄貔口中，也算是一个归宿，因为你是猎人。文化人呢就应当死在书本上，因为你是文化人。人这一辈子，要生得其所，死得其所。

对着木生的墓碑，他行了三个大礼，然后将攥在手心里的那只白色蝴蝶放在墓碑上大声说，木生啊你给我托了梦，可是灵秀的心思，只有你的在天之灵能够看透。这青山都能变成绿水，方圆百里只剩下我一个猎人啦。真孤单！我只能自己朝前走了，木生你就保佑我吧。

依然是山区的天气，一阵风吹过去，雨也停了。淋得精湿的王青山背着猎枪告别了木生的墓碑，踏着碎石小路离开这里。拐了一个弯儿，他看到一堆红砖旁边站着以"黄色安全帽"为首的一群汉子，人人脸上充满煞气。王青山立即明白这群汉子是在等候自己，就拎起猎枪迎着他们走了上去。

"黄色安全帽"脸色涨得黑紫，猫腰想从地上抄起一块红砖。咣的一声猎枪响了，地上那块红砖被子弹打得粉碎。

"黄色安全帽"被震得张皇无措，坐在地上活像一只受了惊吓的猴子。

王青山叹了口气，你们为什么非跟我过不去呢？这山已经被水淹了，成了岛。岛又让你们给占了。我那死去的朋友埋在这里，真是选错了地方。

说罢，王青山伸手从对方头上摘下黄色安全帽，挥臂朝天上一扔，随手一甩猎枪，咣的一声黄色安全帽就在空中被子弹炸成碎块，纷纷落地。

工地汉子们不言不语，呆呆看着散发着硝烟的枪筒。

背起猎枪他大声说，告诉你们吧，我是一个猎人，我家祖祖辈辈都是猎人。你们这些人，气势汹汹的，其实只是为了来这里卖命挣钱。唉！你们听说过有一种动物叫猿吗？哼，你们肯定不懂这些啊。

朝码头的方向走出很远了，他才隐约听到那群工地汉子的叫嚣：他妈的，一定要杀了那个猎人！一定要杀了那个猎人！

码头上，他掏出六块钱去小木屋窗口前买票。窗口里的姑娘告诉他八块钱。他很是纳闷，来的时候渡船票价明明是六块钱，怎么眨眼之间就涨成八块钱了？

姑娘告诉他，船票说涨就涨，要是不愿意花这八块钱，可以从青峰湖里游过去。听了姑娘这几句话，他很快就明白这个世界上为什么没了猎人。因为大家全都变成了动物，也就没有什么猎人了。于是，他乖乖交上八块钱买了一张船票，站到没人的地方去吸烟，等待渡船。

一个西服革履官僚模样的老头儿，正与一个身穿红色旗袍的女子站在亭子里，嘻嘻哈哈说笑着。那老头儿的表情很是猥狎，不时伸手搂一搂女子的腰肢。那女子咪咪笑着。王青山听着她的声音十分耳熟，转身去看，只觉得眼前一阵发黑。那女子竟是苤蓝！

这对王青山是一个巨大的打击。在他的心目之中，无论哪个女子突然操持了贱业，他都不会感到意外。唯独苤蓝。苤蓝的巨变使他心头充满一股近乎绝望的情绪。茱蓝的父亲是一个英勇的猎人啊。茱蓝身上流动的乃是刚烈良正的热血。猎户的女儿怎么能够眨眼之间变成身穿大红旗袍的交际小姐呢？茱蓝身上穿的那件大红旗袍犹如一团大火，烧毁了他心中的一座青山。

王青山望着湖水，下意识地拎了拎手中的猎枪。这时一只野鸭沿着湖畔飞了过来，王青山大吼一声甩开猎枪猛扣扳机。

没响。猎枪卡壳了。

完了，这就是命。他抬起脚来将一块石头踢进湖里。

八

恨不能立即踏进家门，见到那位老者，然后烫上一壶热酒，聊上一个通宵。一种急于回家与亲人说话的愿望催促着他大步快走。路过灵秀院子时，他很想进去看一看，但是急于回家的心情驱使他从灵秀门前走了过去。多少年来他都不曾体验这种急于回家的心情，而家中等待他的，却是一位萍水相逢的房客。

虽然只是房东与房客，但他敢断定，此时老者正在等待他的归来。

推开大门走进院子，三间屋子灯火通明，一股暖意涌上心头。迈进灶间，老者正站在案前和面。见他背着猎枪走了进来，老者就抬头朝他很是灿烂地一笑。他被这笑容深深感染，搓着一双大手不知该说些什么做些什么。老者大声说，今天咱们包饺子吃。他也大声说，好啊，今天咱们包饺子吃。气氛一下就热烈起来，饺子成了这个世界上最为美好的食品。他翻箱倒柜，找出一瓶好酒。酒还没喝，却已感到了美美的醉意。

今天真是一个黄道吉日。

老者和着面说，一会儿灵秀就来。

灵秀，您怎么会认识灵秀呢？王青山大声叫了起来，很是诧异。

45

鼻子下边有嘴嘛。我到大街上一打听，就知道灵秀住在哪里。然后呢我就登门拜访，请她今天晚饭来咱家吃饺子。

他受到极大的震撼，定定看着老者。

老者被他看得不知所措。我做错了什么事情吗？

您什么事情都没做错。我只想问您一句话，您一定要说心里话。您，为什么去请灵秀来咱家吃饺子呢？

老者顿了顿，抬起头来看着王青山说，我只是凭一种感觉罢了。我断定你心里非常喜欢灵秀。有时候你显得非常孤单，我呢也不会在你这里住上一辈子，因此我就自作主张，请灵秀来咱们这里吃饺子。

王青山眼窝一热。面对这样一位洞察世事又善解人意的老者，他无话可说。

不过，一会儿要有一个记者来采访我，那是《家庭日报》的一个小伙子。我曾经答应过他，完成了这部一百万字的书稿就同意接受采访。我要言而有信啊，今天晚上只好接受他的采访了。打扰你了。

老者话音未落，那位在省城医院举着气枪打鸟而在湖畔市场又买去王青山狐狸皮的小白脸儿，急喘吁吁走进屋子。

你、你来这里干什么呀？王青山觉得屋里和谐的气氛一下就被破坏了，大声问道。

老者拍了拍手上的面粉说，这就是《家庭日报》的记者，他叫白晓白。

白记者似乎也认出了王青山，立即伸出手来，表示友好。看起来白记者是个雷厉风行的人，他立即拿出录音机摆在老者面前说，萧老，请您告诉我今天您最多能回答几个问题？

三个吧。

好吧。我问第一个问题：我提出采访的请求足有半年多了，为什么到今天你才同意呢？

因为我觉得是时候了。我的这部一百万字的书稿今天刚刚完成，我觉得应当说几句话了。我要告诉你的是，我觉得生与死，同样都具有意义。

您的话令我沉思。第二个问题请您回答，您下一步要做的事情是什么？

我想做我一生之中的最后一件大事。是什么大事呢？过几天你肯定就知道了。

白记者颇不放心地说，过几天我真的能够知道吗？

过几天我保证你会知道的。

我问最后一个问题。您已经看到了，青峰水库的出现对当地土著山民来说，无疑是一次巨变。高山隐去，大水涌来。于是，湖上捕捞应运而生。许许多多靠山为生的山民，一夜之间脱下洒鞋走上木船，变成了湖上的渔民。一条小船上往往是一对青年夫妇。据我了解，他们百分之百不会游泳。从统计学意义上说，这是地球上最为独特的一群渔民，也创下了世界渔民之最。同时，他们的捕捞也是疯狂的，不善水性的人们，往往不惜以生命为代价。每次阵风骤起，都会发生失足落水事件。据不完全统计，目前这里已有六人身亡。今天又有二顺子夫妇遇风落水，生死不明。

听到二顺子夫妇落水，王青山不由惊得啊了一声。

白记者看了王青山一眼接着说，萧老，请您对这种现象发表看法。

一派静寂。屋里的空气显得非常沉实。老者低头不语，一动不动。这使王青山蓦然想起木生的石雕。片刻，老者抬起头来看了看王青山又看了看白记者，表情很是悲悯。

山变水，山民一夜之间变成渔民。水变山呢？渔民又会一夜之间变成山民。我们能有什么办法呢？可能我们什么办法也没有，我们只能朝前走去。为了壮胆，我们只能一边走一边唱，一边唱一边走。

王青山呆呆看着老者，知道面前出现了一口深奥的古井。

屋里一阵沉寂。

白记者小心翼翼问道，有一句话叫摸着石头过河。关于这方面您还有什么看法吗？

老者摇了摇头说，我没的说了，谢谢你的采访。

白记者收起录音机，说了声再见，就大步走出屋去。王青山对这种戛然而止的访谈方式不大适应，以为这是不欢而散，就大步追了出去。

您告诉我这到底是怎么一回事？

白记者很有感慨地说，这位大学者对世事的看法真是心明如镜啊。佩服！从心里佩服。

白记者急匆匆走了。王青山静静站在院里，心中一派空白。活了三十几年，并不曾感到这个世界很大。一个猎人的心目之中，世界就是那座青峰山而已。刚刚听了老者的一番言语，他才猛然懂得，这个世界其实很深远，也很细小，很清晰又很朦胧。总之这个世界并不是从前他心目之中的那个世界。

似乎明白了，可又说不清楚。

大门吱扭一响，走进来灵秀。已经是掌灯时分了，若明若暗的院子里灵秀身上多了一种香水的气味，嗅着很是幽香。他伸出目光定定注视着灵秀，灵秀也目光定定注视着他。面对这个梦中频频相会的女人，他的心中荡起的是涟漪而不是波澜。他不知道该对她说些什么。这时她朝他走了上来。

他就将她紧紧搂在怀里，不言不语。

她就一任他紧紧搂着，也是不言不语。

这是他与她的第二次拥抱。

似乎过了很久很久。他说，你来吃饺子啊。

她说，是啊，我来吃饺子。我很久没吃饺子啦。

他松开双臂，她就从他的怀里脱了出来。他在前，她在后，两人一起走进屋里。桌子上，老者摆上四个小菜，还有一壶热酒。

一股浓郁的家庭气氛四处弥散着，随着煮饺子的热气扑面而来。

48

多年单身生活的王青山一下就被陶醉了。灵秀笑了笑对老者说，看不出您老人家还是一个理家的能手啊。

老者笑而不答。仨人围着桌子坐了下来。三只酒盅里都已经斟满了热酒。

灵秀似乎是在努力寻找话题，连声说这几天很忙，正在开发水上游乐项目。

看了看灵秀，又看了看老者，很显然王青山不知说些什么才好。

老者举起酒盅说，其实，心里非常高兴的时候，未必很想说话。今天我心里非常非常高兴，就只想喝酒。好吧，咱们干杯。

就干了杯。

灵秀拿起酒壶为老者斟满热酒说，青山真有福分，遇到您这样一个房客。我现在遇到许多事情总是想不明白，还盼望有工夫跟您聊一聊呢，请您指点指点。老者想了想，缓缓说，你要是有什么问题，今天咱们可以聊一聊，我想很快我就会走了。

王青山立即说，您不是说要住很长一段时间吗？

老者抖了抖寿星眉说，是啊，有时真的觉得时间已经很长了，有时又觉得时间很短。

灵秀十分认真地说，我总认为，这人，不能老围着一块石头转啊。总得挪一挪，动一动吧？

王青山低头喝了一口酒，恨不能立即听到老者的回答。他知道，灵秀提出的这个问题，很是要害。

老者指了指自己的心窝说，问得好啊！我要用一生的精力来回答这个问题。我觉得，一个人，可以围着一块石头转，度过一生；也可以不停地挪动，走过成千上万块石头而永不歇脚。其实这都是一个样子啊。

王青山与灵秀面面相觑，不能立即理解这几句话的含义。

老者又说，追求完美其实是一件非常难得的事情。

王青山眼里闪着泪光说，我只想当一个猎人，我真的只想当一个猎人，我今生今世只想当一个猎人。

灵秀避开王青山的目光，低头去看酒盅里的酒。然后她主动换了一个话题，问老者到底是搞什么研究的。老者并不过谦，说三十年如一日研究一种理论。这种理论如今遭到很大置疑，许多人对这种理论也丧失了信任。

王青山知道这种话题自己是插不上嘴的。

灵秀用同情的口吻说，您就很难再研究下去了吧？

不。我研究的这种理论仍然是我所信仰的。我与那些投机家的最大区别就在于，他们所研究的理论根本就不是他们的信仰。我不，我是真正信仰我所研究的理论，尽管它很有可能是错的。

王青山笑了。他终于听懂了老者的话。老者献身理论研究，与自己热爱狩猎其实都是同一个道理，那就是真心信奉着。不是假心。

不知道灵秀是不是听明白了老者的话，她走到灶前去煮饺子了。火光映红了她的脸庞，一扑一闪，看上去非常动人。王青山就这样定住目光看着她，心中一派清静。

饺子熟了，仨人就吃饺子。王青山第一口就尝出，这饺子的味道已经超过了灵秀的手艺。灵秀也连声夸赞着，心悦诚服的样子。

饺子吃过了，又喝了很多汤。灵秀说天晚了，起身要走。老者也站起身，很郑重地朝她抱了抱拳，说恕不远送。王青山就随着灵秀走到了院子里。

双方心里都很清楚，不可能再拥抱了。灵秀听到王青山说，灵秀，我很笨，我还是想按照老样子活着，一直活到死。

听到死字，灵秀抹了抹眼角说，我知道你白天给木生扫墓去了。我跟你说心里话，这些天我才弄明白，其实木生活着的时候，我从来也没有爱过他。但是我永远承认木生是个好人。你呢，也是个好人。

王青山站在院子门外，目送着灵秀的背影。路灯下，小磊迎了上来。王青山看到这个场景，心头不禁一颤。回到院子里，他无声无响站了一会儿。

这都是命啊。

老者从屋走出来说，天不早了，该歇着啦。青山，今天我真的非常高兴。

他硬撑着说，今天我也非常高兴。

就各自回到屋里歇息去了。

夜里，王青山梦到了狼。它立在一块巨石上，仰天长啸。那啸声，震落天上的启明星。清早醒来，他起身来到院子里，寻思着那个梦。

进屋拿出猎枪，抱在怀里擦拭。蓝光闪闪。这是他的最后一支猎枪了，这样就像文人爱护一本绝版的书。这时候他渐渐感到异样，抬头看了看石狗黑龙，发现它的脖子上挂着一个物件，竟然是老者的皮包。

走到窗前，他看到老者屋里空无一人。咦，这是怎么回事？他从黑龙脖子上摘下皮包，打开一看是一部厚厚的书稿。哦，这里写着多少字啊，肯定比曹操下江东的八十三万雄兵都多。

一封信从书稿里掉了出来。

韩小根背着两支猎枪兴冲冲跑进院来大声说，青山哥，夜里我梦见了狼！真是兽中之王啊，它八面威风站在一块巨石上，仰天长啸！那响动，兴许北京都能听到。

不知为什么，一个直觉猛然占据了青山的心头，他连忙将手里的信递给韩小根说，你快念一念，你快念一念！

韩小根颇有文化，接过信就念：

青山，那三千二百元钱你就不用还我了。在省城中心医院的时候，我住五官科病房，满脸都裹着纱布，你看不清我的模样。咱俩真有缘分，这次到新镇来，一见面我就认出了你，也就决定住在你家。告诉你吧，我在省城医院做的是整容手术。我鼻上有一颗黑痣，嘴角下有一道疤，这都是住牛棚时挨打留下的。我做整容手术是想追求完美，想在临死之前使自己的容貌变得更好。好在这部书是写完了，尽管它未必能够出版，但这些对我来说并不重要了。重要的是我已经写完了那一百万字。我的思想，永远居住在这部书稿里。请你代我保管吧。

听到这里，王青山觉得自己的脑袋嗡的一声就涨大了，韩小根的声音也模糊起来。韩小根继续念着：

你可能不会明白我离去的原因。我也很难跟你说个清楚。告诉你吧，我只能这样了。选择离去对我来说，很幸福，也算是完美吧。真的，给你写信的此时，我心里非常踏实。我很想做得完美，可是我知道一个人很难完美，所以我就更想试一试。我走完了自己的路。你读这封信的时候，我已经投入大自然的怀抱。青峰湖水，它一定非常清澈啊，清澈得让我激动不已。

最后我要告诉你，你是一个猎人，你是一个真正的猎人，你完全可以不改变自己。身为一个猎人，你将获得什么命运呢，这我就不知道了。但是只要你甘心受苦受难。

听罢，王青山拎起猎枪，大步朝青峰湖畔跑去。韩小根怔了怔，也背着猎枪紧紧跟在后面奔跑。

湖畔，王青山大声喊着：xiāo！xiāo！xiāo！

他的喊声使青峰湖水荡起了层层波澜。

事已至此，他仍然不知道老者的名字，只能朝着浩荡的湖水呼唤着他的姓。这是猎人最为古老的招魂方式，一代又一代，传承给了王青山。当年，他也是这样呼唤着为父亲招魂的。此时，他觉得自己又失去了一个父亲。

声声呼唤之中，王青山举起猎枪，咣咣咣朝着天空鸣放。韩小根也跟随着，咣咣咣将所有的子弹射向天空，引发巨大的回响。

远山一派苍茫。湖上，那些刚刚由山民转业为渔民的人们，正摇着小船向湖水里下网，忙着捕捞那日见稀少的湖虾。

王青山大声吼道：你们就是这个样子！你们就是这个样子！

冬季生活

一

入冬以来马冠兴改喝红茶、铁观音什么的。以往他不知道红茶这东西性情外露——头水冲沏即呈浓红色，有一种急于表现自我的味道，稍嫌张狂。这时周宗祥走了进来。

周宗祥说，嗯，喝红茶好啊，身子暖。有什么事吗马处长。

马冠兴被属下问得猝不及防，连忙说没事没事。周宗祥就退了出去。

只剩下马冠兴一个人了。还有那杯红茶。这时候他觉得周宗祥这个人十分好笑。将近五十岁的人了，调来工作半年了吧？每天都要到处长办公室站一站，问一声有事儿没事儿，然后就退出去——像一颗运行在轨道上的卫星。

马冠兴喜欢独处。他翻开桌上台历，想看一看今天还有什么事情要办。这台历是马冠兴的记事簿，已经发生的、正在发生的还有即将发生的事情，统统记录在案。随手翻动着台历，他看见一月八日那一页上写着一个英文字母"X"，心便倏地一动，仿佛看到了绿洲。

"X"是他的记事暗号，属个人秘密。

他却说不清楚这个秘密的内容是什么。

马冠兴闭目养神——开始了他忙中偷闲的漫想。

门外，周宗祥的声音似一团破布扔了进来，那静谧的绿洲一下子变成了肮脏的集市。

马处长，电话。马处长您的电话。

马冠兴只得重返俗尘，到隔壁办公室接电话去了。四十八岁的马冠兴每天平均要接三十个电话，耳朵成了他的重要器官。

二

打给马冠兴的电话，可分成两大类。他称之为"计划内的"和"计划外的"。

计划内的电话大都是谈工作的。审项目、批文件、报计划……统统是意料之中的事情，没完没了。于是马冠兴才被誉为市计委这幢大楼里最为繁忙的一位处长。

计划外的电话，往往是出乎意料的。那声音的突然迫近使你记起自己原本是当年陈旧故事里的一个伏笔。对此马冠兴很有感慨。

譬如说林莹的电话。抓起听筒，传出一个女人平静如水的声音："您好，请找一下马冠兴接电话。"这便是林莹了。

林莹像是永远生活在冬季。无论什么节气，马冠兴总觉得林莹是身穿大衣围着披肩站在街头电话亭打来电话的，令人担心感冒。而每每林莹必然要问他身体怎样工作如何。之后必然言归正传说，我刚才又给市委信访处发了一封信，继续反映你的问题。我想，事情总会有个结果的。我仍然在5026工程指挥部工作，再见吧。

马冠兴哭笑不得。起初他还在电话里反问林莹：你为什么要这样做呢？

林莹就说，我为什么不这样做呢？

马冠兴觉得这位大学同学不可思议。他知道林莹已经第十六次打来那样的电话了。林莹坚持不懈给市委写信不是告马冠兴坐在办公室里喝红茶，而是告他这些年主持审批的工业项目"盲目上马，引进失误，浪费资金巨大，渎职"云云。

敏感，固执，偏激，好胜，林莹四十五岁了吧？只能成立一个没有臣民的王国——自己领导自己。面对这样一个好战的王国，马冠兴又不知道它的国境在哪儿，只觉得那位女国王总是立在暗处，举起一支猎枪瞄着自己。

他只得这么大义凛然地等待枪响。

如果有那么一阵子接不到林莹的电话，马冠兴居然会产生一种挂念心理：她怎么啦？

三

马冠兴漫不经心走到隔壁办公室接电话。周宗祥坐在角落里说，不知道是谁打来的。

马冠兴突然问周宗祥：你接到过那种电话吗？喂喂叫几声，根本听不见对方的声音，一派沉默，捉迷藏似的，让人觉得莫名其妙。

周宗祥小学生似的眨眨眼，很惊异的样子。没有，绝对没有。还有这种电话呀？世界真奇妙。在电话里捉什么迷藏呀？

马冠兴走近电话机，抄起听筒。

一个十分陌生的声音。男人，五十多岁的样子。郑重而威严的语调中，不失谦和。

请你到我这里来一下，现在。

马冠兴茫然。对方极不愿意讲出自己的名字，只是缓慢吐出五个字：常委值班室。

电话便啪的一声挂断了。

四

马冠兴从三楼下到一楼的时候，他桌上的那台橘黄色电话机响了起来。马冠兴走出大楼去往那个神圣的地方——常委值班室。

一个又一个的熟人迎面走来又擦肩而去，热烈地打着招呼。认识马冠兴的人太多了。

这时候周宗祥快步走进马处长办公室。那台橘黄色电话机还在响着。他抄起听筒喂了一声，得到的是一派沉寂。他又喂了一声。

一个十分悦耳的女声，从容大度。您好，请找一下马冠兴接电话。听到这种声音周宗祥很喜幸。他说马冠兴不在。对方哦了一声似乎要挂断电话，周宗祥慌忙挽救，说有什么事情我可以转告马处长。对方便迟疑了。

请告诉他，我不回家吃晚饭了。谢谢。

周宗祥听罢，觉得特别失望。

这肯定是马冠兴的妻子夏一静呗。如果不是她怎么会打来电话告诉不回家吃晚饭呢？周宗祥心里寻思着，认为这个故事平淡无奇。于是他就在马冠兴的台历上写下了这个电话的主要内容。这时候的周宗祥十分希望接到那个名叫林莹的女子的电话。不知为什么，周宗祥总觉得马冠兴与那个时不时打来电话的林莹关系暧昧。他像一个隐在暗处的观众盼着舞台上的风云突变，譬如说男主角重伤或女主角改嫁什么的。他知道，马冠兴被召去这非同小可。故事可能不再平淡无奇了。

五

市委大楼在租界时期是法国工部局。马冠兴绕过大厅里的大理石柱子走上二楼，心不禁咚咚跳了起来。一个大常委召见一个小处长，这在程序上说几乎是不可能的。凭直觉，他认定最东边的那扇古铜色大门里就是常委值班室。到秘书处一问，果然应了那直觉。

他伸手叩门，猛然想起后天是妻子的生日。

门内说进来吧。马冠兴就进去了。

一个十分肥大的男人坐在办公椅上。

我是市计委计划处的马冠兴。

马冠兴？啊坐吧坐吧。

他领了座。他知道眼前这个肥大男人正是市委常委兼组织部长丁正中。

丁正中也是强华中学毕业生。马冠兴在校友会上见过他，那时候丁正中还在一家电子工业研究所里当支部书记呢。

丁正中的目光浏览着马冠兴。

不知为什么马冠兴心里涌起一股十分强烈的恶作剧欲望。马冠兴被这个念头吓了一跳，然而他还是开口说了话，装得傻乎乎的。

您贵姓呀？真对不起我不知道您是……

恶作剧的欲望得到满足，他却开始后怕了。

丁正中沉下脸，居然不知道谁是丁正中，这几乎不能容忍。他慢悠悠喝了一口茶。

马冠兴终于变节，给市委常委下了台阶。

您是丁正中同志吧？电视里经常见到您。我怕猜错，不敢认。

丁正中的脸上换了一个天气。马冠兴同志，你还经常去看齐老太太吧？

马冠兴不懂，就茫然望着市委常委。

市委常委说，对你的问题，我持非常慎重的态度。所以，才叫你来面谈。你不要觉得委屈。这一次是免职，免职不是处分，过一过会给你安排适当位置的。市委陈书记也有批示嘛。

市委常委晃了晃手中的一份文件说，一个叫林莹的女工程师汇总了近八年尤其是近五年以来我市上马的各类工业项目，能够产生良好经济效益的，确实不很多嘛。这是重大失误。

丁正中连续不断说了一些话。

马冠兴却有些心不在焉。

市委常委说，你要耐心等上一个阶段。你还有什么想法吗？

马冠兴伸了伸脖子。我想……问一问，那齐老太太是谁呀？

丁正中不高兴了。马冠兴同志你用不着这样问，一点儿都不显得幽默。你回去吧。

临了，市委常委又说，要经常去看望齐老太太嘛。

六

强作镇定的马冠兴走进办公室。他知道自己已经不是处长了。他要给自己善后。

周宗祥坐在处长的位置上喝着红茶。

见了马冠兴，周宗祥立即挪开屁股说，有事儿吗马处长？马冠兴迅速行使权力说，打两壶水去。周宗祥依然唯命是从打水去了。

他坐在柔软的办公椅上环视着房间。

他目光充满好奇，像是在参观别人的故居。

这时候他觉出这是一个很好的地方，尤其是在冬季。他的眼角有些湿润。

林莹啊林莹，你成功了。你终于把我从马上拉下来了。你会很高兴吧林莹。

两只暖瓶牵着周宗祥走了进来。

这时候桌上的电话响了。

马冠兴定定望着橘黄色电话机。

周宗祥凑上来，大有跃跃欲试的趋势。

马冠兴抓起听筒，即时喂了一声。空空荡荡。他又喂了一声，得到的还是沉寂。他心里立刻清澈了。又是那种电话。马冠兴心头一热。

有一段时光了。隔几天便接到一个这样的电话——对方从不张口，一味保持沉默。起初马冠兴认为是"串线"，很烦。后来总有这样的电话打来，他便相信了自己的第六感觉，的的确确存在一个对方——在电话另一端。

有时候马冠兴相信神秘主义并喜欢玄想。

有那么几次他都想手举听筒与对方比赛沉默，但总有这样或那样的事情打断而不得不放下这只沉寂无声的听筒。马冠兴太忙，因此他断定对方是个无所事事的闲人。

今天马冠兴很有兴致手举听筒享受静默。

这时候似乎是从很远很远的地方传来几丝喘息，电话听筒仿佛成了一个幽深的峡谷。马冠兴热血上涌。这是他首次听到来自对方的响动。这使马冠兴想到冬季里的一缕阳光。

您有事儿吗马处长。

马冠兴几乎是在怒视周宗祥——像一个搂着姑娘正欲接吻的小伙子怒视偷窥者。

周宗祥被这种充满仇恨的目光吓坏了，一转身就退了出去。

马冠兴一步便迈进了那无边无际的静寂之中。渐渐地他觉得飘浮起来。

他开始喃喃自语，大孩子似的。

我被免职了。我刚刚谈话回来。居然是市委组织部长丁正中找我谈话，这待遇太高了。我赋闲啦。我想在家里休息一阵子。有什么事情就往我家里打电话吧，3881822。

过了好一阵子周宗祥才走进来。

马处长，总务处叫咱们去领耗子药。

马冠兴沉浸在那个电话世界之中。

您为什么总也不说话呢？您是我认识的人吗？跟小时候的捉迷藏一样。

马处长，总务处叫咱们去领耗子药。

马冠兴打了个激灵，如梦初醒。

他派周宗祥去领耗子药了。屋里没有别人，他迅速在今日台历上写了一个小小的英文字母"X"。每逢接到这种静寂无声的神秘电话，马冠兴都在台历上做一个记载。这是他自己的密码。随手翻台历，马冠兴粗略算了一笔账。这两个月来，他一共记下八个"X"。

X？这人是谁呢？活得如此闲适从容，专门用电话制造谜语。

七

日子不好过了。马冠兴知道自己已经不是处长了，但别人并不知道。消息还在途中便形成时间隧道。马冠兴悄悄给自己做收尾工作。他心里说，既然免职文件还没到达，我就多作威作福几天呗。他很想身心放松但中午饭量却减了两个馒头。

他没跟妻子提起自己被免职的事情。

这几天夏一静挺忙，晚上很晚才回家。

午休的时候，马冠兴给林莹拨了个电话，办公室占着线。又给林莹家里拨，也占线不通。马冠兴产生了一个幻觉：两个林莹，一个在单位一个在家里，都举着电话跟别人雄辩着呢。

林莹读大学的时候是一个低温美人儿。似乎没有男人敢举起心灵的火把去烤她——温度一高不知会变成什么样子，无法收拾。

午休之后电话终于拨通了。许久没有人接。又往家里拨，通了并且很快就听到了林莹的声音。马冠兴心头一颤。

林莹啊我是马冠兴。我告诉你一个好消息，你盼望已久的好消息。

林莹似乎有些心不在焉。

我被免职了。

林莹嗯了一声。你被免职了？

是啊我被免职了。你用了那么多邮票，破费了。

林莹渐渐有了情绪。太好了，你被免职了，我的心血没有白费。你夫人知道了吗？

夏一静还不知道。无论如何我也不能告诉她是你一封又一封地写上访信把我给弄下来的。

林莹笑了。你应当告诉夏一静是我干的。

林莹说她很忙，就率先放下了电话。

马冠兴觉得有些失意，就盼望早些下班。

林莹真是个怪人、稀有动物。

下班之后马冠兴没按既定路线回家，他乘地铁去了起士林西餐厅。今天是夏一静的生日，他要在这儿买上一个西式蛋糕。起士林餐厅最初是英国人开的维戈多利西餐厅，一派没落贵族的风度。马冠兴发现进进出出的人们都属于平时很不熟悉的那种阶层，就觉得进了威虎山。柜台里的小姐问他是不是预订了。马冠兴摇了摇头，手里举着二十元人民币。

小姐说，那您没有预订就只能买这一种了，档次低一些。马冠兴看了看标价心中一颤，一百二十元一个啊。好在今天发了工资。

这时候的马冠兴是站在一楼大厅左侧。通往二楼的旋转楼梯是英国人留下的，给人黄金铺地的感觉。当马冠兴拎起价值一百二十元的蛋糕抬头一望的时候，正看见黑呢长裙下的两只白色高跟鞋款款走上楼去，一闪即逝。

马冠兴觉得那黑呢裙白皮鞋挺眼熟的。

他想跟到二楼看个究竟，又觉得挺费事儿的，就转身跟蛋糕一道，回家了。

八

下雪了。从入冬就念叨下雪下雪，这雪到底还是来了。马冠兴走进地铁入口，心里却是一片茫然。身后追上一个人来，呼呼喘着粗气。

马处长您腿太快了，我紧赶慢赶的。

马冠兴上下打量着这个陌生的小伙子。

小伙子说，我们俞总经理请您吃饭。

哪个俞总经理呀？马冠兴觉得挺可笑的。

小伙子递上来一张名片：金世界科贸实业总公司总经理俞延祐。小伙子说，俞总经理当年跟您打过交道，对您印象极深。小伙子压低声音又说，我们公司资金上千万，是个大公司哪。

你们俞总经理现在在哪儿？

小伙子往天上一指说，车正停在路边等您呢。

马冠兴见来了地铁列车。告诉俞经理，后会有期。他说完拎着蛋糕挤进了车厢。

哪来的什么俞总经理，山大王似的。马冠兴寻思着，发现身边有一位女同胞在不停地看着自己。马冠兴迅速看了她一眼，就挪开目光。

觉得这位女性有些眼熟，就大着胆子又看了一眼，是一个漂亮的姑娘。姑娘朝他淡淡一笑。你姓马？马处长？

马冠兴点点头。你认识我？

你的儿子叫马放吧？我是他的老师。学校开家长会时我见过你。我叫丁薇薇。

马冠兴说，丁老师真是好记性呀。

不，是因为你与众不同。

我有什么与众不同的？

丁薇薇眨着那双明亮的眼睛说，你一身官气十分矜持地坐在诸位家

63

长中间，非常突出。

马冠兴丝毫没有想到对方会如此尖锐地说出锋芒毕露的话来。他语塞了，无言以对。

他认真打量着这位丁薇薇老师。

这是个二十多岁的现代女性，衣着稍显时髦，时髦之中又不失持重。

他记住了丁薇薇那双略显调皮又颇具冲击力的眼睛。丁薇薇要下车了，她郑重地对他说，马放同学家长，马放近来学习成绩明显下降，希望你能百忙之中过问一下他的情况。

丁薇薇下车走了。马冠兴远远望着她那两条修长的腿。

他又想起起士林餐厅里见到的那个倩影。

一种不祥的感觉始终笼罩在他的心头。

马冠兴住在高层住宅的第十二层。在电梯里他想起已经连续两年没与妻子一起切生日蛋糕了。前年夏一静带体操队去外地比赛，去年他在开发区审查大型无缝钢管项目没赶回来，今年应当在一起给夏一静过个生日了。

打开单元安全门他走了进去。

他知道今年的生日晚餐又泡汤了。没有灯光。他站在厅里，他不死心，用十分热烈的口吻召唤妻子。没有应声。他又召唤儿子马放，仍然没有应声。

走遍三室一厅，打开所有的灯，他这才死心。妻子和儿子都不在家。空荡荡的厅里只有马冠兴和生日蛋糕。

为了不虚度光阴马冠兴开始抽烟。

在机关上班马冠兴是不吸烟的，只在家里吸。这样，吸烟便成了他的小秘密。挺有味儿。

时钟一口气唱出了九个音符。

他打了个哈欠，困了。这时候他看到茶几上有个纸条，显然出自夏

64

一静手笔。

         我床头柜上有一盘录音磁带，冠兴你务必听一听，务必。

马冠兴起身往卧室走去。

床头柜上果然放着一盘磁带。

他有些性急了，打开录音机放入磁带。

先是二胡独奏曲，接着变成妻子的声音了。

冠兴让我怎么跟你说呢？我不能做到面谈，我真的做不到，我没有这个勇气。我只能借助这台录音机了。

冠兴，咱们做了这么多年夫妻，你对我挺好的。但我一直有一种说不清楚的感觉。我真的说不清楚。现在我要告诉你，真的很对不起因为这对你来说太突然了。冠兴，咱们离婚吧。我、我要跟你离婚……

九

冬天的清晨总是令人生畏。三个人分别睡在三个房间里。马放第一个起床。他在家中走了一遭大声叫嚷起床。之后马放又说，一人住一间屋，这很像电视剧里演的高级单间牢房。

马放来到爸爸房间。马冠兴盖了一条毛毯睡在长沙发上。马放，你妈妈起床了吗？

马放说，我妈妈正在屋里抹眼泪呢。

之后马放又来到妈妈房间。夏一静坐在梳妆台前整理着自己的形象。马放你爸起床了吗？

你们俩都同时雇我当探子。我上学去啦。

马放走后，家里静悄悄的。

马冠兴精神有些崩溃了。离婚这个词汇像一枚子弹迎面飞来，令人猝不及防。他从来没想过妻子会和自己离婚。他不能离婚。就机关文化而言离婚绝对属于贬义词。单位里有个老胡，妻子在外边作风放荡多年了，老胡仍然在挽救。离婚对马冠兴来说，陌生而严峻。

昨晚他反复听了妻子留下的录音磁带。他知道妻子为什么不与他面谈，妻子也有心理障碍。录音带里妻子告诉他一段青梅竹马的故事。

那个男人叫黄雄，从新加坡来。

夏一静自幼寄住在黄家。十四岁那年，黄家面对险恶的局面只得去海外，他们无法带走夏一静，哭得胜过生离死别。黄雄大夏一静两岁。他说，一静，这辈子就是跨刀山过火海，我也要来接你的。

一别就是二十多年。黄雄的父母都已作古。黄雄依然独身，始终信守对夏一静的诺言。

黄雄成了华飞集团的总经理。他回到大陆，找着夏一静。可夏一静已经结婚了。

黄雄说，你自己选择吧一静。

夏一静选择了黄雄。她鼓足了勇气提出离婚。

马冠兴悄悄起床。不知为什么他害怕见到夏一静，似乎是自惭形秽。

没有去洗漱。他穿好衣服戴上帽子佩上围巾捂上口罩，悄然溜出家门。

电梯里有电话，他拨通了，是夏一静接的。

他迅速地说，带子我听了。我们在一两天之内谈一次吧。我在电梯里呢。

夏一静非常纳闷。马冠兴什么时候跑到外边去的？明明还没有起床嘛。

马冠兴出了楼门赶到大街上。他觉得冬季很好，人可以捂得只露出一双眼睛。夏季则太裸了，无处躲藏。

证券交易所门口，远远地他看见马放的身影。

十

马冠兴走进办公室。还不到上班时间，周宗祥却早早来了。他坐在马冠兴的椅子上喝着祁门红茶，乍看绝对原装处长。

周宗祥每天提前一小时来机关就是为了过一过处长瘾的，到点一上班他就立即还原成孙子。

他对马冠兴的到来毫无思想准备。等他意识到屁股必须换个地方时，马冠兴已经坐在他对面开始抽烟了。

马处长您素常是不抽烟的，怎么……

我最近才学会的，瘾头已经很大了。

周宗祥处变就惊，不知该说什么才好。于是他就拎起暖瓶去打开水了。

上班时间到了，同志们陆续到位。马冠兴总共有八个部下。其中一名生孩子去了，一名援藏，另一名留职去海南淘金了。

他心里想，剩下的这五位也很快另易其主啦。这么想着，他去傅主任办公室看看动静。

傅主任是他的顶头上司。胖胖的傅主任见部下来了，很热情地打着招呼，温度超过以往。

啊，是免职。不要紧，工作还会安排的嘛。你将工作归拢归拢，嗯，在家休息一段时间。工作嘛，向周宗祥交代一下，由他临时负责。

傅主任说着，马冠兴听着，他觉得事情有些荒唐。周宗祥来处里工作时间最短，能力最差，居然能够担任临时负责人。

马冠兴从傅主任办公室出来，去找周宗祥谈话。周宗祥已经有些变化了。当马冠兴向他交代工作时，他不再唯唯诺诺的样子了，俨然一首长在听下级汇报。

听罢汇报周宗祥说，刚才有你一电话，是个女同志，姓丁。她要你别走动，等她电话。

马冠兴想不起来哪位女士姓丁。

于是马冠兴原地不动，等待接电话。

从明天起要在家休息一程子了，可偏偏又赶上夏一静要求离婚，家也不像个家了。离婚的问题已经摆在面前了，无法回避。

这才叫焦头烂额呢，损了夫人丢了官。马冠兴只得苦笑。人生进入困难阶段了。

电话铃响了。马冠兴抄起电话。

他接受了一段漫长的电话训示。训话者姓丁，是位女士，正是他在地铁里遇见的马放的班主任丁老师——丁薇薇。

马放又旷课了。丁老师批评家长不负责任监督不力。马冠兴想告诉丁薇薇上午在证券交易所附近似乎看见了马放的身影，又怕引来更多的批评，就闭口不言。

丁老师，您说怎么办吧？他恭敬地问。

怎么办？去找，去寻找他旷课的去处。只有摸清情况，才能解决问题。马处长您应当知道现在该做些什么。

谢谢你。马冠兴放下电话，心里盘算着去什么地方搜捕马放。

十一

冬季的大街是唯一让人感受北方温度的地方。室内全是暖烘烘的，使人昏昏欲睡。马冠兴走在大街上，一切都很陌生，常年蹲办公室，成了一只室内动物。

来到证券交易所。大厅里人们俨然一群雕像——驻足引颈凝视着墙上大屏幕不时变化的数字。马冠兴仔细搜索了一遍，没发现马放的踪迹。

马冠兴认为在这股民的行列中，马放入伍尚嫌太早。高中一年级学生，太袖珍了。

人们在大街上行动着。有的匆匆，有的闲散，还有漫无目的者。马冠兴走在便道上，显出迟钝和麻木。

一辆黑色轿车在前边停下了。马冠兴多少懂得一些汽车，觉得这是一辆本田。

有个小伙子估计是司机，钻出汽车站在便道上。马处长，上次在地铁里我跟您打过交道。

认出了。你有什么事找我呀？

这儿不让停车，您上车咱们开起来说吧。

马冠兴迟疑了一下。轿车内又钻出一个身材高大的中年汉子。马处长请上车，我是俞延祜。咱们上车谈吧。

马冠兴记忆力不错。他想起这位是金世界总公司的总经理。没见过人见过名片。

他们并排坐在车里。俞总经理说，车开着我就看见您了，太巧了。咱们有缘分啊马处长。您还记得我吗？咱们以前打过交道。

马冠兴侧身看着俞总经理，依稀还能看出这是一个农民出身的企业家。尤其是那双眼睛里透出来的自信，更说明他正处于昂扬向上的人生阶段。

我认识人太多了，很抱歉我想不起来。

俞总经理说，我请您去亚细亚饭店，咱们边吃边谈吧。

马冠兴有些走神儿。他频频向车窗外大街两侧观看，寻找着马放的身影。

哦，俞总经理你到底有什么事情，就在车上说吧，我还有些别的事情。

俞延祜有些不悦。马处长今天您还是赏光吧，我有挺重要的事情要跟你探讨一下。

十二

马放成为股民以来没有什么业绩。股民首先要具有强烈的投入意识和敬业精神。马放是学生，他必须靠逃学来赢得时间。他在班上有个同学叫周培，是个女生。马放为炒股而逃学，周培为马放而逃学。这很像达尔文的生物链。马放和周培走进亚细亚酒店的西餐厅。

周培有些紧张。女孩子容易紧张。她没来过这种有星级的酒店，如此豪华静谧的西餐厅已超出她的想象。这大厅几乎是玻璃制成的宫殿，使人觉得外面的世界既遥远，又近在咫尺。周培小声说，很贵吧？

马放沾了沪市股票回弹的光，赚了一笔。他领着周培在一张桌前坐下，女招待就来了。

你紧张什么？这儿又没写着少儿不宜什么的。马放安抚着周培，开始点菜。他知道亚细亚是个什么地方，就小心翼翼点了一个鸳鸯套餐和饮料。之后他对女招待说，我用港币结账请你送一只不锈钢水壶来。

他小声对周培说，不锈钢水壶里是矿泉水，白喝不要钱。

说完这些话，马放突然变了脸色。

周培问他：钱不够啊？我这儿有一百多人民币。马放说钱够用的，我头有些疼。

周培即显出少女不知所措状。

马放看见妈妈和一位男士坐在不远的餐桌上，这令他进退维谷十分难堪。

他猜测妈妈也已经发现了自己，也很难堪。

马放看到妈妈起身与那位男士调了位子。母亲给了儿子一个优雅的背影。马放偷偷瞧着那位男士，认为他是来自东南亚或者中国港澳台的绅士。

鸳鸯套餐送上桌了。周培问，马放你怎么会点这里的菜呀？马放说我爸领我来过。

马放的话刚刚落地，马冠兴便由人陪着走了进来。马放不敢相信自己的眼睛，他又看了看，马上低下头对着鸳鸯套餐发呆。

天啊，全家总共三口人，在这儿聚齐了。

这就叫亚细亚大会师，三个方面军。

马放觉得这太巧了，巧得已经有些滑稽了。

马冠兴与俞总经理落座。他先是看到妻子隔着三张桌子与一位男士坐在一起，继而发现右翼的马放与一女孩进餐。

马冠兴不知如何是好。

这是一次令人尴尬的亚细亚会师。

十三

俞延祜总经理今年五十岁。粗黑的脸膛，粗壮的身材，还有说话厚实的嗓音。

现在马冠兴身陷如此窘境只能采取现实主义态度，只低头就餐，不抬头四顾。于是在俞总经理面前，便显得有些贪吃。

这很令农民企业家俞延祜失望。

马放速战速决，很快就与周培合力歼灭了鸳鸯套餐。周培还想再喝点儿不花钱的矿泉水，马放拉着她就走了。

马冠兴心里想，这小子逃学还拉着个女生，真是坏透了。他俩逃学，书包藏在什么地方呢？马放哪来这么多钱吃亚细亚的西餐？

俞延祜要了瓶拿破仑酒，以助谈资。

夏一静身边那个男人肯定就是黄雄了，他是专程来等候夏一静的离婚消息吧？看来一切都无可逆转了。一静肯定也发现了我。她刚才看到马放没有？马放早恋并且逃学你当妈妈的是有责任的。

俞总经理举杯说，马处长今天心思很重啊。来，咱们干杯。

马冠兴慌忙举杯，却错端了橙汁。

俞延祜说，马处长你真的不记得啦？一九七九年……不，是一九八〇年，当时你不在市计委工作，反正是在市政府大院的一间办公室里，我一步迈了进去。

马冠兴想了想，说那时候我在市生产办公室负责支农会战工程。

俞总经理讲起那个时候的事情居然有些忆苦思甜的味道。他动了情绪，大声说，当时我不明白自己办工厂算不算是新时代资本家，雇工算不算剥削，就进城去那些大机关找高人询问。没人搭理我，我进了你的办公室。你呀，有些架子，但非常耐心地给我讲这讲那。我记得你还提到《资本论》和《国家与革命》呢。

马冠兴拍了拍脑门儿说，有些印象了……

这时夏一静与那男士起身要走。

俞总经理说，你那一番话给我壮了胆子，回到家我就跟我老婆干上啦！从养鸡开始，一直到现在……嘿嘿，就算是个不大不小的公司吧。我总认为不能忘了你马冠兴。

马冠兴说，我当时跟你说的什么，我可是一点儿都记不得了。

俞延祜说，你说的都是让我挺起腰杆的话！

女士优先。这时夏一静在前黄雄在后走向餐厅门口。

又走进两人来。天啊，马冠兴在心里喊了一声。这才叫无巧不成书呢。

林莹身穿一件黑色大衣佩一条白色围巾走进西餐厅，她身边是一位大胡子白种人。

马冠兴看见林莹与夏一静握手。两个女人都显出矜持与高贵，不冷不热不卑不亢地交谈着。然后互道了再见。

林莹与大胡子洋人朝马冠兴的方向走来。

不知为什么，马冠兴站起身迎着林莹。

马冠兴也对自己的起立行为感到意外。

林莹的表情比刚才热情了一些。她与马冠兴握手，之后用英语向大胡子介绍马冠兴。马冠兴多年坐机关，已经听不大懂英语了。林莹又将大胡子介绍给马冠兴。

这是美国派力尔公司的副董事长胡克先生。

马冠兴不明白，林莹怎么又搞起了洋务。

林莹请胡克先生朝里走。她问马冠兴：你怎么跟妻子还兵分两路呢？她先撤啦。

马冠兴知道林莹一贯尖酸刻薄，就干巴巴一笑。他心里说，林莹你晚来了一步，刚才还兵分三路呢。

十四

晚上。很晚了，马宅才亮起灯光。

马放走进家。我的妈呀，我故意磨磨蹭蹭想最晚一个回家，钻进被窝就算逃过今天啦。没想到，成了回家最早的。我爸我妈太狡猾了。

他就进到自己的房间里去构思防御问题。

许久他听到厅里有动静。是爸爸回来了。

爸爸没有什么大的动作，也进到他屋子去了。马放想，兴许今儿晚上能平安混过去。

他闭了电灯，躺在床上立起耳朵听动静。

终于听到妈妈回来了。妈妈是个很爱干净的人，她进到卫生间去了。哗哗水响。

过了一会儿，听见妈妈喊叫起来。

怎么没有热水啦！怎么没有热水啦！

无人应声。马放心里说，新规定您不知道呀，过了晚间十点半就没有热水啦。

夏一静开始求援了。没热水啦，可我头发上都是香波，身上都是肥

73

皂沫。我怎么办呀……

马放心里想，妈妈需要帮助。爸爸呢？

夏一静开始点将了。冠兴，你帮我弄些热水来吧，这事马放干不了，他大啦。

冠兴，难道要我喊邻居帮忙吗？

终于听到爸爸的动静。他在厨房里为夏一静配制适度的热水，之后端到卫生间门口。

马放听见妈妈小声说谢谢，之后就哭了。

爸爸说，你洗吧，一会儿咱们谈谈。

妈妈说，在我屋里吧，我……

爸爸说，你误会了，我的意思是开个会，也召集马放参加。咱们决策决策。

妈妈还在哭。冠兴咱俩先谈一谈吧，求你啦，咱们原本是好夫妻。

后来马放等待开会而又迟迟接不到通知，就睡着了。他不知道爸爸和妈妈开了一夜的会。

马放是第二天清早被召集开会的。

这是一个星期天的上午。

十五

马放永远也不会知道爸爸妈妈昨夜开了一个什么样的会。清晨起床他说夜里觉得冷了一阵子。妈妈说夜里暖气停了两个小时，咱们这个城市能源十分短缺几乎年年闹危机。

你们一夜没睡呀？马放吃着早点，问疲累不堪的爸爸。

马冠兴说，一会儿咱们开会统一一下认识。

这不眠之夜对马冠兴来说是惊心动魄的。

夏一静也认为这一夜应终生难忘。

74

夫妻相敬如宾恩爱生活了这么多年，彼此竟然刚刚明白，这些年他和她其实都没有淋漓尽致地按本色在一起生活，夫妻一场居然掺杂着这么多属于礼仪性质的生活。

当然这并不妨碍他与她离婚。

他说，懂了，夫妻多年刚刚明白，很满足啦。人到中年并不迟。

她说，以前我不懂什么样才是女人……

夏一静请马冠兴原谅，在一起生活这么多年，居然不知道他是个能力很强的男人。

马放被告知这个家庭将出现改变。他说，爸爸妈妈，咱们家解体啦？

马放对家庭解体表示极大的愤怒。

妈妈说，怪我吧，是我提出离婚的。

马放说，完啦！咱们家全乱了……

夏一静用手绢擦着眼角。马冠兴此时发现妻子身材苗条眉目清秀，长得像影星梅丽尔·斯特里普。于是他愈发觉得失落。

马冠兴说，马放，我跟你妈妈离婚这事先不谈了。咱们再说一说你。逃学，炒股，早早就交上了女朋友。这次我跟你妈妈协议离婚，你呢，归我啦，你说今后该怎么办呢？

马放不言不语。

等你长大了，自主了，可以去找你妈妈。可眼下，你的任务是读书上学。马放你表个决心吧。

马放哇的一声哭了出来。

爸爸，我想……现在就跟我妈妈移居香港。

马冠兴急了。你移居香港干什么？

马放说，炒股。说罢眨了眨那双小眼睛。

行了行了你等着吧。

马放说，我就想，趁着现在抓紧时间去香港。

75

马冠兴听了，哭笑不得。

夏一静说，孩子，等你大学毕业啦，妈妈来接你。

我不想上大学，大学毕业也找不着工作。

你小子思想太落后啦！马冠兴大吼。

十六

天气突然暖了两天，又突然降温说是来了寒流。马冠兴和夏一静正是在暖冷相交的那一天办的协议离婚手续。

两人都觉得离婚也是一件大事，应该有个仪式之类的，以示郑重。

就觉得出去吃一顿饭比较适合体现分手送行的意思。三口人无一异议。

马冠兴认为还应到亚细亚去，三路兵马合成一支队伍。夏一静含着眼泪说，可以吧。

全家人各自整理自己的仪表，准备出发。

电话铃响了。马冠兴跑去接。

听筒仿佛远离尘世的峡谷，静寂无声。马冠兴认为电话出了故障，一连喂了几声，仍然杳无声息。这时疲惫不堪的马冠兴猛然想起这是那种神秘的电话。那天被免职他曾对这种电话喃喃自语，今天这电话居然打到家里来了。他又接连喂了几声，非常激动。

马放大声催促爸爸一起出门去。

马冠兴只得对神秘电话说，我有事出去，希望你还能打来。我……我现在特别需要支持。

他似乎听到石英钟打点报时的声音。放下电话他走到厅里问已经卸任的妻子，咱家没有打点报时的钟表吧？

夏一静眨着双眼不解地看着他。

马冠兴知道自己又一次听到来自那个人的声响。他愈发坚信对方是

76

个并无恶意的潜在人物。

这个即将解体的家庭，三口人一同走进亚细亚酒店的西餐厅。几经商议，他们选择了大厅中央的那张桌子，以示隆重。

夏一静来了一些兴致。她说，无论今后怎样，咱们两人起码还是朋友，因为咱们在一起很好地生活过。

马放立即举杯。他非常赞同妈妈的这一说法。

俞总经理陪着几个生意人走进。看来他是这里的常客。

马冠兴佯装没有看到他。俞延祜却径直走过来，主动打招呼。马冠兴只得将夏一静和马放介绍给他。彼此一一握手。

俞延祜说，多么幸福美满的家庭啊！

十七

夏一静走后的一段时光，马冠兴无所事事。头上没了官帽子，起初并不适应。他将主要精力放在马放身上，暗中紧盯以杜绝逃学现象的重演。春意悄悄走来了，他心中依然冰天雪地的。他不知道下一步该怎样安排生活。

这么多年来，马冠兴第一次丧失目标。仿佛一只笼中的幸福鸟，被放回大自然中去，这鸟觉得幸福全无，只剩下风吹雨淋的苦难了。俞总经理再也没露面。此公三番五次与他接近，是想聘他去担任公司的副总经理。马冠兴感到很意外，不知俞总经理看中了自己什么地方。乡镇企业集团是讲究血缘的，却偏偏相中我马冠兴一个外人。

俞延祜的回答是，咱们有缘分啊。

马冠兴笑着说，我已经不是什么处长了。

俞延祜哈哈大笑。这更说明咱们有缘分啦。冠兴老弟，我老俞给你一段时间考虑。到时给我打电话吧，这是大哥大号码。

于是马冠兴待在家里成了一位思前想后的修行者。儿子马放推开他的屋门。

马放一下子就长大了，主动洗衣服、拾掇房间，还速成学会了做饭。

儿子端进来一只有饭有菜有汤的大托盘。

爸，您正面壁构思那首《囚歌》呢？"为人进出的门紧锁着"，您也就出不去了，整天待在家里。

马冠兴听儿子这么说，立即从床上坐起。他有些后悔，后悔这几天的失态给儿子留下一个软弱的印象。是啊，这就是男人。妻子如鹤远去，马冠兴的卧室一下子成了病房似的。

儿子关心我了。望着马放端进来的饭菜，马冠兴心里热辣辣的。马放，咱们到厅里一起去吃吧。从今天起，咱们同舟共济，度过这一段困难时期。

马放说，我没觉得有什么困难。

电话铃响了，马放跑出去接，马冠兴随即跟出去。马放撂下电话说，串线，没声音。

马冠兴大声说，马放今天咱们做个规定，今后家里来电话，统统由我先接。你是个孩子，是没有电话找你的。

马放说，这是什么规定呀？没有电话找我？我妈妈说她经常要从香港或者星洲那边给我来电话的，我已经接到过两次了。

马冠兴急了。你不明白！有一种电话就是没有声音。我正在研究这种神秘现象，希望你不要打扰！懂吗？

马放见爸爸愤怒了，觉得莫名其妙。

门铃响了。马放问道，爸爸，这门铃响了有规定吗？是不是也得由您前去开门。

少废话！你快去开门。马冠兴气急败坏。

爸，一阿姨找你。马放说罢，趁机溜到外边世界去了。

是林莹。她身穿一件大红羊毛衫，屋里仿佛扑进一团烈火。

马冠兴忘了寒暄忘了款待，只是呆呆地说，林莹你从来不穿红颜色，你从来不穿红颜色的。

林莹燃烧得十分灿烂。

冷寂多日的马宅来了林莹便像是失了火。

十八

冲着三楼窗台马放大喊一声：收——废——品！不一会儿工夫周培就跑了出来，欢天喜地的样子。周培是个小巧玲珑的女孩儿，使人想起精品屋。

三楼窗户打开了，露出一男人脑袋。培培，今儿下午学校不是没课吗？

周培说有课，临时增加的趣味数学。

两人走出巷口。刚才那人谁呀？像一全民企业里的工段长。马放说。

周培说那是我爸爸，处长啦。我爸新近当的处长，特忙。我妈说我爸脾气比过去大了，烟也抽得比过去勤了。总之有了派头啦。

我觉得你爸特可怜。马放说着领周培过了马路，往长途汽车站的小件寄存处存书包去了。

周培热烈地说，这就叫轻装上阵。

他们要去的第一个地方是立志语言学校。马放说，知道为什么你爸一当上处长烟就抽得勤了吗？受贿！不花钱的烟当然要多抽啦。

周培说，我爸不受贿。我爸是市计委计划处处长，特兢兢业业。

马放站住了。原来是这么回事呀！我爸下台，你爸上台，坐的是同一把椅子。

真的？咱俩真是太有缘分了。

马放又说，你爸极有可能是踏着我爸的鲜血领到军功章的。如果真

79

是这样，咱们俩就是当今中国的罗密欧与朱丽叶了。

你瞎说什么。周培小妇人似的撒娇。

走进立志语言学校，广告牌子上写着"大热门"三个大字，下边写着俄语、朝鲜语的收费标准。马放和周培不为所动，去交学费的地方报名参加粤语学习班。

周培说，学会广东话，走遍全天下。

他俩要去的第二个地方是证券交易所。在那里可以炒股炒券炒汇，就是不能炒菜。

交易所大厅的大理石地面光可鉴人。周培小心翼翼走在上面，趁机自我欣赏。

马放小声叫着周培。坏啦！丁老师在这儿。

周培也看到丁薇薇了。丁老师身穿一件黑色披风，足下是一双高到膝盖的皮靴。她从来没见过丁老师如此打扮，惊得呆呆看着。

马放说，别怕，反正她已经不是咱们的班主任了。我听说她改行当了美术课老师。

丁薇薇掏出大哥大，像是在向谁通报看价或证券行情。这时候丁老师很像个现代女侠。

周培远远望着丁薇薇，觉得她特漂亮特潇洒特受男人注目，既是美女又是英雄，二者合一。

丁老师彻底改革开放了。周培羡慕地说。

十九

农历三月降大雪，在这个城市的历史上是不多见的。据说光绪二十二年和民国二十七年以及一九七一年都有过这种降雪。

证券交易所里的人们见外边的世界白了，纷纷说下银子啦下银子啦。雪猛，一会儿世界就成了一个银世界。

丁薇薇手持大哥大，与林莹联络上了。

林莹坐在马冠兴家的沙发上说，买进吧。

马冠兴几乎看傻了眼，他认为这个世界已然变成一个巨大的魔术舞台。人们巨变着，一天千面。胖子瞬间变成瘦子。老头儿还原成小孩儿。村姑一夜之间成了公主。王子没抽完一袋烟就成了平民。

林莹，一个标准的女知识分子，尽管有些脾气古怪，谁能够料想她竟摇身一变成了一位闯入商界的女老板。

这很像魔术的大变活人。

林莹收起手提电话望着马冠兴。

马冠兴觉得十分不适应这种场合，就主动开拓话题，你的那个公司叫什么名字？

叫二十一世纪实业有限公司。

做什么生意呀？

主要是从事高科技产品的开发和生产。

之后就是长时间沉默。

林莹在这套三室一厅的房间里走了一遭。她的身材和夏一静非常相近，尤其是身高几乎相等。马冠兴呆呆望着她的侧影，觉得这是一个令人不可思议的女人。

你如今赋闲在家，有什么打算吗？

马冠兴说，正在考虑，市直机关也还会给我安排工作的。

林莹突然激动起来。我这几年的心血啊，终于把你从那张吱吱作响的椅子上拉下来了。冠兴，应当说你已经轻装了，下一步该怎样走你应当一清二楚啊。你真的是个木头人啊？

林莹的激动，就是比不激动时显得更加冷静。她抓起那件俄罗斯披肩说，你夫人对免职有什么看法，她认为你下一步应当怎么走呢？

我俩离婚了。她跟青梅竹马的新丈夫移居新加坡了，走了八天了。

什——么？这一次林莹有些失态了。她惊讶地睁大那双丹凤眼，看着马冠兴。

你怎么不早告诉我呢！林莹拎挎包就走。马冠兴看到她的双手在颤抖。她几乎是冲出门去的，跑向电梯间。

她等待电梯。马冠兴站在她身边不知所措地说，林莹、林莹……

他看到林莹的身体在大红色羊毛衫里颤抖着。

她终于轻声自语：这像做梦一样，真的，这像做梦一样……

电梯来了，林莹跑了进去。马冠兴要跟进去送她下楼，林莹使劲摆手说，再见，再见。

电梯门闭合了。马冠兴听到里边传出林莹那难以抑制的哭声。

林莹这是怎么啦？他寻思不透这事情。

二十

大雪阻断交通，马冠兴走着去机关。今天是发工资的日子。走进市直机关大院，许多人都不知道他已被免职，依然与他打招呼叫他马处长。发工资的日子，市直机关大院里热闹非凡。那些素常难得一见的人们，都似古董一样摆了出来，很悠久的样子。

马冠兴颇有一种难言的感慨。他觉得自己是个小网球，被击出界外了。

周宗祥被提拔成副处长。处长已到任，是一个名叫柳中汉的五短身材的男人。据说这是一位出了名的欺下媚上的人物，近几年一步步攀了上来。

马冠兴在院子里遇见工交部退休的老曹。老曹性格比较直爽。他说，小马啊知道你为什么被拿下来吗？

马冠兴说，下边有一女工程师总写上访信。老曹听罢哈哈大笑。他压低声音说，你说的只是个由头儿，主要原因是让你给柳中汉那小子让位。这小子点名要到计划处当处长。

82

马冠兴立即说，老曹同志可不能瞎说啊。

老曹急了。我怕什么！退休在家我什么都不怕。这大院里的事儿，我老曹都知道。

他抓住时机向老曹请教。老曹啊，有个齐老太太您知道是谁吗？

老曹像看外星人一样看着马冠兴。

你不知道齐老太太？就是原市委常委、工业交通工作部部长齐力同志呀，已经离休四年啦。

老曹想了想又说，提拔你们这批青年干部的时候，齐老太太正在主持工作呢。

我想起来了，我当年参加过一次齐力同志主持的什么青年干部座谈会。马冠兴说。

信息量很大。马冠兴回家路上心情不畅。柳中汉这个小人，断送了我的前程。他死抱组织部长的大腿。组织部长就是找我谈话的那个丁正中啊！为了安插他自己一个亲信，还亲自接见我一次，可见心虚。

马冠兴尽管心情不好，但不忘身为人父之责任。他走向证券交易所去抽查马放的表现。

马冠兴在证券交易所大开眼界。

二十一

天气转暖。这一次是真的转暖了。春意很浓，冬味儿全尽。

金世界科贸实业总公司召开欢迎会，欢迎马冠兴副总经理到任。俞延祜的金世界总公司由十二位诸侯组成——下设十二个分公司集团。十二员大将的二十四只大手热烈鼓掌。

听这动静就知道这是一支向前向前的队伍。

另一位副总经理也姓马，叫马东武。在这群农民企业家中，只有马东武一副白面书生形象，一双大眼睛炯炯有神。马冠兴与马东武热烈握手。马东武说，你来搭伙，我非常高兴。

之后是所谓的"欢迎酒会"。马冠兴可谓见多识广，却也是第一次见到这种一往无前的场合。

抬来几箱茅台酒，一人手里握着一瓶，酒会便开始了。桌子上四个大菜，一大盆香酥鸡腿，一大盆四川泡菜，一大盆西式猪排，一大盆橘子、苹果、西瓜、鸭梨制成的水果羹。山呼海啸，茅台酒香飘散开来。马冠兴犯怵，不知如何是好。马东武善解人意，要来两瓶全干葡萄酒。好像是法国货。二马也对饮起来。

马冠兴是前天给俞延祜打电话表示愿意应聘的，今天就举办了这么一个梁山泊式的欢迎酒会。马冠兴望着这个场面，备受感动。

他所以决定下海，只因为那天在证券交易所大厅里见到了丁薇薇。他几乎不相信这就是马放的班主任丁老师。几经犹豫，他才走上去与手持大哥大的这位巾帼英雄打招呼。

你还认识我吗丁老师？

丁薇薇说，认识。您也来炒股啊？

马放最近表现怎么样啊？

不知道。我不是他班主任了，我已经彻底辞职了。丁薇薇笑着说。

因为我不适合为人师表，我这人比较随便。而当教师应当是正方形的人物，楷模吧。

我几乎认不出你了丁老师。

对，当老师的时候我的装束必须一本正经。如今，我就非常本色了。

马冠兴不知如何交谈下去就想告退。

丁薇薇突然说，你在仕途上可能不会有太大发展了，你应当有个思想准备。

马冠兴绝想不到一个二十多岁的女子会讲出这种话来。于是他认定丁薇薇有些背景。

84

丁薇薇笑了。要知道其中奥秘，你得请我吃饭，去欧罗巴饭店新开设的那家土耳其餐厅。

你知道世界上有三个最讲究烹饪的国家吗？丁薇薇问他。他不敢与丁薇薇对视。

丁薇薇说，中国、法兰西、土耳其。

土耳其餐厅丁薇薇要了情人座。马冠兴有些畏缩。丁薇薇说你别无原则地害怕啊，我是为了说话方便。之后她点了菜。她开始说话。

你过时了。你被认为是齐老太太安排下的干部。如今已换成丁大爷了，就得在那些重要部门逐步换上新的人。懂吗？

马冠兴说，你怎么知道这些呢？

丁薇薇笑了。我知道你跟林总是好朋友。

林总？哪个林总呀。马冠兴茫然。

林莹。因为我知道你和林莹的关系，所以我对你也比较信任。丁薇薇连喝了三杯威士忌，谈兴很浓。她注视着马冠兴一板一眼说道。

告诉你吧马冠兴，丁正中是我父亲。

马冠兴定定看着丁薇薇说，懂了，我懂了。丁薇薇你深知宦海沉浮之道，将来是个人物。

二十二

想约林莹谈一谈，可又不知谈些什么好。马冠兴在屋中踱步，连续吸烟。

他又想给俞延祜拨一个电话。那天欢迎酒会人们都醉得一塌糊涂，该说的话，也都没来得及交谈。他要搞清楚俞延祜究竟对自己什么地方感兴趣才几次聘请。他不相信缘分说。

一般情况下俞延祜有四个去处。马冠兴往第三个去处打电话，接电话的是个女人。

之后换成了俞延祜的声音。

他依然快人快语。冠兴啊我给你高薪金高待遇，你还有啥顾虑？官家人出身的就是顾虑多。今后工作上你多跟马东武商量，他现在是那个常务副总经理，你们多多合作。

马冠兴仍然坚持这个话题：我不明白你为什么下这么大力量聘我。

电话里沉默了一会儿。俞延祜说话了。

好吧！我是真人不说假话。冠兴啊你不用胡思乱想了，我知道你刚刚离了婚头脑比较杂乱。我实话实说吧。我相中了你这政府官员的身份。你在市里的大机关工作了十几年，下到地，上通天，左右兜得转，前后走得开。什么衙门里都有你的熟人。你今后去给咱们公司办事，马冠兴一到恐怕处处绿灯吧？这么多年来，我这公司缺的就是你这种人。

马冠兴说，明白了，你撂电话吧，晚安。

放下电话马冠兴点燃一支烟，终于弄明白自己的价值所在了。

马冠兴有些沮丧。

那个副总经理马东武是个温文尔雅的人，其他十二位诸侯……马冠兴开始畅想。想来想去，又想起那个活得自在潇洒的丁薇薇。

有个好老子她却不去依靠，凭自己的本领冲向社会，有些像五四时期的热血女青年。

电话铃叫唤起来。

是谁呢？这么晚了还打电话。

他抓起听筒。是夏一静。她叫了一声冠兴就哭了。马冠兴木然举着电话，不知如何是好。

我想马放。我天天想马放……

夏一静在电话里泣不成声。

你在香港还是在新加坡？

夏一静说，在泰国。我和黄雄来曼谷度假。

马放睡了，让他接电话吗？马冠兴问。

马放两眼含泪正一步步走上前来。

我跟妈妈约好了，每个月的十号、二十号、三十号通电话……我等了一晚上啦。

二十三

林莹的二十一世纪公司在电视黄金节目时间里出现了。先是一组高速切换的画面——许多种浆果溅起五颜六色的水星儿。之后是一位浑厚的男中音：高科技时代的饮料，二十一世纪公司。

三天的黄金时间都播出了这则广告，人们就议论开了，认为广告设计者是个傻子。

说不清道不明，到底是什么饮料呀！

产品优点、销售地点、新潮特点，什么也不提，只知道是个什么二十一世纪公司。

马冠兴觉得应当约林莹聊一聊了。打从上次林莹冲入电梯哭泣而去，他一直在打电话寻找林莹。二十一世纪公司的秘书小姐说，林总经理出差了，要十几天才回来。

林莹在马冠兴心目中愈发神秘了。

她从哪儿搞来这么多资金成立了公司？

她原本是个观念牢固不易松动的人，居然一下子就下了海？又炒股，又开发新产品，又大打广告战。这真是个使人日新月异的时代。

终于打电话找到了丁薇薇。丁薇薇说她同时为两个公司工作，很忙。

这不成了一仆二主吗？马冠兴问。

我想在几年内蓄积足够的能量，然后起飞，成为咱们这座城市的支柱般女性。丁薇薇在电话中抒情，露出了幼稚的理想主义色彩。

丁薇薇说林莹去东北谋求更多的资金支持，她买了一项高科技饮品的专利，准备批量投产。

兵贵神速啊。放下电话马冠兴很有感慨。

这时候电话铃响了。是马东武。马东武的声音在电话中愈发温文尔雅。他告诉马冠兴半小时后有车去接，有急事到公司商量。

之后马东武问，你是学机械制造的吧？

是的，我拥有机械制造高级工程师职称。

马东武说，这非常好，非常好。

马冠兴依稀感到马东武有一种领导者意识。

来了一辆尼桑，将马冠兴拉到一个很远的地方。从方位上判断，是向大海方向开去。

去什么地方？他问司机。

司机说，去子牙镇，马东武在那儿等您。

你知道我是谁吗？马冠兴突然问。

司机回头看了他一眼。您大概是我们请来的技术人员吧？我们一年到头总是四处去请人。重金之下，必有勇夫嘛。

车到子牙镇，天早就黑了下来。

二十四

马冠兴愤怒了。他拍着桌子指着马东武的鼻子说，你算个什么东西，站出来指手画脚的！

马东武温和地说，不要上火不要上火嘛，这也算是咱们公司的一项紧急任务嘛。

马冠兴走进这座破仓库一样的大房子。马东武告诉他要在这儿工作上三天，突击将这些图纸与那些半旧的机器设备一一对号，该修的就标明修理，该更新的就标明更新。金世界公司准备急速上马这么一个工厂，生产液体食品。

我家有孩子需要照料。你为什么不在电话里说明白？你太自以为是了。你去给俞延祜挂电话，我要问问他。

马东武说，何必斤斤计较呢老马，我看你给家里打个电话吧。你孩子十六岁了吧？在我们这里十六岁的孩子已经是个劳动力啦。

这话说得马冠兴无话。他知道跟这位马东武是无法沟通的。说什么？说孩子没有母亲在身边，我这个做父亲的应当身兼两职，不能让孩子出现畸形心理？

马东武尽管温文尔雅看着有些文化，但毕竟是个农民。无话可说。

他对马东武说，我先看看图纸吧，我需要一只计算器、一支红蓝笔和一本机械制造手册，要一九九二年版的。

马东武说，真行！我还以为你坐机关久了早就没了真才实学呢。

你以为这就是真才实学呀？一支红蓝铅笔和一只计算器……马冠兴自豪地说道。

春寒。马冠兴披着大衣看了一夜图纸，又唤起他当年在工厂里当技术员的那种虽辛苦但实在的记忆了。他有些激动。他又想起这件呢子大衣是夏一静陪他去商场买的。那时候两人都是低工资，下了多大的决心才花七十二元买了它，往事，都是往事了……

他忘记了马东武在场。他抹了抹眼角。

马东武始终不言不语看着他。

他自言自语。唉，人活着，其实最沉重的包袱不是别的，正是他的那些经历啊。

马东武啊了一声。他才意识到这个世界上他并非独自一人。

他朝同姓者干巴巴一笑。

这都是一些只能将就使用的设备了，他说。

二十五

马放回到家，吓了一跳。屋里一个女人正在猫腰往洗衣机里放脏衣服，家里像是在做卫生扫除。马放呆呆看着，不敢出声。

这个人的身材和妈妈太相像了。但马放不会认错人的，因为世界上只有一个妈妈。

他叫了一声阿姨。林莹转过身来看见他，笑了。马放知道这是一个很少显现笑纹的阿姨。

您怎么进来的阿姨？

林莹说，不是你就是你爸爸，忘记锁门就走了。我来时轻轻一推，就进来了。把外衣脱了吧，一块儿洗一洗。

马放问道，我爸爸呢？还没回来呀。

我正要向你打听他的下落呢。林莹说。

三天了，他来了一个电话，说工作特别忙，要我自己照顾自己。阿姨你知道吗，我爸爸在金世界公司当了副总经理……

林莹哦了一声。她心里想，冠兴这一次真的下海了。他能做些什么呢？看发展吧。

林莹做了饭，与马放一起吃了。

她从外地归来，从机场打的一直就朝马冠兴家来了。这一次她外出非常成功，与东北一家大公司达成协议，合作生产二十一世纪饮品。她购置的设备已经运达本市，安装试车就能投入生产了。她又搞了一个广告，很快就要在黄金时间播出。胜败在此一举。林莹投入了公司的全部资金，又向银行贷款一百万，她要让二十一世纪的高科技系列饮品占领三地市场。

她要与马冠兴诉说多年的夙愿。

可惜马冠兴下落不明。

给丁薇薇打手提电话。听得出，这丫头把电话关闭了。林莹对丁薇薇娱乐时关闭手提电话很不满意。她又通过传呼台给丁薇薇发了呼号。许久不见复机，这死丫头可能把 BP 机也给关闭了。

林莹意外地从马放口中得知了这些天股市的情况。她的心有些发沉。股市的情况对二十一世纪公司不利，尽管表面一派升平。凭直觉林莹认为前景不妙，要熊了。

马放，敢情你是个小股民啊？除了玩股，你还爱好什么？

还爱好集邮，也倒一些普票什么的。

你最不爱好什么？林莹问。

马放立即答道，上学。

林莹笑了。这一次她笑出了眼泪。

你炒股和倒邮赚了钱，干什么用啊？

马放抬头望着林莹说，给我妈妈往新加坡打直拨电话。不用对方付费，也就是说我不用黄先生花钱，就能跟我妈妈谈心聊天。

林莹有些受到震撼。她说，马放很棒，马放是个有志气的孩子。你愿意跟林阿姨成为朋友吗？

马放想了想说，这要看发展。在当今这种时代，交一个真正的朋友是非常难的，我觉得我爸爸就没有朋友。没有朋友的人挺可怜的。林莹背过脸去。她走向厨房。她热泪泉涌而出。她心里说，马放是个好孩子！

她冷静下来走回马放近前说，咱们谈谈吧，我有非常重要的想法要告诉你。

二十六

第四天凌晨马冠兴回到家。夜间电梯关闭，他一步一步攀上十二层楼，歪歪斜斜走进家门。他想洗个澡但没有热水。走进卧室他倒头便睡。

清晨马放起床没敢惊动爸爸。今天是很好的日子，马放要到学校去办理退学手续。林莹阿姨在学校门口等他。

他的心情，比考上了大学还要兴奋。

他认为林莹阿姨是他迄今所认识的最与众不同独具思想的女性。相见恨晚。

林莹阿姨已经站在学校门口等他了。

马放跑上去说，夜里我爸爸回来了。

按预定方针办，决不动摇。林莹说。

在校长室林莹和马放遇到了麻烦。

校长像个女巫问林莹，你是马放什么人？继母？是继母吗？

你可以这样理解。林莹平静地说。

女校长摇摇头。我第一次遇到您这样的家长，领着学生无缘无故来办理退学手续。

林莹掏出大哥大叫通了丁薇薇。丁薇薇说林总我有许多事情要向您汇报。

请你跟这位校长说一说，马上给我们办理退学手续。说罢，林莹将大哥大递给女校长。

走出学校，她又陪马放去了立志语言学校，将粤语改为英语高级班，又补交学费八十元。

学粤语你充其量变成个小广东，学英语，才能走到世界四面八方去。记住，干什么事情都要取法乎上。林莹拍着马放肩头说。

天气很好。马放兴致更高。他做梦也不会想到林莹会大胆提出退学—自修—社会实践这样一个方案。他担心爸爸会火冒三丈。

从今往后，咱俩用英语交谈。如果你觉得不去炒股是一件非常痛苦的事情，那么，我聘你给我当一名股票信息员，做到学以致用，正常发展。注意，你现在的主要任务仍然是学习，赚钱是次要的。我希望你认真记住我的话，长成一匹良马而不是野马。

马放随林莹去了外贸学校。这里设有一个挺有名气的函授大学，以自学为主，每周四个课时面授，但现在不是招生的季节，马放担心办不成。林莹说，事在人为，咱们插班入学嘛。

她说着走进函授学院的教务处，一会儿工夫她出来叫马放进去。办妥了，国际经济专业。

马放觉得林阿姨本事太大了。

林莹说，我给了那办事员一百元钱。

林阿姨这不符合您的性格。马放说。

林莹看了马放一眼说，符合。刚才你还是一个厌学的高中生，摇身一变就成了你所喜爱的国经专业函授生。有什么不符合的？

那……我爸爸要是不同意呢？

你爸爸是个有觉悟的同志。你放心吧。

二十七

上午十点整，电话铃声大作。马冠兴睡眼惺忪抓起电话。好吧，十分钟之后。他说罢放下电话翻身下床。看看表，睡了六个多小时，可以了。他这样安慰自己，但心头依然有些苦涩。已经不是国家机关干部，如今是给人家打工。第一个月月薪六百，说定了下月升为八百，如不出意外第三个月可考虑升薪到一千元。这是俞延祐说过的话，这位总经理到独联体旅游去了，同时做一做钢材生意。

熬了三个通宵，整理出近百张图纸，将那些不知从何处买来的陈旧设备一一编成序号。马东武认为万事俱备只欠东风了。

冠兴，这厂里的事情你已经给我们理出了头绪，你就不用管了。俞总经理临走时留下了指示。这一次咱们公司扩建新项目要跑遍市里十二个部门，这十二个公章盖齐了咱们才合法。你抓紧时间跑一跑吧。

马冠兴听得出马东武在给自己下达命令。他回到家刚刚睡了六个小时马东武的电话就到了，十分委婉地催促他立即去办理那些该审批的手续。

马冠兴有些愠恼，但他知道自己是在给人家打工，打工就讲不得主人翁地位。这时他有些怀恋坐机关的生活了。只是一个瞬间，马冠兴就打消了这些消极的念头，往前看了。

他拎起公文包正要走出家门，电话铃响了。

马冠兴急忙去接电话。

没有声音，飘浮而来的是一座沉默的冰山。马冠兴屏住呼吸，他怕惊惹了对方而永远失去这种神秘的沉默。他忘记了楼下等他的汽车。

他手持听筒进入了那无垠的沉寂。渐渐地，他悟出了，所谓静者，其实也是有品位的。死静，是无韵无味的静；而静极如一泓活水，有韵有味有灵性。

没有朋友没有友谊没有爱情……马冠兴觉得这静谧是多么值得依赖啊。

谢谢你。他对电话听筒轻轻说了这么一句话。

走入尘俗之中，马冠兴坐在轿车里开始了那十二个公章的奔波。

正如那位俞延祜总经理所说，马冠兴所到之处大多亮起了绿灯。这些大大小小的衙门口，对马处长是不能慢待的。当听说马冠兴已经离开市直机关的位置，下海到新型公司经商，人们大多流露出羡慕的神色。

马冠兴就哈哈大笑说，我这是落荒而走啊，希望今后大家依然多多支持我的工作。说这些话的时候马冠兴心里明白——今后只剩下他向这些大小衙门请求帮助了。

这十二个公章中，有一个需要马冠兴原来工作的那个处批示。马冠兴还乡团似的奔向市计委，小梁告诉他要找处长签字才成。

为什么？以前不是经办人员签字就可以吗？马冠兴不解地问。

您当处长的时候是这样。现在换成柳中汉，他把权力统统抓到自己手中。没办法呀。

马冠兴并不认识这位独裁者。他走进柳中汉办公室——其实就是原先自己的办公室，发现这里已经面目全非。

他十分礼貌地向柳中汉递上审批材料。

柳中汉扫了一眼说，研究一下再说吧。

马冠兴问道，什么时候能够审批呢？

柳中汉看了马冠兴一眼。你下个星期来问一问吧，有可能我们还要派员去现场审核呢。

马冠兴说，时间比较紧迫……

柳中汉低头看报，再也不睬他了。

马冠兴怏怏走出自己的"故居"。没想到我马冠兴在这条阴沟里翻了船。

他觉得这世界太奇妙了。

走在大院里，迎面一个又一个人跟他打招呼。他一概低头不理。他认为这里仅仅是个站台。他要匆匆走过站台去赶乘火车去自己要去的地方。

柳中汉这个小子官僚！他心中骂道。

二十八

二十一世纪公司本部设在林莹租赁的一幢陈旧的小洋楼里。林莹正在给公司职员们开会，要求全体同人突击十五天，顺利达到工厂开车投产。公司职员私下给她起了个外号叫林大法官。林大法官看见丁薇薇风风火火走了进来。

丁薇薇怎么你又迟到？扣你这月奖金五十元。林莹平静地说完，将话题又拉回正轨。

林莹讲了工厂设备安装情况。话题又转。

我在这儿征集一句广告词。当然，如果公司内部征求不到，我就去登报向社会征集。

林总，奖金多少？丁薇薇站起身问道。

一千元。你有什么点子吗？

丁薇薇问，怎样才能中选呢？公平竞争？

当然是我认为满意啦。这么一句广告词，用不着找十二个评委举牌子打分儿吧？

那我说一句。丁薇薇稍稍朝前迈了一步，面对大家。她说，我认为我应当中奖。

林莹问道，这句就是广告词？

这句才是呢。丁薇薇朗声诵道：除非你不想进入二十一世纪。

林莹闭目倾听。许久她才睁开眼说，一会儿你去会计那儿领取人民币一千元整。

同人们热烈鼓掌庆祝丁薇薇成功。

散会！林莹说罢抱起文件走出会议室，当从丁薇薇身边走过时，伸手向丁薇薇表示祝贺。她小声说，好好干吧，除非不想进入二十一世纪。我希望你对股市保持清醒的头脑。

会后林莹乘车去设在科技产业园区的工厂。她要跟班工作，一直到开车投产。

车上，她想起应当给马冠兴拨个电话。

她认为马冠兴是一个木头人，非导体。大学同窗四年，马冠兴居然没有进化成半导体。林莹想象不出马冠兴这种情感粗疏的男子怎么能与夏一静谈上了恋爱并迅速结婚，这一切都超出她的意料。而这一次马与夏的离婚，又一次超乎她的意料。她以为马与夏肯定白头到老了。这个突如其来的消息对林莹产生了巨大的冲击，因此她冲进电梯之后，泪水难抑了。

死去的梦，又成为一种可能了。

她心里说，是啊，我们都想进入二十一世纪。远远地，看见自己公司的那座厂房了，林莹的表情一下子严峻起来。

二十九

黄昏时分马冠兴走在橙红色的光线里。奔跑了两天，解决了十一个公章。最后的那一道障碍在他面前成了不可跨越的天堑。

他蓦然觉得自己是个非常可怜的人。盲目工作盲目生活，这多年来又自以为是，整个一个充满理想的人。他走在繁华大街的人行道上，希望能够放松自己。

我大概是很多很多年没看电影了吧？他走向大光明电影院，见门前挂着许多电影介绍。

他决定进去看上一场电影。

有人喊他。一个卖糖堆儿的老头儿叫他小马。他知道大凡叫他小马的人大都是以前工厂的同事。走过去他仔细看着老头儿，想起来了是以前工作的工厂里的车间支部书记，却忘了姓什么。老头儿说退了休也得想法子挣钱啊。

多年友谊，老头儿非赠他一支糖堆儿不可。

他花三元钱买了一张票，走进电影院。

坐在位子上他想，我已经老了吧？

前后左右的观众大多数是双双恋人，开场不久便与银幕上的男女主角比赛接吻。

马冠兴计算出自己整整十二年没来电影院哦。今天这场电影非常重要。

之后他歪在椅背上睡着了。

影院服务员清扫时叫醒了马冠兴。先生您应当去找一家旅馆啦。

马冠兴觉得自己非常可笑，有家不回，偏偏跑到电影院里来睡觉。

真的被生活抛弃了。

有机会应当约林莹来看一场电影。身边有个人，恐怕就不会在座位上睡着了。

回到家见桌子上摆着一盒午餐肉罐头、一只俄国列巴和一瓶啤酒。桌上放着一张纸条，上面写的是：爸爸今晚我去上英语课。

马冠兴非常高兴。马放终于有了学习的自觉性，竟主动去读英语夜校了。

他高高兴兴喝了啤酒。他决定等儿子回来，两人好好聊一聊。

门铃响了。马冠兴忙去开门。

马叔叔您好。周培有些发怯，站在门外。

马冠兴虽然反对儿子早恋，但毕竟不能对一个女孩子发难，就请周培进了屋。

马放不在家呀？刚才我打电话来也没人接。周培坐在沙发上，望着脚尖儿说话。

你有什么事吗？马冠兴问。

马叔叔……周培欲言又止。之后她鼓起勇气说，马叔叔我知道您以前是我爸爸的上级。

你爸爸？你爸爸是谁呀，哪个单位的？

周宗祥。现在当了副处长。

马冠兴望着周培惊异不止。噢，你是周宗祥的女儿？你是周宗祥的女儿……

因为您曾是我爸爸的上级，所以我认为您应当是个很有水平的人，不应当……不应当让马放退学。

什么？你、你再说一遍，马放退学啦？！

您不知道这事儿呀？已经三天啦。

马冠兴愤怒地在厅中踱步。还说什么去上夜校！我又让这小子给骗了。如今的孩子，个个精通骗术，水平超一流！他嘟哝着。

98

门响了一声，马放兴冲冲走了进来。

马冠兴扑上去举手就打。

三十

第四号不锈钢釜徐徐就位。林莹心头一块石头落地。有人说林总您的电话。看看手表，已经晚间十点二十分了。手提电话摆在远处的一张钳工台子上，她小步跑过去。工人们都注视着这个不知疲倦的女人。

一个大胡子装配工小声说，千万不能在林老板这种女人手下当兵。她太强梁了，没人能使她满意。

林莹拿起大哥大，听到了马放的声音。她立即说，现在是十点二十分，如果你还没有洗澡，就抓紧吧，过了十点半就没热水了。

马放呜咽着说，林阿姨心真细，谢谢您这么关心我。我现在是用电话麦克说话，我爸爸就在旁边，您说吧，他能听见。

我说什么？林莹有些摸不着头脑。

这时候传来了马冠兴充满怒气的声音。

你说一说马放退学是怎么回事？

林莹明白了。哦，冠兴这是我决定的，不干马放的事儿。请你让他回房间睡觉，不要打乱了我刚刚给他建立起来的作息时间表。

你是谁？你是干什么的？你有什么资格和权力去给马放办理退学手续？我请你回答我的提问！马冠兴在电话里大声吼道。

林莹沉默了。她静了静心说道，马冠兴我在工地督促安装不能与你面谈。我要求你让马放按时休息，请你关掉麦克咱们单独交谈。

马冠兴气哼哼答应了。

马放洗澡了吗？你为什么不让他洗澡？他是不是已经上床休息了？告诉你明天早餐不要再让他喝豆浆冲鸡蛋了，那样是不好消化的。

马冠兴用十分低沉的声音又一次问她，你是谁？你是干什么的？

林莹平静地说，我是你大学的同学，我是马放的知心朋友，有什么惊奇吗？告诉你老同学，让一个厌学至极的孩子去上学，不会有什么收获的。我想让马放提高能力。读函大照样能拿到文凭。如果我的公司正常发展，三年之后，我就在香港设一个办事处，让他去主持。你读了正规大学又怎么样呢？我不想让马放重复你的道路，我必须站出来负这个责任。

马冠兴听着不说话。

我们相识这么多年了。我自从认识了马放才强烈感到，马放虽然是你的作品，但你未必能读懂他。只有经过我的手，才能将他琢磨成一个精品。

林莹说着，声音在夜空中飘散开去。

你知道那天我为什么在电梯里哭了吗？

说罢林莹就关掉了手中的大哥大。

三十一

电视台又在黄金时间播出二十一世纪公司的纵深广告。产品要在一周之后才能投放市场，林莹要求电视台提前六天播出。

这一次对高科技饮品介绍得很详细了。这是林莹为了吊起消费者胃口的故意安排。

新广告的最后一句话引起社会各界关注。

除非你不想进入二十一世纪。

林莹很少欣赏别人，这一次她从心里钦佩丁薇薇的这句广告词。她打算给丁薇薇加薪。

林莹的二十一世纪公司是美国独资公司。在5026工程指挥部当工程师时，林莹给一位美国公司的工程代表当助手。其实只在一起工作了十八天，那位名叫胡克的美国先生就向她求婚。林莹告诉他这绝对不可能，因为她不打算结婚，胡克便提出要在中国经营一家公司，由林莹主持。这就是美国人的性格。

林莹约丁薇薇在亚细亚酒店西餐厅吃饭。为了使马放经风雨见世面，她安排马放作陪。马放非常兴奋，早早就到达了指定地点。

林莹给马放要了饮料，等待丁薇薇。

我已经说服了你爸爸。希望你能把函大的功课和英语学校的功课学好，将来……出了国还是有机会再读大学的。

林阿姨，我妈妈从新加坡来电话了。她听说我退学了，也对您的做法不满意。

那你认为呢？林莹问马放。

马放说，我当然认为退学正确啦。我不是退学，而是变换一种新的更有效的学习方式。

马放，你说得非常精辟！林莹高兴地说。

马放十分神秘地凑近林莹，小声说着。

林莹认真听着。她说，不过……你爸爸是个自尊心很强的人，你要注意方式方法。

这时候林莹拎包里的手提电话响了起来。

是丁薇薇打来的。她告诉林莹不但不能赴约了，而且还要辞职，希望林莹原谅。

林莹说，丁小姐，你是个处世十分潇洒的人，怎么一下子忸怩起来啦？辞职不要紧，我们可以喝上一杯告别酒呀。

她说着话锋一转。丁薇薇，如果你这次是去金湾公司工作，那就在我预料之中了。我出差期间，你在股市上大量买入恒星股，而当时金湾公司正在抛。这是一个组合动作吧。我二十一世纪公司这次在股票上吃了多少亏，你心里最清楚！

丁薇薇在电话另一端说，既然你料事如神，那说明我主动辞职还是很明智的啦。

我不会原谅你的丁薇薇。林莹说完就从从容容收起了手提电话。

丁老师成了叛徒？马放问道。

林莹说，如今的年轻人根本就没有信仰和信念，所以也就谈不到是什么叛徒，只能说这位师大政教系学生有些浅薄无知。

马放起身说，那我就去找周培，通过周培她爸给盖上那第十二个公章。

林莹觉得有些头昏。她指着手提电话对马放说，叫车，我得去医院……

三十二

电话铃响起的时候，马冠兴就觉得像是一种哭声。这几天他接到夏一静两个电话，还是马放问题。在闻知马放退学的消息后，夏一静竟在电话中放声大哭。马冠兴觉得夏一静出国当了巨商夫人，反而显得特别脆弱。

他抓起电话，心情有些浮躁。

听筒传出马放的声音。爸爸，林莹阿姨住院了。不过您不要着急，医生说不会有生命危险的。林莹阿姨要我告诉你别往医院来看她，她知道您正为第十二个公章奔波呢。

林阿姨怎么会知道这事儿？马冠兴问。

是我告诉她的。爸爸，这件事情交给我去办吧，保证完成任务。

你去办？你小子别瞎说了。

我……我通过周培去找她父亲周宗祥。

开玩笑！马冠兴使劲放下电话。

我马冠兴已经成了废物了，居然要通过儿子去找关系为我打通昔日部下的关节。我真的该退出舞台了。我已经成了过期的罐头。

电话铃又响了。是那个马东武。

马冠兴说，非常抱歉，我还没有将那些审批手续办完……

马东武笑嘻嘻说，你慢慢办吧。那些手续其实只不过走个形式而已，工厂已经开工了，情况很好。有什么事情，我会跟你联系的。

放下电话马冠兴有些茫然。他不知道马东武来电话的目的是什么，难道只是为了告诉他慢慢办理那些走走形式的审批手续？

晚间黄金时间，电视上又播出那条已经非常引人注目的广告。据说街上开始流行那句话：除非你不想进入二十一世纪。

马冠兴开始怀疑自己的存在价值了，进而他又认识到金世界实业公司是个十分古怪的公司。它形式上是个集团公司，实质仍然是当年生产大队与生产小队的关系。仍在独联体游山玩水的那位俞延祜活像一位农村生产大队长。

三十三

没能给爸爸帮上一个忙，马放觉得非常遗憾。爸爸说那第十二个公章已经不那么重要了。马放问爸爸那个工厂生产什么东西，马冠兴居然语焉不详。他越来越觉得自己活得有些荒唐。记得他在整理那些旧设备时问过马东武将来工厂生产什么食品，马东武只说是生产液体食品。

一切都无须马冠兴副总经理得知。

马冠兴走出家门去医院探视林莹。一路上他愁眉不展的，很是有些心事。

他对谁都没有讲，昨晚接到黄雄从加拿大打来的一个国际长途电话。这位巨商去美洲做生意，专门打来电话与马冠兴谈了谈。

这是马冠兴第一次听到黄雄的声音，很悦耳，像一只鸟儿在歌唱。起初马冠兴摸不准黄雄要谈什么。后来他明白了，依然是马放的问题。黄雄十分含蓄地询问马冠兴经济上是否有什么困难，又提到夏一静天天思念儿子，云云。

无外乎是花钱将马放从我手中买走。资本主义国家的人，就是相信金钱万能。哼！

马冠兴走进一家自选市场，他想买些食品去探视林莹才对。他走向那些有人驻足的货架。人们正在购买一种瓶装液体饮料。旁边有人告诉他，这叫液体食品，可以这样吃，也可以那样吃。刚一上市人们就纷纷争购。

马冠兴挤上去看见了这种液体食品的包装。啊！正是二十一世纪。林莹的产品上市啦，而且行情很好。这是探视林莹的最佳礼品。

四平八稳。他买了八瓶二十一世纪，拎着走出自选市场。天气晴暖，马冠兴的心情也是近来少有的万里无云。

走进医院住院部，一个穿白大褂的老太婆拦住马冠兴。非探视时间不准进入。

他觉得近来事事不顺处处受阻。没办法，只能在附近徘徊寻找时机了。

来了几个市政府办公厅的人，马冠兴上前打招呼，彼此都面熟。他们走到白大褂老太婆近前掏出工作证一晃，说我们是市政府的。于是马冠兴赝品似的跟着小官僚们混了进去。

林莹看来的确是疲劳过度了，不然她这么好强的人是轻易不愿躺倒的。站在林莹床前，马冠兴不知说什么才好。

我这一休息，工厂的投产计划就泡了汤。

不要着急，身体是最重要的。这也是个教训。什么事情都是你一人主持运转，你一躺倒难道就运转不灵了吗？马冠兴拎着礼品轻轻说着。

你给我买的什么呀？林莹说着拿起一瓶二十一世纪饮品。马冠兴忽然哎哟一声，你的工厂还没投产呀，这东西怎么……我才刚刚明白，林莹你看！

林莹身子斜靠在病床上，细细端详着手中的瓶子。这是假冒产品！这绝对是假冒产品！

马冠兴说，刚上市就大受欢迎。人们是看了你公司的电视广告才纷纷购买的。

这是个手段很高的人干的。林莹猛地坐起身，面色煞白。她渐渐瘫软在床上了。

医生！医生！马冠兴大声喊叫。

三十四

假冒产品二十一世纪饮料铺天盖地占领了市场。人们根本不知道电视广告里所说的二十一世纪饮品还没有上市。人们都担心自己进入不了二十一世纪而死在二十世纪末，纷纷解囊购买以图吉利。求吉利成了当今中国人的主导心理。这些都是林莹始料不及的。

林莹坐在办公室里思索着如何走出困境。公司已经岌岌可危了。市民们对所谓二十一世纪饮品的争购热潮已达到顶点并呈现退潮趋势。附近的市县始终处于平销，估计两个月后将滞销。在这个时候推出真品也无济于事。真品成了赝品的替罪羊。而林莹公司的工厂已具备投产条件。小批量生产了一万箱，却又不敢上市。赝品横行于市，真品却畏缩于屋。这是什么逻辑呢？林莹一坐就是一天，陷入不能自拔的沉思之中。公司财政将全盘崩溃势如山倒。

承认下海失败？承认知识分子中只有少数人能在大海中畅游而大多数人终将溺死这一论断！林莹内心非常痛苦而无法自我排遣。

她依法向有关机关提出申诉，没有回音。

傍晚时分她收到丁薇薇一个电话，说请她到欧罗巴酒店吃晚饭。林莹对丁薇薇的邀请感到意外。她说，丁小姐我想你是有什么事情要跟我讨论吧？那就请你在电话里直说吧。

丁薇薇说，我本想对你表示一下谢意的，毕竟是你引我下海走向世界。既然你不肯赏光，那么我就送给你一个小小的礼物。

什么礼物？林莹冰冷地问。

一个小信息。那个假冒你产品的厂子潜藏在子牙镇，具体指挥生产的人姓马。如果你找到他，我估计他的钱也已经赚足了。你的真品只能另起一个名字了。二十一世纪已经不属于你了。你的公司也将转产或倒闭。

谢谢你的这个小礼物。但你的吃里爬外行为，我仍然不能谅解。丁薇薇我不会放过你的，只要有机会。林莹放下电话心里说，想用这个情报来换取我的谅解，这绝不可能！我一生对谁都不谅解，坚决不谅解。

林莹第一次感到自己是个无家可归的人。

她终于决定去马家吃晚饭。她想念马放。

三十五

三人围坐在桌子前，无声无息吃着这顿晚饭。林莹原本是个冷面孔女人，此时却成了说话的主角。她讲起了一段往事。读大学的时候马冠兴很穷，只有一身衣裳他却偏偏掉到学院后边的臭水沟里了。于是他向门卫老大爷借了一身中式对襟粗布衣裳走进教室。女生们笑得几乎要昏过去了。

马冠兴干巴巴一笑。林莹，查出是谁干的了吗？

林莹说，怎么又谈这件事呢。倒闭就倒闭吧，咱们再重新做起。

马放突然说，丁老师要聘我当她的股票信息员。但我给拒绝了。

林莹说，丁薇薇是个很有靠山的人。她告诉我假冒厂家在子牙镇，头头姓马。

马冠兴放下筷子望着林莹。

你干吗这样看我？林莹忙去照了照镜子。

我全明白了！我是个帮凶。那个生产假冒产品的厂子是我一张又一张给核查的图纸。一堆破烂设备。肯定是马东武干的！我全明白啦，这幕后人物就是俞延祜。他们是什么都敢干啊，这群没有道德的家伙们……

马冠兴大声说着，眼中涌出泪水。

我是帮凶！林莹是我毁了你。咱们去法院告他们！

林莹说，冠兴你冷静一些，当然是要诉诸法律的。但二十一世纪公司是完了。现在职员们大多数不辞而别了，这叫树倒猢狲散。咱们现在需要冷静。

我去找人搞到一笔钱，支撑住咱们公司！

林莹摇摇头。如今到处都是高利贷，你到哪儿去搞到钱啊。算啦，这次咱们承认失败，以求东山再起。

马放说，爸爸，电话。

马冠兴接过电话听着，夏一静又在讲天天想念儿子。马冠兴认为夏一静的心理已经出了问题，必须去看医生。

一瞬间一个念头蹿入脑海。他决定大胆试一试。他的手有些发抖。

这件事情我可以考虑，但我有一个困难。

夏一静连声说，有困难你讲你讲吧。

我与别人合办了一个公司，现在遇到了麻烦。我急需一笔款子支撑公司……

对方突然换成黄雄的声音。您讲吧马先生，为了马放早日来星洲，为了一静有个好心情，我会不遗余力的。

我、我要借港币二百万元！

黄雄说，一言为定。今天太晚了，我明天给你打电话好吗？我绝不食言。

放下电话马冠兴抱住马放放声大哭。

林莹，咱们能渡过难关啦，我把儿子给卖了，卖给夏一静啦！我用儿子换了二百万港币……

林莹走上前来。三人紧紧拥抱在一起。

三十六

在马放即将赴港去往星洲的那几天，马冠兴买回一台游戏机。父与子坐在地毯上十分投入地玩着，忘记了一切。他买了许多游戏卡，什么坦克大战呀忍者神龟呀，数也数不清。两人配合打坦克，他们连战连胜。马放非常兴奋地说，爸爸您还是能够走上战场的。

马冠兴听了这话感慨颇多。

林莹的公司是支撑住了，但元气大伤。谈何东山再起，那得假以时日。

马放走了。林莹在机场默默流泪，就这样一直哭到晚上。林莹说，这个世界上，只有我才有可能将马放培养成才，可他又走了。

林莹神经质般地大声说，夏一静根本驾驭不了马放！夏一静没有那种能力！你懂吗马冠兴！

马冠兴冲上去将林莹紧紧搂在怀里。他去吻她。他小声说，我们还会有马放那样的孩子的，咱们在一起吧，在一起吧。

林莹从他怀中脱出，走向屋门。

她转过身对他说，你现在还不能这样肯定说咱们能在一起生活。告诉你马冠兴，从大学时代我就偷偷爱上了你。可事到如今，我却没有更多的热情与你在一起生活，这真是怪事……

你是不是有些瞧不起我？

林莹笑了。你这么问就错了。我实话告诉你吧，我很少瞧得起谁，但你是例外，真的。我内心是个非常狂妄的人……

林莹走了。马冠兴的心情一下子变得很坏。

晚上九点多钟他接到了一个沉默无声的电话。他跪在地毯上，静静听着，之后他说话了。

你听着，我不知道你是谁，但今晚你必须说话。我妻子走了，儿子也走了，大学时代爱我多年的同学也走了。我什么都没有了。到那些农民办的公司去打工，也被他们骗了。我觉得我自己无能无才，这些年已成了一个废物！下一步我该往哪儿走呢？我真的被时代淘汰了……

电话里突然传来一个苍老的声音。

是一位老太太！普通话讲得很好。

那我就张口说几句话吧……你是马冠兴吧？

因这声音突然降临，马冠兴有些恐惧。

您是谁？过去那些无声电话都是您打来的吧？我是马冠兴，您告诉我您是谁？

小马同志，别犯叶公好龙的毛病。您盼望我说话，我一说话您怎么又害怕呢。别怕，我是一名老共产党员，自己人。

不知为什么，马冠兴脱口而出。

您是齐老太太吧？您是齐力同志？

对方笑了。这么说小马你是个有特异功能的人。怎么会猜中是我呢？你肯定见过我吧？可我却肯定不认识你。离休这些年了，我一个人在家，无亲无友。你是一九八六年提拔成正处级的吧？那时候我还在工作。从一九八二年开始到我一九八六年离休，咱们工交系统提拔了一大批青年干部。当然啦，你们首先是党和国家的财富，可不知为啥这些年我总想着你们这些在我主持工作期间提拔起来的干部。我手里有一份名单，五百多人哩。我手里还有市直机关的电话簿。每天我就拨几个电话。其实也不认识你们，只能听一听你们的声音。我有时做梦，梦见你们都是一棵棵树，正在往高长往粗长。你告诉我你被免职了，还告诉我你的家庭电话，才使我没丢掉你这棵小树……

马冠兴终于明白了，为什么丁正中对齐力时期提拔的干部要一批一批从重要部门换掉呢？一定是齐老太太在家中休养却留给他一个不甘寂寞的印象。

马冠兴说，齐力同志，我非常理解您刚才说的话，人活着有时需要支持。您告诉我您的电话号码吧，我会经常打电话给您的。

三十七

在春天里马冠兴度日如年。冬季生活结束了，他却迷失了自己。林莹天天忙着重建公司并时时与律师们泡在一起，研究如何要求索赔事宜。马冠兴给俞延祜打了几次电话，打算给予痛斥，可每次都说他出国了，要很久才回来。

他与林莹有约定，每周末在一起吃晚饭。可林莹忙于工作居然一次都不曾兑现。

马冠兴决定给林莹一个打击。

他在电话里告诉林莹，我马冠兴的免职并不是你不断给市委写信的结果，而是那位整天在家拨电话的老太太为了排解孤独使一批可爱的处长们屁股挪位。

林莹听完叹了口气说，这太遗憾啦，这些年来我真是无所作为啊。

下第一场春雨的时候多日不见的丁薇薇出现了，她说在欧罗巴酒店请马冠兴吃饭。

丁薇薇比过去老练了许多并学会了抽烟。

老马你下一步有什么打算吗？

加强独立生存能力，干些力所能及的吧。

丁薇薇喝了一口香槟说，依你目前的水性，还不适合往深海去搏击，你的性格也注定你应当在半官半商的环境中工作。

什么叫半官半商？他问。

就是由官方办的公司。这一次市委办了一个隆兴公司，就是这种性质，我爸爸任常务副董事长……

马冠兴的心一抖。如今的青年人真是可塑性极强，昨天还是不依靠父辈势力而独闯天下的新时代女性，今天一下子又重返父亲的荫护之下。

跟我说这些干什么？马冠兴问。

我是公司副总经理。我想请你给我去当助理……然后一步步发展吧。

为什么选中我呀？

我觉得在你这种年龄的男人中，几乎挑不出第二个像你这么单纯的了。这么多年了你居然没有学坏？这太少见了太稀有了。

官办公司？我适合在有救生圈的情况下去海里游泳，是吗？

丁薇薇十分优雅地点了点头。

我三天之内答复你，丁副总经理。

第二天马冠兴跟林莹共进周末晚餐。

林莹说，马放又来电话了，说他很好。

马冠兴说，丁薇薇那小丫头找我。有个隆兴公司，她要我去打工。

林莹说，去吧，这是好事。

我本想在你公司里谋个职。马冠兴说。

林莹说，我公司里不要你这种人。当然啦，现在应当说咱们公司里不要这种人。

为什么？是不是为了避嫌？

林莹点了点头。她说，你去给丁薇薇工作吧。你是我派去的间谍，为咱们公司刺探信息。

你还是不能放过丁薇薇呀？我想你斗不过她的。林莹你放弃这想法吧。

林莹有些神经质地望着马冠兴。

你怕什么！你有儿子在东南亚，三年之后马放就会力量大增的。我

111

们根本不怕。告诉你，你必须听我的话到丁薇薇公司去工作！你听懂了吗？咱们要打败所有的对手才成！

马冠兴一把将林莹搂在怀里。

林莹，咱们朝前走吧，我懂了……

天气并不冷，他俩是因紧紧拥抱才发抖的。

孤 岛 史

前　篇

1

农民郝秋收扛着一筐焦炭，一步步攀上炉台。这是今天自己扛的第十三筐焦炭。鼓足干劲力争上游呗。一股热浪扑面而来，他觉得胸脯被烤熟了，散发着肉香。后背呢却凉透了。小棉袄几番被汗水浸湿，铁板似的贴在脊梁上，寒风刺入骨髓——使人想起鞋匠的锥子。

身前热浪身后寒风。一热一冷，这便是一九五八年的冬天。

说是全民大炼钢铁。呼啦啦从省城来了一大群工人老大哥，当天就选定"六号小高炉"炉址。大炼钢铁，人手紧缺。从附近农村紧急抽调壮劳力。正值冬闲时节，小孤庄一下抽出一百零八人，好像遵着《水浒传》里的数目字，其中就有郝秋收。他编号八十八，不在天罡之列，属于地煞。

大炼钢铁实施人海战术，一时间人比蚂蚁还多。六号小高炉建在田野里，因此必须夯起一座土台。平时听惯了长篇评书的庄稼汉郝秋收，立即想起《前汉演义》里的点将台，汉王刘邦屈尊躬拜韩信为大将军，

113

明修栈道暗度陈仓，从此出兵击楚打败了霸王项羽。

天寒地冻，世界上好像没了水，全都结成了冰。大炼钢铁指挥部的年轻干事小宋同志说，十天之内必须点火炼钢，省里还等着放卫星呢。这位小宋同志白面书生模样，瘦长身材，穿了一件肥大的蓝色棉衣，跑前跑后好像一只蓝色风筝。

果然，没出十天"六号小高炉"建成了。参加大炼钢铁的农民，一人只发给一双白色帆布手套，就工人了。郝秋收天生吃苦耐劳的体形，车轴汉子。一双小眼睛镶嵌在一张扁脸上，憨直里透着精明。

郝秋收已经知道，小高炉不炼钢，炼铁。有了铁，再炼钢。小宋同志极其通俗地给这一群庄稼汉讲解说，先有铁，后有钢，就好比先有鸡，后有蛋。

噢。郝秋收明白了。他从废铁里发现了一只洋铁盒子，收藏起来留着给儿子当玩具。儿子七岁了，名叫大麦，瘦猴儿似的。

农历十一月十四，小孤庄的六号小高炉放出第一颗卫星。十二吨铁水出炉了，创出全省单炉炼铁产量的最高纪录。有了铁，不愁有钢。于是热烈庆祝着。指挥部的小宋同志还写了一首诗歌抒发革命豪情："红彤彤的铁啊，炼出红彤彤的钢，六号小高炉，我们火热的胸膛。"

当天下午，郝秋收扛着一筐废铁攀上炉台，背诵着小宋同志的诗歌。人家国家干部水平就是高，一张嘴就是诗。六号小高炉的火热胸膛，深深感动了青年农民郝秋收。他生在农村长在农村听惯了蛙鼓蝉鸣，心底却对钢铁大工业产生了强烈向往。

郝秋收这样向往着，一步踏空了，哎呀一声摔下炉台，嘭的一声落地，小原子弹似的腾起一股子蘑菇烟云。

小宋同志第一个冲上前来，猫腰抱起昏迷不醒的郝秋收，叫来一辆驴车紧急送往设在小孤庄的临时卫生所。临时卫生所只有红药水儿，于是马上送郝秋收前往省城医院抢救。小孤庄距离省城三十八公里，一辆驴车硬是跑了三个小时。

第二天郝秋收从昏迷中醒来第一句话就问白色帆布手套。小宋同志当即递上一双。郝秋收立即安静下来。

省城医院也是要放卫星的。医院放卫星就是让尚未治愈的病人提前出院，以此表示"多快好省"的"大跃进"精神。郝秋收就这样离开医院回到小孤庄，挺着僵硬的腰板走进村子，好似奔赴刑场慷慨就义的革命志士。村里人以为他参加大炼钢铁居功自傲，从此就昂首挺胸走路了。他只得挨家挨户告诉乡亲们，我参加大炼钢铁摔坏了腰，这辈子恐怕不能鞠躬了。

轰轰烈烈的大炼钢铁运动过去了，六号小高炉也废弃在田野里，寡妇似的。郝秋收的腰伤使他从全劳力贬为半劳力，满脸苦相。村里将他编入妇女队干活儿，一天只能拿到五个工分儿。全家生活更苦了，一口铁锅一只水缸一条大炕一堆柴草，便是全部家当。他还是弯不下腰，即使出门拾柴也是气宇轩昂的样子，那形象胜似下乡视察的公社干部。你一个农民整天迈着国家干部的步伐，这就不伦不类了。由于参加大炼钢铁而负伤，小孤庄村民送他一个外号：大工人。

大炼钢铁的第二年，儿子郝大麦八岁了，背起书包去邻村读小学。面有菜色的郝大麦模仿父亲的样子挺直腰板走路，那姿势好似羊群里的骆驼，特别突出。因此引起学校语文老师陈凭的注意。

这个陈凭是发配农村的"右倾分子"，二十多岁就驼了背。他找到羊群里的骆驼，小声告诫这孩子一定要夹起尾巴做人，千万不要昂首挺胸走路了。

郝大麦振振有词说，我爹参加大炼钢铁出过工伤，他是"大跃进"的大功臣呢。

陈凭老师只得以家访名义走进了郝家。可巧"大工人"腰伤发作，疼得满头大汗。触景生情，"右倾分子"陈凭动了恻隐之心，鼓起勇气告诉郝秋收，你参加大炼钢铁摔了腰，这是工伤。工伤不但应当免费治疗，还应当请求救济。你身体虚弱可以领取营养金，你丧失劳动能力可以领取生活补助，总而言之你应当去有关部门申诉，你这样不哼不哈不哭不叫，那就疼死为止吧。俗话说，爱哭的孩子有奶吃。你为什么不哭呢？你一哭就有奶吃了。

说罢，陈凭神色紧张地叮嘱"大工人"，千万不要说出这是一个"右倾分子"给他出的主意。

第二天一大早儿，中国农民郝秋收精神抖擞走出小孤庄，前往省城找小宋同志去了。他戴着那一双表明"大工人"身份的白色帆布手套，怀里揣着两只玉米面饼子。为了节省开支，他步行十里才上了驶往省城的汽车。上车一问，票价是一样的。人算不如天算，他白白磨破了一双鞋。

进了省城，一路打听找到了化工局。小宋同志正在写材料，看见有人阔步挺胸走进办公室，以为领导前来视察。郝秋收当头就说，小宋同志我参加大炼钢铁出了工伤，你应当按照国家劳保政策妥善解决遗留问题。其实这番话一字一句都是陈凭教给他的，竟然说得小宋同志无言以对，只得起身跑去请示领导。

一支烟的工夫，小宋同志满脸无奈地回来了。老郝啊，你参加大炼钢铁出了工伤这是事实，但是国家的劳保政策针对的是国家正式职工，你是农民，农民是不能享受工伤待遇的。

郝秋收急了，索性摘下那两只证明他"大工人"身份的白色帆布手套说，前几年抗美援朝，参军的既有工人也有农民，都是当兵打仗保家卫国。工人参加大炼钢铁负伤是工伤，农民参加大炼钢铁负伤就不是工伤啦？人民当家作主，工人农民都是国家主人。

小宋同志心地善良，又跑去请示领导了。郝秋收偷偷乐了，自己从陈凭那里学来了三板斧，果然奏效。

经过小宋同志请求，领导终于批了一张条子。郝秋收拿着这张条子去化工局财务科领了十元钱，说是补助金。无论补助金还是补助银，反正都是人民币。郝秋收手里紧紧握着那两张五元面额的钞票，心里激动不已。

第一次进城申诉就有收获，郝秋收在得胜还家的路上瞅见一家大肉铺子。那时猪肉已经很少了。他忍着腰痛昂首阔步迈进大肉铺子，一咬牙称了一只大猪头。回家路上担心猪头弄脏了那一双给他带来"大工人"荣誉身份的白色帆布手套，就小心翼翼揣在怀里。他拎着大猪头哼唱着河北梆子《大登殿》，走进小孤庄故意大声咳嗽着，以此招徕村民们的目光。郝秋收拎着一只大猪头从省城回来啦，这消息立即传遍全村。

架锅烧火炖猪头，全村飘香。小孤庄村民们羡慕地说，金腰银腰，比不过郝秋收的伤腰，人家腰一疼就能换回一只大猪头来。听了这种议论，郝秋收心里反而挺得意的。

半夜里，郝秋收强忍腰疼端着一碗猪头肉站在院子里吃了起来。此时，他觉得自己站在一座小岛上，小孤庄沉没在四周的黑色海水里。

嘿嘿。工伤这玩意儿，真他妈的不错呀。

2

光阴似箭，腰疼不减。多年以来听着爹爹的呻吟声，郝大麦渐渐长大成人，长成一条五大三粗的庄稼汉。子承父业，爹爹外号"大工人"，郝大麦外号"小工人"，血统遗传似的。不光外号，言谈举止之间他处处模仿着父亲。"大工人"成为"小工人"的崇拜偶像，这当然跟大猪头有几分关系。猪肉还是很解馋的。

然而每况愈下。郝秋收一年跑上两三趟省城，得到的"特批补助金"却愈来愈少，胜利品从一只硕大的猪头变成几根干瘪的羊骨头。可小宋同志却从科员升为科长。郝秋收就认为好事多磨。

郝大麦人小心大，暗暗为爹爹着急。这时"右倾分子"陈凭被调离学校改行当了兽医，整天跟牛马驴骡打交道，却依然保持驼背形象。

郝大麦几次找到这位兽医请教对策，很迫切。

兽医陈凭终于被郝大麦感动了，颇为感慨地说，你爹参加大炼钢铁负伤，国家应当给予补偿。可你爹并不是国家职工，怎么补偿啊？

是啊是啊，小宋同志就是这么说的。郝大麦连声抢答着。

其实，国家对你爹工伤的最大补偿就是"农转非"。你不懂农转非吧？农转非就是把农业人口变成非农业人口。只要你爹农转非成了工人吃上商品粮，自然能够享受国家正式职工的全部待遇啦，按月领工资、生病住院公费医疗、长年歇班吃劳保、老了还有退休金，总而言之只要你爹农转非了，什么问题全都解决啦。

郝大麦兔子似的蹿回家里，把兽医陈凭这番话一五一十地说给父亲听。久受腰疼折磨的郝秋收好似醍醐灌顶，屁股挂在炕沿儿上伸手啪啪抽了自己两个耳光说，我的祖宗啊，要是十八年前我就跟小宋同志提出农转非的要求，全家人早就吃上商品粮啦。

爹，咱们现在农转非也不晚呀。郝大麦拍打着胸脯说，恨不得立即吹响冲锋号。

对，咱们现在农转非也不晚啊！郝秋收低头穿鞋，好像马上就要出发。我大炼钢铁伤了腰，国家就得给我补偿。工伤，农转非，吃商品粮。说着他找出那一双白色帆布手套，说这就是我的历史证明。

从这一天开始，郝秋收投入了他的人生马拉松，从小孤庄起跑，终点是省城。他一路上念叨着"工伤、农转非、吃商品粮"，日复一日、月复一月、年复一年，不知疲倦地奔走在这一条崎岖坎坷的道路上，一步步沦为小孤庄村民们冷嘲热讽的对象。农转非？你命中注定土里刨食，不要大白天做美梦啦。

也就在这种时候，郝秋收磨刀不误砍柴工，深入四乡八村给儿子郝大麦说亲。一张罗二撮合，找到了邻村果晓红。媒婆一进门就说，郝秋收用不了三五个月就农转非了，那可是铁饭碗啊，有了农转非的公公，就好比有羊不愁羊毛，你还怕没好日子过呀？

村姑果晓红文化不高，却懂得羊和羊毛的关系，就好比母鸡和鸡蛋。她同意了，跟郝大麦处了一段时间就嫁了过来，转年生了一男孩儿，取名郝爱工。此时郝秋收的农转非征程起步不久，没见成效。两年之后果晓红生了一女孩儿，取名郝转转，郝秋收一路奔波还是没有农转非。莫非农转非这件事儿成了水里月亮雾中花？可天下没有卖后悔药的。模样俊俏、身材窈窕的果晓红只得暗暗叫苦，大骂媒婆骗人。

后来郝秋收死了老婆，成了鳏夫。他永远不会忘记老婆死不瞑目的样子。她用尽最后气力说，秋收啊，我把大麦交给你了，你一定要把咱家农转非的事情办下来啊。

那年腊月，鳏夫郝秋收戴着那一双白色帆布手套又去了省城。第二天是农历腊八。农谚云，腊七腊八，冻死俩仨。郝大麦担心爹爹棉袄不挡寒，连夜让果晓红缝了一件棉兜肚儿。郝秋收戴着儿媳妇的孝心去了省城。转天中午，一辆吉普车将爹爹送回小孤庄，身后跟着两个警察。"大工人"嘿嘿笑着对"小工人"说，人家怕我半路冻病了，专门派车送我回家呢。两个警察虎着面孔说以后不要往省城乱跑了。

从那以后，郝秋收便不去省城上访了。村里人暗暗讥笑他异想天开。临近过年，郝秋收自己出词儿，请来兽医陈凭写对联。他出的上联是"大炼钢铁因工负伤就得农转非"，下联是"小孤村民丧失劳力要吃商品粮"，横批是：日思夜想。陈凭惊诧郝秋收如此文墨，颇有私塾水平。郝秋收实话实说，这几年跑省城上访长了见识，我的文化大有提高啊。

时光就这样蔫头蔫脑过去了。郝秋收腰疼依旧。由于基本丧失劳动能力，他只能在家看护孙儿郝爱工和孙女郝转转，郁郁寡欢的。郝大麦和果晓红参加生产队劳动，风里来雨里去，生活很是清苦。农转非，已经成为这个家庭极其忌讳的字眼儿。

终于有一天，中国农村推行安徽省凤阳县小岗村包产到户的经验，全面实行联产承包责任制。小孤庄也不例外，取消公社，设置乡。生产队长也变成村委会主任，俗称村长。村里开会，一家派出一个代表，分田分地，抓阄儿。人们又惊又喜又怕，好像小孩儿一时舍不得断奶。多少年了，人民公社毕竟就是那只松软而干瘪的乳房啊。

分了地分了田，郝秋收的"大工人"外号照常使用着，时时挂在小孤庄村民嘴头，很有几分终身制的味道。已知天命的郝秋收独自搬到村边一座旧屋里，农转非痴心不改。儿子郝大麦正逢而立之年，有儿有女有房有地有老婆，似乎安心务农了。他多次去那间破屋找爹爹，请求他老人家搬回来居住，享受儿孙满堂的天伦之乐。两鬓斑白的郝秋收捂着腰板说，我大炼钢铁出了工伤，我要是不能讨还农转非的公道，就拖累你们一辈子啊。

郝大麦当然知道，爹爹腰伤不愈，心病难除。已经完全丧失信心的果晓红悄悄对丈夫说，全中国的农民谁不愿意农转非啊，可泥脚哪有穿皮鞋的命，你爹爹这辈子土里刨食，咱们认命吧。

郝大麦很不甘心地说，人无远虑，必有近忧。你跟我这辈子命里注定是农民，可儿女的前途不能毁在咱们手里啊。

儿子取名爱工，女儿取名转转，一个表示热爱工人，一个表示农转非，这无疑寄托了全家理想。果晓红当然明白丈夫心思。倘若农转非不成，农家子弟只有拼命读书考大学一条独木桥。果晓红对儿女的前途心知肚明。我看咱儿子咱闺女都是榆木脑袋，天生不是念书材料，即使上了独木桥也得扑通一声被人家给挤到河里去。

儿子郝爱工不是读书的材料，女儿郝转转也不是念书的材料。郝家的第三代人看来还是难以逃脱土里刨食的高粱花子命运。郝大麦认为媳妇说得不错，爹爹奋斗多年的农转非，磨破了袜子跑烂了鞋，如今还是竹篮打水一场空。农民天生就是农民，呼一口气都是黄土味道。这一辈子就认命吧。

这时候，小孤庄党支部书记是甘东华，女的。当年号召知识青年上山下乡，甘东华插队落户来到小孤庄，当初由于勇拦惊马出了名，第二

120

年被评为"铁姑娘"。为了表明扎根农村不动摇的信念，她毫不犹豫地嫁给了本村农民王宝山。光阴荏苒，甘东华皮肤黢黑粗手大脚，改变了口音，完全农民化了。后来，全国掀起"知青返城"热潮，举凡嫁给当地农民的女知青，纷纷离婚回城。一时间村村乡乡"知青点"人去屋空。只有甘东华以不变应万变，不但不离婚还在小孤庄党支部会议上吟诵"青山处处埋忠骨，何须马革裹尸还"的诗句。她当场立下军令状，声称"我如果在与贫下中农相结合的道路上退缩半步，甘受党纪国法处分"。

这钢铁誓言传遍小孤庄，父老乡亲们受到强烈震撼，纷纷表示一定要认甘东华为亲闺女。记者闻讯赶来跟踪采访，省城几家报纸同时以"小孤庄贫下中农的亲闺女"为标题报道了铁心扎根农村的知识青年甘东华。其时，这位饱经风吹雨打的"铁姑娘"已经是两个孩子的母亲了，远远望去她那滚圆体形颇具几分"时代大妈"的风采。

分田分地之后有了村委会，但党支部书记依然是小孤庄一把手。小孤庄的亲闺女甘东华把"大工人"郝秋收叫到党支部书记办公室谈话，深秋的天气里，满脸寒霜。

秋收叔，我知道您做梦都盼着农转非，二十多年时光一眨眼就过去了，您还是小孤庄的农民啊，白白顶着"大工人"外号。今天我劝您老人家死了这条心吧。我来到小孤庄插队落户十几年，挺好啊。知识青年都返城了，我就是不动。您说农村有什么不好？您就甭想农转非啦，只要咱们努力建设社会主义新农村，终有一天城里人巴不得"非转农"呢。

郝秋收忍着具有二十年历史的腰痛，不言不语听着。

秋收叔，我今天郑重其事告诉您，上面来了紧急通知说不许越级上访，无论什么问题都要就地解决。从今往后您别往省城跑了。您要是破坏了安定团结的大好局面，那性质可就变啦。

就地解决？嘿嘿。郝秋收眨着一双小眼睛，笑了。

121

你当头炮，我把马跳，你拱左卒，我飞右象。嘿嘿，你甘东华不让我去省城告状，那我就给小宋同志写信，贴上四分钱邮票往信筒里一投，照样儿上访。你甘东华在小孤庄管天管地，就是管不了人家邮电局。郝秋收这样想着，派儿子去找"右倾分子"陈凭，请兽医代笔写信。郝大麦想起《红灯记》里李铁梅的唱词："爹爹的挑担有千斤重，铁梅我也要担上它八百斤。"认为自己生在新社会长在红旗下，更应当替爹爹分忧解难。

一朝遭蛇咬，一辈子怕井绳，身穿白大褂的兽医心有余悸。几经踌躇，兽医还是代笔写了，上访信寄给省城化工局劳资处宋乃新同志。等了十几天，杳无音信。果晓红半夜睡不着觉，小声跟丈夫说，那封信是白瞎了，真可惜四分钱邮票啊。郝大麦紧紧搂着媳妇说，四分钱不算啥，我爹的农转非一定要实现，这是他老人家一辈子的理想啊。

一天，陈凭喘着粗气跑来了，一时激动得说不出话。郝大麦以为上访信有了回音，不安地期待着。

果晓红更是迫切，捧着一碗热茶敬神似的递给陈凭，期望他带来好消息，譬如农转非什么的。陈凭端着茶碗大声说，我戴了二十多年的右派帽子，摘啦！我戴了二十多年的右派帽子，摘啦！

男农民郝大麦与女农民果晓红，面面相觑。

说罢，陈凭放下茶碗转身就走，挨家挨户报信去了。嘟嘟哝哝的样子好像范进中举。

听说陈凭摘了右派帽子，落实政策回了省城，郝秋收一连几天躲在屋里，光喝水不吃饭。果晓红担心公公憋出毛病，特意赶集割了二斤猪肉，说是全家包饺子吃。

郝秋收闻见饺子香味大步走出屋子说，他妈的，右派都摘了帽子，我这大炼钢铁的工伤反倒解决不了！咱贫下中农还不如右派啊？吃饺子吃饺子，明天全家一起上省城告状。我就不信不讲公理！

郝大麦拍手叫好，恨不得立即动身前往省城上访。全家出动，破釜沉舟了。

半夜里，果晓红抱来一堆柴火蹲在灶前烙二十张白面饼，满院飘香。天亮了，她从缸里捞出一碗咸菜。这样，一路上全家人的饭菜就齐了。俗话说，穷家富路。平时吃粗粮，全家一起去省城上访，一狠心就改吃细粮了。

一大早儿，六岁的郝爱工爬起来闻见满屋香味，立即叫起四岁的郝转转，兄妹一块儿凑到灶前寻找着白面饼。果晓红挓挲着双手说，去去！这是给你爷爷一路上吃的，今儿早饭你俩还得喝棒子面粥！

郝转转哇的一声哭了起来。

郝秋收顿时变了脸色说，爱工！转转！吃，这白面大饼就是给你们吃的，等明天爷爷农转非了，一年三百六十五天都让你们吃大饼，还有油条呢。

郝大麦为了鼓舞士气大声说，对，只要爷爷办了农转非手续，咱家一年三百六十五天大饼油条，红糖水你们随便喝！

就这样，在一派欢欣鼓舞的气氛里全家吃了早晌饭。郝秋收从箱子里找出那两只白色帆布手套。这是他一九五八年参加大炼钢铁的证明，证明着他的"大工人"历史身份。之后，全家五口人提着篮子拎着包袱，不声不响鱼贯而行出了家门出了村，悄悄搭乘一辆东方红牌拖拉机，上路了。果晓红担心城里人瞧不起农村人，还特意在脖子上系了一条红纱巾。这纱巾是表姐从北京给她捎来的，平时放在柜子里舍不得戴。

六岁男孩儿郝爱工坐在摇摇晃晃的拖拉机上尽情回味着白面饼的味道，满脸幸福表情。我爷爷还没农转非呢我就吃上细粮啦，那要是真的农转非了，我就能吃上肉馅包子啦。

颠簸的乡间小路上，拖拉机带着郝氏一家三代人的希冀，吐出一串黑烟朝着前方驶去了。

我就不信这次上访没有结果！郝秋收突然大声喊了一句。

远处，甘东华骑着一辆崭新的飞鸽牌自行车蹿出小孤庄，一路吃着拖拉机泛起的尘土，飞快地追赶上来。

四岁的郝转转眼尖，伸手指着越来越近的自行车大声对郝秋收说，爷爷爷爷，亲闺女追来啦，亲闺女追来啦。

郝秋收坐在拖拉机里，倏地变了脸色。身躯肥硕的甘东华竟然踏得飞快，奋力地超车，拦住了气喘吁吁的东方红牌拖拉机。

你是小孤庄贫下中农的亲闺女，可你不是我的亲闺女。你干吗非跟我过不去啊？郝秋收纵身跳下拖拉机，满脸愠色说。

甘东华一起一伏的胸脯好像一只大风箱。郝秋收，你就是有天大的冤案也必须在村里解决，我就是不许你越级上访！

你小锅煮不了我大棒槌。嘿嘿，你不让我越级上访？我不越级上访这辈子就算完啦！甘书记你要是小孤庄贫下中农的亲闺女，就不要挡我的道！

我是小孤庄党支部书记，今天我就是要堵住你越级上访的道！甘东华气得双手叉腰站在道路中央，颇有一夫当关万夫莫开的气势。

你们下车吧。郝秋收挥动着那两只白色帆布手套。全家人立即遵命下了拖拉机。郝大麦摸着六岁男孩儿郝爱工的肩膀，果晓红扯着四岁女孩儿郝转转的小手。这时候郝秋收抚摸着疼痛的腰板说，甘书记，你愿意在农村扎根一辈子，我管不着。我带领全家去省城上访，你也管不着。我跟你前世无冤今世无仇，你就闪开一条道吧！

我不能眼睁睁着你们一家三代五口人走上错误道路。你们要想去省城上访，除非从我身上踩过去！身躯沉重的甘东华索性将一辆自行车横在路上，拦住了郝家大步走向农转非的道路。

嘿嘿。郝秋收冷笑着，突然率领全家离开乡间小道走进了庄稼地，一眨眼之间就消失在青纱帐里了。

小孤庄贫下中农的亲闺女急得连连跺脚，乡间小道立即腾起一团尘土，好像来了妖魔鬼怪。

郝秋收！郝大麦！果晓红！还有郝爱工和郝转转！你们一家三代五口人都给我听着，你们越级上访就是破坏安定团结的大好形势，你们这样是没有好下场的！甘东华大声喊喝着，气得一屁股坐在道旁。

全家人进了省城，郝秋收才知道这几年省城变了样。有轨电车没了，换成无轨的。大街上播放着港台歌曲，嗲声嗲气邓丽君。人们穿衣还是蓝色居多，家里却有了电视机。一家五口人走在大街上，好像一支小小的游行队伍。果晓红心情最为激动，她东瞅西瞧觉得省城实在太好了，怪不得人们都愿意农转非呢。

郝秋收内心很是感慨。这二十多年跑了多少趟省城已经记不清了，只记得从小伙子跑成老汉，一无所获，只落下一个腰疼的毛病。

找到化工局，郝秋收让全家在大门外等候。他理直气壮走进传达室，大声说找劳资科小宋同志。

小宋同志？省城化工局传达室早已换了新人。新人漫不经心说，劳资科成为劳资处了，劳资处没有什么小宋同志。

我一九五八年大炼钢铁出了工伤，腰坏了。如今实行联产承包责任制，村里分田分地，我丧失劳动能力，生活没有着落。当年"六号小高炉"是省城化工局的，俗话说谁家的孩子谁抱，我每次上访都是找劳资科的小宋同志。上个月我还给他写了一封上访信呢。

一位白白净净的中年男子走进传达室说，你找的小宋同志他叫宋什么？

他叫宋乃新呀。中年男子听到宋乃新的名字，立即引着郝秋收走进大楼里一间办公室。

他给郝秋收斟了一杯水，自报姓管。郝秋收摘下白色帆布手套叫了一声老管同志，继续诉说当年遭遇。郝秋收自幼喜欢《三侠剑》和

《小五义》什么的，很有嘴劲，此时说起一九五八年大炼钢铁炉台失足摔伤了腰，话语连珠滔滔不绝就跟说评书似的。老管同志面无表情听着，打开柜子在一沓沓卷宗里寻找着什么。

老管同志说，你这种工伤属于历史遗留问题，我找遍档案也没有你的记载，有你的记载就将你列入工伤范围，不能列入工伤范围也就无法解决你的问题。

嘿嘿，郝秋收摆出一副老前辈的样子说，为什么我这种工伤你们档案里没有记载呢？因为我是农民。当年农民参加大炼钢铁，出了工伤得入另册。

另册？老管苦笑了。我们国家实行社会主义劳保政策，一视同仁平等对待，哪里有什么另册呢。

郝秋收急了，说既然一视同仁平等对待，为什么不给我农转非呢？我要见小宋同志。

老管同志叹一口气说，恐怕你很难见到宋乃新同志啦。

什么！郝秋收以为听到噩耗，呼地站起身说，小宋同志他……

你不要激动嘛。宋乃新同志前年担任化工局副局长，今年升任市政府秘书长了。他非常忙，你真的很难见到他的。

市政府秘书长是大官吧？郝秋收绽开满脸核桃纹大声说，真是老天爷饿不死瞎家雀啊！以往小宋同志权力太小，就连补助金也得找处长批。这一下可好啦，小宋同志当了大官，我这二十多的苦日子熬出头啦。

郝大麦看见父亲从化工局大院里冲出来，以为有人追捕。郝秋收挥动着一双白色帆布手套大元帅似的说，走！雇两辆三轮车，咱全家一起去市政府！

果晓红看出这不是坏事，立即递上一张白面饼说，爹呀，您吃吧您吃吧。郝秋收接过白面饼咬了一口说，小宋同志当了市政府秘书长，咱们现在就去找他办理农转非手续！

郝大麦的眼泪猛然涌下来，激动地搓弄着两只农民大手。

果晓红拍手说，小宋同志当了大官，大官办大事儿呀，这次您可有了出头之日啊。

市政府是一座灰色大楼，洋式建筑。大门口有战士站岗，挺吓人的。郝秋收率领全家远远站着，心里怯了。这毕竟是大衙门啊。郝秋收的人生经验往往来源于民间评书，譬如包老爷打坐开封府。这时他看到壁垒森严的传达室窗口挂着"来宾登记"牌子，毅然走上前去。

传达室拒绝了他的要求。你这样越级上访，宋秘书长根本不会接待你的。你回去吧，有什么事情找当地政府解决。

当地政府？当地政府就是甘东华啊。郝秋收没了主意，心里凉了半截。郝大麦看见爹爹满脸无奈表情，一时不知如何是好。就这样，全家站在市政府大门外，天色渐渐黑了。

双膝一软，郝秋收突然跪在市政府大门口，嘴里念叨着"小宋同志，你给我农转非吧，小宋同志，你给我农转非吧"。

这时候，一辆黑色伏尔加轿车从市政府大院驶出。郝秋收哪里知道这辆车里坐着的正是他朝思暮想的"小宋同志"。

四岁女孩儿郝转转小狗儿似的蹿了出去，挓挲着两条胳膊站在黑色轿车前面，奶声奶气地叫着"农转非"。司机随即刹车，惊出一身冷汗。

郝大麦和果晓红吓得浑身颤抖，双脚好像灌了铅，迈不动步子。这时，"小宋同志"推门走下小轿车。天色昏暗，市政府秘书长还是一眼看见了郝秋收，走上前来伸手将他扶起。郝秋收抬头看见朝思暮想的小宋同志，喜出望外扯着嗓子说，小宋同志我工伤二十多年，这一次您可得给我做主啊！然后一头昏倒地上。

1

四岁女孩儿郝转转关键时刻挺身而出，居然拦住了市政府秘书长的小轿车，一时传为佳话。小孤庄的农民们羡慕郝家农转非成功，更羡慕郝家出了一个郝转转。倘若不是郝转转人小志大挺身拦车，那辆黑色伏尔加小轿车便疾驶而去了。那样，郝秋收盼望了二十多年的农转非依旧没有指望，甚至永远泡了汤。郝转转立了大功。郝秋收喜不自禁地说，转转可是咱家贵人啊，我一定打一只金锁给她戴上。

宋乃新秘书长专门做了批示："我市西郊小孤庄农民郝秋收同志参加一九五八年大炼钢铁，因工负伤情况属实，二十几年悬而未决。关于他的待遇问题，请市劳动局根据相关政策从速解决，以充分体现党的温暖和政府的关怀。"

几天之后，省城劳动局的一辆吉普车卷起一团烟尘驶进小孤庄，径直找到郝秋收的家。三间土坯房，一座篱笆院，院外一棵歪脖子柳树，门口卧着一条瘦狗。处处冒着穷气。男孩儿郝爱工猫腰铡草，一看陌生人来了，转身蹿进屋里给爷爷报信去了。

小孤庄党支部书记甘东华闻讯赶来，大声说热烈欢迎省城领导进村检查工作。

吉普车里走出一位身穿米色风衣的青年干部，他表情严肃地告诉甘东华，今天专程前来解决郝秋收的工伤遗留问题。

这时郝大麦拎着一把铁锨从地里干活儿回来，大声说，我是郝秋收的儿子。

你是郝秋收的儿子郝大麦吧？你今年三十一岁，你妻子果晓红三十三岁。你们一儿一女，儿子郝爱工六岁，女儿郝转转四岁，对吧？这位省城干部一口气说出郝家全部情况，无一差错。

您是来查户口的吧？果晓红小心翼翼问道。

好啦，现在我们就召开一个家庭现场会。首先我把市政府秘书长宋乃新同志的批示向你们传达一下。你们一家五口人都到齐了吧？

郝秋收终于挺直腰板走出院子，戴着那两只白色帆布手套。经过二十多年的腰痛折磨他基本具备了"冻死迎风站，饿死腰不弯"的人生境界。省城干部主动上前跟他握手说，你好啊郝秋收同志。郝秋收不卑不亢说，好啦，你现在就给我办理农转非手续吧！

小孤庄党支部书记甘东华已经猜出了事情的八九，只得赔着笑脸站在一旁。

宋乃新同志当了大官依然是当年的"小宋同志"。他不但亲笔做了批示，还为解决郝秋收的工伤遗留问题做出具体安排："郝秋收五十多岁了，工伤拖了二十多年，应当立即解决他吃商品粮的问题。郝秋收的儿子儿媳正值壮年，可以考虑就地招工，即农转非。这样就使得郝秋收老有所养，真正体现了社会主义的优越性。"

郝秋收二十几年的"大工人"梦想，终于在"小工人"郝大麦身上实现了。消息传出，小孤庄的农民们无不夸赞郝秋收老汉命里有福田，荫及子孙了。

什么命里有福田？我看还得说社会主义好！郝秋收激动地逢人便讲，跷起大拇指歌颂着伟大光荣正确的中国共产党。

果晓红却另有一番见解。她认为如果不是四岁的郝转转挺身拦车，郝家农转非谈何容易。她激动地将女儿搂在怀里亲着她的小脸蛋儿说，小祖宗啊小祖宗，你哪儿来这么大胆子敢在市政府大门口儿拦车呀。

拦车？四岁的郝转转奶声奶气说，我是跟甘书记学的呀。她敢在半道上拦咱们的拖拉机，我就敢大门口拦人家的小轿车。

小小年岁，郝转转竟然懂得以甘东华为榜样，挺身奋勇拦车。这小姑娘的英雄事迹广为传扬，传到小孤庄贫下中农亲闺女的耳朵里，身躯肥胖的党支部书记一时哭笑不得，心里很不是滋味。

一个人一辈子干成了一件大事，那就算没白活。老子农转非啦。郝秋收四处嚷嚷着，那音量远远超过中央人民广播电台。你们当初给我取外号"大工人"，我知道那是嘲笑我。可如今老子真的农转非啦！我儿子郝大麦我孙子郝爱工我孙女郝转转还有我的子子孙孙，从此都吃商品粮啦！

爹，还有我呢！儿媳妇果晓红半嗔半怨地说着，跑出家门招唤公公回家吃饭。她已经烫了一壶热酒。

嘿嘿，你呀嫁到我们老郝家就是你的福分。郝秋收眨着一双小眼睛笑了——这目光里饱含着他以二十年的腰痛兑换而来的荣耀心理。

农转非之后，郝家的生活真是一步登天。儿子郝大麦进了保温瓶厂当装卸工，拿工资吃商品粮，每天下班还能洗澡。儿媳果晓红被安排到金属制品厂上班，两班倒，活儿累，心里却高兴极了。谢天谢地谢祖宗，这辈子总算不用土里刨食啦。从今往后，孩子们也转了运，郝爱工和郝转转一旦长大成人，保证吃商品粮当工人拿月薪享受劳保，永远告别了黄土地。

一年之后，郝家翻盖新房。当初三间土屋，只能当作忆苦思甜的教材了。大兴土木工程，一座院落俨然一座热火朝天的建筑工地。郝秋收老当益壮亲自上阵，竟然抄起铁锨搅拌水泥，说是为郝家的基业增砖添瓦贡献一把力气。当夜腰伤复发，趴在炕头动弹不得。

打从农转非吃了商品粮，郝家成了小孤庄唯一的"工业户"，也成了一座孤岛。如今大兴土木翻盖新房，将三间低矮的土坯房变为六间红砖大瓦房，还建起一座大门楼儿，而且贴了马赛克。小孤庄村民们红了眼，一拨又一拨找到甘东华，表示强烈不满。

郝家已经是吃商品粮的工业户了，凭什么还占着村里的房基地？

是的，郝家已经成为小孤庄的特殊住户。说他们是外人吧，他们曾经在这里种田吃饭，而且还将在这里继续居住下去；说他们是村里人吧，他们有工资有劳保吃商品粮，就连看病吃药也在单位报销，跟黄土地毫无关系。村民们心理不平衡，也是有道理的。

可甘东华查遍了红头文件，找不到处理这类问题的政策依据。一方面郝家生活日渐滋润，一方面民怨不断。她只得来到郝家，将小孤庄村民的强烈呼声转告这位老汉。郝秋收听罢，嘿嘿笑了。这二十多年，甘东华已经多次领教了老汉这种笑声。

郝秋收趴在炕头大声说，好吧甘书记，我是工业户我不占农民便宜，我使用宅基地我交钱行不行？我儿子我儿媳如今都是集体企业里的工人，咱有人民币。甘书记你说我交多少钱，我就交多少钱！

甘东华也觉得这是一个抚平民怨的办法，可一时又说不出让郝秋收交多少钱，于是犯了愁。郝秋收催促着，你说话啊甘书记，只要你说得出，我就交得起。

咬了咬牙，甘东华说，你交五十元吧。郝秋收毫不犹豫叫果晓红拿来十张五元面额的钞票，当场交给甘东华。肥胖的党支部书记无话可说，只得手心朝上手背朝下，接过钞票转身而去。她脸色紫红，好似一只下蛋的母鸡。

郝秋收冲着她背影大声喊道，甘书记，晚晌我家上梁大吉吃三鲜打卤捞面，给你端一碗过去啊！

小孤庄村民们几乎都听到了郝秋收充满豪气的喊叫。果然，晚晌时分郝秋收吩咐郝大麦给左邻右舍一家端去一碗捞面，香飘半村。邻居们一边吃着美味面条一边恶毒咒骂着，他妈的，老郝家这气派超过大地主刘文彩啦。

那时节，一个县领导每月工资不过六七十元而已。甘东华将那五十块钱交给会计入账，却憋了一肚子气。半年之后，她用那五十元钱给村委会买了一辆旧自行车。从此村干部外出开会，不用步行了。

郝家新宅落成之后，被称为"郝家大院"。郝转转长大了，背着书包蹦蹦跳跳去邻村上学，几次遭到同学们暗算，不是铅笔盒被扔进臭沟就是课本被塞进猪圈。木秀于林，风必摧之。从此郝秋收添了一句口头禅："枪打出头鸟！"那意思是叮嘱全家一定要谨言慎行，以防成为众人乱枪之下的出头鸟。可是这丝毫不能减轻小孤庄农民们对"工业户"的敌视心理。于是郝家大院便成为一座真正的孤岛，四周涌动着冰冷的海水。郝秋收只好给全家人鼓劲儿说，怕啥！是社会主义让咱们农转非变成工业户过上好日子的，咱郝氏子孙全心全意报答共产党就是了，别的啥也不要怕。

尽管郝秋收叮嘱家人低调处世，自己却难以克制自鸣得意的心理，渐渐养成了攀登门楼儿看风景的习惯。父亲年纪大了，郝大麦很是担心，几劝无效，也就不阻拦了。那一天过午，上班的上班，上学的上学，家里只有工业户户主郝秋收一人。他又搬来梯子登上门楼儿，站在高处，放眼小孤庄，四周低矮破旧的房子，仿佛一派灰色海洋。农村太穷了，只有郝家大院六间红砖瓦房，玻璃窗户油漆大门。如此看来，农转非的好处那是三天三夜也说不完啊。这样想着，郝秋收得意忘形，哼唱着"诸葛亮，登坛台，观瞻四方"，一脚踏空从高处跌了下来。

这是郝秋收人生的第二次高空坠落。第一次是从大炼钢铁的炉台上坠落，摔坏了腰却换来全家农转非的幸福生活。第二次是从自家门楼儿上坠落，摔坏了脑袋，尽管这是一颗工业户的脑袋。

后　　篇

5

小孤庄一带的农村风俗，男人四十九岁生日，远远胜过五十大寿。这农村汉子一旦四十九，俨然老爷子了。老爷子过生日，那是不敢怠慢的。

光阴似箭，郝大麦四十九了。他四十九生日这天，恰巧赶上立秋。这一带的民俗是立秋吃西瓜，谓之"咬秋"。于是好端端一个秋天就被大伙给咬了。这天果晓红一大早儿溜出家门跑到村里小卖部，打电话。

岁月不饶人。患有风湿关节炎的她走起路来两腿吃紧，深一脚浅一脚的，因此背影颇显苍老，就是一老太婆了，尽管她吃了二十年商品粮。

她是瞒着丈夫跑出来给郝爱工打电话的。她要告诉儿子今天是你爹的生日，四十九啊。你爹四十九岁生日你一定要拎着一个大蛋糕回来，没钱我给你啊。

二十五岁的儿子郝爱工没在家，接电话的是二十七岁的儿媳妇常玲香。此地风俗有"女大三，抱金砖"之说，于是搞对象女方年龄往往大于男方。此时，电话这端的婆婆还没说话，那端的儿媳妇先叹了一口气，苦大仇深似的。

二十七岁的儿媳妇告诉五十一岁的婆婆，郝爱工一宿没回来，也不知道跑哪儿玩牌去了。小宝儿半夜发烧，她一个人抱着孩子去了卫生院，黑灯瞎火还摔了一跤，受大罪了。

小宝儿现在退烧了吗？果晓红一听就急了，连忙问道。小宝儿是郝爱工和常玲香未婚先孕的产物，于是二人只得匆匆结婚以谋取婴儿的合法身份。可小宝儿一落生，工厂停产小两口儿同时下岗，一起失去了工作。郝爱工抱怨小宝儿妨人，一降生就给家里带来了晦气。常玲香毕竟身为人母，坚决认为工厂倒闭跟小宝儿没有任何关系，恨也只能恨厂长腐败，公款嫖娼公款赌博最后携公款外逃。如今小宝儿两岁了，家庭财政危机日见严重。常玲香通过电话向婆婆诉苦，半夜她抱着小宝儿去打退烧针，兜里儿没钱，只好摘了金戒指押给卫生院。

尽管自己兜儿里没钱，常玲香还是深明大义。她在电话里对婆婆说一会儿就抱着小宝儿去寻找郝爱工，只要找到人影儿就马上让他去买生日蛋糕，而且一定要买大个儿的。

果晓红放下电话，深深叹了一口气。小宝儿是她的孙儿，孙儿半夜发烧，当奶奶的当然放心不下。然而今天是老头子四十九岁生日，孙儿生病毕竟不吉利。她只得缄口不语，暗暗安慰自己。

她并没有离开小卖部，又伸手抄起电话拨出一串儿号码，这是女儿郝转转的手机。通了，可是没人接听。她又深深叹了一口气，满脸无可奈何的表情。

女儿郝转转今年二十三。就业难，这闺女中专毕业至今没找到一份正经工作。五马换六羊，搞了一阵子传销，赔得底儿掉还差点儿被公安局抓去。如今郝转转进了一家建筑装饰公司，说是在财务室当出纳员。其实果晓红心里明白，女儿根本不懂什么财务，她进入那家建筑装饰公司另有原因。郝转转身材修长三围俱佳，脸蛋儿俏美，而且学会了一口港台味道的普通话，人见人爱万人迷。

既然不接电话，果晓红只能认为女儿工作太忙。郝转转有时特别忙，加班至深夜索性住在公司里。每逢这种时候，公司老板便给她加薪，以资鼓励。当然人们也风言风语，说郝转转其实是公司老板的小蜜。

果晓红又拨了一遍电话，郝转转却关机了。一会儿不接，一会儿关机，愈发显得神秘。果晓红掏出五毛钱交了电话费，走出小卖部回家去了。小卖部主妇望着果晓红远去的背影狠狠地吐了一口唾沫说，死老婆子，家里有电话还跑我这儿打电话，显摆你工业户有钱呀。

果晓红一瘸一拐走进院子，心理压力很大。郝大麦穿着一条大裤衩儿，一身赘肉，满脸怨气。郝大麦酷似其父，无论身材相貌还是表情举止，活脱脱就是一"盗版郝秋收"。

此时，"盗版郝秋收"对老伴儿颇为不满，这一大早儿你把我一人儿撂在家里，偷偷跑出去干啥了？今儿天气不错，咱俩赶紧把老爷子搬出来晾一晾吧！

噢。果晓红知道这是大事儿，连忙跟随丈夫进了屋。院子里栽着一株香椿树。它是农转非之后郝秋收亲手栽种的，说是纪念。如今树冠宛若一张巨伞，笼罩出半院子阴凉。这时候，果晓红和郝大麦一前一后从屋里推出一张铁架单人床。这单人床的四条腿儿安了四个小轱辘，推行

134

起来发出嘎嘎声响。郝大麦和果晓红将单人床停靠在香椿树荫下，动作极为娴熟。

单人床上躺着七十岁的植物人——郝秋收。他面孔清瘦呈古铜色，使人想起埃及的木乃伊。木乃伊枕旁摆着一双洗得雪白的帆布手套，纪念品似的。儿媳妇果晓红端来一盆清水，蹲在床前给公公擦洗脸庞，一派精工细做的样子。她一边擦洗一边念叨着，仿佛是在擦拭一件老古董。您老人家就这么歇着吧。只要您活着就能保佑全家啊。您是郝家大功臣，没有您我们哪能转为工业户啊，没有您我们世世代代土里刨食啊，没有您我们八辈子也吃不上商品粮啊。您老人家功德无量造福子孙，我们怎么报答您呀！

植物人发出两声咳嗽。果晓红端起小壶儿给公公喂水，那姿势就跟浇花儿似的。果晓红认为，植物人其实就是一株植物，必须浇水和晒太阳。尽管老人家不省人事，仍然是一株荫及子孙的大植物，就像院里那棵香椿树一样。

这时，郝大麦搬来一架梯子倚在院墙上，叼着烟卷儿攀着梯子登上门楼儿，显得屁股很大。

这座门楼儿乃是当年郝秋收主持兴建的，外表还贴了白色马赛克。村里很多人嫉妒，说外表贴马赛克的房子，好像配种站。

郝秋收还没有成为植物人的时候，他老人家的唯一嗜好就是没事儿站在自家门楼儿上看风景。没承想，老人家一脚踏空从高处摔下来，成了植物人。

郝大麦完全继承了爹爹遗留的传统，也爱站在门楼儿上东瞅西瞧，有时还要唱上两口儿马派名句"我正在城楼观山景"。

此时，郝大麦模仿着父亲的样子挺直腰板站在门楼儿上，观瞻四方。他远远看见小孤庄东边老姚家的苹果园。一连三年，苹果价格一路大跌，老姚赔掉了底儿，一狠心把苹果树全伐了，园子荒着好似坟茔。小孤庄西边是一大片水面。老崔家饲养甲鱼，渐渐不赚钱了，干脆改成了"休闲垂钓园"，闲倒是休了，可鱼塘照样不景气。农民吃饭，难了。还是工业户好啊，旱涝保收。这样想着，郝大麦心情极好，运足气力噗地吐出一口痰，啪地落在院外，好像银圆落地发出的响动。这时，连任多年的小孤庄党支部书记甘东华扭动着肥胖身躯从这里走过，抬头注视着站在门楼儿里的郝大麦。

郝大麦你可是吃商品粮的工业户啊，工业户就是城里人，城里人不能随地吐痰呀。

郝大麦嘿嘿笑着，并不言语。他的嘿嘿笑声酷似父亲郝秋收，听着令人不寒而栗。小孤庄党支部书记走了。她要挨家挨户发放避孕工具，同时催收阎家媳妇的二胎罚款。她是一把手，无论大事小事统统抓在手里，绝不放权。

村道上吹吹打打走来一支结婚的队伍。郝大麦听说了，这是小孤庄的老霍家招亲。老霍家在小孤庄就算是首富了，开着一家塑料制品厂，专门从省城医院收购废旧输液器和葡萄糖瓶子，加工再生，做成一批批盆盆罐罐，批发兼零售，可谓一本万利。老霍家的老闺女又胖又矬，横看竖看同样尺寸，还有抽羊角风的毛病。她二十八岁了，从城里招来一位倒插门儿女婿，小伙子三十二岁一表人才，说是省城机械厂的下岗工人。

这几年，城里人居然愿意跑到农村来找媳妇，今天又来了个上门女婿，这叫工农联盟啊？唉，当今世道真是大变样啦。赤膊裸膀的郝大麦站在门楼儿上又吐了一口黏痰，小声咒骂着。他并不认为自己已经站在一座孤岛上了。

这时，常玲香骑着一辆破旧自行车进了小孤庄。虽然经过哺乳期，她风采依然。如今流行细高身材，五短身材的常玲香这才减了几分行市。其实，常玲香嫁给郝爱工之前一派玉女形象，人称小关之琳。如今骨骼未变脂肪增加，介于骨质美人儿与肉质美人儿之间，不高不矮，不胖不瘦，照样儿有人惦着。

小孤庄村里的水泥路面破损严重，常玲香只得推着自行车，躲避着水洼儿向婆婆家走去。她穿了一双乳白色高跟皮鞋，行走起来一歪一扭的样子，楚楚可人。迎面走来小孤庄党支部书记甘东华，一身肥肉凉粉儿似的颤动着，满脸堆笑却不怀好意地注视着常玲香。

玲香啊你怎么骑了这么一辆破车，当心累坏了身子呀。

我的木兰轻骑坏了，临时找同事借辆自行车就来了。常玲香向甘东华解释着，推着自行车走了过去。

玲香啊，你下岗之后找到工作了吗？甘东华故意大声发问。常玲香腾地红了脸，随便应了一声快步走去了。甘东华注视着常玲香的背影，冷笑了。

想当初，甘东华嫁给小孤庄农民王宝山，生子王青。王青长大成人，相中了造纸厂青年女工"小关之琳"。心高气盛的甘东华委派村委会文书前去说媒，没想到当场惨遭常玲香拒绝。我堂堂工业户女儿，就是一辈子嫁不出去，也不能头顶高粱花子啊。

常玲香这一番言论对王青打击极大。他性格内向，孤独幽闭，渐渐对生活丧失信心，患上抑郁症。后来精神崩溃，几次住进省城安定病院。小孤庄村民私下议论，说常玲香毁了王青。

推着自行车，常玲香远远看见郝大麦光着脊梁站在门楼儿上，就好似一座人肉纪念碑。看见儿媳妇来了，郝大麦立即离开门楼儿，沿着梯子往下走。果晓红喊了一声小心着啊。郝大麦也应了一声小心着呢。躺在床上的郝秋收就是高空坠落跌成植物人的。

常玲香进了院子，郝大麦已然衣冠楚楚了。她朝着公公说，爹，祝您生日快乐呀。郝大麦愣了，说敢情今儿是我生日啊。果晓红立即附和说，老头子今儿是你四十九岁生日啊。

常玲香对公公说，爱工给您买生日蛋糕去了，一会儿就来啦。说罢她快步走到香椿树下朝着躺在单人床上那株苍老而耐久的植物说，爷爷您好。

果晓红招呼儿媳妇进厨房切肉洗菜，开始准备生日酒宴了。郝大麦朝着厨房大声问道，老婆子你给咱闺女打电话了吗？

厨房里传出果晓红的声音，你四十九岁生日转转还能忘了啊？她一会儿就来啦。

其实此时果晓红心里非常焦急。她在厨房里压低声音对儿媳妇说，玲香啊，你躲进厕所用手机给转转打个电话吧，我给她手机打电话不是占线就是关机。你告诉转转今天是她老爹四十九岁生日，无论如何也要赶过来啊。

常玲香遵命，扭摆着腰肢出了厨房进了厕所。郝家厕所乃是小孤庄第一座水冲厕所，名气很大。常玲香进了厕所掏出手机，这是她花一百八十元钱买的二手货。她在公共场合使用这部老式手机，总是不好意思。此时站在厕所里她拨出一串号码，叫通了郝转转手机。

响了六声，没人接。常玲香缓了一口气，再次拨通郝转转手机，耐心等待着。

终于接电话了，却是一个陌生而尖厉的女声。常玲香迟疑地啊了一声。对方火气很大，当头就问她是郝转转的什么人。常玲香感到气氛异常，随口反问对方是谁。这一问捅了马蜂窝，那女人在电话里吼叫起来。常玲香的手机好像变成了扩音器。

我不管你是郝转转什么人，反正那小妖精的手机已经被我缴获啦！哼，她给我丈夫当小蜜，我丈夫给她买铂金首饰和裘皮大衣。我实话跟你说吧，我就是同意丈夫包二奶也轮不上她呀！你告诉郝转转，她跑了尼姑跑不了庵。我一定要抓住这个小骚货，亲手把她撕成碎片儿！

常玲香吓坏了，哆哆嗦嗦按断通话。一时感觉内急，解开裤子一屁股坐在马桶上，气喘吁吁。天啊，敢情郝转转在外面给人家当了小蜜。一准是人家的夫人打上门来，郝转转吓得连手机也没拿就跑啦。

走出厕所，常玲香看见电灯亮了，植物人已经被送回屋了。院子里摆开一张大桌子，四个凉菜八个热菜全部闪亮登场。郝大麦手里握着一瓶白酒说，这瓶剑南春我存了八年，今天四十九岁生日把它喝了吧。我说这都六点多钟了爱工和转转怎么还没来？

果晓红勉强笑着说，老头子你别着急，一会儿他们就都来啦。常玲香随声附和说，转转手机关了，她一定在公司忙着呢。这年月打工多不容易啊，老板比旧社会资本家还坏。爱工呢，一定是跑到省城去买蛋糕了。您四十九岁生日应当吃名牌蛋糕。

等到晚间八点钟，还是不见人影儿。果晓红慌了，躲到屋里连连拨打郝爱工手机，手机里连连回答说关机。她不敢拨打女儿手机，儿媳妇说电话里有一只母老虎，逮谁咬谁。

郝大麦不说话，独自饮酒了。果晓红和常玲香不知所措，手里举着筷子好像两只木偶。

临近晚间九点钟，常玲香手机响了。她急忙接听，满脸惧怕表情。

玲香啊，出了什么事儿啊？果晓红急忙问道。

不要紧，我娘家有点儿事情，要我马上去一趟。常玲香假笑着站起身来。

玲香，你跟我实话实说吧。郝大麦手握酒盅，盯着儿媳妇。

你要是这样走了，我跟你爹这一宿还不得急死呀！玲香你就实话实说吧。婆婆催促着。

常玲香低头哭了出来。爱工聚赌进了派出所，警察打电话让我去交五千块钱罚款。警察还说不交罚款就不放人。

咱们硬是不交呢？郝大麦目光注视着满桌子酒菜，低声问道。

送去劳教，两年。

郝大麦突然嘿嘿笑了。好吧，那就只当我儿子花五千块钱给我买了一个生日大蛋糕吧！

说着郝大麦端起酒盅一饮而尽。操，祝我生日快乐！

6

小孤庄全体村民大会，晚间七点半在打麦场准时召开。党支部书记甘东华坐在前面，仿佛一座肉山。

其实在此之前小孤庄从来不开什么全体村民大会，大权独揽的甘东华有事儿喇叭一广播就说了，特别方便。那一年陈凭平反了，摘掉右派分子帽子告别小孤庄返回省城，这位驼背兽医专门找到党支部书记甘东华，向她提出七款十一条建议，其中第二条便是废弃广播喇叭，说这种高音喇叭"运动"味道太浓，令人心有余悸。甘东华不予采纳，继续使用喇叭广播。可不知为什么，今晚七点半突然召开全村大会，好像出了什么大事情。此时，小孤庄打麦场上弥漫着懒散而空虚的气氛，好像永远也庄重不起来了。

这小孤庄总共人口四千八百五十九。号称召开全村大会，其实一家出一个代表，陆陆续续走进打麦场。党支部书记甘东华用力咳了一声，说开会了。人们都知道她是好口才，当年学毛著积极分子，一张口就是长篇大论，一直讲得嘴角泛起白沫仍不休止。

今晚情况有所不同。身躯肥胖的党支部书记开门见山地说，今儿召开全村大会我给你们通报一个情况。省城的天国房地产集团决定投资十八亿开发蓝调住宅小区，总共三百万平方米。蓝调小区由加拿大建筑师设计，属于国际接轨的高档豪华商品住宅。它将征用我们小孤庄在东开洼的全部土地，总共八百九十二亩。

说到这里，好似一碗冷水泼到热油上，打麦场嗡的一声炸了锅。村民们七嘴八舌议论起来。

当年的模范饲养员使劲儿跺着脚说，土地是农民的命根子，甘书记你把东开洼的土地都卖给人家，咱们的子孙后代吃什么喝什么呀？

当年的红管家气得脸色泛白，啪啪拍着大腿喊道，甘书记，你这样做可是断子绝孙啊！没了地，从今往后咱们小孤庄就连西北风也喝不上，人死了都没地方埋啦。

甘东华气得浑身肥肉微微颤动着，脸色却平静得如一潭死水。她挥了挥手喊道，今天全村大会是发布安民告示。当然要经过村委会反复研究并且请示上级领导之后，最终才能做出决定。不过我要告诉你们，像我们小孤庄这样靠近省城的郊区农村，属于黄金宝地。它的最大优势就是房地产开发。你即使不去找房地产开发商，他们也会来找你的。这种生意叫双赢。其实跟搞对象一样，两愿意两合适。如果我们能够抓住这个机遇把小孤庄经济发展起来，从今往后大家可就一步登天啦！

党支部书记的豪言壮语，随即引起一阵嗡嗡声，好像天上飞来了敌人的轰炸机。

小卖部主妇霍地站起大声说，甘书记你不要在这儿说好听的啦！前几年大孤庄把土地卖给一家大公司，说是要修建一座高尔夫球场，还说要拉动本地经济。结果呢，这都快三年啦土地还荒着不动。我看这种事情十有八九靠不住！

甘东华伸手一拍桌子说，你们不要嚷嚷啦！我从十六岁来到小孤庄插队落户，选调啊返城啊我都没动心，绝对是贫下中农的亲闺女。我图什么呀？我就想有朝一日把小孤庄建成社会主义新农村。如今改革开放大发展，我估计五年之内大家就能过上好日子。什么叫好日子呢？居家呢，楼上楼下，电灯电话。出门儿呢，一家一户开着自己的小汽车。吃喝呢，鸡鸭鱼肉更别提啦。所以我可要问你们，实现这种好日子咱们小孤庄有什么资本啊？

会场鸦雀无声。

全、凭、卖、地——甘东华一字一句地说。

村民们面面相觑，似乎一时难以领悟这位党支部书记的深刻思想。这时候几个长发披肩的本村小伙子站出来支持甘东华了。他们手里拎着啤酒瓶子七嘴八舌说，咱们农民要想富裕，种庄稼不行，种菜种树也不行，搞养殖更他妈的不行，咱们唯一发财的道路就是卖地。俗话说，女人卖淫，男人卖地嘛。

甘东华挥手打断了支持者的不轨言论，端起茶缸子喝了一口水说，父老乡亲们，你们一定担心小孤庄这次被天国房地产集团给骗了。是啊，如今骗子比蚊子还多，亲儿子骗亲爹更是不在话下。可我告诉你们，人家天国房地产集团的上级是省建委。省建委你们都知道吧？那可是国家大机关啊。

党支部书记甘东华拉开要发表长篇大论的架势，准备继续演讲。这时候，村委会的会计猫腰跑到她面前低声说了两句什么。这位党支部书记似乎受到突然打击，手里端着茶缸子大声说，好吧，今儿的会就开到这儿吧，散会！

起身快步离开打麦场，甘东华气喘吁吁地回家了。她儿子王青旧病复发把家里的玻璃鱼缸砸了。甘东华的丈夫王宝山一人无法控制这种暴力局面，只得请求妻子回家"灭火"。

谁这辈子要是摊上一个患有青春期分裂症的儿子，那是急也急不得恼也恼不得。甘东华纵然是女强人，也只好自认命苦了。

散会之后，小孤庄的农民们一路行走一路议论，有的东一榔头，有的西一棒槌，有的天上一拳头，有的地下一脚丫子，吵吵嚷嚷的。气氛倒是挺民主的，比相声大会还热闹。

十个人能说出一百多个主意，一百个人说出一万多个主意。小孤庄村民就这样民主了大半宿。

这一宿，甘东华根本没合眼。她和丈夫王宝山费尽九牛二虎之力硬是给王青灌下去两勺镇静药。儿子终于睡着了。两口子站在床前，心情颇为酸楚。

丈夫王宝山叹了一口气说，咱儿子这一辈子算是毁啦。天底下要是有人能治好王青的病，我来世一定给他当牛做马！

当然有人能治好王青的病啦。甘东华若有所思地说，眼神里闪动着一丝寒光。

谁呀！王宝山急切地问妻子，你说你说谁能治好王青的病啊？

解铃还须系铃人呗。党支部书记甘东华伸手从丈夫烟盒里拿出一颗烟卷儿，递到鼻孔下嗅着。那样子好像烟草公司质量检验员。

这时候，门铃响了。这是谁啊一大早儿跑来搅扰。甘东华心情烦躁，嘟嘟哝哝去开门。这是甘东华多年养成的习惯，即使针尖儿小事她也要亲手去做，唯恐大权旁落。村干部一起外出吃饭，她也要亲自点菜点酒，牢牢掌握着餐桌动向不放松。

极不耐烦地打开院门，甘东华惊讶地叫了一声。院门外站着人称小关之琳的常玲香。

玲香啊，这一大早儿你怎么跑来啦？小孤庄党支部书记分明遇到意外之喜，伸手拉住常玲香，那表情仿佛是抓到了一条美人鱼。她极其热情地说了声好闺女你瘦啦。常玲香难以适应这种亲热，满脸羞涩地说，甘书记我遇到难处了求您给说一句话。

那就进来说话吧。甘东华引着自投罗网的常玲香走进客厅。

客厅里清一色红木家具，还供着一尊金佛。常玲香终于明白了，人家甘东华才是小孤庄首富。当年郝家的农转非，只是贫农转为下中农而已。

甘东华笑眯眯问常玲香吃早饭了吗，然后让王宝山端来一只摆着面包果酱煎蛋酸黄瓜的大盘子，还有一杯热气腾腾的牛奶。常玲香腾地红了脸。吃惯了小米粥大馒头的她看着如此西化的早餐，心里愈发自卑起来。于是她急不可待地讲述着丈夫的遭遇：郝爱工被抓进派出所，我连夜凑齐五千块钱罚款去保他出来，可派出所警察说郝爱工聚众赌博扰乱治安问题严重，已经押到分局等候劳教了。这一弄可就是两年啊。甘书记，我听说您认识公安局的领导，我走投无路只能求您出面说几句好话把郝爱工保出来吧，别说罚款五千就是一万我也愿意啊。

你别哭，你一哭我就心疼。一会儿我就给公安局的郭局长打电话，这两天一定把郝爱工保出来，你就放心吧。

真的！常玲香喜出望外，猛然起身朝着甘东华深深鞠了一躬。甘书记我知道您跟郝家有矛盾，你宽宏大量不计前嫌让我怎么报答您的恩德呢？

是啊，其实我也有我的难处。甘东华颇为暧昧地笑了笑，说既然这样咱们就互相帮助吧。

您有什么话请明说，只要能够做到，我常玲香决不惜力！

有你这样一个态度我就踏实了。玲香啊，你知道我儿子王青吗？你不要害怕，他情绪稳定神志清醒，一日三餐跟正常人没有两样。其实他就是正常人。不过，这几年王青一直有个心愿，就是希望找机会跟你见个面，坐下来谈谈心。年轻人坐在一起当然是轻松话题啦。

我……常玲香低下头，不说话了。

这对甘东华来说是一笔盼望已久的交易，常玲香的主动上门属于意外之喜。青春期分裂症必须对症下药，王青是病人，常玲香是一剂良药。解铃还须系铃人，王青的病是铃，常玲香是解铃人。

人生在世，互相帮助。我一会儿给公安局郭局长打电话，那是我帮你。你现在去王青屋里跟他谈谈心，这是你帮我呀。你说呢玲香？

好吧。常玲香鼓足勇气答应了。这对常玲香来说是一笔艰难而无奈的交易，她必须成交，没有别的办法。好吧，您现在给郭局长打电话吧。您打了电话我就到王青屋里去，不就是跟他聊一聊吗？只要他不打人就行。

生意成交了。常玲香心怀忐忑跟随甘东华来到王青门外。王青住一间南屋，门窗紧闭。甘东华叩了叩门环，轻轻说王青开门啊。这位党支部书记的柔声细语里充满母爱的阳光。

房门终于缓缓打开。一个苍白而呆滞的面孔出现了，正是王青。常玲香不敢抬头，只听到甘东华对儿子说，王青啊，你还记得妈妈几次跟你发誓吗，说一定要把常玲香给你请来。妈妈说话是算数的，现在常玲

144

香就站在你面前。你还记得她叫小关之琳吧？现在我把小关之琳给你送来了，这是一个惊喜。好儿子，我相信你一定会康复的。这位小关之琳就是妈妈送给你的一剂良药。

王青听到小关之琳的名字，立即笑了，抬头注视着常玲香。甘东华不失时机地说，你俩都是年轻人，进屋谈吧进屋谈吧。

说着甘东华使劲一推，常玲香便毫无抵抗地走进了王青房间。

甘东华伸手关门，一时屏住呼吸。她猛然激动起来，转身冲进自己房间，一把抓住丈夫王宝山胳膊，放声哭了起来。

我真没想到今儿常玲香自己送上门来啦！盼星星盼月亮，我总算把这份礼物送给王青啦！王青多可怜呀，好几年的单相思，还落了一身毛病。我甘东华说话算话，今天把常玲香献给王青了，我要让她陪伴王青安慰王青伺候王青，还要让她舔平王青的心灵伤疤，最后让她治好王青的病。苍天保佑吧，这就叫解铃还须系铃人！

王宝山看到妻子面孔扭曲目光迷离，慌了。东华你不要这么激动，你让她安抚王青这是好事，可我担心咱儿子把人家常玲香给弄啦！

弄啦也就弄啦！甘东华大喊一声，接过丈夫递来的玻璃杯，狠狠喝了一口水。

这时候院里传来一声尖叫。常玲香从王青屋里冲出，上衣撕开露出半只乳房。甘书记您快来啊，王青扒我裤子，王青还咬我脸！

甘东华走到常玲香面前注视着她的脸蛋儿，无声地笑了。玲香啊你长得多好看啊，人见人爱。既然人见人爱你为什么不让王青爱你一次呢？

常玲香摇了摇头，嘴角渗出鲜血。甘东华目光凶狠起来。玲香啊，今天是你主动找到我家请我帮助把你丈夫从公安局里保出来。我做了，你也应当懂得回报吧？常玲香你知道我儿子王青为什么得这种病吗？还不是因为你当年拒绝了他。没有你，我儿子是不会得这种病的。你是病根儿，你不要推卸责任。我挽救了你丈夫，你也要挽救我儿子。

常玲香从来没有见过外表如此温和内心如此凶恶的女人，一时吓呆了。甘东华继续说，常玲香你不要犯糊涂了，今天我给你一个机会，你要抓住这个机会，安抚王青体贴王青补偿王青，让王青从多年阴影里走出来。只要你今天做得到位，我不会让你白白付出。你下岗了，我给你找工作啊！这就叫互帮互助互利互惠。我的话你明白吧？再者说，你也不是黄花大闺女了。

常玲香擦了擦眼泪说，既然如此，我就听命由天了。

你不是听命由天，你是自己掌握自己的命运。党支部书记甘东华开心地笑了。

7

天国房地产集团投资开发的蓝调住宅小区，一开盘便成为名牌产品。蓝调小区毗邻省城郊区而且极具规模，有湖泊有森林还有人工造山，真正以人为本了。原本居住省城的中产阶级们，纷纷相中这里的新鲜空气与和谐环境，一时间驾着私家车蜂拥而至。一期销售率高达百分之百，二期工程还没奠基，竟然已卖掉百分之七十的楼花儿。天国集团因此纵身跃入中国房地产百强企业排行榜，一举成名了。然而无人知晓，天国房地产集团的幕后老板乃是省城人大副主任宋乃新先生。他就是当年郝家农转非的大恩人"小宋同志"。此时，"小宋同志"退居二线浑身散发着余威余热，郝秋收却长卧不醒成了标准植物人。

出让土地之后，小孤庄一步步得到补偿款，数额渐渐巨大起来，接近一个多亿了。于是以甘东华为核心的领导班子提出"三年迈出三大步"的口号。未到三年，小孤庄村民竟然暴富，而且富得流油，都快成大庆油田了。这种突如其来的大好机遇，就连小孤庄的当家人甘东华也没有料到。这地，真他妈卖对了。

卖了东开洼，甘东华着手在西开洼给村民们兴建"新家园"小区。

她请来西班牙建筑师设计乡村别墅，很快动工了。第二年春天，一幢幢三层小洋楼拔地而起，有的小洋楼还配了极具中国农村特色的游泳池，兼有贮水池功能。小孤庄的"新家园"在绿树掩映之下，一派欧洲小镇风情。党支部书记甘东华同志别出心裁地下令在新家园小区里开挖一条小河，绿水蜿蜒而去，木舟荡桨，愈发突出了异国风光。这小洋楼是无偿分配给村民的，一家一幢，分文不收。有不愿意住小洋楼的，村委会一户补偿人民币六十八万元，自愿择居去吧。

小孤庄注重村民福利事业，建立了洗衣房和敬老院，之后又建立了健身馆。村民们一时成了烧包儿，美得都快找不着北了。

小孤庄几百户人家，唯独郝家不属于农业户口，成为局外人。郝爱工自从那次赌博被抓，老实了一阵子。这次看到村民暴富，他终于忍不住了，跟爹妈主动说起村里分配小洋楼。郝大麦听罢起身离去，连声嚷嚷腰疼。果晓红小声抱怨说，我的天呀，你爷爷腰疼，你爹也腰疼，这老郝家的腰疼敢情也遗传呀。是啊，穷不遗传，富不遗传，唯独腰疼遗传。这对郝家人太不公平了。

植物人七十三岁了，仍然十分茁壮。俗话说：七十三、八十四，阎王不请自己去。可植物人是不怕的，因为阎王爷管不着植物。植物好像归土地爷管。

郝爱工下岗之后，今天这里打工明天那里打工，生活没有着落。妻子常玲香也是早出晚归去挣钱，一忙起来好几天见不到人影。郝爱工认为这种生活不能继续下去了，决定去找甘东华提出"非转农"的要求，也就是重新改成农业户口。郝大麦一听就急了，说好马还不吃回头草，家里有吃有喝饿不死人，用不着去央求甘东华那娘儿们。

郝爱工向父亲解释说，老百姓随着时代走，这跟好马坏马没有关系。当初农民生活艰苦，爷爷率领全家农转非是对的；此时农村富了，您率领全家"非转农"也是对的。凡是马儿就得吃草，这跟回头不回头也没有关系。人人都向往幸福生活嘛。

生性固执的郝大麦拍着桌子说，你要是我的儿子，从今往后就不要再提这件事儿，你愿意去哪儿赌钱就去哪儿赌钱，别在我眼前添堵！

父子之间难以沟通，再谈就反目了。郝爱工走出家门，朝着小孤庄村委会方向走去。如今的村委会鸟枪换炮，早已搬到公路附近一幢六层大楼里。冬有暖气，夏有冷风，卫生间还有烘手机，赛过三星级宾馆。昔日的穷光蛋村时来运转一步登天，男女老少扬眉吐气，使人想起那句歌词"翻身农奴把歌唱"。

此时，新家园小区里一幢幢别墅前，鞭炮响起，锣鼓齐鸣，人们正在庆贺乔迁之喜。郝爱工知道这是地球人的事情，自己属于外星人。

"外星人"心情郁闷地走进村委会大楼，一个身穿灰色制服的保安上前阻拦。他说找甘书记。保安说甘书记从来不在这里办公。这时村委会大楼外面的小广场热闹起来，叽叽喳喳说是排队登记什么东西。郝爱工走出村委会大楼，做出漠不关心的样子。

小广场上村民们排起长长队伍，说是登记私家车。如果你登记夏利2000型，一家分配一辆，就不用交钱了。如果你嫌夏利档次太低，相中了奥迪啊帕萨特什么的，那就必须自己掏腰包补齐高档车的差价了。由于小孤庄村民大都对夏利不感冒，于是补交差价的人很多，一时拥挤起来。

这消息令郝爱工感到一阵窒息。他妈的，昨天一家一幢小洋楼，今天又一家一辆小轿车，小孤庄变成人间天堂啦。他目不斜视快步走过小广场，心理几乎崩溃了。

去年小孤庄村民还没分配小洋楼，郝爱工便给甘东华打电话，直接提出"非转农"的要求。这位党支部书记一本正经说，工业户多好啊一年到头吃商品粮。郝爱工非常诚恳地表示，工业户啊商品粮啊那都是老皇历了，没用。当今工人下了岗，还不如农民呢。农民比工人富多啦。甘东华在电话里打着官腔说，郝爱工啊，当初你爷你爹农转非不容易，如今你"非转农"就更难了，必须严格控制。小孤庄不是茶馆，

148

说出就出说进就进。你一定要告诉你爹，人穷不能没有志气，无论城市还是农村，人人都有一双手，同样创造美好生活。

其实这是甘东华损人呢。可郝爱工还是忍了。

后来，小孤庄一家分配一幢小洋楼。这不啻一个晴天响雷，令人心头一颤。消息传来，郝大麦好像霜打的茄子——蔫了。他一天抽三盒烟卷儿，不声不响地守卫在父亲郝秋收床前，好像守卫一株缺水的植物。如今，小孤庄农民又一家分配一辆汽车，郝爱工猜测，父亲听到这消息一天要抽四盒烟卷儿的。

走出小孤庄，公路两侧一派繁荣景象，有饭馆有发廊有洗脚房有茶社有网吧还有歌舞厅什么的，畸形消费一条龙。最热闹的还是蓝调小区售楼处，门前停着一辆辆轿车。四个轱辘的车子，郝爱工只认识本田和凌志。这时疾速驶来一辆黑色奔驰，唰地停在前方。一位黑衣黑裙小姐率先下车，转身拉开后座车门。一位西服革履的老先生缓缓下车，好一副老富翁气派。黑衣黑裙小姐伸手挽起老先生胳膊，笑吟吟走向蓝调小区售楼处。

郝爱工不由倒吸一口凉气。咦，这不是郝转转吗？敢情我妹妹傍上大款啦！

一个骑自行车的紫脸汉子驮着几只矿泉水桶驶过来，大声朝郝爱工打招呼。三年前紫脸汉子聚众赌博跟郝爱工一起被抓进公安局。郝爱工在看守所只蹲了一宿就被捞了出去，交纳五千元罚款结了案。紫脸汉子却被送去劳动教养，两年。

郝爱工看着紫脸汉子大汗淋漓的模样，很是不解。你不是住进小孤庄的别墅了吗怎么还干苦力呢？

紫脸汉子苦笑说，我一没手艺二没文化三没资本，住进小洋楼不还是原样儿嘛。屁事儿不管！这送矿泉水的活儿，我可不能撂下啊。说罢紫脸汉子骑车送桶去了。

嘿嘿，小孤庄农民即使住进小洋楼，十有八九照样儿当苦力。郝爱工具送紫脸汉子远去，心里居然平衡了几分，好像大热天喝下一瓶冰镇汽水，挺舒服的。

冰镇汽水毕竟是冰镇汽水，永远抵不过别墅和汽车。郝爱工认为爷爷当年率领全家农转非，没错。如今孙子为"非转农"而努力，也没错。人往高处走嘛。工人富，咱去当工人，农民富，咱去当农民，千万不要在一棵树上吊死。郝爱工这样寻思着走近售楼处，没想到郝转转挽着老先生胳膊从里面走出来。郝爱工急忙躲避，却听见郝转转响亮地叫了一声哥哥，他只得扭过身来。

郝转转依偎在老先生身旁满面春风说，哥哥，我给你介绍一下，这位是天佑科技集团董事长陈凭老先生，我现在是他的秘书。

哦，老先生名叫陈凭。郝爱工记不清以前在哪里听过这名字，连连向对方点头致意，表示礼貌。

陈凭老先生有些驼背，满头银发，却非常友好，主动跟郝爱工握手，还问他何处发财。不等哥哥回答妹妹抢先说，我哥哥开贸易公司，自己做出口生意。郝爱工只得啊啊配合着，俨然小老板派头。

又说了几句话就告别了，郝转转殷勤地挽着陈老先生走向黑色奔驰轿车。郝爱工望着妹妹背影，心里伤感起来。妹妹这几年漂泊不定，下岗以后从来也没找到一份正经工作。她从傍小款到傍中款，如今总算傍上大款了。只可惜陈老先生年纪太大，六七十岁往往从创业转入守业，人也吝啬起来，转转年轻漂亮傍上这位老富翁，也不知经济效益究竟如何。

郝转转突然跑回来，从小挎包里押出一沓子钞票递给哥哥说，你给小宝儿买两件玩具吧，我都一年多没见我侄子啦。

黑色奔驰轿车疾驶而去。郝爱工数了数手里钞票，总共一千二百元。我妹妹这人就是爱虚荣，还跟人家陈老先生说我开贸易公司做出口生意。出口？我还不知道从哪里进口呢。郝爱工伸手将人民币揣进怀里，无意之间看见一个熟悉身影进了新人类娱乐中心。

快走几步他跟着进了新人类娱乐中心。大厅里果然聚集着一群新人类，几个小孤庄农家子弟环桌而坐埋头打牌，一派团结紧张严肃活泼的样子。其中一个染红头发的小伙子抬头高声说，郝爱工呀，你爷爷外号"大工人"，你爸爸外号"小工人"，你外号什么？"小小工人"吧！

嗡的一声哄堂大笑，就跟遇到《西游记》里妖魔鬼怪似的。郝爱工环视着大厅寻找那一闪即逝的熟悉身影，并不在意人们的嘲笑。

紫脸汉子气喘吁吁跑进大厅，一屁股坐在桌前伸手就抓牌。红头发小伙子嘲笑紫脸汉子没钱。紫脸汉子拍着胸脯响声说，我决定啦，不要村里分配的别墅，我要那六十八万人民币，拿钱炒股票，一个反弹我就赚他几十万。

你不要别墅可你住哪儿啊？郝爱工受到牌桌赌局诱惑，不由得走了过来，张口跟紫脸汉子搭讪着。

我租房住啊！盖房不如买房，买房不如租房，租房不如乳房。来来来，咱四个再开一桌牌吧。紫脸汉子赌瘾极大，拿出一副扑克，说玩七八九吧。

"七八九"是一种极其刺激极其残酷极其通俗的赌博，一学就会，一玩就上瘾，一上瘾就戒不掉，因此人称"七八九"是纸牌海洛因。

紫脸汉子、红头发和郝爱工，还有一个外号松松垮垮的小白脸儿，四人拉开一张桌子，玩起了"七八九"。

一开始，郝爱工一边打牌一边东张西望，心里还惦记着那个熟悉的身影。很快他就沉浸在白热化的赌局里，不知今夕何夕了。今天手气很差，郝转转给的一千二百元迅速缩水，变成三百元。

郝爱工心里憋着翻盘的念头，一度不但收回成本而且赢了四千九百元。可好景不长，他连连失手，重新输得一干二净。没钱了，他极不情愿地站起，突然想起红头发还欠他二百块钱，就伸手讨债。红头发也输得一文不剩，讨好地凑到他耳前，低声说我卖你一条信息抵债吧。

红头发拉着郝爱工快步走出新人类娱乐中心大门，表情极其神秘地

151

说，郝爱工你听着，地球人都知道你媳妇常玲香在这里当按摩女，只有你一人不知道。今天我告诉你了，你要是不愿意抵那二百块钱，我也不强求。我是看你可怜才告诉你的。一开始你媳妇天天去甘东华家里为王青服务，后来她彻底放开了，不但按摩还打飞机呢。

郝爱工静静听着，似乎并不感到震惊。在此之前他已察觉妻子偷偷当了按摩女，而且经常出入新人类娱乐中心。如今下岗女工找不到工作，凭借好身材好容貌从事色情服务，并不少见。可常玲香竟然去了甘东华家里伺候王青，这却让郝爱工感到意外。

离开红头发他转身进了一家小酒馆，说赊账，老板坚决不同意，于是灰头土脸退出小酒馆，一时酒瘾难捺。这时郝爱工突然古怪地笑了，甘东华啊甘东华，我赔上了媳妇，可也抓住了你的把柄。你要是不同意我们"非转农"，咱们就鱼死网破。你逼迫良家女子常玲香为你儿子王青提供色情服务，这事儿抖搂出来让你"双规"！

几经打听问明白甘东华新宅在哪里，就走了。郝爱工理直气壮走到那幢小洋楼门前，伸腿迈过低矮的铁栅栏，大步走进甘东华的院子，然后使劲咳了一声。

甘东华挺着皮缸似的身躯迎将出来，满脸愠色说，你光天化日闯民宅，成心找倒霉啊?

甘书记你不要得意忘形，今天我是找你谈判来啦。你也成心找倒霉啊?郝爱工毫不含糊，大步迎上前去。我告诉你，我要为我媳妇讨回公道!

站在院里谈判，最终还是陷入僵局。面对郝爱工的激烈指责，小孤庄党支部书记甘东华不但矢口否认曾经逼迫常玲香为儿子王青提供性服务，并且标榜说这是出于对下岗女工的同情才叫常玲香每天来做"钟点工"的，只是打扫房间而已。

郝爱工急得七窍生烟，却无计可施。他伸手指着对方鼻子大声说，甘东华我跟你不共戴天!

久经风雨屡见彩虹，甘东华对付郝爱工这样的鲁莽后生，还是绰绰有余的。郝家小子，老娘我候着你呢！

8

小孤庄形势大好，果晓红身体却走了下坡路，一大早儿起床觉得憋气，忍不住咳嗽了几声。这一咳嗽便刹不住车了，一声接一声咳出了一堆血痰。郝大麦正给植物人喂水，一听这响动就慌了。他知道一旦老婆子生了病，这家庭可就塌了。

郝大麦着了急，连忙打电话搬救兵。女儿郝转转指望不上，只能召唤儿子郝爱工。郝爱工手机欠费停机。郝大麦登梯子站在门楼儿上，驴鸣似的喊叫起来。爱工啊！我那两万块钱的定期存折放在哪儿啦？你赶快回来帮我找一找！

这是郝大麦的惯用伎俩——掩盖果晓红咳血的同时还避免了村民们幸灾乐祸。他以一个子虚乌有的两万元定期存折为暗号，召唤囊中羞涩的儿子赶快回家。

此时，郝爱工正在跟甘东华谈判。吸取以往谈判破裂的教训，郝爱工这次并没有做出狗急跳墙的样子，而是晓之以理。甘东华已经是百炼成钢的人物了，此时也摆出诚心合作的姿态，表示非常理解郝爱工进退两难的处境。我说爱工啊，既然你媳妇当了按摩女，你干脆跟她离婚吧。你要是跟常玲香离了婚，我就让她在我家当保姆，合理合法伺候王青一辈子。

不行！郝爱工霍地站起身说，当初我们是恩爱夫妻，如今我们是患难夫妻。这婚，不能离。

甘东华哈哈大笑起来。夫妻本是同林鸟，大难临头各自飞。你要是同意跟常玲香离婚，我可以考虑让你家成为小孤庄农民。不过，小洋楼小汽车你们是赶不上了。你们争取参加春节期间全体村民的欧洲八日游

153

吧，有不愿意参加欧洲旅游团的，折成现金一万八，愿意吃就吃愿意喝就喝，就是不许赌博！

郝爱工听了，一时无话反驳。这时候，远远传来父亲郝大麦的呼唤。他知道家里有事，只得中止了这一场意味深长的谈判。

甘东华送他走出院门，更加意味深长地说，机不可失，时不再来，我等待你回音啊。

跑进家门郝爱工看到一堆血痰，吓坏了。他大声问妈妈哪里不舒服。果晓红说憋得慌。儿子知道问题严重了。妈妈平时头疼脑热，从不言语。这次妈妈一定是扛不住了，那样子很是可怜。

从小孤庄小卖部租了一辆小卡车立即送母亲去省城医院，暂时住进观察室。郝爱工兜儿里没钱，只好给常玲香打电话求援。她当按摩女收入颇丰。婆婆生病住院儿媳岂能袖手旁观，果然，常玲香风尘仆仆赶到省城医院，撂下五千块钱扭身就走。

郝爱工追上常玲香，两人站在医院大门口说话。一身香气尚未褪尽的常玲香并不回避，主动触及敏感话题，奉劝丈夫不要糊涂，小百姓斗不过当官的。你找甘东华理论，那是瞎子点灯——白费蜡。

我找甘东华是为了"非转农"。无论费蜡不费蜡，只要她同意咱们变成小孤庄农民，星星跟着月亮走，从今往后咱们就不受穷啦。

不受穷啦？常玲香苦笑了，欲言又止。

你有什么话直说吧，我有心理承受力。郝爱工做出几分男子汉姿态。常玲香叹了一口气，眼圈红了。爱工啊，甘东华的心思你怎么不明白呀？她这是打击报复，你们工业户当年不是趾高气扬嘛，今天就得让你们穷死！

郝爱工一听就急了，伸手抓住妻子袖口说，我就是不愿意穷死！我爷爷是植物人，我爹爹是过时落伍的人，我可是大活人呀。我不能这样穷一辈子。玲香玲香，我看只要你去找甘东华说情，她一定同意咱们全家"非转农"！

常玲香甩手挣脱着，却露出了青紫的手腕儿——这是被王青一次次咬伤的痕迹。郝爱工惊了，追问妻子伤势。常玲香哭着说了一句你这个男人真没出息呀，然后扭身跑走了。

丈夫郝爱工尴尬地望着妻子常玲香愈跑愈远的背影，伸手抽了自己一记耳光，无声地落泪了。

几天之后，果晓红被确诊为晚期肺癌，转入省城肿瘤医院治疗。一间病房里住着八个垂死挣扎的患者，三个下岗女工，一个单身母亲，两个孤老婆子，还有一个女高中生，仿佛人间地狱。郝爱工日夜守候在母亲病床前，内心自责不已。我赌博成性债台高筑，可母亲也不能躺在这里等死啊。

郝大麦拎着一罐子鸡汤赶到病房，一进门就哭了。这是儿子第一次看到父亲流泪，就好像看见爷爷流泪一样。流泪的父亲除了一罐子鸡汤还带来一个最近消息：小孤庄明年全面实施公费医疗了，小病吃药不花钱，大病村里全包。

病房里陪床的家属们惊讶不已，绝不相信这是真的。如今城市职工看病吃药都没保障，一个农村竟然重新实行公费医疗！

晚期肺癌患者果晓红躺在病床上有气无力地说，还是不吃商品粮的好，如今小孤庄农民们住小洋楼坐小汽车，看病吃药不发愁，还没到共产主义他们就进了天堂。

日渐憔悴的果晓红必须接受化疗。医院一张口就让交一万元押金，还说一个疗程最少要花三万多块钱。

是啊，咱们要是小孤庄的农民就好啦，看病吃药不花钱。性情耿介的郝大麦小声跟儿子说着，竟然承认自己败了。他拎着一只空罐子离开医院。家里躺着一个植物人，天黑之前必须赶回去给老人家喂食喂水，以免枯萎。

一个大学生模样的药品推销员溜进病房，说是美国"克癌定"已经成为全人类福音，它能够杀灭百分之九十八癌细胞，一个月止疼，两个月显效，三个月恢复正常生活，一个疗程三千九百八，三个疗程价格优惠，只收一万元。四号床患者是一女高中生，陪床的母亲毫不犹豫地掏钱买了三盒"克癌定"，说只要能够治好癌症，就是抢银行也要给孩子买药吃。

果晓红闭目佯寐，有意回避着药品推销员。她知道家里没钱，自己吃不起这么贵的药，眼角挂着一滴清泪。

第二天黄昏，郝转转突然出现了。她疲惫不堪的样子，好像做了几年苦役。女儿进了病房一头扑到母亲怀里，大哭一场。值班护士以为有人死了，推着板车跑来收尸，闹了一场误会。

看见妹妹脖子上没了铂金项链，手上也没了戒指，郝爱工断定她在傍大款的道路上遭遇坎坷。果然，郝转转低声告诉哥哥说，陈凭那老家伙的公司破产了，穷得连给汽车加油的钱都没有，还硬充大老板四处融资。我现在跟一出租汽车司机同居，什么也不缺就是缺钱。

气衰体虚的果晓红轻轻抚摸着郝转转的头发，蓦然想起二十年前四岁的女儿在市政府门前挺身拦车的光辉往事，恍如隔世。当年为了农转非，全家出动前往省城上访，为了甩掉农民身份大有破釜沉舟的气概。没想到如今富裕农民成了一锅香饽饽。这样思来想去，果晓红觉得活着真没意思，不如死了痛快。

此时，郝爱工心里也在盘算着。桥已断，路不通，只剩下跟常玲香离婚这一条道了。既然甘东华表了态，说只要我跟常玲香离婚她就同意我家"非转农"，那我只能离婚了。只要我家"非转农"重新成为小孤庄农民，我妈治病不犯愁，我家穷日子也熬出头了。郝爱工拿定主意，心情渐渐悲壮起来。

不到抽两颗烟卷儿的工夫，出租汽车司机给郝转转打来电话，催她回去。郝转转关闭手机跟妈妈告别，说明天我再来看您。果晓红知道女儿处境不好，叮嘱她多多保重。护士吊起"顺铂"药瓶，开始给果晓红化疗了。

妹妹走了。郝爱工瞒着母亲走出病房来到楼道里，掏出手机给妻子打电话。常玲香很快接了电话，说"我一会儿给你打回去"就挂断了，好像很忙。他不愿意想象妻子忙碌的场面，便躲进男厕所去抽烟。

一连抽了三颗烟，常玲香终于打来电话。男厕所可巧没人，他便向妻子提出离婚要求。电话里沉默了，之后传来常玲香的哭声。他受到妻子泪水的感动，详细解释着离婚原因。常玲香停止哭泣在电话里大声说，郝爱工我告诉你吧，我心里仍然非常爱你，所以今生今世我是不会跟你离婚的！说罢就挂断了电话。

内心颇受煎熬的郝爱工缓缓走出男厕所，仿佛一下衰老了十岁。他不得不承认常玲香是一个好女人。一个好女人为了挣钱从事色情营生，只说明她丈夫无能。这时候他猛然清醒了——我应当离婚了。我不配做常玲香的丈夫，常玲香也不适合做我妻子。况且，如今离婚已经成为一桩大生意，它涉及"非转农"大事。

为了给母亲治病，为了父亲有稳定的晚年生活，为了不让妻子忍辱负重去挣男人的钞票，为了妹妹不再去给人家当小蜜，为了植物人安详升入天堂，为了小宝儿苗壮成长，为了全家重新成为小孤庄农民彻底摆脱贫困生活，我必须离婚。

9

化疗以后，果晓红的病情有所控制，血痰少了，渐渐有了饭量，人也精神了几分。只是人民币压力愈来愈大，仿佛太行、王屋两座大山压在郝爱工肩头。他主动戒烟戒酒，杯水车薪而已。常玲香再次送来五千块钱。感动之余，郝爱工愈发认为这不是长久之计，几次提出协议离婚。情还在，缘未了，常玲香一口回绝了。

日子就这样过去了。郝爱工忍无可忍终于向妻子摊牌说，协议不成只能起诉离婚了。

常玲香悲悯地告诉丈夫，你以为离婚能换来美好生活啊？那只能说你太傻了，人世间从来没有什么美好生活。一个人命苦，当工人命苦，当农民同样命苦，受苦受累受穷受气，无论农转非还是"非转农"，根本改变不了一辈子的苦命。

郝爱工不以为然，说已经将诉状递交法院了。

噢？常玲香眨着一双失神的大眼睛说，爱工，你这是往死路上推我啊。

这不是死路，我在寻找一条活路。你说结婚能当饭吃吗？不能。可离婚能当饭吃。这次离婚对你对我来说都会从中得到实惠，你我何必这样苦下去呢？

其实人人都活得很苦，还不如小猫小狗呢。宠物有人关爱，病了去医院，脏了就洗澡，饿了有高级猫粮狗粮，困了还有专门的睡床。人呢？人太可怜了。病了没钱吃不起药，脏就不用说了，甲肝、乙肝、淋病、湿疣，浑身没有干净地方，饿了就暴饮暴食，困了就醉生梦死，哪里还有什么念想。人活着猫狗不如。说着，常玲香突然古怪地笑了笑，你铁心跟我离婚是嫌我身子脏吧？

不不不。郝爱工连连摆手否认，活像一个仓促回答老师提问的大男孩儿。常玲香双手捂脸抽泣着，说既然这样那就离吧，我承认离婚是一桩大生意。

第一个疗程结束了，要间隔十二天。为了省钱果晓红出院回家调养，等待第二个疗程。甘东华提着一盒西洋参含片来到郝家大院探望果晓红，鼓励她树立战胜病魔的信心。头发脱光脸色苍白的果晓红受宠若惊，一时手足无措。郝大麦仍然保持着当年工业户的固有风度，只说一声谢谢。

小孤庄党支部书记满脸假笑，告辞了。郝大麦派儿子送客。走到大院门外，甘东华抬头望着门楼儿说，你家这座院子不出半年就要拆迁啦。一旦全村统统搬进新家园别墅区，依照总体规划小孤庄旧址将建成全省最大的主题公园，就跟迪士尼乐园一样，门票八百人民币。

郝爱工当即追问房屋拆迁价格。甘东华闪烁其词说道，投资方是省城天国房地产集团，名牌企业啊。据说拆迁价格不会很低。虽说农村房子不值钱，可占的是面积呀。你们要是小孤庄的农业户口多好啊，早就搬到洋楼别墅里去住啦，何必因为拆迁的事情苦恼呢？事到如今，我可帮不了你们啊。

送客送出十几步，郝爱工低声说，甘书记，我昨天跟常玲香办了离婚手续。

你说什么！久经沙场的甘东华听到盼望已久的喜讯，难以抑制激动的心情。她一把抓住郝爱工的袖口，连声说老天有眼啊，然后转身就跑。郝爱工大步追着说，甘书记你说话算话，你什么时候给我家办理"非转农"的手续啊？

甘东华拖着肥胖身躯气喘吁吁说，过几天我就给有关部门打报告，有了消息马上告诉你。

望着甘东华的远去背影，他攥紧拳头狠劲儿捶打着自己胸口说，郝爱工你不是人！郝爱工你不是人！

第二个疗程开始了。郝爱工陪母亲去省城接受化疗。甘东华居然派了一辆小汽车，送果晓红去住院。这一次郝大麦没有表示反对。这是他有生以来第一次向甘东华妥协。扶着母亲上车郝爱工转身小声询问"非转农"的进展情况，甘东华仍然回答说过几天就给有关部门打报告。

第二个疗程的化疗，果晓红反应强烈，呕吐不止，身体消瘦，脸庞走形，好像一只纸糊的风筝。她恨癌症，更恨自己得了癌症。这种自我仇恨的煎熬，使得她形容枯槁。

郝大麦留守在家，全心全力照料着植物人和小宝儿，任务很艰巨。思念老妻，他摘了几只新鲜玉米跑进省城，看望果晓红。不光玉米，他还带来那两只颇有来历的白色帆布手套。这两只白色帆布手套历经时光淘洗已经泛黄，好像老祖父的脸色。

病床前郝大麦拉住老妻手说，癌症是邪气所生啊，当年我爹戴着这双白色帆布手套参加了大炼钢铁，有那么一股子正气。我把这传家宝放在你枕头底下，让正气驱散邪气，你的病就慢慢好啦。

果晓红听罢舒心地笑了，那表情好像遇到了大救星。

第二天常玲香来了。果晓红不知道儿子已经离婚，见了儿媳妇便叨叨起来，说这癌症是个无底洞，就是一捆一捆钞票扔进去也听不到响一声。即使家里有印钞票机器，也抵不住我这糟蹋钱的祖宗啊。

常玲香安慰着婆婆，从小挎包里掏出一捆儿钞票，说这是五万，您放心治病吧。果晓红惊了，以为儿媳妇中了彩票大奖。常玲香说祝您早日康复，起身告辞了。这时郝爱工打饭回来，看到妈妈怀里紧紧抱着一捆钞票，就追了出去。

追进电梯里，他看见前妻身着天蓝色职业套装，就跟某公司女经理似的，绝对不像从事低贱职业的女人，于是心头一热。出了电梯他与她站在医院大门口。常玲香面色平静，主动说出事情原委。

原来，甘东华这几年从来没有放弃治疗儿子的精神病。她坚决认为王青的精神病有朝一日能够治愈，四处求医问药。一位老中医告诉她，患者为情所伤，只能以情治疗。人间有七情六欲，治疗王青情伤之良药无疑就是他所痴迷的那位女子。俗语云，男人有病，女人是药，正是此理。甘东华备受鼓舞，这几年无数次找到常玲香，软磨硬泡，恩威并施，请求她当机立断跟郝爱工离婚，然后选择吉日嫁给王青，以此达到治愈儿子精神病的目的。为了表示诚意，甘东华愿意支付十万元补偿金，尤其常玲香下岗之后，甘东华将补偿金增加到二十五万，以此力促这门看似离奇的婚姻。常玲香告诉甘东华，自己出来做按摩女郎这只是职业，一个女人是不能把职业变成婚姻的。

听罢前妻这番话，郝爱工一时说不出话来。常玲香继续说，我告诉你吧，我已经答应了甘东华的要求，她也给了我二十五万元补偿金。这五万送来给你妈妈治病，那二十万我存了银行，将来用它供小宝儿念大学啊娶媳妇什么的。

你真的要嫁给王青啊？郝爱工急了，使劲儿跺脚问道。

我在协议书上摁了手印儿，规定一年内必须嫁给王青。婚期定为明年九月十八号。常玲香说着掏出一部新款手机，看了看刚刚收到的短信，面无表情。

郝爱工心头一酸，哭了。玲香，我对不起你，我跟你离婚是为了全家"非转农"，我真不知道你离婚是要嫁给王青，是我害了你啊，玲香我真的对不起你！

你不要糊涂了。我要是不同意嫁给王青，这二十五万人民币从哪儿来呢？你说得对，婚姻真是一桩大生意，特别实惠。现在咱们做了这桩大生意，你我各有所得，这不挺好吗？我走了，你好好照顾你妈妈吧，小宝儿还得由你爸爸照料了。我还有一年自由时间，这一年我要拼命挣钱，一旦有了钱我就送小宝儿去寄宿学校。我一定要让小宝儿接受高等教育，长大成人进入上流社会。

第二疗程的化疗结束了。果晓红脱了相。她出院回家调养，发现小孤庄成了无人村。村民们统统搬进新家园别墅区，只有郝大麦一家坚守阵地。郝爱工看到自家大门上写着一个"拆"，气咻咻去找甘东华了。

进了村委会广场，可巧甘东华从一辆黑色奥迪轿车里钻出来，俨然女老板派头。她根本不睬郝爱工，快步走进村委会大楼。郝爱工叫一声甘书记，追了上去。

甘东华停住脚步转身看着郝爱工，满脸鄙夷表情。你追着我到底有什么事情？

甘书记，你说话可要算数啊。你答应过给我家办理"非转农"手续，你不能不认账啊！郝爱工说着朝前冲去，被两个保安员拦住。

什么"非转农"，你脑子有毛病吧？甘东华说着，转身上楼去了。

甘东华，你这个混蛋王八蛋！你说话不算话，明天你就舌头长疔嗓子生疮活活疼死！我现在去省城告你，你逼迫良家女子给你儿子提供色情服务！我让你"双规"……

郝爱工还没说完，两个身穿高档西装的打手扑上前来，扭住他押往后院去了。后院里居然挂着小孤庄派出所的牌子。他被关进一间小屋，写悔过书。他不写，吃了两个耳光。抬头看见打人凶手竟然是当年赌友——紫脸汉子。

你不是送矿泉水吗，怎么改行当了打手啊？郝爱工捂脸问道。

是你呀！紫脸汉子认出郝爱工，笑了。你小子怎么进来啦？找死啊！我劝你写了悔过书争取早点儿出去，你不知道去年这儿打死一民工啊。好汉不吃眼前亏，你千万不要跟甘书记对着干，她有势力啊。

想起身患绝症的母亲躺在家里，大门上还写了一个"拆"字，郝爱工心里怯了。他拿起笔在纸上写道：我喝醉了酒，胡说八道，冒犯了甘书记。我错了，我认错，我保证从今往后绝不再犯。

交了悔过书，天没黑他就被放了出来。走进家门父亲迎面就说，来了两个拆迁办公室的人，命令咱们三天之内搬家。

他们说给多少搬迁补偿费啊？郝爱工抄起一杯凉水，咕咚咕咚喝下去。郝大麦气哼哼说，十八万！

这一座院子六间房子居然只给十八万。郝爱工颇感意外，觉得问题严重了。

这时候植物人咳嗽起来。郝大麦连忙端碗喂水。郝爱工则跑进母亲房间，说吃药时间到了。

第二天来了两个皮糙肉厚的汉子，送来一份搬迁协议书，让郝大麦当场签字。郝大麦不予理睬。郝爱工出面接待这俩土匪。我们这座院子只给十八万，你们根据什么标准定的？

你少废话，签就签，不签就不签。我们哥儿俩没有闲工夫伺候你！你要是不签，三天到期推土机就来啦！

郝大麦突然大声说，推土机干吗？你往这儿扔一颗原子弹不就结啦！

两个汉子二话没说，扬长而去。

第三天上午，推土机真的来了，停在郝家大院门外。一个牵着狼狗的工头儿领来一群民工，准备动手了。

郝爱工拿出手机正要拨打"110"报警，手机却先响了。他一看来电号码，是前妻常玲香。

你千万不要跟拆迁队发生冲突，他们说打人就打人，打了白打。电话里常玲香低声而且快速地说着，好像老电影里的地下工作者。你也不要指望"非转农"了，那根本不可能！甘东华已经从外面往小孤庄迁了二十几个农业户口，王建国啊李建设啊张卫东啊，一律是假名字，她这样做是为了把那一幢幢别墅送给省城的高干子女，机关算尽啊。你想成为小孤庄农民，那比登天还难啊！

郝爱工听着，电话里常玲香突然发出一声尖叫，似乎被什么东西击中了，然后啪的一声好像手机摔在地上，没了声音。

推土机轰隆隆推倒了院墙。曾经风光一时的郝家门楼儿，变成残垣断壁。郝大麦极其冷静，不言不语从屋里推出植物人，光天化日摆在院子里。工头儿以为这是木乃伊，一时害怕，不敢动手。

郝大麦伸手指着躺在单人床上的郝秋收说，爱工你看见了吧，关键时刻还是你爷爷保佑咱们啊。

小宝儿哭着跑出来，说奶奶昏过去啦。郝爱工冲进屋里，立即拿出氧气袋给妈妈吸氧。果晓红渐渐清醒过来，呼吸急促地问道，解放这么多年啦怎么还有土匪啊？

推土机再度发威，一下就斩断了当年郝秋收亲手栽种的香椿树。这株老树轰然倒地，躺在单人床上的植物人也咽了最后一口气。

郝大麦红了眼，抄起铡刀冲上去，疯了似的吼叫着。几个民工将他摁在地上。工头儿大声说，手持凶器杀人未遂，你们马上送他去派出所录口供！

郝爱工救父不成，只得突出重围蹚过小河，一头扎进小树林里。他认定常玲香出事了，内心焦急万分。尤其电话里传来她的一声尖叫，当即撕裂了他的心。此时他彻底明白了，自己依然深深爱着常玲香啊。

他断定常玲香发出尖叫的事发现场就在甘东华家里，一路朝前跑去。

敢情甘东华又搬了家，狡兔三窟啊。甘东华新居在什么地方呢？郝爱工大步跑进新家园别墅区，气喘吁吁打听着。有人告诉他甘东华在省城买了房子，又有人告诉他甘东华新居在蓝调小区，还有人告诉他甘东华住在地狱里。这时一辆"120"救护车呼啸而过，朝着省城方向疾驶而去。

很快就从十三号楼传出消息，说楼里住着一青年男子，今天下午精神病发作，突然抄起一根木棍猛击一个青年女子头部，那女子生命垂危，被紧急送往省城医院。据说青年女子是登门服务的"钟点工"。

郝爱工听罢转身向着十三号楼跑去。他心里不断祈祷着，祈祷那位遭受木棍重击的"钟点工"不是前妻常玲香。

十三号楼前，郝爱工看见两个保镖扶着脸色惨白目光呆滞的王青走出楼门，猫腰钻进一辆黑色奥迪轿车，疾驶而去。

双腿发软站不住，郝爱工瘫坐地上。他妈的，看来常玲香就是被王青这狗日的打伤了。

那株老香椿树倒了。爷爷死了。父亲被押进派出所。母亲病重卧床来日无多。常玲香头部重伤凶多吉少。还有那座被迫拆迁的郝家大院。

他咬了咬牙从地上爬起来，突然嘿嘿冷笑了。他的嘿嘿笑声既像爷爷，也像爹爹。

第二天，拆迁工程队清理郝家大院的废墟，从宅基地里刨出一块基石，石头上刻着六个残破的大字：郝家是工业户。

这记载着郝家的昔日荣耀。

一个子夜时分，小孤庄党支部书记甘东华同志被人掐死在豪宅卧室里。据说她将凶手误认为临时招来的"鸭"，还摘下文胸招唤此人上床作乐。尸检报告显示，死者甘东华颈部没有留下任何指纹。因此断定凶手是戴着手套将她掐死的。

那极有可能是两只白色帆布手套，而且颜色有些泛黄了。

孩儿滩秋景

一

秋天的大海，还是很有几分姿色的。一望无际的沙滩赤着金色的身子，与那白头到老的浪花热烈接吻，无尽无休。沙滩被浪花吻得消瘦，浪花为此也粉身碎骨。于是酿成一场大潮汐，白色的浪花与金色的沙滩同归于尽——颇似一场感情大爆炸。

孩儿滩却不同了。这里没有那么多情的沙滩。放眼望去，百里无垠尽是淤积的滩涂。滩涂的淤积其实正是历史。这历史与一条入海的河流有关。那条名叫黑水的大河三十年前彻底干涸，沿途留下一座座废墟——码头也就成为河流的弃妇。因此，孩儿滩的一派黑色胶泥，至今仍然给人以河死犹荣的冷硬印象。滩涂冷硬，天上的太阳也显得清冷。没有温暖。温暖似乎全都跑到南方的海岸去了。南方温暖的海岸，产生沙滩美人儿。而北方冷硬的海岸呢？只能产生粗糙的汉子。一方水土养一方人。这似乎就是命定。潮起潮落，海水吞噬着无尽的岁月，却冲刷不净那绵绵百里的本色。这无言的黑色淤积啊，只有在男人的心目之中，才具有一种真正的忧伤。这就是北方滩涂的名声。

当然，这也是孩儿滩的名声。

那一望无际的黑色胶泥，大海退潮的时候更加显出它的真正辽阔。

朝前走吧，走出十里远，还是见不到海水。这时你会懂得什么是真正的天高水远，这时你会怀疑大海的存在。无论你是不是善于行走，脚下的海滩，都是爽爽的而富于弹性，走在上面立即显出生命的勃发。人呢，也就气完神足了。这种橡胶似的黑色海滩，其实是有骨头的。那骨头就是胶泥之中蕴含着无穷无尽的蛤蜊壳。这蛤蜊，灵魂已死但躯壳不枯，固执地镶嵌在胶泥之中，坚决阐释着大海那不容歪曲的历史——尽管大海经常遭到歪曲。就这样，满含蛤蜊壳的海滩在人们眼中也就成了一篇千古难译的谶言。面对谶言，人类一下子就渺小了。这种渺小的心理，常常使得一个名叫莫冬青的中年男子独自眺望大海的时候，倍感自卑。海很大，人很小。人心呢又很大。所以，人就自卑。

人们将税务所长莫冬青称为"莫所"，完全是出于一种语言简化的习惯。在这块被称为孩儿滩的地方，人类的语言经过盐碱滩涂的千年侵蚀，变得残缺起来。欢天喜地说成欢天喜；鬼鬼祟祟说成鬼鬼祟；强奸妇女说成强奸妇；李队长被称为李队；刘科长被称为刘科。

这就是孩儿滩的口头语言，残缺而又充满张力。至于张局长是否被称为张局则不得而知，这里还没见过那么高级的动物。高级动物们都生活在远离海边的大都市里。

这里常见的动物是什么呢？是人和虾。而这里所能见到的高级动物，则只有莫所。在养虾汉子的心目之中，这位身穿税务制服脸瘦腿长的莫冬青，也只是属于季节性高级动物而已。一年之中，冬春夏三季里是见不到他身影的。只要一进秋虾成熟的日子，莫冬青就来了，活像一只巨大的候鸟。

每逢这种时候，他身边总是跟着一个年轻的税务员，人称孙子。孙子是孙子良的简称，与《孙子兵法》无关。孩儿滩根深蒂固的语言简化习惯，使这里成了一个惜字如金的地方。养虾汉子范金水，当然被人们称为范金。水落而金出，这很吉利。而孙子良被简化为孙子，却一下降了辈分。

这个被人们简称为范金的汉子，看上去显得瘦小枯干，好似一条喂虾的卤虫。人不可貌相，他恰恰是这里的虾王。虾王就是虾农们的首领。

范金也是这里的季节性动物。

水中无虾的季节，范金整天躺在镇上豪宅的沙发上享着清福，一动不动只想将自己晾成一只干虾。只要近了秋天，这只干虾一夜之间就有了生命，精神抖擞胜过一条旱龙。秋天是虾汛，也是他生命的旺季。秋天里的范金不舍昼夜，一支接一支吸着那种廉价的香烟，生命也在吱吱燃烧着。关于范金恋秋的最为充分的佐证就是他给自己的独生儿子起名范秋儿。他似乎是为了一个又一个的秋天，才一年又一年活下来的。他不能没有秋天。这大概就是范金对自己的阐释。

眼下，正是秋风乍起的季节。前几天传来消息，山东半岛的养殖虾今年减产。天赐良机，这样一来孩儿滩的养殖虾就能卖出大价钱了。于是范金很早就搬到海滩的窝棚里来住，心情很是晴朗。

再过几天，也就到了起虾的日子。风儿越吹越硬，含着一股冲天的腥气。这腥气，令孩儿滩处处充满了杀机。

范金躺在窝棚里，独自嘿嘿笑了。

其实孩儿滩的景致百年不变，就这么永恒着。动物呢？也依然只有那两种：岸上的人，水里的虾。阳光之下，养虾的池子好似一块又一块肮脏的玻璃，荡漾着黯淡的波浪。在上帝目光的注视之下，这里一派祥和。养虾的人们，其实都是拖家带口的穷人。养虾能够致富，因此穷人如潮涌入海滩，掘池垒埝，引水养虾。孩儿滩这荒蛮之地，踏满了人们狂乱的脚印，弄得处处人间烟火。官方呢也乐意百姓养虾。官方收税。养虾的家家户户，报纸称为辛勤的虾农。虾农果然辛勤，打从投放虾苗儿，他们就住在虾池岸边的窝棚里，没昼没夜的，如同秋熟时节的农户护青。这是一年的心血啊。池里的虾苗儿一天天长大，沐浴着主人的殷切的目光。人心与虾儿，共同生长着。这才是孩儿滩的真正风景。

窝棚门外，十岁的范秋儿蹲在地上，手中捏着草棒儿戏弄着一只无名的小虫儿。无名的小虫儿在草棒儿的拨弄之下，显得精疲力尽。范秋儿嘻嘻笑着，抬头看了看远方。

"爹，有人来了。"

躺在窝棚里抽烟的范金嗯了一声，然后伸了一个懒腰。这几天他时时刻刻都在盼着，盼着远方来人。是时候，她应该出现了。憋了一年的欲火，在他浑身燃烧着，有一种身在热窑的感觉。随手丢下烟头儿，他起身爬出窝棚，手搭凉棚朝小路的尽头眺望。范金有一只伤残的左手——缺少一根小指头。

远处走来的分明是一个男人的身影。

范金渐渐看出朝这里走来的男人正是莫冬青。年年秋风劲，这位税务官岁岁按时到达，使人觉得他是一只走时准确的瑞士怀表。在人们心目之中，莫冬青的性情往往难以捉摸——好比雾里的一块石头。

范金等待的不是莫冬青。养虾汉子们谁也不愿见到这位前来收税的冷面男子。百里孩儿滩上，哪个养虾汉子能够屡屡逃税，无疑是一种受人称赞的本事。照章纳税，则被人们称为"废物"。莫冬青当然成了这里的头号公敌。没有一个人希望今年已经四十岁的莫冬青万寿无疆。可是，就在这个充满冷眼的地方，他却年复一年活着。莫冬青的存在，成了孩儿滩的最大悖论。

范金等待的是杨花。杨花那个风骚娘儿们一出现，秋风里便掺进了一种真正的女人味道。同时，杨花的到来也就意味着秋季交媾的开始。范金一年一度的发情期，总是与虾汛同时。虾汛成了勃发的时节。范金积蓄了一年的精力，此时统统要被杨花榨干。等到池子里的大虾起干捞净，范金也泄尽了。杨花呢，也该随着丈夫刘伙离开这片黑色海滩，风平浪静地回到那座大都市去了。杨花的丈夫刘伙是一个水产商人，垄断着这里的八成货源。每年秋天他都头戴一顶绿色的帽子来这里收购活虾，然后掺水加利，批发到人们的嘴里。没出三年，刘伙就在那座大都市里拥有一座属于自己的冷库。同时，刘伙也拥有着一个令人艳羡的妻子。

今年秋风起了，却迟迟未见刘伙的身影。按照往年的节气，刘伙应当到达孩儿滩了。范金心里忐忑起来。不知为什么，他总觉得刘伙在那座大都市里有着一个潜在的仇人。刘伙的奔波劳碌，似乎完全是为了那个仇人。在如今这种枯燥的生活之中，一个男子必须拥有仇人，才是事业有成的佐证。在范金眼里，刘伙恰恰属于那种暴发户。暴发户往往是要遭人妒恨的。当然，这完全出于一种猜测。关于刘伙，范金知之甚少。他与刘伙，也只是虾农与虾商的关系。尽管如此，他对刘伙仍然怀有一种古怪的情感。他关心刘伙，有时甚至怀有强烈的惦念。范金认为这是一种发自内心深处的负疚心理——自己毕竟偷偷玩了人家的老婆。有时范金又认为自己是一个毫无负疚心理的男人。千头万绪一句话，他认为自己不懂得春天的爱情，只懂得秋天的交媾。然后就是冬眠。

大家都是这种动物。

望着远方小路上越走越近的莫冬青的身影，范金心里紊乱起来。

世道这么乱，刘伙在大都市里肯定有一个仇人。妈的，是不是出了什么事情？刘伙若是出了事，杨花就成了寡妇。杨花这种女人是不会安心守寡的，很快就会再嫁。譬如说嫁给一个建筑承包商。那样的话，孩儿滩就永远不会见到她的身影了。范金也将永远失去这个女人。想到这里，范金心头不禁一颤。

他已经离不开杨花了。

一个名叫废物的养虾汉子哼着小调儿走到范金的窝棚近前："什么时候出虾啊？我们可都等您的招呼呢！"

范金不睬废物，他的目光紧紧注视着远处的风景。

莫冬青越走越近——肩上扛着的还是去年的那顶红色折叠式帐篷。秋天真的到来了——黑色的海滩上嘭的一声绽开一朵巨大的红色牡丹。十岁的范秋儿总是将莫冬青的帐篷说成一朵大红花。这是童心。范金则认为那是一团耀眼的大火。女人是水，男人是火。俗话说水火无情啊。

莫冬青在远处的海滩上选了一块小高地——这是车辆进出孩儿滩的必经之路，安置了那顶红色帐篷。

趴在窝棚里的那只大黄狗朝着那团大火汪汪叫了起来。

大黄狗的名字叫蘖种。

二

蘖种围绕着这顶红色帐篷走来走去，最终在门口站定。帐篷里，莫冬青呼呼喘着粗气，将一张很大的绿色油布铺在矮床上——然后躺在上面滚动着身子，将油布压得很平。妥帖了，他点燃一支香烟，悠悠吸着。这是一个面相清瘦而目光咄咄逼人的中年男子。他的眉心藏着一颗小小的黑痣，似乎天上圣人挥笔作文时遗落的一个墨点儿。这很文气——给人一种状元转世的感觉。大狗蘖种好奇地看着躺在油布上的转世秀才，神情略显迷茫。自从人类进入塑料时代，这种民间制作的油布就很少见了，尽管它依然具有隔绝潮湿的最大优点。莫冬青在油布上躺了一会儿就爬了起来，在油布上铺了一层干草，然后又在干草上铺了一张很大的狗皮。这时，蘖种汪汪叫了起来。

其实蘖种是一条好狗，平时显得非常冷静。这突发的狂吠，完全是因为它蓦然看见铺在干草上的那张狗皮。先辈的皮毛，使得蘖种大发思古之幽情，声声叫个不停。

养虾的汉子们听到蘖种的汪汪叫声，就知道莫冬青已经抵达孩儿滩。于是，远远近近的虾池岸边的窝棚里，传出一阵阵咒骂。

"妈的，又要上税了。莫所怎么还活着呢？这几年咱老百姓刚能吃上饱饭，就来搜刮啦！"

作为一个不受欢迎的税务官，莫冬青必须长期生活在这个充满敌意的环境里。他知道这是命定。有的人一生都置身于喝彩声中，有的人一生却行走在咒骂声里。人与人不同。人与狗也不同。莫冬青定定看着狂吠不止的孽种，面无表情。这时候，阳光映在红帐篷上，格外耀眼。

"孽种，别吼叫啦！吵得人心烦意乱的。"范金走到帐篷门前，大声呵斥着自己的黄狗。听到主人的呵斥，孽种立即闭口不语，蹲在一旁变成一只深沉的动物。

"莫所，今年你那位孙子怎么没来呀？"

"我连儿子都没有，哪里来的孙子啊？"

"孙子就是孙子良。你是真的不懂孩儿滩的语言，还是装得不懂孩儿滩的语言？"

莫冬青走出帐篷，郑重其事对范金说道："孙子良结婚了，正在休假呢，过几天就会赶到这里来的。"

站在莫冬青近前，范金愈发显得身材瘦小。身材瘦小的范金目光炯炯，一瞬之间，他就将今年的莫冬青看了一个仔细。与去年秋天相比，莫冬青显然瘦了许多，那一双明亮的大眼睛仿佛多了几重雾霭，颇为迷蒙。倏地范金心头一颤，不知为什么，他产生了一个不祥的预感。

这个不祥的预感究竟意味着什么呢？范金说不清楚。总之，他觉得今年的孩儿滩不同于往年。今年将有许多故事轰然发生。

这时候，远远近近的养虾汉子们，渐渐聚拢过来。一年一度的声讨，又要开场了。莫冬青只得朝着这些粗鲁的汉子苦苦一笑，算是今年见面的问候。

"莫所，你还活着呢！这一年又一年的，你怎么不死呢？你要是死了，我们也就用不着上税啦。"

莫冬青打开一瓶矿泉水，一边喝一边说："是啊，我怎么还不死呢？我要是死了，就用不着到这里来收税了。有一件事情告诉你们吧！从去年腊月初八，我信佛了。如今，我每月两天吃素，初一和十五。"

养虾汉子们哄的一声大笑起来。

身材瘦长的莫冬青被这笑声弄得有些茫然，伸手摸了摸自己的额头，不知所措的样子。

范金笑得最为响亮："莫所，你信佛？你要是信了佛，我们不就都成了罗汉啦！"

养虾汉子们再次哄堂大笑。莫冬青的表情却是一派平和。

"我真的已经开始信佛了。我知道你们恨我来这里收税。你们的饭碗是养虾，可我的职业是收税啊。只要你们活着，就得养虾。只要我活着，就得收税。这是没有办法的事情。"

范金抓起一把饲料，哗的一声投到养虾池里："我看，连水里的乌龟王八也都变得吃素啦！"

养虾汉子们立即跳着双脚欢呼起来——他们认为范金说得太精彩了。不约而同，这一群粗鲁的汉子走到养虾池边，解开裤子，哗哗撒起尿来。这好像是他们庆祝胜利的一种方式。

莫冬青的面孔变得煞白，看上去像一个失血的病人。

范金走上前去朗声说道："莫所，你要是一条好汉，就动手打我。我天天盼望挨打，可就是没人敢来打我。我盼了整整三年啦。"

这时孽种汪汪叫了起来。这吠声，转移了人们的视线。莫冬青淡淡一笑，压低声音对范金说："我知道你已经活得非常无聊了。"

听了这话，范金微微一怔。

莫冬青转身大踏步走开了。

范秋儿搂着孽种的脖子大声喊道："爹，有人来啦！"

手搭凉棚，范金朝远处小路上望了望："好啊！果然来啦！"

猛然之间，平地刮起一阵狂风。养虾的汉子们，本能地侧着身子蹲在地上，避着这股突如其来的阵风。风儿渐渐小了，可是风中分明弥散着一股令人意乱神迷的味道。人们纷纷站了起来，嗅着奇异的味道。只有范金心里清楚，这其实是从杨花身上散发出来的外国香水味道。一个风骚女子身上的味道，往往是逆风而十里可闻。

果然，阵风过后人们看到远方小路上驶来一辆汽车的身影。

"刘伙来了!"名叫废物的养虾汉子大声喊道。就这样,今年秋天收购鲜虾的主要角色,终于出场了。

汽车越驶越近。这是一辆被人们称为公爵王的黑色轿车。今非昔比了。刘伙四年之前第一次来这里上货,还是一个骑着破旧摩托车的小贩子。打从垄断了孩儿滩的八成虾源,他好像成了财神爷的干儿子,一下就发迹了。

范金低头狠狠吸着香烟,走到自己的窝棚门前,无言无语钻了进去。范秋儿指着迎面刮来的小风儿说:"爹,香!"

"废话!法国进口的名牌香水,能不香吗?"范金脸上流露出得意的神气,倒更像是一个推销香水的奸商。

那辆高级轿车终于停在百步之外的地方。淤积而成的陆地,承受不了巨大的压力,所以卡车是根本无法驶入的。小轿车呢,驶到这里也像是一只生病的甲壳虫,缓缓朝前爬行。

养虾汉子大都是冷漠的男人。孩儿滩这地方,最适合爆发一场战争。面对枪林弹雨,人人处变不惊,仿佛都是久经战火洗礼的石头。对于这种冷漠,初来孩儿滩的人往往难以适应。等到适应这种冷漠了,你也就变成了一个冷漠的人。

今年的刘伙容光焕发。他亲自驾着这辆公爵王轿车,身穿着富豪牌高级西装,脚踏老人头牌的黑色皮鞋,煞是风光。轿车停在黑色的海滩上,刘伙推开车门嘴里打了一个响哨,故意做出一派牛仔风度。

久经风雨的汉子们,不由得面面相觑。

这个身穿黑色西装脚踏黑色皮鞋的中年汉子难道就是刘伙?一年不见,居然胖得成了这个样子。车门大开,分明就是一只肉球从车里滚了出来。一年之间能够长出这么多肥膘,足以说明中国肉猪存栏率稳居世界第一。孩儿滩上,除了人和虾,又多一种动物,就是刘伙这头肉猪。若不是听到从他嘴里打出熟悉的响哨,养虾汉子们根本无法相信面前这个肥胖的家伙是刘伙。

孩儿滩又添一景。

刘伙喘着粗气，醉眼惺忪。他从汽车的后备厢里拖出一顶折叠式帐篷。这顶帐篷金黄颜色，阳光之下显出一派暴发户的富贵。这时候刘伙抬头看到远处矗立的那顶红色帐篷，笑了："莫所今年又是捷足先登，早早就来这里安营扎寨啦！今年收税还是按照去年的章程吧？"

人们闻到刘伙嘴里喷出的酒气。

刘伙是一个有名的酒鬼，夜夜喝得烂醉如泥。白天呢，总是酒意难消，走起路来东摇西晃的，活像一只陶俑。

这时，两条修长玉腿迈出车门，坤角终于出现了。养虾汉子们的眼睛全年吃素，如今见到了荤腥，当然要目不转睛死死盯着这位时髦女郎。这就是白衣白裙的杨花。她咯咯笑着，随手摘下墨镜，那一双能够煽风点火的大眼睛，朝养虾汉子们热辣辣望着。

男人们的心，一下子就被点燃了。

其实这是一个身材娇小的女子，走起路来宛若一只随风飞舞的玉色蝴蝶。原本缄口不语的养虾汉子面对这样一个女子，愈发没了响动，变成一群雕塑。杨花扭摆着腰肢走上前来，咯咯笑着说："你们的那位虾王藏到哪里去啦？快让他出来见一见我老公，定下起虾的日子。这节气，可不等人啊。"说着，她从手袋里掏出一只精美的瓶子，对那个名叫废物的养虾汉子说，"这是我送给你老婆的洗面液。她脸上还有黄褐斑吧？"

废物毫无表情地说："谢啦。可惜，我老婆已经死了。"

杨花惊诧地尖叫了一声，连连吸着冷气说："这怎么可能呢？一年不见，一个大活人就死啦！"

废物无动于衷地说："嗨！人的寿命，有时候还不如一只虾。虾死了，还能卖钱。人死了，连埋尸的地方都买不起。您知道买一小块坟地要多少钱？一万五。面积有多大呢？勉勉强强埋下一只骨灰盒，挤得魂灵都没处安歇！"

杨花转身朝停车的地方跑去，嘤嘤哭了起来："老天爷呀！这里的人命，怎么这样不值钱呢？"

刘伙嘴里喷着酒气，已经动手搭帐篷了。他擦着额头的汗水："杨花，你忘啦？要奋斗就会有牺牲，死人的事情是经常发生的。怎么今年你摇身一变成了慈善家啦？"

望着远处那顶红色帐篷，杨花挥了挥手："莫大所长，今年又让你走在我的前边啦！"

并未听到莫冬青的应声。

这时，躺在窝棚里的范金，伸手将门帘撩开一道缝隙，目光定定注视着远处的哭泣的杨花。

"白衣白裙，白脸蛋儿白屁股，杨花真是一个迷人的妖精啊。"范金自我陶醉了，躺在窝棚里自言自语着。

刘伙摇摇晃晃走到范金的窝棚门前，响亮地咳了一声说："虾王，什么时候起虾啊？我就等您范金一句话啦！"

窝棚里传出范金的声音："今儿晚上喝酒的时候再说。"

刘伙哈哈大笑："一万年太久，只争朝夕。一寸光阴一寸金，我可不想在这里长期驻扎啊！"

范金躺在窝棚里尖声尖语说："今天晚上我摆宴给你接风。刘伙我劝你稳住阵势不要心急，心急啊你就到山东半岛去买虾吧！"

三

十里滩涂酒气熏天。空气醉了，池里的活虾也一定醉了，暮色里的太阳更是醉了，摇摇晃晃落进海里，溅起一片辉煌。虾池的岸上燃起一堆跳跃的篝火。篝火的影子映在虾池的涟漪里，一派水火不容的景象。一辆白色小卡车从远方驶来，停在一块硬地上。车上走下来的正是那个被养虾汉子称为"孙子"的税务员孙子良。

浓烈的酒气扑面而来。海滩好辽阔。孙子良揉了揉眼睛——以为走进了电影里的海盗营地。不知为什么，刚刚度过蜜月的他对海滩上那一堆堆跳动的篝火感到愕然。莫非男人婚后就变得胆小怕事啦？去年这个季节他随着莫所来这里收税，心里从来不懂得什么叫"怕"。今年第一天迈进海滩，居然怯懦起来了。他对自己的表现很不满意，心情变得沉郁。拎起背包，年轻的税务员快步朝远处的那顶红色帐篷走去。

　　莫所长已经先期到达了。想到自己的上司，孙子良心里便觉得踏实。钻进红色帐篷里，他喊了一声莫所长，没人应声。他慌了，连忙掏出打火机，照亮眼前这一方天地。

　　没人。地上铺着干草，干草上铺着一张很大的狗皮——这分明是由四只大狗的灵魂拼接而成的。扑身躺在上面，暖意便拥抱了他。蓦地他想起新婚的妻子。黑暗之中他深深感到，只有结了婚的男人，才能切切实实懂得家庭的温暖。假如说全世界都在降雨，家呢就是一柄满是补丁却经久耐用的雨伞。虽然说结婚只有一个月，但是他已经知道自己离不开女人了。女人真好啊。

　　可是，已届不惑之年的莫所长，为什么还过着单身的生活呢？难道他根本就不懂女人的美好？男人是不应当远离女人的，就好比女人不应当远离男人一样。孙子良坐在帐篷里寻思着，慢慢吃下那一只夹馅面包——他觉得上面还留着妻子的体温。之后，他钻出帐篷，一眼就看到了天上的月亮。哦，月亮其实是一个女人。譬如说嫦娥。

　　那一堆篝火愈烧愈旺。孙子良听到了刘伙的哈哈大笑、范金的嘿嘿干笑，似乎又隐隐传来杨花咯咯的浪笑。

　　这笑声对孙子良来说，是一个风景，他不由自主朝篝火走去。他知道，这种热闹的场合，是不属于莫所长的。莫所长善于独处。正如一首歌曲里唱的："寂寞让我如此美丽。"但是，在孙子良眼里，篝火也是美丽的。篝火能够令人激动。

　　杨花就是一个令男人激动的女子。

篝火上煮着一只搪瓷大盆。沸水翻腾，让人想起古代的刑具。范金举着杯子，召唤着废物。废物正猫腰蹲在池边的苇塘里捉虾，发出一阵古怪的欢呼声。今年的虾，长得又大又肥，在网里跳跃着，看着就让人欣喜若狂。废物拎着沉甸甸的篮子跑了过来，将欢蹦乱跳的活虾哗的一声倾入沸水之中，眨眼之间盆里的沸水变得透红。熟虾的香气弥散开来，勾引着男人的食欲。刘伙酒至酪酊，目光迷离朝范金举着酒杯说："您是虾王，哪一天下网出虾，您就快下令吧！我年年秋天都到这个鬼地方来，年年等的都是您的这句话。您呢，总是跟我拖延。就好像，那虾，是您的亲生儿女……"

范金举着酒杯，口齿显得含混不清："对！你说得很对。池子里的每一只大虾，都是我的亲生儿女。我年年卖虾，就是年年卖儿卖女啊！"说到这里，范金似乎很是伤心，呜咽起来。

孙子良走到篝火近前，选了一只木墩子，坐下来。从前他只知道男人不能没有酒，结婚之后才知道，男人也不能没有女人。望着面前这两个男人：范金与刘伙，一个虾农，一个虾贩。孙子良知道，年年虾汛这两个男人都要凑在一起斗酒。俗话说，不是冤家不聚头。这两个男人，说是一个买虾一个卖虾，可是每当坐在篝火近前抄起酒瓶，正经的事情就飞到九霄云外去了。你一杯我一杯，一直喝到烂醉如泥。然后爬回自己的住处，呼呼大睡。翌日黄昏醒来，点起篝火继续豪饮。时光正是在这声声酒令之中拖延下去，一直拖延到不能再拖延的日子，才停止喝酒，放水出虾。那虾，也早就随着醉了。

孙子良的突然出现，令范金非常高兴。他眨着一双醉眼嘿嘿笑着说："孙子，听说你结婚娶媳妇啦？好！新娘子一定漂亮吧？我给你道喜，咱们干杯……"

听到别人称自己为孙子，心中总是不能接受。他对范金说："我叫孙子良，不叫孙子。"

"孩儿滩的汉子都是这样说话！你的名字要是叫孙爷良，我就叫你

178

孙爷。现在我就叫你孙子！你要是不愿意，就动手打我一顿。"

孙子良不愿意与范金斗嘴。与范金斗嘴，往往不会有好果子吃。他换了一个位置，坐得离篝火稍远一些。这时他一眼瞥见满嘴酒气的刘伙。天啊，这家伙怎么变成一个脑满肠肥的家伙啦？一年不见，一个男人居然能够胖成这副模样，生活真是一个万能的魔方。一个人若想美化自己，很难；若想丑化自己，真是无比容易——你变为一个饕餮之徒就成了。孙子良觉得刘伙已经胖得变成了海湾地区，随意在他身上钻一口井，立即就能出油。

这时候刘伙放下酒杯，伸出脖子四处寻找着说："杨花呢？这黑天黑地的我那位夫人跑到什么地方去啦？"

人们面面相觑。刘伙醉眼迷离，痴痴看着篝火。范金压低声音说："刘伙，再喝一杯吧？"

刘伙两眼通红，目光滞滞，不言不语。之后他肥胖的身子缓缓倾斜，倒在范金身旁——成了一堆毫无生命的肥肉。范金嘿嘿笑了，挥了挥手，叫来废物。

废物嘟哝着说："刘伙每年都是这样，一喝就醉成一摊烂泥。"说着，废物很不情愿地将人事不省的刘伙拖了起来，嘟嘟哝哝拖到远处那顶黄色的帐篷里。

范金涨红着面孔，仰起脖子咕咚喝下一口白酒，嘿嘿笑着说："刘伙你放心睡吧，睡上七七四十九天！孩儿滩这地方很安全。你老婆杨花也很安全。大家都很安全。"

此时，孙子良蓦然看到范金两眼明亮，目光清澈，丝毫没有醉意。这令孙子良感到非常惊诧，仿佛看到了黑影之中的另外一个范金。他心中怀疑范金佯醉，就趁着四周没人，紧紧抓住范金的手低声问道："虾王，什么时候起虾啊？"

范金目光蒙眬："老子什么时候想起虾，就什么时候起虾！"

孙子良呆呆望着范金，一时无法判断对方真醉还是假醉。孩儿滩本来就是一个真真假假虚虚实实的地方。人呢，有时候也会成为幻影。只有在那天海合一的尽头，才是一个遥远的真实。

范金歪在一旁，居然打起响亮的鼾声。

孙子良看了看四周，没人。他抬头望着天上的月亮，心情一下苍白起来。起身朝着那顶红色帐篷走去，他心里寻思着："百里海滩空空荡荡，人们究竟都到哪里去啦？"

见孙子良走远了，范金的身子一弹，大鱼似的从地上跳起，浑身上下全无醉态。他嘿嘿笑了笑，一头扎进自己的窝棚。

女人的味道，扑面而来。

窝棚里暖意融融。黑暗之中，范金嗅着香水的气息，爬上铺着厚厚稻草的矮床，嘿嘿笑着说："放心吧，刘伙又醉成一摊烂泥啦。我知道你早就钻进被窝里等着我呢……"

说着，范金脱光衣裳，掀起被子钻了进去，将那热烘烘香喷喷的女人一把搂在怀里："妈的，一年不见你变胖啦……"

被死死压在身下的女人立即咬住他的肩头："坦白！从去年秋天我走以后，这一年里你又玩了几个娘儿们？你以为我感觉不到啊？给我老老实实交代！我的政策，坦白从宽，抗拒从严！"

"宝贝儿，我就给你来一个抗拒从严吧！"范金说着，就发力做起了男人的功课。他呼呼喘着粗气，仿佛是海滩上开来了一辆老掉牙的汽车。

女人迟迟不能进入状态："秋儿呢？秋儿到哪里去啦？"

"你放心吧！秋儿就在咱这窝棚里呢。他睡得跟死狗一样。我在矿泉水里给他兑了睡觉的药片……"

女人呻吟着说："天啊，你这样对待孩子，早晚要遭到报应！"

"我不怕报应！就是王母娘娘来了，我也敢跟她睡上七天七夜。"他的声音听着很是暴烈。

女人紧紧搂着他说："你真是一头牲口！告诉我吧，哪一天下网起虾呀？我老公他可是一个惜时如金的生意人啊。"

"什么时候你榨干了我这一年积攒的油水，什么时候我就下网起虾！有本事你就快快将我榨干了吧……"

女人咯咯笑了起来："我一宿就能把你榨成一只干虾！"

四

孩儿滩的月夜，一派死寂。

月光之下，浪波不兴，天地之间仿佛凝固成为一张铅板。税务所长莫冬青坐在黑色胶泥的海滩上，静静望着天上月亮。

"我活着究竟是为了什么呢？为了收税。难道我这一辈子光是为了收税才活着？除了收税，我还能做些什么事情呢？我已经对什么事情都不感兴趣啦……"

他自言自语，好像是在默诵一首短诗。

天上的月亮藏到云彩后面，散出朦胧的光。孙子良气喘吁吁跑了上来。他远远看见莫冬青，觉得这位性情孤僻的税务所长很像一条卧在浅滩里的大鱼。

看到孙子良跑了上来，莫冬青感到很是意外："你不是结婚度假去了吗，怎么早早就跑来啦？"

"这蜜月啊迟早是要度过去的。想起您独自来到孩儿滩收税，也没个帮手，我就跑来了。"孙子良低声说着，掏出一支香烟递过来。

"我戒烟已经一个月了。不再吸了，真的不再吸了。"

"合着我去度蜜月，您进了戒烟月？"

"不止戒了烟，我还戒了荤。为什么戒荤呢？因为我信了佛。信了佛，我就吃素了。吃了素，我心里心外也就觉得素净了。"

这令孙子良感到非常意外："哦，素净了。说是素净，其实人们还是喜欢腥荤。买虾啊卖虾啊图的不就是一个腥荤吗？"

"你说得对。人啊，很难做到真正的素净。所以，咱们就到这里收税来了。"

孙子良愤慨起来："来这里收税还得接受人格侮辱，他们见了面就叫我'孙子'，孩儿滩真是一个鬼地方……"

披着惨淡的月光，税务所长定定看着年轻的伙伴："人活一辈子，什么事情都会遇到的。遇到的事情渐渐多了，你也见怪不怪了。"

这时孙子良的脸色蓦地郑重起来："孩儿滩就是怪事多！刚才，我听见范金的窝棚里传出一阵倒海翻江的响动。他喝了那么多酒，敢情根本没醉！窝棚里热火朝天的，一个女人给他弄得大呼小叫的，没遮没拦……"

税务所长的嘴角微微一颤，之后又抿得铁紧："凡是有人的地方，就有这种事情。什么时候天地之间绝了男女私情，也就不成天下了。"

"你知道窝棚里的那个女人是谁吗？"

莫冬青点了点头："我知道。"

"谁？"

"杨花。"

"杨花？"孙子良惊呆了。

"是啊，范金与杨花的事情，已经好几年了。"

沉默了片刻。

"真是意想不到。"孙子良喃喃自语，活像一个沉思的哲学家。之后"哲学家"抬起目光望着税务所长急声问："您说，那刘伙能够容忍这种事情吗？自己的妻子跟别人睡觉，刘伙能够容忍？"

"我想，这件事情刘伙并不知晓。"

"要是刘伙知晓了，他能够容忍吗？"

莫冬青笑了："我又不是刘伙，怎么能知道他的心思呢。"

孙子良起身说道："此时刘伙躺在帐篷里醉成一摊烂泥，您不信咱们就去看一看。把人家的丈夫灌醉，然后又去睡人家的老婆，范金他算是什么英雄好汉啊!"年轻气盛的孙子良愤慨起来,仿佛要为全世界头戴绿帽子的丈夫们讨回一个公道。

两人一前一后朝着远处那顶红色帐篷走去。

孙子良站住脚步,目光定定注视着莫冬青:"莫所长,您是一个单身男人。打个比方,假若是您遇到这种事情,您能够容忍吗?"

"孙子良啊,你这个比方打得让我无法回答。不过我想,能够容忍这种事情的男人,是很少很少的。即使真的容忍了,其中也必有原委。做一个男人,其实是一件很难的事情。"

月亮听见了莫冬青这番话,从云彩后面踱出,将光芒照在人间这位税务所长的脸上。于是,莫冬青的脸色愈发显得惨白,像一员被冷箭射中而失血过多的战将。

朝前走去,刘伙的黄色帐篷愈来愈近了。

税务所长突然压低声音对自己的属下说:"大凡是男女私情,丈夫都是蒙在鼓里的。全世界的人都知晓了,唯独丈夫一无所知。我想,刘伙也是这样吧?"

孙子良听罢,点了点头说:"刘伙真可怜啊。"

走到帐篷近前,莫冬青撩起门帘走了进去。帐篷里一盏汽灯高高挂着,散发着惨白的光芒,给人一种不祥的照耀。

帐篷里空无一人。

莫冬青心里觉得很是蹊跷。刘伙不是烂醉如泥躺在帐篷里吗?此时怎么不见踪影呢?这样寻思着,他就转身走出帐篷。

孙子良连忙问道:"刘伙是不是烂醉如泥,躺在帐篷里睡觉呢?"

"是啊,刘伙烂醉如泥,正躺在帐篷里睡觉呢。"

说罢,莫冬青也不明白自己为什么不告诉孙子良,帐篷里空空荡荡,刘伙去向不明。

孙子良叹了一口气:"刘伙真可怜,腰缠万贯,还不是照样蒙受欺骗当乌龟。让他睡吧,让他做个美梦吧……"

好一阵沉默。

"你就别胡思乱想了，咱们还是回到自己的帐篷里去休息吧。"莫冬青说着，转身朝着远处那座红色帐篷走去。

孙子良只得跟随在后面，显得无精打采的样子。这个新婚蜜月里的小伙子，在爱情的鼓舞下，以为生活就是一块清澈的水晶。今宵的孩儿滩见闻，这块水晶在他面前倏地混沌起来，变成一块顽石。

他一时无法接受这块混沌的水晶。

"看来，孩儿滩这几天要出事啦。"莫冬青忧心忡忡说道。

走进红色帐篷，孙子良和衣躺在矮床上，不言不语。莫冬青从角落里搬出那只早已落伍的煤油炉，划着火柴点燃油芯，开始烧水。

"孙子良你饿了吧？"

孙子良却说："莫所长，您说要是有朝一日刘伙知道了杨花与范金的奸情，他会怎么样呢？"

"你怎么还在想着这件事情呢？夜已经深了，咱们还是煮面条吃吧。"

"莫所长您说，刘伙若是知道了事情真相，到底会怎么样呢？"

望着沸腾的面汤，莫冬青慢慢悠悠说："我不知道。"

"假设是我遇到这种事情，您说，我会怎么样呢？"

莫冬青的脸色蓦地严峻起来："你不应当做这样的假设。"

沸腾的面汤从锅里溢了出来。

远处，传来一阵摩托车的声响。莫冬青仄耳听了听，沉下脸孔说："那些骑摩托车的虾贩子为了逃税，都是夜深人静的时候来这里收购活虾，逮不着啊。"

"我就不信逮不住他们。"孙子良霍地从矮床上爬起来，抄起手电筒跑出了帐篷。

望着煮熟的面条，莫冬青摇了摇头："真是初生牛犊不怕虎啊。"

孙子良走出帐篷，远远望见东边闪烁着摩托车的灯光。他大步朝着灯光跑去，脚下溅起啪啪的水声。这时月亮又被云彩遮住，天地黑得浑然一体。孙子良兴奋起来，害怕的心理一扫而光。他已经听出，那是一辆陷在烂泥里的摩托车发出的巨大的轰鸣声。他一定要抓住那个逃税的虾贩。

跑了很远，他终于冲到那辆无法启动的摩托车近前，呼呼喘着粗气。打亮电筒照了照，看到一个汉子正站在一只木桶旁边抽烟。孙子良知道，那木桶里一准盛满了刚刚逮来的鲜虾。

他郑重其事说："今年的流通综合税是百分之七。你长途贩运，应当自觉纳税啊。为什么要在夜间逃税呢？"

那汉子毫不示弱说："纳税？是啊，我在这里等候多时啦！"说罢就从怀里掏出打火机，啪的一声打亮，照了照孙子良。

孙子良立即用电筒朝着对方的面孔。他看到这是一个长脸汉子。

长脸汉子笑了："你就是税务所长莫冬青啊？"

听了这话，孙子良大声宣讲起来："我们是依照国家税法，前来收税的。依法纳税是公民的义务。你桶里贩了多少斤虾？为什么要逃税呢？逃税是可耻的行为！"说着他从怀里掏出单据，准备收税。

长脸汉子啪地一拍木桶："我问你是不是莫冬青，你他妈的闲话少说，快给我回答！"

话音刚落，四周猛地射来束束灯光，刺得孙子良睁不开眼睛。他终于明白了，黑暗之中虾贩们的摩托车已经形成合围，自己置身于圈套之中。这分明是一个预谋。

"我看这小子就是莫冬青！"

"说，你到底是不是莫冬青？"

身陷重围的孙子良渐渐镇定下来。

"我是莫冬青怎么样？我不是莫冬青又怎么样？"

长脸汉子走上前来，拍了拍孙子良的肩膀，"我们这一帮人都是贩虾为生，养活老婆孩子。你知道我们做这种小本生意有多么辛苦吗？嘿嘿，偷税逃税可耻？我看是偷税逃税光荣！我们流血流汗挣钱，上税？我们不上。谁能逃税，谁就是英雄！你莫冬青铁面无私年年来孩儿滩收税，闹得人心惶惶。今天我们要出这口气！你他妈的到底是不是莫冬青？"

"我是莫冬青，你们又敢怎么样？"

"你是莫冬青，今天就请你尝尝挨揍的滋味！"

"揍他！揍他！"虾贩们纷纷叫嚷着走上前来。孙子良的脸上嘭地挨了一拳，他摇摇晃晃倒在地上。

"打死他！打死他就少了一个收税的！"

孙子良在地上翻滚着，被一只只大脚踏到烂泥里，像一条被扔在海滩上的鲅鱼。长脸汉子狠狠踢了孙子良一脚："莫冬青，打人还用上税吗？"

虾贩们哈哈笑着，纷纷回到摩托车前。猛地一阵轰响——暗夜之中的十几辆摩托车一起开动，疯吼着驶向远方。

躺在地上的孙子良，已经被打得昏了过去。

一个人影儿蹿上来，借着黯淡的月光看了看孙子良的脸，惊得叫了一声："这不是莫冬青呀！"

这个人影儿说罢转身就跑，很快就消失在夜色里了。

过了片刻，莫冬青拎着一只桅灯气喘吁吁跑了上来。他将不省人事的孙子良从烂泥里拖出来，连声说道："那一群虾贩一定是冲着我来的，你却当了我的替身……"

他猫腰将孙子良背了起来，摇摇晃晃朝回走去。

天上划过一道闪电。

五

夜里下了一场小雨。天色大亮的时候，孩儿滩睡意正浓。昨夜的沉

186

醉，使这里显得暮气沉沉。人们在睡梦之中渐渐衰老。

这才是孩儿滩的真正秋景。

杨花离开范金窝棚的时候，已经精疲力竭。她从范金的怀里爬出来，梳了梳散乱的头发，低头寻找着自己的鞋子。

酣睡的范金好像一只干虾，躺在那里一动不动。蓦然之间，杨花觉得范金的样子非常丑陋。每逢这种时候，她总是对身旁的男人失去信心。于是她匆匆出了窝棚，小步颠颠朝自家的黄色帐篷跑去。

尽管杨花生来就是一个理直气壮的女子，但她还是觉得私通是一件不宜宣扬的事情。每天清晨她一定要赶在刘伙酒醒之前回到丈夫身边，佯作酣睡不醒的样子。在此岸与彼岸之间，杨花仿佛成了一只小船，承载着两个男人。

无论夜与昼，她都是一只风雨之中寻找码头的小船。

一夜的放纵，杨花走起路来双腿发软。迈过水沟的时候，她身子一歪坐在地上。她心里嘲笑自己变成了一个小脚老太婆。是啊，女人不能衰老。女人一旦衰老，就难以在男人之间走来走去了。衰老的女人好像一只空空荡荡的小船，随风而去。这样想着她从地上爬了起来，拍打着身上的泥水。

莫冬青不言不语走到杨花面前。

杨花拢了拢散乱的头发，也不言不语看着莫冬青。

"大清早你穿得太少了，当心感冒啊。"

面对这种突发的关怀，杨花感到意外："您什么时候学会体贴女人啦？我已经被您感动了。"

"我站在这里等你，足有一个钟头了。"

听了这话，杨花似乎兴奋起来："等我一个钟头？你等我有什么事情啊？"

"必然是有事情的。"莫冬青脸色很是郑重，"夜里孙子良给人打伤了。我有跌打药，已经给他服下了。我想请你去看一看，是不是伤了筋

187

骨……"

杨花得意地笑了："这十年以来，你是头一次求我吧？也真是难为你了。不过，在孩儿滩这地方只有你知道我当过医生，可千万不要让别人知道了底细。"

莫冬青毫无表情地点了点头。

"我得先回去看一看刘伙。"杨花说着快步跑进自家帐篷。

莫冬青摇了摇头，叹了一口气。

片刻，杨花穿了一件宽大的黑色风衣走了出来。莫冬青怔怔看着，面前的杨花很像一个修女。"刘伙还在帐篷里睡觉啊？"他问。

杨花嗯了一声："他这个懒虫，一定是要睡到中午十二点钟的。"

莫冬青并不想告诉杨花，子夜时分帐篷里的床上空空荡荡，烂醉如泥的刘伙一度去向不明。关于刘伙其人，莫冬青也弄不明白他到底是真醉还是假醉。莫冬青猜测，今年的孩儿滩一定会发生许多离奇古怪的故事。杨花在这些离奇古怪的故事中，肯定是一个重要角色。

杨花随着莫冬青走进那顶红色帐篷的时候，伸手在莫冬青胳膊上狠狠掐了一把，然后嘻嘻笑了一声。

莫冬青仿佛是一个木头人，毫无知觉。

杨花显出非常得意的样子。

帐篷里，孙子良躺在床上闭目呻吟着。睁眼看见杨花的到来，他显然感到意外，伸出目光朝莫冬青询问着。

莫冬青低声安慰孙子良："她懂，让她给你看看，就知道是不是伤了筋骨。"

"你是医生？"孙子良朝杨花投来颇不信任的目光。

"放心吧，我是医生的姥姥。"

孙子良痛楚地笑了。在他眼里，这个荡妇居然变成一个可敬的天使。如果一个荡妇一瞬之间就能变成一个可敬的天使，那么这个荡妇可能就是一个可爱的女人。

"他们怎么把你打成这个样子啊！是谁干的？"

莫冬青说："那伙人肯定是冲着我来的，孙子良当了我的替身。"

杨花说："哦，要是这样的话打得就太轻了。"

杨花的手脚非常利落。她一边给孙子良检查身体，一边往他身上搽着一种白色的药膏。这种药膏是她自己拿来的，给人以祖传秘方的感觉。孙子良呻吟起来。

杨花笑了笑说："别叫唤。拍个电报，叫你媳妇来这里伺候你吧。"说着她打了一个哈欠，"你们把我当作医生请来治病，怎么连香烟也不预备呀？我烟瘾犯啦。"

莫冬青的表情很是尴尬："我戒烟了。"

"你最好连饭也戒了，那就什么花销都没有了。女人啊最瞧不起小里小气的男人。行啦！孙子良既没伤筋也没伤骨，躺上十天就好啦！"

杨花说罢，扭腰颤臀地走了。

远处，范金身披一件破棉袄，蹲在自家窝棚门口使劲抽着烟卷，目光死死盯着杨花。

这时候，酒意未消的刘伙身穿一件真丝睡袍走出帐篷，目光凝凝坐在凳子上，点燃一支香烟。

身穿破棉袄的范金与身穿真丝睡袍的刘伙，共同拥有着一个女人。女人杨花抬头看了看刘伙，又回身看了看范金，就扭摆着回到自家帐篷里去了。

早晨的小风儿拂面而来，煞是清凉。

两个具有特殊关系的男人，远远对视着。

刘伙扬扬手："虾王，您又让我喝了一个烂醉。咱们究竟什么时候起虾呀？"

范金吐了一口痰，高声应道："过几天再说吧。"

"虾王，一万年太久啊！"

"刘老板，起虾是小事。这酒，咱们一定要接着喝下去啊。"

"节气不饶人啊，这几天应当起虾啦！再不起虾，我的生意可就不好做啦。"刘伙似乎是在央告着。

"做生意就是要有赔有赚嘛。来！迎着太阳，咱们先喝上一顿晨酒。天天喝晨酒，益寿延年啊。"范金说罢，哈哈大笑。

红色帐篷里，莫冬青静静听着范金与刘伙的对话，不禁皱了皱眉头说："钱，真不是好东西啊。"

这时孙子良躺在床上呻吟着问道："莫所长，你好像跟杨花很熟悉啊？这个女人……"

"啊，我与杨花认识很久了。这几年总是虾汛季节在孩儿滩相遇。我收税，她跟着丈夫来贩虾。人啊活一辈子，总会出现许多巧合，就跟电视剧里演的一模一样。"

"莫所长，我总想问一问您……不过您不要介意。"

莫冬青宽厚地笑了笑："你问吧，你提什么问题我都不会介意。"

"您说，男人离得开女人吗？"

"离不开。"

"女人离得开男人吗？"

"也离不开。"

"可是，您怎么能够单身生活这么多年呢？"

"我……我可能是一个特殊的男人。"

"范金呢？"

"范金？范金可能也是一个特殊的男人。"

孙子良叹了一口气："我总觉得咱们不应当这样活着。"

莫冬青避开这个话题："越谈越深奥了，咱们还是谈谈工作吧。"

"莫所长，我被打成这个样，后面的税收工作可怎么开展啊？"

"我已经给局里报告了这里的情况，上级想派一个工作组来孩儿滩破案，我谢绝了。我说咱们自己能够抓住那一群打人的凶手。"

这时，远处突然传来一阵杨花的惊叫声。

"我家的汽车怎么没啦！是谁偷了我家的汽车啊？天良丧尽的东西们，你们真敢胡作非为呀……"

莫冬青走出帐篷。果然，停在那里的黑色公爵王轿车无踪无影。

刘伙立即慌了，朝停车的地方跑去："他妈的，汽车真的丢啦！"

大狗孽种汪汪叫了两声，就又伏在地上睡着了。为了与杨花夜间走动不闻狗吠，范金每天都给孽种灌上一瓶安眠药水。秋天成了孽种昏睡的季节。

范金不言不语，蹲在窝棚门前抽着烟卷。

刘伙突然兴奋地喊叫起来："车没丢！车没丢！夜里下了一场小雨，地势太软，汽车就慢慢陷到泥里去啦！"

人们被这奇特的景观惊得屏住呼吸。

"这鬼地方真是松软，连一辆汽车都托不住！说不定哪一天大活人也给陷进泥里，变成土地爷。"杨花吵吵嚷嚷着。

范金站起身得意扬扬说："哎！就是我现在下令起虾，你们的汽车陷进地里也走不成啊。我说你们就安心在孩儿滩多住几天吧！嘻嘻，这就叫天不留人，地留人。"

杨花嗔声嗔语说："还是想办法先把汽车拖上来再说吧！"

六

四十里之外的地方，有一座军用物资仓库，仓库里有一架封存多年的绞罐车。要想将那辆豪华的公爵王从泥里拖出来，非用这架绞罐车不可。

刘伙跑去借，被视为满嘴酒气的游民而不予理睬。刘伙递上五百块钱。没想到对方是一个倔老头子，姓宋。他指着刘伙的鼻子说："你以为有钱能使鬼推磨啊？我就要秉公办事！"肥胖的刘伙像一只肉球，怀里揣着五百块钱滚了回来。

杨花跑到范金的窝棚里，娇声娇语请这位虾王出马，到军用物资仓库去借那辆绞罐车。她说，那辆公爵王好像一块巨大的咸菜，腌在酱缸里，必须想个办法快快将它捞上来。

听了这话，范金暗暗高兴。他恨不能汽车永远腌在酱缸里。那样，杨花就能在孩儿滩住上一段时日了。范金觉得自己已经离不开杨花了。他曾经有过许多女人，却没有一个女人能与杨花相比。自从有了杨花，其他女人全都索然无味了。他宁可全年吃素，也要等到秋天杨花的到来。然后就无尽无休地与杨花做爱，让杨花将自己浑身的油水榨干。

范金耐不住杨花的纠缠，就动身往军用物资仓库去了。那个姓宋的倔老头子毫不通融。范金碰了一个钉子，怏怏而归。虾王丢了面子，回到孩儿滩没脸去见杨花，径直回到窝棚里生闷气。

好端端一辆汽车，就这样在酱缸里腌着。

杨花坐在帐篷门前心灰意冷："我呀就是命苦。遇见难处，是靠山啊山崩，靠水啊水流。我出一千块人民币佣金，谁能把我家汽车给拖上来？谁能把我家汽车给拖上来？"

无人应声。

临近晌午，杨花走进莫冬青的帐篷。清瘦的莫冬青正趴在木墩上编制今年孩儿滩的税收工作计划。他缩着脖子眯着眼睛缓缓写着，很像一位任劳任怨的账房先生。矮床上，伤痕累累的孙子良吃了止痛药片，刚刚入睡。

莫冬青抬起头来看着杨花："你、你有什么事情吗？"

望着面前这个消瘦的男人，杨花目光之中闪过一丝悲悯。像莫冬青这种年近不惑的男人，要么拥有一家自己的公司当了董事长或者总经理，要么仕途得意谋得一官半职步步登高，要么娶妻生子筑起一个温暖的小巢自得其乐。只有莫冬青依然没有混出一个样子，独身一人整天拎着皮包四处收税。在杨花心目之中，莫冬青的人生，是一个真正的失败者。

"我正在编制税收工作计划，你……"

"收了多少税金啦？"

"总共七百多块钱。"

"真不值得。"

"这是我的工作啊。除了收税，我还能干什么呢？"

"是啊，除了收税，你什么都干不了。"杨花说着换了一个话题，"我是无事不登三宝殿啊。为了借那架绞罐车，有头有脸的人都出马了，可是都碰了钉子。没有办法，只能请你亲自出面了。"

"我？为什么要我出面呢？"

"因为你身穿国家制服，是一个正人君子呀。人家肯定信服你。"

莫冬青笑了："你这是挖苦我呢。"

"我没有挖苦你。你知道，我是很少去求别人的。今天算是我来求你了。"说罢，杨花转身走出了帐篷。

放下手里的钢笔，莫冬青呆呆望着她的背影。

"她与您的关系好像非同一般？"躺在矮床上的孙子良突然睁开眼睛问道。

莫冬青猝不及防，一时不知该如何回答，就怔怔看着孙子良。

孙子良似乎觉出自己的冒失："对不起，我不该这样问。"

"没什么。既然你已经看到了，那么你说，我帮不帮她这个忙？"

"我无法回答这个问题。因为我不知道您与她有多深的交情。"孙子良说得非常实在，然后微微一笑。

莫冬青摇了摇头说："你毕竟年轻啊。"之后埋头继续编写他的工作计划。

过了晌午，莫冬青身穿税务制服走出帐篷，朝着军用物资仓库方向去了。身穿税务制服的他依然清瘦，目光却炯炯有神，显得一表人才。

路上，有几个开着摩托车来孩儿滩趸货的虾贩远远见到他的身影儿，就大声喊着"收税的来啦"，立即逃开。莫冬青仿佛成了日本鬼子，人人退避三舍。

一种强烈的孤独感，袭击着他的心头。抬起头，他看着天上的太阳。强烈的阳光刺得他睁不开眼睛。人类无法与太阳对视，因此太阳成为一颗孤独的星体。

一个骑着自行车的农妇，车子上载着一只木桶从他身边驶了过去。他看出这是一个穷人。因为只有非常穷困的人，才敢骑着"铁驴"不怕百里泥泞，铤而走险来到孩儿滩蒐虾。

那农妇并未骑出很远，停在泥道当中。莫冬青继续朝前走去，渐渐听到她嘤嘤的哭声。

走到近前，莫冬青看到她自行车的链条断了。

她抬头看到莫冬青是一个身穿制服的税务官，立即吓得变了脸色："你是追上来要俺交税吧？俺身上没钱。俺男人病在炕上，俺根本交不起税啊。俺蒐这桶鲜虾回去卖，就是为了给俺男人买药治病啊。"

"你别哭了。我不要你交税。可是，你必须一五一十回答我的问题。"

农妇听说不收税了，立即止住哭声。

"这里的虾农啊，都听从一个名叫范金的虾王的管束。他没有下令起虾，你这一桶活虾是从哪个虾池里蒐来的？"

农妇听了这话，显出很费踌躇的样子："俺蒐这一桶鲜虾，那位虾农三次嘱咐俺，不让俺说出他的名字。这里的虾农们都恨范金，到了起虾的日子为啥不让起虾啊？可是虾农们都敢怒不敢言，就偷偷起虾呗，卖给俺们这样的小贩。税务同志俺可都跟你坦白啦。"

莫冬青点了点头，似乎陷入了沉思。片刻他缓缓对这个妇女说："你的自行车链条断了，朝东边走三里地有几户人家，你去求他们给你修车吧。当心那个黑脸汉子不是好人。"

"您真是一个大好人。"农妇受宠若惊，感激涕零望着这位很讲人情的税务官。

踏着泥泞，莫冬青眉头紧锁，朝远处那座军用物资仓库走去。

按响仓库的门铃。那个倔老头子前来开门了。看到莫冬青，倔老头子愣了愣："你是莫冬青吧？两年不见你怎么瘦成这个样子啦！"

莫冬青苦苦一笑，走进仓库大门说："老宋啊，这两年里其实我总到孩儿滩来收税，只是没得空闲看你啊。"

"你还没升官啊？按理说你早就应该调到局里去当科长啦。我看你身体远远不如从前了。你的胃口，还能喝酒吗？"老宋快言快语，仿佛打开了话匣子。

莫冬青摇了摇头："酒不喝了，烟我也戒了。老宋啊，我原本打算秋凉了再来看你，跟你说一说心里话。今天我匆匆跑来，找你借那辆绞罐车。过几天咱们专门约定一个时间，好好聊一聊。"

老宋定定看着他，轻声轻语说："不要朝后拖了，就今天吧。今天咱们好好聊一聊。我记得今年你三十九岁啦？属羊的。"

"好吧！今天就今天啦。"莫冬青似乎下定了决心。

老宋跑去烫酒了。

是一瓶六十五度的高粱酒。他俩在那张吱吱作响的桌前相对而坐。起初，只有老宋独斟独饮。莫冬青嚼着花生米，低声慢语说着。他告诉老宋，自己迟迟得不到提拔，是因为冒犯了上司。上司是一个很有靠山的女人，凶狠泼赖，自私虚伪。得罪了这种贪官，莫冬青每年都被派到孩儿滩这种刁民辈出的恶劣地区来征税，变相体罚。

老宋大口大口喝着白酒。莫冬青说到忘情之处，竟然伸手去摸酒杯。老宋使劲拦住他的手，眼泪就流了下来。

"虽说身体垮了，其实我还是能喝酒的……"莫冬青颤声说道。

老宋擦了擦泪水说："你就别硬撑着啦。这几年我独身住在仓库里，修炼气功多少有了几分功力。我一眼就看出你生了大病。你若是已经知道了就告诉我，你若是不知道，就赶紧到医院里去查一查。"

莫冬青终于苦涩地笑了。他告诉老宋，自己患了不治之症，瘤子长在肺门动脉上，无法手术。他还告诉老宋，在这个世界自己无亲无故，没人知道他患了绝症。他也不想让别人知道。他只想静静等待死神的到来，然后平静地死去。

老宋听罢，默默无言。许久他才抬头大声说："莫冬青你是一条好汉。可惜好汉不会有好命运。我知道你有事情要托嘱我，你尽管说吧！"

莫冬青就从怀里掏出一只牛皮纸信封，交给了老宋。老宋接在手里说："莫冬青你就放心吧。"

"医生说我最多只能活一年。"

"莫冬青啊，你恕我直言，我看你只有半年光景了。"

这时莫冬青终于哭了："走遍天下，我再也找不到像你这样心口如一的朋友了。到时候，老宋你要亲自把我的尸体送进火化炉！"

说罢，莫冬青抄起酒瓶咕咚喝下一大口白酒。

老宋酒意上涌，哈哈大笑说："你是当今天下最后一条好汉！你死之后，天下就没有好汉喽。"

两人抱头大哭。

之后，莫冬青呜咽着说："今天我是来替别人借绞罐车的。"

七

杨花走进红色帐篷的时候，孙子良正躺在床上摆弄着十几张扑克牌。他非常惊讶四张 Q 的同时出现。这在占卜之中是极其罕见的现象。四张 Q 的同时出现，预示着灾难与女人。

杨花看不懂孙子良手中的扑克牌摆出的是什么图案。

孙子良不无神秘说道："我在测算。我一定要将动手打我的那几个坏蛋的方位测算出来，绳之以法！"

她立即咯咯笑了起来。在她看来，这种扑克占卜纯属儿童游戏："孙子，那几个坏蛋的方位你测出来了吗？"

孙子良正色道："就在附近。方圆不出三五公里。"

"嘻嘻，这种游戏真是好玩。你替我测算测算，莫冬青能不能从那个倔老头子手里借来绞罐车？"

"这件事情根本就不用测算。能！莫所长亲自出马，别说绞罐车，就是原子弹也能借来。你就静候佳音吧。"

杨花不言不语，点燃一支女士雪茄，悠悠吸着。帐篷里一时沉静下来。

她说："你跟莫冬青在一起工作，有两年了吧？"

他说："三年了。你，跟莫所长好像是老相识啦？"

她说："是啊，从他当税务员的时候就认识。你说这算不算老相识？"

"算。莫所长是一个好人啊，可是如今好人未必能够得到好报。"孙子良颇有感慨地说道。

杨花笑了："好人得不到好报，人们就都争着去做坏人了。譬如说我吧，就是一个坏人。你说我是不是一个坏人？"

孙子良被问得猝不及防，慌忙答道："啊？我不知道。我真的不知道。"

杨花咯咯笑了起来："告诉你吧！我是一个坏女人。为什么说我是一个坏女人呢？因为我爱钱。为什么说我爱钱呢？因为我爱享受。享受是必须要有钱的。"

她身上散发出来的法国香水味道，笼罩着这座帐篷。

不知为什么，孙子良心头感到一阵慌张。

这时帐篷外面传来刘伙欣喜若狂的喊声："他妈的！绞罐车借来啦！莫所你小子真有能耐啊！"

躺在窝棚里佯寐的范金，听到这个消息，起身走了出来。对他来说，这是一个坏消息。他希望那辆黑色轿车永远沉在地下。他还希望杨花永远留在这里。他更希望自己能够永远独霸孩儿滩。

绞罐车立在小高地上。

莫冬青目光定定看着肥胖如球的刘伙，压低声音说道："有一件事情我要问一问你。你一定要如实回答……"

刘伙怔了怔，说："你问吧，我听着呢。"

莫冬青慢声慢语地说："昨天夜里孙子良被人殴打，这事情是不是你策划的？"

刘伙的脸上立即浮起一种近乎残忍的微笑："你怀疑是我？嘿嘿，这件事情与我毫无关系。我若说谎，必遭报应：家宅起火！断子绝孙！父母暴亡！公路车祸！我这样起誓行吗？"

"哼，那么我问你。昨天晚上你明明醉成一摊烂泥，被废物拖到帐篷里呼呼大睡。可是夜里我到你的帐篷里去看，根本就没有你的踪影。半小时之后，孙子良就在黑地里被人打伤了。这是巧合吗？"

刘伙低头想了想："我没在帐篷里睡觉？是不是我觉得气闷，犯了夜游症的毛病？我从小就有夜游症的毛病。反正我起了誓，打人的事情跟我毫无关系。"

莫冬青想了想，转身走了。

养虾的汉子们天天等待范金下达起虾的号令，迟迟不见号令，心里就起急。于是在孩儿滩就出现了一群无所事事的闲汉。刘伙花五百块钱雇来两个五大三粗的闲汉，自己却拎着酒瓶坐在一旁喝了起来。

那两个养虾的闲汉，一个名叫海瓜，一个名叫令子。海瓜赤着一身古铜色的肌肉，缓缓走进淤泥里，往汽车上拴着一条钢缆。令子站在高处，嘿嘿笑着，摇动着沉重的绞罐。渐渐地，那辆腌在泥里二十四小时的公爵王，终于沿着坡道慢慢爬了上来。

刘伙喝得两眼泛出红光。他扔掉酒瓶，突然大声喊叫起来。

"妈的！老子到孩儿滩收购养殖虾，是看得起你这个穷小子！渤海地区处处都有养虾的池子，不是非你不可！老子马上就动身，到别处去上货去！"

刘伙的突然发作，也令杨花感到意外。自从她嫁给这个水产商人，从未见过丈夫如此暴烈。

"杨花，你马上收拾帐篷里的东西，咱们这就上路。"说罢刘伙转身对着那一群看热闹的闲汉说："谁把这辆汽车给我擦干净了，我给二百块钱。妈的，老子什么都没有，就是有钱！"

十岁的范秋儿跑上来："我给你擦车！我给你擦车！"

刘伙随手扔给范秋儿两张百元面值的人民币。

日见干枯的范金沉着面孔走了上来。人们纷纷闪到一旁，看出这是动手打架的前兆。杨花更是表情紧张，目不转睛注视着越走越近的范金。

范金走到刘伙近前。刘伙梗着脖子望着远方。空气里似乎充满了火药味道，大战爆发在即。

范金递给刘伙一支烟卷，哈哈一笑："刘老板干吗发这么大的火呀？咱们是老相识了，什么事情不好商量啊？"之后他转脸对范秋儿说："给刘叔叔擦洗汽车，这不是你应该做的吗？怎么敢要刘叔叔的钱呢？我看你是越来越不懂事啦！"

范秋儿抬头看了看父亲，乖乖掏出那二百块钱，递到刘伙手里。

范金拍了拍刘伙的肩膀："今天晚上咱们接着喝酒。"

养虾汉子们呆呆看着一反常态的范金。就连刘伙也感到意外。依照虾王平时的脾气，一定是火冒三丈了。

杨花嘻嘻笑着走上前去，抚摸着刚刚拖出泥沼的汽车。

"我这里还有一件事情……"范金的语气猛然变得冷硬，眼神里也闪着逼人的寒光。

养虾的汉子们围拢上来，默默看着自己的首领。

范金朝着刘伙笑了笑："刘老板，我们养虾人有事情要商量，您是不是回避回避？"

刘伙听了这话，拉起杨花回到自家帐篷去了。

范金从窝棚里拎出一把砍刀，放在门前的木墩上，然后冷冷一笑。

海瓜突然大声说："范金你有话快说，我还要去干活儿呢。"

"海瓜，你的胆子是越来越大啦！你眼里还有没有我这个虾王？"

身强力壮的令子从人群里走出来："范金，你若真是这里的虾王，就赶快安排下网起虾的事情！"

"好！"范金啪的一声将砍刀插在木墩子上，"那我就说一说。这几天有人偷偷起虾，卖给那些骑摩托车的小贩！妈的，你们来孩儿滩养虾，不会不知道这里的规矩吧？"

说着，范金举起伤残的左手："当年开辟孩儿滩养虾，虾池夜里总是被潮水淹毁。风水先生说，一定要用人血、人肉、人骨来祭祀海怪。是谁当场掏出刀子剁下左手的小手指，投到大海里去祭祀海怪？是我范金！从那以后孩儿滩风平浪静，你们尊我当了虾王……"

海瓜走到木墩子近前，傻傻一笑："这些陈芝麻烂谷子的事情，你就不要再提啦。虾王，是不是要我还给你一只手指头？"

废物冲上来，拔下插在木墩子上的砍刀，使劲扔到远处的海滩上："海瓜，大伙都是为了养家糊口！大伙都是为了养家糊口啊！"

一个名叫刘小窝的汉子慢条斯理说："既然大伙都是为了养家糊口，为什么到了起虾的时节迟迟不起虾呢？"

范金点燃烟卷，狠狠抽了一口说："这几天就起虾！"

令子使劲儿放了一个响屁，引得人们哄堂大笑。笑罢，令子做出自言自语的样子说："为了跟人家的老婆睡觉，就拖延起虾的日子，真他妈的没脸……"

范金缓缓站起身说："老子就是这样！你们怎么不敢动手打我呢？我天天盼着孩儿滩出一个好汉，动手打死我这个虾王。"

令子大声喊喝起来："什么虾王？就连政府官员到了年纪也得退休，你虾王算一个什么东西？从今往后孩儿滩没有虾王啦！你整天整夜忙着自己的事情，大伙凭什么听你指挥？"

范金听了这话，跳起来大声吼着："令子！你不要高兴得太早，咱们走着瞧吧！"

这时候，莫冬青跑上前来大声说道："你们养虾都是为了生活。千万不要意气用事采取过激行动……"

海瓜愤怒地说道："范金这个人太霸道啦！我就不信他能让我们吃不上饭。好吧，咱们走着瞧吧！"

此时，刘伙摇摇晃晃从自家帐篷里走出来，张了张口似乎想说什么，却一头栽倒在地上。

众人都看到，刘伙这家伙又喝得烂醉如泥。

八

深夜。范金躺在窝棚里等待着杨花的到来。白天的风波，使他深感虾王的地位受到摇撼，他必须采取断然措施，确保自己在孩儿滩宝座的稳固。

人影儿一闪，杨花走进了窝棚。

他将杨花搂在怀里，伸手去解她衣裳的纽扣。他有一个癖好，每每亲手去脱女人的胸罩和内裤。对他来说这是一种莫大的享受——仿佛活剥了一只虾。他抚摸着杨花光光的身子，品咂着肉感。

"刘伙呢？"

"他又醉成一摊烂泥了。天上打雷也惊不醒他。"

他翻身将杨花压在身下："我已经离不开你啦！"

"我也不能一辈子都住在孩儿滩啊！咱俩就是这种露水夫妻，我看你也应该知足了。"

"咱俩的事情，刘伙知道吗？"

杨花笑了："咱俩的事情，刘伙要是知道了，非抄起砍刀找你拼命不可！你把他的老婆给睡了，他能善罢甘休？"

范金不以为然："刘伙即使知道了，也未必来找我拼命。"

"为什么?"杨花不解地问道。

"刘伙是个生意人。生意人只认识钱。只要有钱，什么样子的女人他找不到啊?"

"你放屁。刘伙非常爱我。刘伙真的非常爱我。"

"刘伙爱你，你爱刘伙吗?"

"我爱钱，人世间除了钱我什么都不爱。女人必须有钱。女人有钱才能享受人生。"

范金静静听着，之后使足力气对杨花说："我不懂得爱，我只知道让你把我榨成一只干虾。"

杨花哧哧笑着说："你是一头牲口!"

不知道为什么，范金觉得自己疲软下来，情绪渐渐低落。他脱口说道："人活着真是没有指望。这几年我成了这里的霸王，按说应当满足啦，心里反倒空虚起来。我总盼望痛痛快快挨一顿打。可是在孩儿滩，就是没人敢动手打我。我看啊，人活着没劲，还不如虾呢!"

"是啊，当年也有一个男人对我说过人不如虾。既然你是虾王，就不要胡思乱想了，过一天算一天。很快就能混到二十一世纪。"

天色蒙蒙亮的时候，杨花从范金的窝棚里走出来。空气很湿，人就仿佛成了水族。海滩寂静无声，只有一阵阵小风迎面拂着。杨花走到自家帐篷门前，一个直觉涌上她的心头：孩儿滩要出乱子。

这个鬼地方会出什么乱子呢? 走进帐篷，她突然看到刘伙坐在床边抽烟，不禁被吓了一跳。平日里，烂醉如泥的刘伙总是要睡到中午才会清醒过来，今天却黎明即起，杨花心里不禁一阵惊慌。

"你醒啦?"

"嗯。我醒啦。"

她漫不经心地说："我，出去撒了一泡尿。"

他也漫不经心地说："我也出去撒了一泡尿。"

沉默。

刘伙丢掉烟蒂，默默无语注视着她。她鼓起了勇气，抬起目光与他对视。"莫非刘伙知道了我与范金的私情？"她心里揣测着。丈夫竟然嘿嘿笑了。

"杨花，你把衣裳脱了吧。"

她满脸狐疑看着丈夫："脱衣裳做什么呀？"

"做什么？我想要你！我想要你！"突然之间刘伙吼叫着扑上来，将杨花骑在身下，动手剥光她的衣裳，然后呼呼喘着粗气。

从前，刘伙在床上对杨花是绝对不敢如此凶猛的。既然凶猛起来，其中必有原委，于是杨花就扭动着身子，做出迎合丈夫的姿态，以观事态发展。

刘伙使劲做着，气喘吁吁地说："从今以后，再也不来孩儿滩啦！"说罢，就哈哈大笑起来。

"你今天这是怎么啦？"她忍受着刘伙的揉搓，小心翼翼问道。

"今天我心里特别高兴。"

她按捺不住心中的疑惑："你告诉我，有什么高兴的事情？"

刘伙骑在她身上，活像一个获胜归来的大将军："好事情。"

她心里愈发空虚，就浪声浪气缠着丈夫："你告诉我嘛，到底是什么事情？"

刘伙想了想，颇为得意地说："范金这几年不是总盼望挨打吗？告诉你吧！不出一个时辰，就会有人找上门来，成全了他。嘿嘿，他今天就要得道成仙啦！"

杨花心里一惊，还是弄不明白孩儿滩出了什么事情。刘伙得到发泄之后的满足，将妻子搂在怀里，很快就起了鼾声。

杨花被丈夫紧紧搂着，不敢动弹。她心里猜测着，却猜不出孩儿滩究竟出了什么乱子。这时，她感到自己像是夹在两个男人之间的一片肥肉。这很别扭。

帐篷外面，天色大亮了。

九

远处传来男人的咳嗽声，是范金。这位虾王站在窝棚门外，心情格外晴朗。已经很久没有这种好心情了，因此他断定今天是个好日子。

孙子良拄着一根拐杖，从那座红色帐篷里缓缓走了出来。

范金心里很是惊讶。孙子良真是顽强，只在床上躺了两天，居然能够拄着拐杖下地行走了。毕竟年轻啊。

孙子良朝着范金的窝棚，一步一步走了过来。

范金不由自主迎了上去，笑容可掬地看着孙子良。

这种笑容，对孙子良来说是出乎意料的。在他的心目之中，范金几乎就是孩儿滩黑社会的老大。老大的笑容，永远与阴谋有关。于是孙子良十分惊讶地望着迎面走来的范金。

范金隔着一块泥泞的洼地，笑嘻嘻对孙子良说："人世间的事情就是古怪。"

受伤之后的孙子良似乎深沉了几分："你接着说吧。"

"好吧，我接着说。我呢总是盼望有人狠狠打我一顿，往死里打，可是白白盼望了好几年。你呢，从来不想挨打，却遭了别人的毒手。这世道太不公平了。"

孙子良静静听着，然后咧嘴一笑："我听懂了，你是在挖苦我。"

范金叹了一口气："我挖苦你？不不，我没有挖苦你，我是在挖苦我自己。我的心思没有人懂啊。"

"莫所长懂得你的心思吗？"

"问得好！兴许他能懂得我的心思。嗯，在这百里孩儿滩，兴许只有莫冬青懂得我的心思。"

"为什么只有他能够懂得你的心思呢？"

"我是光棍汉子，他是单身男人，所以我的心思他能懂。"

"他的心思，你能懂吗?"

范金怔了怔："我还真被你问住了。他的心思嘛，我兴许不懂。"

孙子良笑了："你说得对。莫所长的心思，没人能懂。"

"这一大早儿怎么没看见莫大所长露面呢?"

"他说胸闷憋气，一夜没睡。天亮的时候刚刚睡着。我出来散步，就是怕吵醒了他。"

这时候，远处匆匆走来三个养虾汉子。

走得近了，孙子良终于看清这三个汉子正是海瓜、令子和刘小窝。这三个年轻力壮的小伙子，手里都拎着打人的棍子。

范金看到棍子，显然感到意外。

海瓜走上前来，面孔狰狞大声说道："范金! 你表面是人，暗里是鬼。今天我们是来打鬼的!"

刘小窝咬紧牙关目光冒火："打死你这个虾王，天下太平!"

只有令子不言不语，却因气愤而双唇颤抖，紧紧握住棍子。

范金毕竟是这里的老大。他脸色煞白，却现出平静的微笑："盼了好几年啦，总算有人拎着棍子找上门来。欢迎欢迎啊。今天必须把我打死。打不死我，你们就不是好汉!"

令子挥起棍子，冲了上来。

范金毫不畏惧："慢着! 动手之前，你们要向我说个明白为什么要打我，这样呢，也让我死个明白。"

"当然要让你死个明白!"令子抡起棍子朝着虾王的额头打去。范金一闪，棍子落在肩头。他一个趔趄，挣扎着站立起来。

海瓜拦住令子的棍子："昨天，我们三个人冒犯了你。哼，今天一早儿我们三家池子里的死虾全都漂上来啦，这是我们全年的心血啊! 范金你真敢下毒手! 明人不做暗事。你不让我们养家糊口，我们就要了你的性命!"

海瓜的棍子嘭的一声打在范金的额头上，顿时鲜血进流。

范金摇摇晃晃像一个醉鬼。他指着海瓜说："打得好！打得真好！可是老子要告诉你们，你们池子里的虾就是都死绝了，也不是老子下的毒药！老子是虾王，你们快来打吧！你们快来打死我吧！"

刘小窝冲上来，棍子一起一落，狠狠砸在范金身上。

范金终于倒在地上，无声无息。孙子良惊得呆呆站在那里一动不动，活像一尊石雕。

海瓜朝着范金的屁股狠狠踢了一脚："装死！咱到镇上去烧了他家的房子。"

三个拎着棍子的小伙子，大踏步朝着西边方向走去了。

范金就这样躺在地上。远远看着，很像一只装满垃圾的袋子。

废物跑了过来，摸了摸他的鼻息，然后大声喊道："没死！他没死！兴许，也活不了多久啦……"

莫冬青闻声从那座红色帐篷里跑了出来。他的面色晦暗，两眼无光，分明已经是一个病入膏肓的人了。

他敏捷地伏到范金身上，摸了摸脉搏，"快快把他抬到窝棚里去！杨花呢？快叫杨花来抢救范金啊！"

帐篷里，杨花从刘伙的怀抱里挣脱出来："有人喊我！外边好像出了什么乱子……"

佯寐的刘伙终于睁开眼睛哈哈大笑："快去吧！你那相好的范金被别人给打死啦。你快去吧，兴许还能赶上他咽气。"

杨花如梦初醒，呆呆看着刘伙："你……"

"你给我戴上这顶绿帽子已经三年啦！你以为我不知道啊？我是假装不知道！你这个婊子。"

杨花冲出帐篷朝前跑去，远远她就看到了血肉模糊的范金。

天啊！这到底是出了什么事情呀？

大狗孽种伸出舌头，舔着主人的伤口。范金呻吟着："只有孽种是我的朋友啊……"

这时传来一阵敲锣的声音。咣！咣！咣！

分明是刘伙一边敲锣一边吆喝，朝远处的虾池走去。

"没有虾王啦！起虾起虾！没有虾王啦！起虾起虾！"

锣声伴着吆喝声，越传越远。辛辛苦苦的虾农们，天天都在盼望起虾的日子。范金被乱棍打倒在地，人们心中一下就没了管束。有人翻了翻皇历，今天正是吉日！一传十，十传百，孩儿滩掀起了下网起虾的热潮。

下网之前，依照古俗总是要有一个"吹破天"的仪式。孩儿滩寂寞多日的乐手们，笙管笛箫随后，一只唢呐开道——吹吹打打朝着刘伙的黄色帐篷走了过来。秋风里，这欢快的乐曲之中竟然透出几分悲凉。刘伙颤动着一身肥肉，嘿嘿笑着。

虾农们在刘伙帐篷前面贴出的"收购鲜虾启事"上看到，今年的收购价格，被刘伙压得很低。人们面面相觑。

鲜虾上市的黄金时间，已经被范金拖延了。孩儿滩的虾农面对刘伙的"黑心价格"，只得忍气吞声。刘伙又肥了。

刘伙故意大声喊道："卖虾买虾，莫忘上税，遵守立法！买虾卖虾，莫忘上税，报效国家！"

莫冬青站在远处，冷眼看着这个成功的商人。

十

范金被抬到窝棚里。此时他不会知道，远在三十里之外的镇上，家里的三间青砖瓦房已经被烈火烧成一片废墟。而海瓜、小令、刘小窝，出了镇子攀上一列火车，愚昧地逃往山海关之外的大山之中。

窝棚里，杨花再现当年的医生风采，面对血肉模糊的范金，毫无惧色。她忙而不乱，为范金擦洗着伤口，并从他那肿胀的双眼里看到一丝感激的目光。范金的声音十分微弱，只有杨花能够听到。

"咱们相好一场，我想跟你多说几句话。"

杨花挥了挥手，众人纷纷退出帐篷。她握住他的手说："说吧，只有咱两个人啦……"

范金说话突然清晰起来："我知道咱们是露水夫妻。我也知道你心里并不爱我。可是，我离不开你呀……"

杨花知道这是回光返照。她点了点头说："这我知道。我对谁都不隐瞒自己的观点，我最爱钱。可是，我也爱男人。"

"能够跟你好上三年时光，我也满足了。这几年，不知因为什么，我从心里盼望着挨打。我天天盼望有人狠狠打我一顿。为什么希望有人打我呢？我想，一定是我觉得活着很没意思，想寻求刺激，甚至不想活下去了。"

杨花说："我懂。有时我也觉得活着没有意思。"

"你懂就好。其实我对自己很不满意。同是男人，我心里最佩服莫冬青。我离开女人，活不了。他却能够离开女人，依靠自己活着。我心里越佩服他，就越妒忌他。我就找了几个虾贩趁机动手，可惜错打了孙子良。告诉你吧杨花，这一辈子我多次参加斗殴，打的都是我所佩服的男人，唯独莫冬青没被我打过。这一辈子我有过很多女人，只有跟你才动了真情。"

杨花哭着说："我知道你跟我动了真情。请你原谅我！跟你也没动过真情。我跟任何男人都没动过真情。兴许我天生就是一个没有真情的女人……"

"你能跟我实话实说，就是天下最好的女子啊。告诉你杨花，海瓜他们三家虾池里的毒药，绝不是我投的……"

"一定是刘伙投的！"杨花颇有把握说道，"然后嫁祸于你。"

范金笑了："哦，这么说他早就看出了咱俩的私情。三年了，他总算出手报复了我。明白了，我败在刘伙手里啦！我不甘心啊，我要是败在莫冬青的手里，该多好啊……"

范金说话猛然含混起来。

杨花知道时候到了，就到帐篷门口，招呼莫冬青进来。

"范金，你不是想让你最佩服的男人打一顿吗？莫冬青来了，让他成全你吧？"

"这、太、好、啦……"范金用尽全身精力，说出这句话来。

莫冬青俯下身去，与弥留之际的范金对视。范金眼角溢出一滴泪水，就是人们常说的"辞亲泪"。莫冬青伸手在范金脸颊上轻轻打了一下："范金，你去吧。朝前面走，无论是上天堂还是下地狱，都要朝前走去……"

范金说了一声谢谢，就闭上了眼睛。

范秋儿扑上来，哇哇大哭起来。

孽种也汪汪叫了起来。

废物跑去将那一群乐手请来，为范金吹奏超度亡灵的曲子。在这声声乐曲之中，刘伙开始收购鲜虾。

莫冬青与孙子良身穿国家税务制服，坐在一张露天的办公桌前，现场收税。那一筐筐刚刚出水的活虾欢跳着，与窝棚里那个死去的生命，成了鲜明的对照。这就是世界之门：进进出出，生生死死。

无论你是人，还是虾。

杨花走进帐篷，开始收拾自己的东西。刘伙匆匆忙忙走了进来，脸上挂满大发财源的喜悦。

"杨花，你这是干什么？"

"我走，离开你。去另嫁一个男人。"

"嫁给谁？"

"不知道。反正要另嫁一个有钱的男人。"

"我就很有钱啊。你根本不用另嫁啊。"

杨花笑了笑说："你太胖。"

"太胖？有钱的男人，大多很胖。范金不胖，可惜他已经死了。"

杨花将衣裳一件一件装进箱子里说："海瓜三家的虾池，是不是你投的毒？"

"没错，是我投的。可是上了法庭，谁也拿不出证据来。妈的，你跟范金睡了三年，我装醉装了三年，你还不许我出手报复，要了他的狗命？"

杨花咬牙切齿地说："你放屁！现在我明白啦。这三年里你假装不知我与他的私情，是拿我当成一堆肥肉献给范金，黏住范金，垄断虾源。就这样你才发了大财！我说得对不对？"

刘伙感慨不已地说："杨花，你真是一个聪明透顶的女人。既然如此，你就更不应该离开我啦。咱俩配合起来，打遍天下无敌手啊！"

杨花轻蔑地看了看刘伙，拎起箱子走出帐篷。

刘伙跳起来吼道："你这个婊子！你这个婊子！"

帐篷外边孙子良大声说："刘伙你出来签字吧。这是今天上午的税单，今天上午你总共收购鲜虾一千市斤……"

说到这里，突然听到孙子良一声尖叫："莫所长！你……"

走出帐篷，刘伙看到莫冬青歪着身子昏倒在露天办公桌近前。

孙子良扔下手里的税单，猫腰将莫冬青抱到帐篷里去。

刘伙压低声音对一个虾农说："趁着税务员不在，赶快把这几筐鲜虾搬到车上去！难道你愿意多交税啊？傻蛋！"

那虾农如梦初醒，连忙扛起大筐，径直装到车上去了。

帐篷里，莫冬青清醒过来。他服下两枚药片，不得不对孙子良讲了实话："不许你对别人讲，我得了晚期肺癌，已经全身扩散了。"

孙子良急了："你怎么会得这种病呢？我不相信！"

莫冬青擦着额头冷汗，说："告诉你吧，其实我是一个非常自卑的男人。当了十几年税务员，拎着皮包走渔村，跑海滩，处处不受欢迎。

上司看不惯我，别人瞧不起我。生活就像一碗清汤。光阴似箭，一晃这么多年也就过来啦！"

"莫所长，你应当去住医院！"

"是啊，等我躺倒爬不起来了，你就送我去住医院。医院距离死亡，很近很近啊。"

孙子良猛然之间觉得自己懂得了男人的生活，就低头哭了。

当天夜里，海上起了风暴潮。这是气象预报的一次重大失误。

百里孩儿滩全部被海水淹没——白浪滔天。海水刚刚登陆的时候，刘伙驾驶着公爵王匆匆逃离。他收购到手的那一筐筐活虾，还没有运出孩儿滩，就被汹涌而至的大水淹没。那些活虾畅游着重返大自然，幻化成一个个小精灵。面对突如其来的大水，刘伙号啕大哭："三年心血，全赔在这一场风暴潮里啦！"

孙子良背负着昏迷不醒的莫冬青，在齐膝的水中跋涉，朝老宋的仓库走去。途中孙子良看到，一条小船载着范金的黑漆棺材以及范秋儿和大狗孽种，朝前划去。风暴潮将原来的海岸向前推进四十里，天气预报说还将朝前推进。

老宋在仓库里找出一只充气皮筏，这使人想起诺亚方舟。老宋要孙子良急速将莫冬青送往大都市的医院抢救。老宋的仓库地势很高，只是院子里涌进海水，形成一个小小水潭。老宋竟然从中捕到一桶活虾，看上去不下十斤。这些活虾都是从刘伙集中营里逃出来的俘虏。莫冬青望着这些活虾有气无力地说："刘伙，机关算尽太聪明啊。"

老宋送莫冬青上筏子的时候说："你放心去治病吧。我把这活虾卖了，买酒给你喝。"

莫冬青笑了笑说："卖虾的时候，要遵纪守法别忘了交税。"

老宋的泪水，含在眼窝里。

皮筏载着莫冬青那奄奄一息的生命，朝前面划去。

孩儿滩的秋天风景，完全被这一派大水淹没了。于是，大水就成了孩儿滩的全部风景。

一个月之后，老宋领着孙子良到一座三星级的酒店去见杨花。杨花独自住在一个套间里，身穿一件豪华的袍子，一派贵妇模样。

老宋将一只牛皮纸袋子交给她。

她问："莫冬青死啦？这太突然了！"

老宋说："这里面有一封信，你自己念一念吧。"

于是杨花开始读信：

杨花你好。你自称是一个爱钱如命的女人。因此，我觉得你非常坦荡。分手已经八年了，我依然很穷。可是我并没有彻底忘记你。尤其近三年以来，年年秋季下去收税，都能在孩儿滩见到你。每次看到你我都对自己感到满意——因为我毕竟没有向你妥协。

我将自己留在人间的唯一存款，总共三千六百九十八块五角三分，送给你。我想，你不会认为我是在讽刺你。因为你知道，我无牵无挂，只有你曾经是我的亲人。尽管你是一个风流女子，爱美，也爱虚荣。可我不知道为什么我心里依然爱着你。这真是一件不可思议的事情。我很快就要死了。向你告别。

读罢这封信，杨花擦了擦眼角，朝老宋苦苦一笑："为了告慰莫冬青在天之灵，我必须再嫁给一个百万富翁。"

老宋点了点头说："我知道你说的是实话。不过，莫冬青的在天之灵，也未必是金钱能够安慰的。"

杨花不言不语看了看老宋，又看了看孙子良，之后淡淡一笑。孙子良这才知道，杨花竟然是莫冬青的前妻。

此时，孩儿滩的大水，渐渐退尽。人们辛辛苦苦修建起来的虾池，完全被冲毁了。那一望无边的黑色胶泥，重新裸露在阳光之下。胶泥的颜色，黑得令人浑身战栗。

若想吃上孩儿滩出产的活虾，怕是要等待来年的秋天了。

罗薇的峡谷

一

双层巴士终于进站，果然是 626 路。人流嘡的一声朝前涌去，争先恐后仿佛挤向天堂之门。是啊，天堂的隔壁其实就是地狱。你必须奋不顾身朝前冲去，否则，一不留神就进了地狱。那很不好。

此时正是城市下班的高峰时间。人们满脸焦急，一派刻不容缓的样子。年届中年的罗薇女士就是这样被候车的人流裹挟着朝前涌去，又被一股来路不明的力量抛回站台。她身穿月白色羊绒大衣，激烈的拥挤使这件名牌服装布满了皱褶，看着挺可惜的。她躲避着人流的拥挤，眼巴巴看着一个个乘客好像一条条沙丁鱼，被塞进 626 路巴士。然后，这只庞大的铁皮沙丁鱼罐头轰隆了几声，开走了。

长街上的霓虹灯纷纷亮了，五光十色照耀得人们频频变换着颜色——不是麦当劳就是肯德基，还有伊势丹什么的，西洋广告东洋商标，光怪陆离的全球化，很繁荣也很气派。于是，这座城市的初冬夜晚骤然降临，使得忙忙碌碌的人间生活再度加速。体态健美的罗薇解开羊绒大衣看了看挂在胸前的黑色塑胶电子表，六点四十分。时间紧迫不能指望巴士了，她随即朝着迎面驶来的一辆辆出租汽车招手。

这种时刻的城市出租汽车，生意是很好的，几乎没有空载。罗薇着

214

急了。好的。一辆空载的紫红色桑塔纳减速，停靠过来。罗薇脸上掠过一丝惊讶之色——她希望乘坐夏利或富康。虽然身为城市白领，她还是觉得桑塔纳有点儿贵。这时六点四十五分了。罗薇无法选择，拉开车门钻进去，坐在司机右侧的副驾驶位置，急匆匆说出乘车目的地——金字塔大厦。

金字塔大厦。罗薇说话声音轻柔，音色甜美醇厚，极富磁力。司机是个黑脸男子，他听到女乘客熟悉悦耳的声音，不由自主侧脸看了看她。罗薇留着运动员发型，挺精神的。

驶上南京路，车流很稠，几乎是步行速度。您是电台节目主持人吧？黑脸司机突然发问，满脸好奇的表情。

罗薇面无表情，摇头表示否认。黑脸司机愈发好奇，一口咬定她是交通台《的哥儿之友》节目主持人陈歌儿。您的声音跟陈歌儿一模一样。您不要骗我，您就是陈歌儿。您承认您是陈歌儿，今天车费就免了。我是您的追星族，我最爱收听您主持的《的哥儿之友》栏目。

罗薇的表情里隐含着几分难以察觉的惊喜，然而这种内在惊喜被外表的矜持所掩盖。真可惜，你不能免了我的车费，我不是陈歌儿。

车子拐上浙江路，前面那座跟埃及法老毫无关系的高层建筑便是金字塔大厦了。出租车停泊在大厦门前。黑脸司机表情迟疑地收了车费，然后颇为遗憾地注视着罗薇渐渐远去的背影，突然大声喊道，您就是陈歌儿，我这耳朵是不会听错的！我在《广播电视周报》上见过您的照片，您就是陈歌儿，没错！

罗薇并不回头。她脚步匆匆走进金字塔大厦。不晚，七点十四分。约定的上课时间是七点二十分。她走进电梯伸手揿亮"13"按钮。于是，美国出产的OTS电梯载着这位被黑脸司机一口咬定为"陈歌儿"的国产女士，朝着十三层驶去。

看来《的哥儿之友》果然反响强烈。主持人创出的"陈歌儿效应"居然形成如此热潮。罗薇感到欣慰，她就是为了争这口气，证明自我价值。同时她也感到几分苦涩。自己毕竟退出了《的哥儿之友》栏目，深受听众喜爱的"陈歌儿"也已不复存在。

OTS 电梯的墙体是精制不锈钢的，宛若一面镜子。罗薇注视着镜子里的自己，蓦然发现头发乱了。她立即动手整理发型。是啊，今天毕竟是老师跟学生的首次见面，因此她必须维护中国传统、师道尊严。

我已经不是什么"陈歌儿"啦。OTS 电梯朝着十三层驶去，拒绝承认自己是"陈歌儿"的她，注视着镜子里的"罗薇"，自言自语着。她并不否认自己长得漂亮，同时她更不否认中年女人为了抗拒衰老，每月必然拿出一笔数目可观的"维修费"，从美颜排毒液到消斑除褶霜，无所不包。罗薇愿意打这样一个比方：一个女人其实就是一座楼房。尽管它一时无人居住，然而你必须管理这座楼房。扫帚不到，灰尘照例不会自己跑掉。因此说做女人是需要花大钱的——女人在人生的流水线上，她前面的工序永远是印钞机。

电梯终于到达金字塔大厦的"13"层。走出电梯罗薇的手机响了。电话是女儿小美打来的，这位十二岁的初一女生故意跟妈妈撒娇，连声说怕。罗薇知道单亲家庭的孩子就是这样，只得小声告诉女儿，说妈妈马上就要上课了。小美的哭声立即凝固在电话里。

罗薇走近 1323 门前。这时候她的手机又滴滴叫了两声。她知道这是有人发来"中文短信息"。时间紧迫，她顾不得详细阅读，伸手按响了韩国夫妇的门铃。此时正好七点二十分，罗薇对自己精确无误的时间理念感到满意。

有人开门。一位身着藏蓝色西装的中年男子站在门里，目光炯炯注视着罗薇。她首次遇到这种充满活力的目光，不由感到几分意外。

您是金正源先生吧？我是您家请来的汉语教师，我叫罗薇。

这位身穿藏蓝色西装的中年男子表情郑重，操着生硬的汉语说了声欢迎，转身引着这位中国女士走进宽大的客厅，然后伸出右手指着硕大的褐色沙发说了声请坐。

沙发是真皮沙发。这位身穿藏蓝西装而且面无表情的韩国男子则是大韩银行驻中国办事处的高级职员金正源。

罗薇环视着这个韩国家庭客厅里的陈设，基本属于东方风格，但她还是从茶几图案里看出几分欧洲味道，譬如那只镶着银托的杯子。

她脱掉月白色羊绒大衣，立即露出一件黑色紧身羊毛衫。这件羊毛衫的颜色不错，西方社交场合通常选用黑色晚礼服。身穿黑色羊毛衫的罗薇欠身坐在沙发上，顺势将自己那只价值四百八十元人民币的皮包放在身旁。这只皮包是她应聘家庭汉语教师的第一笔专项投资，自以为价格不菲。在此之前她常年拎着一只有棱有角的大号皮包，很有几分粗放气概。她肤色微黑，身材修长，散发着有别于当今都市女郎的健美风采。因此单位里有人认为她当年从事过体操或跳水运动，走路仍然充满弹性。罗薇对此报以苦笑，她认为这种评价的潜台词其实是说她身上缺乏女人味道。是啊，离异女子的日常生活已经将她锤炼成为水陆两栖动物。

衣冠楚楚的金正源规规矩矩坐在罗薇对面的沙发上，目光炯炯注视着这位初次见面的家庭汉语教师。他的表情好似韩国足球，风格硬朗。罗薇在他的注视下，低头从皮包里拿出汉语教材，而两颊却浮现出两个浅浅的酒窝。罗薇笑的时候两颊的酒窝儿并不明显，不笑的时候酒窝儿却骤然出现。这确实令人称奇。因此单位里的男士们一致认为罗薇还是不笑为好。

金先生，如果我没有记错，今天的第一课应当是您和您太太一起跟我学习汉语。

金正源先生表情严肃。这位大韩银行驻中国的高级职员操着半生不熟的汉语告诉罗薇，他太太将乘坐明天上午的航班从首尔飞到北京，当天就能抵达这座城市。

罗薇听罢，笑了笑。这位金先生的汉语还是很有基础的。她从他那炯炯目光里已经读出这位韩国男人的自信。

哦，这么说下次我来上课的时候就能见到您太太啦。罗薇小心翼翼问道。

是这样的。

二

晚间七点二十分上课，下课时间是晚上九点二十分。课间休息十分钟，金正源先生给这位"中国家教"沏了一杯咖啡。罗薇表示感谢，但没喝。其实平时她喜欢喝咖啡远远超过喝茶。可今晚她必须做到滴水不进。只要喝水，便极有可能使用人家的卫生间。她认为那样很不好。

挺好的一杯咖啡，就这样放凉了。

毕竟是第一堂课，开场即是绪论。课间休息之后，罗薇以示范为主开始讲授现代汉语的口语特点，她重点讲解"语气"在汉语口语里的微妙作用，譬如说有时候相同词语由于表达语气不同，可能产生双重含义甚至相反含义。她还讲解了"逻辑重音"。金正源先生只读过一百天汉语速成班，眉头紧锁地听讲，认真在笔记本上记录要点。罗薇讲课极其专注，渐渐忘掉了时间。

罗薇胸前的红色丝带上挂着一块黑色塑胶电子表，这很容易使人联想到田径教练的秒表。于是，这更加强化了她的运动员气质。她不知道自己的这种气质已经深深感染了金正源先生。就这样，不知不觉到了九点二十分。此时，这座城市的夜生活即将开始。然而罗薇却已显得疲惫不堪。她眨着一双大眼睛朝着专心听讲的金正源先生一笑，说今天的课程就到这里吧。金正源慌忙起身，满脸不知所措的神情。

罗薇再次告诉他，每逢星期二和星期五的晚间七点二十分，她会按时前来上课的。金正源注视着罗薇胸前佩戴的那只黑色塑胶电子表，用英语说了声"夜"。

今天是星期二，星期五我来上课的时候就能见到您太太了吗？

金正源先生点点头，伸手从衣架上拿起罗薇女士的月白色羊绒大衣，颇为绅士地注视着她。罗薇不大适应这种社交场合的西方风俗，脸上掠过一丝窘意。毕竟多次在外国电影里看到这种场面，她随即镇定下来，从金正源手里接过自己的大衣说了声谢谢，紧接着又说了声"白白"。

金正源突然发问，不上课，如果，怎么办？汉语的正常词序被这位韩国先生说得颠三倒四。

罗薇听懂了，耐心告诉对方如果遇到急事不能上课，临时打电话通知就可以了。然后，罗薇从皮包里拿出自己的名片，指着上面的手机号码说，您可以随时跟我取得联系。

金正源先生接过罗薇的名片，认真看着，连声说"CC"。然后，他将自己的汉字名片递给罗薇。她看到金正源先生的头衔是大韩银行驻中国业务副总代表。

罗薇离开金宅，快步走入电梯。她心里计算着，从十三层往下降，假设中间停顿五次，那么降至一楼则需要六分钟。这一段时间她必须争分夺秒。走出电梯她加快脚步跑出金字塔大厦，朝着远处的626路巴士站奔去。她走了三十多米就变成了跑。她必须赶上626路的末班车，否则她只能"打的"回家。罗薇已经给这桩"家教"生意算了一笔账。韩国人付给她的讲课费是一节课六十元，两节课一百二十元，当然是人民币。假若罗薇往返乘坐出租汽车，那么车费就要花去四十元。一百二十元减去四十元，只剩八十元。如此算来，"汉语家教"的经济效益太低。因此，罗薇必须赶上九点四十分的末班车——投币乘车只需一元钱。

罗薇气喘吁吁赶到626路巴士站，末班车闪着红色尾灯，刚刚驶去。罗薇气得使劲跺脚——她穿着"蒙娜丽莎"名牌皮鞋，当年价值六百六十元，如今仍不逊色。这双皮鞋是王海儿给她买的。这个王海儿已经去了澳洲的悉尼，据说不回来了。

罗薇望着远远驶去的末班车，低头看了看自己胸前的黑色塑胶电子表：九点四十五分。如此说来我必须在九点四十分之前赶到巴士站，否则就完了。唉，那就"打的"回家吧。罗薇伸手叫车，一辆又一辆红色夏利出租汽车载客驶过，不停。终于驶来一辆空载的，罗薇拉开汽车前门，坐了进去。不知道为什么，只要"打的"她总是习惯坐在司机旁边的副驾驶位置，这种行为显出她的几分阳刚气质。司机小声询问她去什么地方，没有等她做出回答，司机突然无声地笑了。

她不解其意，侧脸看着司机，觉出几分眼熟。司机继续笑着，说两小时之前我送您去金字塔大厦，真没想到又能为您服务。

罗薇惊讶了。是啊，这座拥有一千万人口的大都市宛若浩瀚无边的海洋，一个普通乘客与一辆普通出租车好比两条寻常的小鱼，即使一生一世也难以重逢。可事实上仅仅相隔两小时，罗薇与这位驾驶桑塔纳出租汽车司机便再度相遇在夜幕笼罩的大街上。

这是缘分。司机拍打着方向盘，兴奋不已。罗薇冷静下来，认为缘分二字分量是很重的，轻易不得使用。于是，她说出"去丽园小区"五个字，便闭口不语了。

司机继续说，我还是认为您是陈歌儿。自从《的哥儿之友》栏目开播我就记住了您。您的声音清纯甜美，当然这跟年龄没有关系。您在交通台主持的节目，老少皆宜啊。尤其是那天现场直播的"今冬第一场雪"，不但说明您素质高而且说明您心肠好。可惜呀，您仅仅主持了三十九天就退出了。您为什么退出呢？我们纷纷猜测，这里肯定有事儿。我听说广播电台内部明争暗斗，矛盾非常激烈。您一定遇到了不公正待遇，比方说冤假错案什么的。

罗薇平心静气听着司机的絮叨，不言不语，心里却不是滋味。我本来就不是名人。我在广播电台工作二十年从来没有得到公正待遇。我比何芸不差，人家却成为著名播音员，我只是默默无闻的编辑。光阴似箭啊，人过四十日过午，不过如此。我每月领取两千元薪金，得过且过吧。人活着，有时候必须知足。知足者常乐。

司机驾车驶近丽园住宅小区，亲切地询问她几号楼。罗薇想了想，伸手指向小区门前的保安室说，请您就停在这里吧。

我知道，凡是名人都不愿意让普通听众知道住址。好啦，车费免了，我请您给我签个名吧。黑脸出租汽车司机说着，迅速递上一只牛皮笔记本。此情此景使得罗薇苦笑不已，只得从皮包里掏出一支黑色圆珠笔，翻开牛皮笔记本飞快地写出"平平淡淡才是真"这句话，然后郑重地签上自己的名字：罗薇。

她将二十五元车费夹在牛皮笔记本里，递给对方。司机接过笔记本看到"罗薇"二字，表情极其惊讶。怎么，原来您真不是交通台的节目主持人陈歌儿啊？

"罗薇"二字含金量不高，她当然知道。她颇为感慨地告诉司机，如今是年轻人的世界，陈歌儿永远不存在了。

推门下车，罗薇拎起皮包进了丽园小区的大门。小路旁一株株梧桐树投下一团团黑影。黑影儿里一对恋人正在热吻。罗薇避开这种充满青春气息的高温场面，绕路朝着回家的方向走去。是的，她已经很久没跟男人接吻了，甚至经血也开始减量。李小小多次告诫罗薇，一个女人如果没有性生活的滋润，那么她很快就会变老的。

这时候，罗薇小皮包里的手机又滴滴叫了两声。

这么晚了，这个世界上仍然有人给她发来"中文短信息"。当然，这很可能跟接吻无关。

三

独身女子罗薇住在三楼的一套单元里，两室一厅，面积不大。她的邻居是两个租房同居的外国留学生，男生是白种人，女生介于黑白之间，混血儿。罗薇揿亮楼道照明灯，一边上楼一边从皮包里掏出钥匙。

天晚了，女儿一定睡了。

这时候，罗薇听到外国留学生的房间里传出一阵女人尖叫，很放纵很刺激，充满淋漓尽致的快感。独身女子罗薇当然知道这种毫无顾忌的特殊音响意味着什么内容。这就是全球一体化吧。罗薇自我解嘲，轻手轻脚走进家门。踏进家门她突然感觉累极了，双腿沉重起来。我三十八岁便如此精力不济，这是早衰啊。罗薇晓得这种早衰是自己频频外出讲课造成的身体透支。讲课最伤气，可她需要的是钱。女儿小学毕业之后进入那所"贵族学校"读书，她动用多年积蓄拿出八万元"赞助费"。李小小多次撺掇她，说，女儿是你跟高达林的共同孩子，教育经费双方分担，找你前夫要钱去。罗薇当然懂得这个道理，可小美的父亲高达林极其固执，认为小美完全应当接受国家九年义务教育，进入普通中学而不是"贵族学校"读书，因此拒绝支付这笔特殊开支。罗薇非常重视女儿的英语教育，她决心有朝一日送小美去美国留学。因此，她只能独自承担女儿的教育经费了。

走进家门站在客厅里，她看见女儿房间灯光未熄，叹了一口气。她知道小美这阵子迷恋流行歌曲和上网，睡眠严重不足。走近女儿房间，她轻轻叫了一声小美。这时房间里响起小美的哭声。罗薇推门走进，直奔女儿床前。

小美拥着一条深绿色毛毯坐在床上，扬起脸庞迎接着早出晚归的母亲，眼睛里闪烁着幽幽泪光。罗薇以为女儿是因胆怯而哭泣，扑上前去紧紧拥抱小美。

小美别哭，妈妈委屈你啦。可是妈妈这几年不能休息啊，我必须外出讲课赚钱，供你将来出国留学。妈妈知道你一个人在家害怕，可是，可是我们只能这样啊。你这样坚持十年，就长大成人啦。长大成人之后你走向社会，就会拥有属于自己的生活，也会拥有属于自己的爱情，更会拥有属于自己的美好未来。因此，今天你必须坚持下去，千万不能胆怯。

小美抽泣着告诉妈妈，她不是由于独自在家而哭泣的。罗薇极其惊讶，愈发不懂得女儿的心思。小美终于平静下来，目光坚定地注视着妈妈。我告诉您吧，我爱上了同班男生张悦强，真的，我爱他爱得发疯，我每时每刻都在思念着他。昨天张悦强离开学校，转学去了南方，从今以后我再也见不到他啦。今天我是为张悦强而哭泣的。张悦强带走了我的全部初恋。

罗薇惊讶极了，一时说不出话来。

小美擦拭着十二岁的眼泪，极其深情地说，今天我只能用泪水纪念自己的爱情啦。

小美，你这是早恋啊！失去控制的罗薇冲动起来，伸手指着女儿说，小美，你怎么不理解妈妈的苦衷呢？我为了供你读书，早出晚归，不辞辛苦，甚至去给韩国人做家教，我为什么？难道就是为了让你早恋吗？小美呀你真是让我寒心啊。罗薇说着，眼圈红了。

小美反而镇定了，脸上挂着少年老成的苦笑。早恋？难道爱情还分早和晚吗？妈妈我告诉您，我认为真正的爱情是不分早和晚的。妈妈您今年三十八岁了，您属于晚恋吗？

三十八岁的母亲被十二岁的女儿问得哑口无言。是啊，倘若存在真正的爱情，确实是不分早和晚的。所谓早恋，只是教化之说。人间爱情，只有真假之分，没有早和晚的界定。罗薇面对女儿的诘问，无言以驳。她只得搪塞说，睡吧睡吧，明天妈妈还要上班呢。小美似乎平静了，主动说了声晚安。就这样，罗薇从女儿房间里溃退而出，不声不响走进自己房间。

其实，爱情是没有的。

她一头扑到自己床上，感到很累。天啊，就连十二岁的小美也恋爱了，这似乎跟全球一体化的进程无关。罗薇躺在床上，不愿动弹。这是一张双人床，显出几分辽阔。独身女子罗薇躺在这样一张双人床上，愈发衬出她的孤独。

是啊，我不能这样虐待自己，我必须去洗个热水澡，我必须口服一支静心养颜液，我必须……我必须要做的事情很多，譬如说明天下午一点半钟我必须赶到工人文化宫小礼堂，那里有我两节朗诵辅导课。后天晚上六点钟我必须赶到群众艺术馆，那里也有我的两节播音辅导课。为了挣钱，我已经变成一个诲人不倦的大师了。

罗薇笑了。这时她的手机滑出，啪的一声掉在紫色地毯上。罗薇不急，她知道这种旧款手机比较结实，不怕摔。她静静地躺了一会儿，猛然想起储存在手机里的"中文短信息"，伸手从地毯上拾起手机，起身走进卫生间。

她脱光身子站在浴室镜前，注视着这个疲惫不堪的女人。是的，女人只有在浴室里才是真实的，没了唇膏，没了粉底，一派"原装货色"。这时罗薇深感做个中年女人的艰难。无论你怎样加强保养措施，毕竟青春难葆。女人的最大敌人不是别人，而是自己的年龄。

浸泡在温暖的浴缸里，她伸手拿起挂在浴室墙上的手机，十分熟练地调出今天晚上接到的两条"中文短信息"。这两条中文短信息果然很短，同样只有三个字：请复我。

发送这两条中文短信息的手机号码相同，均为13902338182。看来这显然出自一人之手。罗薇默默注视着对方的手机号码，觉得似曾相识。

这人是谁呢?

她有些好奇，三十八岁的独身女子一旦好奇心涌动，便随手拨叫了这个并不熟悉的号码。很顺利，电话通了，但没人接。罗薇任凭它铃铃铃响着，泡在浴缸里耐心等待。生活已经使她习惯于等待，尽管这种等待有时毫无结果。恰恰是在这种时候，浸泡在浴缸里的罗薇感到自己在香波泡沫的簇拥下，心灵深处渐渐泛起一片片莫名其妙的涟漪。这涟漪仅仅属于女人。

电话有人接听了，浑厚的男中音"喂"了一声。这声音仿佛是从天外传来，幽远而充满神奇。

夜深了，毕竟有人想着你。单身女子罗薇内心油然涌起一股久违的激情。您是谁？请问您为什么两次发来中文短信息要我复机？

罗薇你好，我是房立人。

四

这座城市的广播电视大厦高达三十八层，临近封顶却因资金短缺而停工，被舆论称为"烂尾楼盘"。烂尾就烂吧，于是广播电台的编辑们只得挤在那座老式灰色楼房里办公。尤其是广播电台文艺台的编辑们，工作环境更是狭窄不堪，人人均作沙丁鱼状。文艺不值钱了，文艺台的广告远远不比经济台、新闻台和交通台，常常是无米下锅。罗薇编辑的栏目《夕阳无限好》属于文艺台的老年节目，更是等而下之。人没地位，她的办公桌龟缩在办公室角落里，更没地位。罗薇在这里工作多年，从来不曾拥有主人的感觉，甚至连仆人的感觉也没有。她只觉得自己是路人，匆匆经过这里而已。

上午坐班的时间很严格，挨到下午便松动了，好在罗薇习惯于上午工作，午餐之前精力充沛。这时她坐在办公室里编辑着明天上午播出的稿件，听到有人喊"罗薇电话"。放下手中稿子，起身去隔壁办公室接电话。其实她很不愿意到隔壁办公室去。那部电话机摆在《今夜星光灿烂》栏目编辑郑一辉桌上。此君热衷于小道消息传播，而且色大胆小。罗薇甚至怀疑，她在交通台以"陈歌儿"名义主持《的哥儿之友》节目，热播之后莫名其妙遭到陷害，其中郑一辉也做了手脚。男人没有一个好东西。

电话是李小小打来的。这疯丫头是电视台专题部编导，手里握有《谈男论女》和《大众性学》两个栏目，月薪很高，加上灰色收入，堪称富姐。拥有一张漂亮脸蛋儿的李小小是罗薇在广播电视大院里的唯一朋友。罗薇知道，一个男人可以拥有一大帮铁哥儿们，结成死党。女人与女人之间，却很难交成"铁姐妹"。女人天生就是跟男人谈情说爱的材料，属于雄性世界的专用品。

李小小在电话里滔滔不绝说着。郑一辉坐在角落里的沙发上，佯寐。罗薇深知此处不便说话，约李小小中午食堂会面，然后放下电话。

郑一辉立即起身，连声说，罗薇我真的不知道你离婚了，否则我是不会让你填写计划生育卡片的。

罗薇回到自己办公室，心情变得特别糟糕。她继续编辑着手里的稿子，愈发觉得《夕阳无限好》这节目实在无聊。夕阳好就是了，而且还无限好。这简直就是无聊透顶。这时候她又想起女儿小美。十二岁的女孩就恋爱了，而且爱得很坚决，令人哭笑不得。

稿子总算编好了，一对老年男女再婚的故事。罗薇伸手拿起挂在胸前的黑色塑胶电子表，知道应该去食堂了。走出办公室她在楼梯口遇到著名女播音员何芸。这位新近增补的市政协常委矜持地朝她笑了笑，然后挺着胸脯走向直播间了。

罗薇的心情愈发糟糕，当然这跟何芸的胸脯无关。漂亮的罗薇并不嫉妒乳房高耸的女人。可只要遇到何芸，她心里便不是滋味。往事如烟啊。当年罗薇与何芸同时报考广播电台而且同时被光荣录取，然后同时进入播音员培训班。尤其罗薇的音色受到前辈专家广泛好评。经过最终筛选，罗薇莫名其妙被刷了下来，播音员成了她今生一个难圆的美梦。她被另行分配工作，变成广播电台的"节目编辑"。一连串的日子过去了，她默默无闻坐在办公室里工作着。何芸呢，一帆风顺走上光荣的播音员岗位，一举成名从而跻身全市著名播音员行列，她既播新闻也播长篇小说什么的，家喻户晓了。多少年了，命运多舛的罗薇从不认为自己比何芸差，无论是"文播"还是"正播"。然而这是宿命。

走进食堂，她远远看见李小小坐在第三排餐桌前面，正在咀嚼着。性格外向的李小小抬头看见罗薇，立即大声喊叫起来。罗薇很不适应女友这种迎风招展的处世态度，顺势坐下然后小声说，李小小你不要喊叫啦，全世界的男人都盯着你呢。李小小嘻嘻笑了，说我恨不得全世界的男人统统成为我的痴心情人。罗薇认为李小小大言不惭。

吃具有美容功能的红烧猪蹄，李小小表情凝重起来，连声说问题严重了。罗薇知道李小小即将"信息爆炸"，便洗耳恭听。

你跟王海儿上过床吧？李小小乜斜着眼睛，突然问道。罗薇猜测这是澳洲方面传来信息，只得点头承认。

李小小耸了耸肩膀，然后又撇了撇嘴，说王海儿在悉尼海滩的一次华人烧烤聚餐会上大谈"中国女人系列"，这个小白脸儿声称他玩过女演员、女记者、女作家、女编辑、女经理、女教师、女医生、女律师、女秘书、女司机、女厨师等等，其中女编辑指的正是罗薇。王海儿着重指出，女编辑的床上功夫极差，如果打分根本不及格。

罗薇脸色绯红，低头不说话。在广播电视局的大院里，女主持人傍大款，司空见惯了。然而若是"老女人"养"小白脸儿"，往往引起物议，有损名声。王海儿小罗薇十岁，因此李小小说出王海儿的名字，罗薇顿时紧张起来。看到罗薇这种尴尬模样，李小小主动变更话题，谈到《的哥儿之友》节目组每天仍然能够收到十几封听众来信，强烈要求主持人"陈歌儿"复出。

罗薇表情悲凉，说"陈歌儿"惨遭封杀，没有复出的可能，只是"陈歌儿效应"依然残存，反而令人感伤。

李小小再度变更话题，主动谈起房地产开发公司的副总经理房立人。罗薇的心情渐渐平静，轻声告诉李小小，说昨天晚上房立人发来"中文短信息"，她跟他通了电话。李小小抓住罗薇冰冷的手，笑着说，你真是老土，如今小资们称"中文短信息"为"短信"，你以后千万不要这样咬文嚼字啦。然后李小小郑重了脸色，说，既然你对房立人并不反感，那么就正儿八经谈恋爱吧。罗薇你一定要记住，爱情这东西说实就实说虚就虚。女人考验男人只有一个字，钱。房立人爱你，那么他对你不会吝惜钞票的，房立人不爱你，那么你休想花掉他一分钱。因此完全可以说金钱是衡量爱情的唯一标准。

手机响了。罗薇立即接听，脸色不由得紧张起来。小美的班主任孔老师打来电话，要求学生家长立即赶到学校，面谈。

莫非小美闯祸啦？

五

罗薇放弃午餐，乘坐出租汽车匆匆赶往小美学校。一路上她反复猜测着小美究竟出了什么事情。这时手机又响了，看着"来电显示"的号码似曾相识，便接听了。

您是罗薇吗？然后一连串儿半生半熟的汉语从电话里涌出。罗薇笑了，她听出这是金正源的声音。

晚上，今天，上课，没问题。金正源一字一句，说着。

不知为什么，罗薇的心情一下子变得晴朗起来。她和蔼地纠正着这位韩国男士的语病，并且随即给对方做出示范。"金先生您应当说，'今天晚上上课，没问题'。您如果想说得更为准确，那么就应当说'今天晚上照常上课'。您明白了吗？"

金正源在电话里"夜夜"应承着，然后主动重复了一遍"今天晚上照常上课"。

对，语法正确，发音清晰，您进步很快。罗薇感到金正源悟性很强，便称赞着。对方受到夸奖似乎觉得很窘，连忙说了声"白白"便挂断了电话。罗薇收起手机，笑了。她觉得这位不苟言笑的韩国银行家在电话里竟然像个大孩子，丝毫也承受不起老师表扬。

上次讲课之后已经强调过了，如果遇到急事不能上课，临时打电话通知就是了。可今天并不是临时变更上课时间而是照常上课，他完全没有必要打来电话，可他还是打来了。看起来韩国男人跟中国男人相比，就是不一样。

小美学校路程不近，花了二十二元车费终于抵达。只要是花钱的事情，罗薇总是心疼人民币而不心疼自己。距离小美出国留学尽管还有五年时光，积蓄钞票的工作已经悄然开始。罗薇在生活上对自己斤斤计较，尤其是出行如果没有急事，她绝对不"打的"。

走进小美学校大门，手机又响了。罗薇为了节省经费已经将手机改成"轻松卡"，仍是双向收费，白天忙时每分钟六角，晚间闲时每分钟两角。没过几天罗薇就明白了，轻松卡其实不轻松，她的手机还是忙时使用得多，闲时使用得少，每月话费还是降不下来。

罗薇看了看"来电显示"——这好像是房立人的手机号码。她没有接听，快步朝着"初一·四班"的教室走去。此时，女儿的事情最为重要。

远远看见孔老师从"初一·四班"教室走出，罗薇大步迎上前去，谦恭地跟女儿的班主任热烈握手。孔老师是位中年女士，手很凉，而且面无表情，很容易便给人留下更年期综合征的初步印象。孔老师领着罗薇走进三楼教师办公室，简洁明快地指着一张椅子，说请坐。罗薇就简洁明快地坐了。孔老师板着面孔从办公桌的抽屉里拿出一篇作文，然而继续板着面孔说，罗小美家长，请您好好看看您女儿的作文吧。

原来是作文出了问题。罗薇心里反而踏实了。

女儿的作文摆在老师的办公桌上，母亲开始认真阅读。罗小美的这篇作文的标题是《我爱男生张悦强》。罗薇感到茫然，抬头看着孔老师。孔老师立即激动起来。您看您看，我昨天布置作业的时候，留给同学们的作文题目是《我爱……》，这个题目具有广阔的构思空间和写作领域，有同学写成《我爱祖国》，也有同学写成《我爱家乡》，还有同学写成《我爱校园》，主题鲜明立意明确内容健康文字清新，这都很好嘛。只有罗小美同学，写出这样一篇从标题到内容均不健康的文章。我不能说这篇文章低级下流，但它明目张胆地宣扬校园早恋生活，反映了罗小美同学内心深处的不良思想。我认为这必须引起学生家长的高度警惕。

罗薇听着孔老师的义正词严的批判，低头再次阅读女儿文章的结尾："是啊，张悦强转学去了南方。中国的南方很大很大，就像中国的北方很大很大一样，我不知道张悦强如今居住在什么地方，然而我知道那个戴着深度近视眼镜的男生带走了我这个小女生的全部初恋情感。从此，我的生活里没了张悦强，当然也就没了我的初恋。这就是张悦强的意义，这就是初恋的意义。是的，我当然知道随着时光流逝，我必将忘却张悦强。就像张悦强必将忘却我一样。因此我要说，正是由于必然的忘却，今天我才必须写出这一段幼稚的文字，以此来纪念我那宛若一朵小花儿般的情愫——我爱张悦强。"

读到女儿文章的结尾，罗薇心头一热，蓦然激动起来。她一时不知如何表达自己的心情，脸上显得非常紧张。

孔老师仍然在大声说话，激烈地指责着罗小美思想深处的不良倾向。罗薇抬起头来注视着喋喋不休的孔老师，然后试探着问，我可以把罗小美的这篇作文带回家去吗？

孔老师板着面孔点头应允，说家长必须跟学校一起携手，加强德育教育，杜绝学生早恋苗头的滋生。

罗薇恨不得立即离开这里。她起身告辞，并且对孔老师的教诲表示感谢。孔老师板着面孔再次强调，早恋之风不可长。罗薇表示完全同意。就这样，罗薇怀着一股难以名状的心情快步逃离小美的学校，扬手叫了一辆出租汽车疾驶而去。

坐在出租车里罗薇拿起胸前的黑色塑胶电子表看了看，两点四十五分。这是个不伦不类的时间，使得罗薇难以确定今天下午的去向。此时手机寂寞难耐，铃铃地响了。她认为是房立人打来的，看了看"来电显示"，却是李小小。

李小小在电话里咯咯笑着，小妖精似的。这个小妖精说她五分钟之前给罗薇物色了一个男友，今年五十四岁，姓陈，心理学教授。

罗薇感到惊讶。我不是正在跟那位房副总经理交往嘛，怎么又冒出这位心理学陈教授呢？即使谈恋爱我也不应当同时交两个男朋友呀。李小小不笑了，严肃指出罗薇的思想落伍观念陈旧，如今男女之间的交往，讲究普遍培养，重点选拔，你以为房立人只交你一个女朋友啊？他在情场上更是广种薄收，确保良种归仓。

罗薇终于找出自己不能跟那位陈教授见面的理由，她告诉李小小，今晚她有两节汉语课，韩国人的。

李小小不高兴了，小声在电话里嘟哝着。什么韩国人，难道韩国人比爱情还重要啊？除非你在韩国人那里找到了爱情。

听了李小小的话语，罗薇突然感到害羞。是啊，她已经很久很久没有品味这种羞涩心理了。

六

星期五晚间七点十九分，罗薇准时按响金宅的门铃。前来开门的仍然是金正源。金先生仍然是面无表情的样子，操着汉语说了一句你好。罗薇走进客厅，蓦然嗅到一股法国香水气息，很有先声夺人的味道。罗薇脱去黑色风衣，坐在左边的沙发上——上次讲课她坐的就是这位置，似乎已成定规。

这时候正是晚间七点二十分。金正源坐在罗薇对面的沙发上，操着小有长进的汉语说，您很准时。罗薇笑了笑说，我必须准时。

金正源起身，朝着卧室方向小声招唤了一声，说的是韩语。罗薇知道这是金先生在招唤金太太，便静等着女主人的出场。

金太太终于出现了——她迈着小步走进客厅，很轻盈的样子。她首先朝罗薇打招呼，用英语问晚上好，之后便微笑。

罗薇站起，注视着身穿黄色休闲服装的金太太。这位高丽女子小巧玲珑，皮肤白皙，仿佛一只轻盈的玉鸟。金正源伸手指着太太将她介绍给罗薇，说她的名字叫朴贤淑，八年前毕业于梨花女子大学。罗薇目不转睛注视着年轻的朴贤淑，愈发觉得她是个高丽美人儿。

高丽玉鸟端端正正坐在先生身旁，继续朝着罗薇微笑。法国香水的味道迎面扑来，罗薇知道这种品牌价格太高——并不符合中国国情。

我开始讲课吧。罗薇说着从自己皮包里掏出一小瓶"依云"牌矿泉水，摆在身旁的茶几上，但不喝。朴贤淑伸出目光看着"依云"，脸上现出好奇表情。罗薇觉得朴贤淑真是一个可爱的女人。

开始讲课了。其实罗薇讲课还是很有水平的，深入浅出，生动活泼，尤其对汉语口语的理解运用，多有独到之处。这很可能跟她在广播电台既担任编辑又客串主持人的经历有关，精于"说话"。

朴贤淑的汉语基础比较差，无论是说是听，其能力均在金先生之下。然而这位韩国太太眨着一双大眼睛认真听讲的好学精神，似乎感动了罗薇，她告诉金正源，女性语言的领悟能力远远强于男性，她相信金太太的汉语很快就会赶上并且超过金先生的。

金正源脸上终于露出笑容，但是那种明显缺乏感染力的笑容。朴贤淑不解地注视着自己的先生。于是金先生将"女人的语言领悟能力胜于男人"这番话翻译成韩语讲给金太太听。朴贤淑很像一个受宠若惊的小女生，当即朝着罗薇频频摆手，表情窘迫连声说着"闹"。

罗薇感到意外。女性的语言领悟能力明明就是强于男性嘛，为什么金太太拒不接受这种极为正常的评价呢？这就是韩国的大男子主义传统吧。

为了尽快缩短朴贤淑与金正源汉语水平的差距，课间休息之后，罗薇决定为年轻的金太太开小灶，补一补。她在卡片儿上写出几个汉语词汇，然后示范发音。

买——菜。做——饭。洗——衣。沏——茶……罗薇一字一句教着，朴贤淑一字一句学着。可读着读着，金太太嗓音渐渐微弱下去，读

232

不出声音了。

朴贤淑面色苍白，抬头朝着罗薇艰忍地笑了笑，说了声"骚瑞"，然后连忙给汉语老师递上一杯红茶。

罗薇不明底里，对金太太的如此表现甚感不解。这时罗薇发现，朴贤淑具有女人的孱弱之美。

金正源站起身来，指着客厅里的挂钟对罗薇说，下课啦。罗薇看了看挂钟，九点十分，说下课的时间应当是九点二十分，继续讲课吧。金正源坚持说，下课吧。罗薇看了看表情茫然的金太太，然后看了看表情坚定的金先生。客随主便，既然人家强烈要求下课，那就下课吧。

金太太虽然不明白先生为何要求提前下课，还是夫唱妇随，依照先生旨意起身走向衣架，亲手为罗薇取下那件黑色风衣。

穿好风衣，拎起皮包，罗薇向金氏夫妇告辞，说星期二再见。朴贤淑学着罗薇的汉语发音，说"新起二再现"，样子很活泼。金正源郑重其事将罗薇送到单元门口，说再见。

罗薇说了声"白白"。金正源突然低声说，不要晚了，巴士。罗薇转身走向电梯。电梯很快就来了。走进电梯罗薇回味着"不要晚了，巴士"这句话，蓦然惊诧起来。咦，金正源怎么会知道我下课之后乘坐巴士回家呢？

走出金字塔大厦，远远看见626路巴士的站牌，罗薇松了一口气。现在只有九点二十五分。时间宽裕，乘坐巴士回家毫无问题。她放缓步伐朝前走去，心里还在思索着"不要晚了，巴士"这句话。

站在大街旁边的梧桐树下，罗薇转身望着灯火通明的金字塔大厦。莫非金正源知道我赶乘末班车回家才故意提前下课的？

心头一热，还是猜不透。猜不透就猜不透吧。这时626来了。上车坐在巴士的末排位置，罗薇掏出手机，正要拨通1861查询本月话费余额，电话响了。"来电显示"告诉罗薇这是房立人打来的电话。罗薇犹豫着，没有接听。认识房立人三十多天了，其间很少约会。罗薇并不认为她跟这个男人属于恋人关系，因为温度偏低。这几天情况出现改善，房立人几次主动打来电话约她会面，而且态度比较迫切。莫非他房立人爱上我啦？她坐在巴士里思忖着，内心挺矛盾的。一方面她与许多离异女子一样，坚决认为爱情是没有的；另一方面又怀着朦朦胧胧的期待，期待着所谓爱情的突然降临。

巴士行驶着，罗薇闭目养神。无论是乘车还是开会，她总喜欢坐在末排，十几年如一日。她的这种"后排意识"说明她在生活中是低调者。李小小曾经多次宣称，一个女人的一生如果不曾拥有心爱的男人，那么她无疑是失败者。罗薇承认自己就是这样的失败者，但她反败为胜之心不死。

巴士到达终点站，罗薇下车朝着丽园小区走去。她拿起挂在胸前的黑色塑胶电子表看了看，十点零五分。这时候她想女儿小美，继而想起《我爱男生张悦强》那篇招惹麻烦的作文。身为母亲，罗薇坦言承认，小美在这篇作文里表达了少女的真情实感，很可贵。可如今中学生早恋是禁区，小美作文超越雷池，这是绝对不行的。

走进家门，一派静悄悄，女儿房间没有灯光。罗薇打开客厅里的壁灯，首先寻找水杯。是啊，她在金宅讲课即使口渴难耐也要做到滴水不进，防止使用人家卫生间。回家之后她必须大量补充水分。女人失去水分很快就会变得干瘪的。那很不好。

她从皮包里拿出那瓶产自法国的原装"依云"牌矿泉水，放回玻璃柜里。这种国际名牌矿泉水在家乐福超市出售，一小瓶也要十元钱的。罗薇前往金宅讲课带上它，表示"我只喝自己的水"，其实只是摆样子罢了。罗薇心里清楚，自己这样做比较浅薄，但还是这样做了。一小瓶依云牌矿泉水成为她的一件道具。女人有时候需要道具。

她站在客厅里一连喝了三杯白水，这才看见女儿房间亮起灯光。她手里端着玻璃杯轻轻叩响房门问女儿喝不喝水。听到屋里叫了一声妈妈，罗薇推门走进，一眼看到《我爱男生张悦强》的作者身穿花格睡衣坐在床前。罗薇从小美的失神目光里读出几分少女的抑郁。

妈妈，我在学校给您丢脸了，请您痛痛快快骂我一顿吧。小美垂头说着，似乎是在全心全意等待着妈妈的严词谴责。罗薇苦笑了。小美，你为什么要妈妈痛骂你一顿呢？

因为我的那篇作文使得班主任请家长，您今天去见孔老师一定感到非常难堪。不过，我在作文里表达的都是自己的真情实感，真的。

手机响了，是房立人。罗薇只得接听。房副总经理的声音透出几分忧郁，他约请罗薇出来吃夜宵，态度非常坚决。罗薇先是表示谢意然后婉言推辞，说非常抱歉，今天是周末夜晚，我很想跟女儿在一起。

房立人显然很失望，说男女之间既然交了朋友总要有约会的，否则难以沟通。罗薇语调温柔，表示完全同意男方观点，但她希望房立人能够另约时间。房立人说好吧，随即挂断电话。

罗薇处理了房立人，然后伸手抚摸着女儿头顶。小美，妈妈是不会责骂你的。今天你犯的最大错误是什么呢？今天你犯的最大错误是不应当把你对张悦强同学的真情实感写进作文，懂吗？你应当把你对男生张悦强的真情实感写进你的少女日记。你一定要记住，即使真情实感也不可以随意写进作文。我认为你应当连夜补写一篇作文，明天一早你应当把这篇作文交给孔老师，这件事情就结了。

小美激动地点了点头。

这篇作文如果不需要妈妈陪你写，那我就去休息了。妈妈忙了一天，很累了。小美眼睛里含着泪水突然呜咽着说，妈妈我是不会反对你交男朋友的。

罗薇苦笑了。她苦笑的时候脸颊上那两个可爱的酒窝儿完全消失了。

七

星期二上午，罗薇的手机响了几次。平时她的自我保护意识很强，对外交往从来不把住宅电话号码留给别人，包括目前的房立人。她认为自家电话应当属于她和女儿的领地，外人不得入侵。因此，罗薇的手机很忙，同时兼有 BP 机功能。

房立人打来电话，亲切地约请她共进午餐，时间为正午十二点，地点在小白楼附近的起士林餐厅。罗薇答应了。她不否认自己需要男友，她甚至不否认自己需要未婚夫。乘坐出租车前往起士林餐厅的路上，金正源打来电话，她听到这种半生半熟的金氏汉语，顿时露出笑容，觉得挺好玩儿的。这位韩国银行家的汉语进步明显，他告诉罗薇今晚照常上课。罗薇笑着说我们之间早有约定，只有遇到急事临时不能上课，打电话变更时间，如果照常上课就不必通知了。

"夜夜"。金正源改用英语承应着，语气里透出几分尴尬。罗薇有些后悔，俗话说礼多人不怪，况且人家是韩国人而且正在学习汉语。

罗薇思忖着如何向金正源先生表示歉意，可巧手机掉线，通话戛然而止。她看了看手机屏幕里的"来电显示"，发现金正源电话号码前面的区号是（021）。咦？（021）是上海的长途电话区号啊，金正源的电话竟然是从上海打来的。既然他远在上海又何谈今晚照常上课呢？莫非他分身有术？

猜不透。又是猜不透。金正源千里迢迢打来的这个长途电话，不但令罗薇难以猜解，而且还弄乱了这位汉语家庭教师的心情。

走下出租车，罗薇看见房立人站在起士林餐厅大门前，一派衣冠楚楚的样子。这位从建筑工人一步步爬上房地产开发公司副总经理宝座的中年男子，很守时。罗薇此时的心情被那位远在上海的韩国男士搅乱，觉得房立人挺无辜的。她快步走上前去并且主动跟男友握手，然后并肩走进起士林餐厅。

房立人并不知晓内情，坐在三楼的餐桌前他十分礼貌地请罗薇点菜，既不过分殷勤，也未失之热情，似乎是在极力塑造着自己的儒商形象。这时罗薇发现其貌不扬的房立人温文尔雅，还是颇有几分风度的，只是他公司开发的长阳小区，曾经出现墙体开裂的质量问题而遭到业主投诉。于是，罗薇点了一份法式烤鱼。

餐桌气氛略显沉闷。由于彼此之间缺乏深入了解，尤其缺乏胃口方面的深入了解，起士林三楼餐厅的这顿西式午餐便很难掀起吃的高潮。这时罗薇意识到，房立人苦心营造的这顿西式午餐难以焕发激情，于是心里感到几分内疚。法国红酒是喝了，罗薇没有品出滋味，心里想着上海。房立人毕竟属于心明眼亮的生意人，吃程过半他便看出难入佳境，询问罗薇还添什么，罗薇说不用添了。房立人扬手叫来服务小姐，说埋单，然后问罗薇午餐之后是否愿意走一走。心猿意马的罗薇没有表示反对。

起士林餐厅附近商厦林立，堪称购物天堂。房立人陪同罗薇逛街，双方均是若即若离的心态，毫无目标地朝前走着。

走进著名的金盛商厦，迎面便是"金情侣皮衣"的专卖区。房立人兴致突然高涨起来，说那就是今年隆重推出的最新款式，牛皮旗袍。

罗薇挺惊讶的，牛皮怎能制作旗袍呢？这是绝对不可能的。房立人笑了笑，一派事实胜于雄辩的表情。她将信将疑走上前去。哦，果然如此。这件黑色旗袍是由进口超薄牛皮缝制，宛若黑缎，轻柔而挺括，质似乌玉，光鲜而润泽。罗薇受到强烈震撼。她围绕着这件牛皮旗袍忘情地观看着，目光近乎凝固。

房立人在一旁冷静地注视着女友。是啊，她已经完全忘却了矜持，轻而易举地被这件标价一万八千元人民币的牛皮旗袍所征服。这是一个真实的独身女人。

她意识到自己的失态，猛然转身朝男友尴尬地一笑，说我真是孤陋寡闻。房立人宽厚地笑了笑，建议去别处瞧瞧，然后牵住了罗薇的手。这时她感到自己的手很凉。每逢经期她的手总是很凉，凉得几乎不近人情。

商厦五楼有咖啡屋。多少年了，罗薇独来独往，上街从来没有男人陪同。即使当年她跟王海儿相好也是很少外出。她跟王海儿的那段美好时光主要是户内活动——偷情。

五楼咖啡屋顾客不多，显出几分难得的清静。房立人要了两杯泡沫咖啡，俨然绅士风度。罗薇没有话题，只得沉默着。房立人喝了一口泡沫咖啡，轻轻皱着眉头说，这里的泡沫咖啡跟悉尼海滨咖啡厅相比真是天壤之别。罗薇听到悉尼这个地名立即想起小白脸儿王海儿，心情顿时紧张。她问，你什么时候去的悉尼？

今年春天我在悉尼住了二十多天，认识很多中国人，有的中国人在那里忍辱负重苦熬时光，也不晓得猴年马月才能混上永久居留权。罗薇听罢，低头喝了一口泡沫咖啡。房立人在悉尼认识王海儿吗？这成为她心头的悬念。

这时，房立人的手机叫了。他接了电话，然后满脸歉意朝罗薇说了声对不起，他有急事，只得失陪。她并不感到意外，生意人就应当忙忙碌碌。她起身与男友握手告别。

房立人结了咖啡账单，匆匆走了。罗薇独坐，看一眼挂在胸前的黑色塑胶电子表，时间正是下午四点十五分。

今天星期二，晚间七点二十分，有课。此间这两个多小时"真空"，罗薇思谋着如何充填。她给李小小打电话，对方关机。这时罗薇终于意识到自己在这个人满为患的世界上其实是没有朋友的。她起身离开咖啡屋，心中没有目标。

金盛商厦四楼正在举办"莎乐美"皮鞋促销活动，罗薇被热情的售货小姐拦住，请她进行"现场试穿"。罗薇报出尺码。售货小姐随即递上一双高档"莎乐美"新款高跟皮鞋。罗薇认为这种式样纯粹是给青年人设计的，中年不宜。但她还是穿着这双皮鞋站在镜前，心平气和欣赏着自己。售货小姐喋喋不休赞美着，罗薇知道她赞美的是皮鞋。她在皮鞋柜台前消磨了十几分钟时光，转身离去。看来消磨时光原来如此容易。

五点四十分，罗薇迈着舒缓的步伐重新来到金盛商厦一楼"金情侣皮衣"专卖区。这时候她的心情变了，似乎重新变成处女。她小心翼翼走向那件令她心醉的"牛皮旗袍"，表情露出几分张皇。多少年了，独身生活无外乎柴米油盐而已，麻木了。今天她却莫名其妙地张皇起来——这完全是因为那件突如其来的新款超薄牛皮旗袍。

如今这种时代，男女之间很难产生爱情，可女人与衣裳之间，极其容易产生亲情。为了获得这种亲情你必须付出人民币，购买。罗薇因此犹豫不决。售货小姐似乎看透了罗薇的心思，终于走上前来称赞了她的身材，当然包括细腰和玉腿，建议她试穿这件意味深长的新世纪牛皮旗袍。罗薇不能自拔，转身朝着试衣间走去。

试衣间很近，却感觉非常遥远。她不知自己是怎样走进试衣间的，神情恍惚仿佛贵妃醉酒。

她站在试衣间里注视着镜子里的罗薇女士，一下便被感动了。我的天啊，这件"金情侣"似乎就是为我度身定做，胸是胸，腰是腰，臀是臀，腿是腿，无比合体。一瞬之间，罗薇便被这件魔鬼旗袍修饰成为极其性感的女人。她脸色绯红，心头涌起一股羞涩。这种久违的女人心情，使得罗薇耳热心跳。她双手捂脸，竟然不知如何是好。是啊，并不是任何女人都有机会遇到如此合体的衣裳，女人与衣裳之间，也讲的是缘分。

罗薇渐渐冷静，她知道这件牛皮旗袍自己只是试穿而已，根本没有勇气付出一万八千元人民币购买。一万八，这个数目对她来说过于昂贵。只有李小小那样的单身贵族能够享用如此高价的皮衣。可李小小太矮了。

长时间滞留在试衣间里，罗薇舍不得脱去这件令她刻骨铭心的牛皮旗袍。这时她突然想起远在上海的金正源先生，心里更是一团乱麻。手机恰恰在这种时刻响了起来，她连忙接听，是房立人。

房立人亲切地问她现在什么地方。她如实回答说还在金盛商厦。房立人颇感惊异，以为她正在疯狂购物。她撒谎说自己非常喜欢这里的购物环境，以至流连忘返。房立人兴奋起来，大声告诉她今天下午他极其成功地拿到了建设银行的批文，这意味他们公司将渡过资金短缺的难关，打一个漂亮的翻身仗。罗薇嗯嗯啊啊承应着，一时无话可说。她拿起挂在胸前的黑色塑胶电子表看了看时间，六点三十分。

八

晚间七点十九分，罗薇准时走进"课堂"，开门迎接她的是高丽美人儿朴贤淑。这位金太太一袭浅黄色休闲装束，依然一派玉鸟风采。罗薇依照惯例还是坐在客厅左侧的沙发上，顺手从皮包里拿出那瓶来自阿尔卑斯山的"依云"矿泉水，将自己的"道具"摆在茶几上。

朴贤淑笑眯眯说，吾给泥气一被轰擦吧？罗薇听懂了这半生半熟的汉语，很惊诧。真没想到这位金太太的汉语表达能力几日之间突飞猛进，居然初步掌握了日常用语并且敢于主动沟通。看来这位韩国女士的语言领悟能力非同寻常。

罗薇接过热气腾腾的红茶。全球一体化，韩国人也喝英国立顿。

朴贤淑坐在罗薇对面的沙发上，端端正正的样子。看来金先生确实远在上海，今晚只有金太太一人听讲。罗薇若有所失，脸颊两侧的酒窝儿时隐时现。她拿出一沓写着汉语单词的卡片儿，开始授课。

鲜——花。罗薇大声念着，然后讲解字义，鲜花的"鲜"字说明这朵花儿是活着的，不是纸花儿也不是绢花儿，而是有生命的花。罗薇如此讲解，心情却总是无法平静。今天我这是怎么啦？

朴贤淑似乎对罗薇的心情有所察觉，笑眯眯说了声对不起，然后便不知如何表达了。罗薇停止讲课，注视着金太太等待着她的进一步表达。朴贤淑极力寻找着合适的汉语词汇，一时语塞。罗薇手里拿着卡片儿，耐心等待着。金太太指了指自己，然后指了指罗薇，嘴里迸出一个英语单词。罗薇不是双语编辑，但她还是听懂了这个英语单词的意思表示"沟通"。

　　朴贤淑终于认为自己找到了合适的汉语词汇，然后大声表达着，我们说话，我们说话。

　　罗薇完全明白了，朴贤淑的意思是希望坐在一起聊天，以这种方式学习汉语。罗薇笑了，表示同意。朴贤淑兴奋了，起身跑到厨房端来一盘水果，以示热情。充满青春气息的金太太不远万里来到中国，只是充当家庭主妇而已。因此她乐意与外界沟通，尤其乐意与中国职业女性沟通，譬如罗薇。天赐良机丈夫出差，于是金太太谈兴大发，一只普通的玉鸟变成一只好奇的玉鸟。就这样，罗薇的授课一下变成两位异国女人的聊天。朴贤淑全然不顾罗薇"不拿群众一针一线"的原则，热情地给她递上一只人参果。

　　在这只人参果的陪衬下，两个女人的聊天开场了。朴贤淑好奇而健谈，她磕磕绊绊的汉语里夹杂着星星点点的英语，很别致。金太太首先询问罗薇的家庭情况。罗薇会心地笑了。如此看来，全世界的女人对家庭问题普遍怀有浓厚兴趣。毕竟是女人啊。罗薇尽量选择简单易懂的汉语词汇，向朴贤淑介绍着自己的家庭概况，并且重点谈到女儿小美。金太太拍手欢笑，告诉罗薇她也有一个女儿，暂时住在首尔外婆家里读书。

　　女儿——无论在中国还在韩国，永远是母亲诉说不尽的话题。关于丈夫，罗薇则闭口不谈。

　　朴贤淑小心翼翼问，你外出工作你丈夫愿意吗？罗薇装出开心的样子，回答说他愿意。

这时候，朴贤淑突然脸色苍白，人也沉默下来。罗薇不知内情，一阵惊讶。她发现这位高丽美人儿满脸不堪重负的表情，眉宇之间却蕴含着几分病态之美，楚楚可怜的样子。

你没事儿吧？罗薇注视着朴贤淑小声问道。金太太强忍疼痛笑着说没事儿。罗薇不放心，问她是不是痛经。朴贤淑愣了愣，然后说了声"夜"。

女人是最了解女人的。果然是痛经。罗薇对自己准确无误的判断感到满意。这时恰恰是晚间九点钟。罗薇知道倘若金正源先生在家，此时一定会宣告下课的，因为他知道"不要晚了，巴士"。然而金正源先生远在上海，金太太是不会提前宣布下课的，因为她不知道"不要晚了，巴士"。如此说来，女人是最不了解女人的。

罗薇告诉金太太，说中医治疗痛经很有办法，不妨试一试。朴贤淑说了声"CC"，痛苦似乎得到缓解，做出继续聊天的姿态。

这时候已经九点二十分了，罗薇准备下课，说今天就到这里吧。朴贤淑看了看挂钟，哦了一声。罗薇收起"依云"矿泉水，拎起皮包，走到衣架前，穿好风衣。她想，赶不上今晚的末班车了，必须打的回家。这时她很想知道金正源何时从上海归来，想了想还是没有张口。

一声"白白"，罗薇朝着朴贤淑挥挥手，走出金宅。金太太没有送客的习惯。女人跟男人相比，大不相同。罗薇走进电梯，告诫自己外出讲课就是打工，做到不卑不亢就是了，最忌矫情。

电梯中途没有停顿，很快就从十三层降到一层。罗薇沉思着走出电梯，嗅到一股鲜花味道。她猛然抬头看见金正源站在电梯间门前。

他左手拎着皮箱右手拿着一束鲜花，西服革履注视着罗薇。她立即感到心跳加快热血奔涌，一时语塞。

金正源笑了笑。罗薇首次看到这位韩国银行家的笑容，很惊讶。金先生您从上海回来啦？他点头回答说是，缓缓放下左手皮箱，下意识地看了看手表。罗薇一下明白了，告诉他已经下课了。他似乎有话要说，却欲言又止。罗薇支持不住了，怀着逃跑心理说了声"再见"。金正源立即将手里的那束鲜花递给她，说，这就是送给你的，祝你今晚快乐。罗薇下意识接在手里，竟说不出话来。

金正源说了声"骚瑞"，"晚了，没有巴士了。"她怀抱鲜花转身离开金字塔大厅，大步跑进了茫茫夜色。

他知道我的下课时间，他一定是在机场买了鲜花赶回金字塔大厦的，我知道他站在电梯门口就是等候我的。多少年没人送我鲜花啦。这位面孔冷硬的韩国银行家真是善解人意啊。罗薇坐在出租车里，仿佛一个初恋的姑娘，内心充满美好的联想。

车子驶出新华路，经过国际大厦，罗薇的手机响了。她怀里抱着这束气味芬芳的鲜花，接听电话。房立人的声音飘进夜晚的出租汽车，很温和。他开门见山说，认识这么久了很想送她一件礼物，苦于工作繁忙没有时间上街，今天下午在金盛商厦看到"金情侣"系列皮装，感觉很好，特此询问罗薇是否喜欢那件新款牛皮旗袍。

罗薇直言不讳，说喜欢。房立人高兴起来，连声说好，告诉罗薇明天上午他飞往深圳，一去就是几天。房立人在电话里郑重表态，请罗薇自己去买那件牛皮旗袍，凭票报销就是了。

罗薇紧紧抱着怀里的鲜花，情绪受到严重影响。房立人真是生意人，就连送给女友礼物也不懂浪漫，居然使用"凭票报销"这类字眼儿，好像公司会计。房立人的行为令罗薇哭笑不得，只得嗯嗯啊啊敷衍着。出租汽车驶进罗薇居住的丽园小区，罗薇吻了吻抱在怀里的这束鲜花，感受着它的温馨气息，内心享受着莫大的满足。

走进家门，罗薇马上拨通李小小的电话，报道房立人的最新动态。李小小说，房立人已经爱上你啦。罗薇问她为什么。李小小笑得响亮，说，如果他没有爱上你，怎么肯花一万八千元给你买牛皮旗袍呢？

罗薇将金正源送给她的这束鲜花插进花瓶。

九

罗薇清晨醒来，躺在床上静静听着女儿房间发出的响动。小美起床了，小美到卫生间洗漱去了，小美启动微波炉热奶，小美吃早餐，小美走了。罗薇躺在床上一动不动。这是一张双人床，如今只充当单人床的角色，仅仅承载着罗薇。时间好像被暂停了。

阳光扑满窗台，罗薇起床。走进客厅她猛然看见那束鲜花里有了枯叶，赶快给花瓶注水，企图阻止颓势。她这才发现小美在花瓶旁边摆了一张纸条，上面这样写着：

妈妈，我敢断定您遭遇了爱情，我也知道您在婚姻失败之后不太相信爱情。我还小，什么都不懂，但我还是想劝您，劝您不要这样苦自己。爱情离不开生活本身。比方说您饿了，您的男友送来一碗方便面，您吃了就是了。爱情通常就是生活内容。然而生活内容有时候统统与爱情无关。这挺奇怪的，我也搞不懂。我只想告诉您，爱情可能就是您在生活中的极其特异的感受吧。你如果能够长久维持这种极其特异的生活感受，那么您就长久享有爱情了，否则相反。

这真是令人瞠目。十二岁的小美居然写出如此老练的文字而且大谈爱情观点。罗薇惊了。怪不得新华书店正在出售七岁儿童创作的长篇小说呢。她伸手拿起纸条，心情波动不已。

防止发胖，罗薇很久不吃早餐了。既然小美这丫头认为方便面与爱情有关，她索性泡了一碗，充当早餐。吃掉了那位姓康的师傅，她坐在梳妆台前打扮起来。她决定先去单位上班，然后去金盛商厦购物。这样，生活就有了内容。

上班时间。身穿黑色休闲装的罗薇独自坐在办公室里，剪刀加糨糊——拼贴着明天播出的稿件。郑一辉推门走进，叫了一声陈歌儿。罗薇不睬，继续工作。郑一辉急了，指责罗薇装聋作哑不搭理人。罗薇低声反驳说，这里根本就没有陈歌儿这个人。

郑一辉无言以对，只得郑重通知罗薇，说主任找她谈话，要求现在就去。罗薇听出郑一辉不是假传圣旨，懒洋洋站起身来。

广播电台文艺台主任，人很富态，外号肥主任。肥主任很忙。罗薇坐在他面前等候了五分钟，肥主任这才接完电话，瞥了罗薇一眼。

肥主任阴着面孔说，今天叫你来是要给你的问题做结论。你在交通台主持《的哥儿之友》节目，领导们接连不断收到举报信，举报你这样或者那样的问题，我们只得停止你的主持工作。经过这段时间调查取证，没有查出你有这样或那样的问题。领导出于对你的爱护，决定从今往后你就不要以陈歌儿的名义主持节目了，这样呢陈歌儿也就消逝了，举报你的这样或那样的问题也就消逝了。

罗薇听罢肥主任这番话，啼笑皆非。她本想告诉肥主任，陈歌儿早已不复存在，根本用不着给她下结论。可转念一想觉得这种争论实在无聊。这个世界本来就是冷漠的。肥主任的内心世界肯定在冰窖里。

走出肥主任办公室，郑一辉在门外等候着。他趁四下没人，突然伸手拦住她，压低声音说，罗薇你不知道吧，陈歌儿事件是我暗暗帮助你的。罗薇你知道我为什么暗暗帮助你吗？因为我爱你呀。

罗薇听了郑一辉这番表白，无动于衷。她不言不语绕过这只色狼的阻挡，回到办公室继续编辑稿子。

临近午餐时间，罗薇手机响了。她断定这电话是房立人从深圳打来的，果然不错。这位房地产开发公司的副总经理只字不提他在深圳的生意，完全热衷于那件"金情侣"牛皮旗袍，一个劲儿询问罗薇是不是去金盛商厦购买了。罗薇起了疑心，追问房立人是不是改变了主意。房立人不高兴了，说，跟你谈恋爱真是一项艰难的工程。罗薇不卑不亢告诉对方，她今天下班就去金盛商厦。

收起电话罗薇突然想起金正源。我要不要给他打电话感谢那束鲜花呢？她平心定神想了想，认为电话还是不打为好。中国人毕竟不了解韩国人，尤其中国女人毕竟不了解韩国男人。

下午一点三十分，广播电台文艺台召开全体大会，表彰优秀节目。著名节目主持人何芸的配乐散文《幸福生活》首先获得最佳节目的表彰。何芸挺着高高的胸脯，极其幸福地登台领奖。罗薇显然不属于被表彰的范围，心里盼望早早散会。三点二十分，肥主任终于宣布散会。罗薇快步走出会场，心里的目标是金盛商厦。

罗薇在院子里遇到风风火火的李小小。李小小要求她马上去给专题片《女性更年期》配音，特急。罗薇无奈地叹了一口气。李小小说，你不要愁眉苦脸了，房立人已经爱上你啦。

罗薇苦笑了。这真是二律悖反，她苦笑的时候两颊却浮现出甜甜的酒窝儿。

临近下午五点钟，罗薇终于摆脱了李小小的《女性更年期》，踏上前往金盛商厦购物之路。她气喘吁吁跑进金盛商厦大门，一眼瞥见何芸的身影。

这位今天刚刚受到表彰的著名节目主持人跟一中年男子并肩走着，毫无顾忌地挽着人家的胳膊，很温柔很热烈的样子。罗薇曾经听说何芸有了婚外恋，男方是牙科医生。今天看来情况属实。那位牙科医生瘦高身材，远远看去显得很帅。罗薇注视着这对婚外恋人的远去背影，心里挺羡慕何芸的。

何芸和她的婚外恋人消失在人流里了。罗薇重新振作起来，走向"金情侣皮衣"专柜。这时候她的心情倏地紧张起来。咦，那件牛皮旗袍怎么没了踪影？她急了，大声向售货小姐询问。

售货小姐笑着告诉她，最后一件牛皮旗袍十分钟之前刚刚售出，据说那位女士是电台著名节目主持人，身材不错呢。

何芸！罗薇只得一声叹息。当年她被何芸挤出播音员行列，成了永久的局外人，二十年后她欲购买皮衣又被何芸抢得先手。多少年来，罗薇觉得处处难以和何芸抗衡，这就是宿命。

售货小姐要罗薇留下联系电话，说这几天很可能进货。罗薇心中重燃希望之火。这时手机响起。罗薇从"来电显示"判断是金正源住宅的电话号码。她接听，却传出朴贤淑的声音。这位金太太首先表示抱歉，然后询问罗薇今晚能否增加课程。罗薇一时没有回答。金太太立即解释说，增加课时，打牢基础，这是她丈夫的意思。罗薇听说这是金正源的意思，立即表示同意，说七点二十分准时上课。

收起手机，罗薇再次叮咛售货小姐，一旦有货立即电话通知。售货小姐笑着问，您的声音这么好听，您也是电台节目主持人吧？

罗薇摇头苦笑，离开皮衣柜台。她漫游到商厦三楼，独自坐在角落里，趁着无人注意悄悄吃下两片面包，这就是她的晚餐。此时只有六点钟，她完全有时间花二十元钱去吃一顿麦当劳，可她舍不得人民币。她对待自己极其悭吝，悭吝得近乎残酷。她拼命积攒钞票只有一个目的——就是为了女儿小美出国念书。

由于今晚临时增加课程，罗薇没时间回家更衣，只得穿着这套黑色休闲装前去讲课，很不讲究。然而看着更具有运动员气质。为罗薇开门的仍然是金正源。看到她的这身装束，他的目光凝固了。

罗薇与他目光对视。只有两天没见面，她还是看出他瘦了。罗薇非常相信自己的感觉。她的感觉有时是极其准确的，譬如朴贤淑痛经。

罗薇跟随金先生走进客厅。金太太出迎，她对罗薇的这身运动员装束同样感到惊奇，频频打量着这个朝气蓬勃的中国女人。

这个内心疲惫外表朝气勃勃的中国女人，开始讲课了。她拿出卡片儿递给金先生和金太太，说今晚讲课的主要内容是汉语的"四声"，四声就是"阴阳上去"，然后她以"山河美丽"这个汉语词组为例，示范"阴平阳平"的发音。金正源认真听讲，目不转睛地面对罗薇。

罗薇注视着金太太，说汉语里的四声极其重要，必须掌握，否则学习汉语就像电影里日本鬼子说话一样，怪声怪气的。

似乎是为了引起罗薇注目，金正源突然操着汉语大声说，我们韩语里是没有四声的。

罗薇的目光终于投向金正源，然后摊开双手说，即使韩语里没有，您也必须掌握汉语四声，否则您在中国生活五十年也讲不出地道汉语。

朴贤淑脸色突然变得苍白，鼻尖儿沁出细细的汗珠儿。罗薇一看就知道她痛经发作，立即转脸告诉金正源，说您太太病了现在必须止痛。金正源茫然，一无所知的样子。罗薇急了，说您不知道您太太患有痛经症啊？金正源更加茫然，连连摇头说"闹闹"。

罗薇从沙发上扶起朴贤淑，说你应当卧床休息。年轻的金太太很服从，她在罗薇的搀扶下走进卧室。金氏夫妇卧室里摆着一张席梦思床，很夸张。罗薇扶着朴贤淑躺在床上。她可怜兮兮的，好似一只受伤的玉鸟，表示明天一定去看中国医生。罗薇纠正她的语误，说不是去看中国医生而是去看中医。这两个概念并不完全相同。

罗薇走出金氏夫妇卧室，看见金正源站在客厅里，很像一个没有主见的大男孩儿。

您真的不知道您太太有痛经吗？罗薇轻声问道。这时罗薇内心充满强烈的责任感。

金正源表情窘迫，说不知道。罗薇叮嘱他说，明天送她去看中医吧，中药配合针灸治疗妇女痛经，很有效果。中草药的煎制必须注意火候，千万不能烟锅，那样不但丧失药效并且还会产生毒副作用。好在中药房设有代客煎药的服务项目，花钱就行了。罗薇一气呵成安排着明日事项，俨然一个大管家。

金正源突然打断她的话语，说现在九点三十分，已经超过了下课时间。

罗薇下意识地看了看挂钟，心头一颤。她低头拎起皮包，轻声说你要按时给太太服药，再见。

金正源依照惯例，送客。平时他总是将罗薇送到门外就止步了。今晚他破例了，送出门外并未止步。罗薇站住了，却不敢回头，只是轻轻说了声晚安。这时候她听到金正源浑厚的男声，说，我送你到电梯间吧。

楼道里安静极了。她与他并排走到电梯间门前。两人默默无语，就这样等候着。指示灯亮了，说明此时电梯向上朝着十八层运行着。

她仿佛感到他有话要说，心儿倏地一紧，期待着。然而，他依然默不作声，似乎是在全心全意等待着电梯到来。

她觉得身体微微颤抖起来，只得使劲儿咬了咬嘴唇，疼。她意识到此时必须说话。金先生，您——您怎么知道我乘坐巴士回家？您怎么知道巴士末班车的时间是九点四十分？

罗薇说着，勇敢地伸出目光——注视着这位面孔冷峻的韩国男士。这时候罗薇的手机响了。她不去接听，目光执着地等待着金正源的回答。他并不回避她的目光，伸手指着她的皮包说，你接电话吧。

她竟然服从了他，伸手从皮包里拿出那部款式落伍的手机，看见"来电显示"是自己家里的电话号码，立即接听。

电话里传出小美的哭声。妈妈您什么时候回家啊，我很快就要死啦您马上回家救我吧。

小美你不要害怕，你告诉妈妈家里到底出了什么事情？

小美说刚刚接到一个恐吓电话，那男的扬言今天夜里杀了她。

罗薇脸色涨红，仿佛一只护崽的母鸡。她咬牙切齿说，小美不怕小美不怕，谁要敢碰你一根毫毛，妈妈先宰了他！

说完这句话，罗薇不禁泪水滑落。金正源仍然板着面孔，不言不语递给她一只中国苏州生产的真丝手帕。

十

罗薇打的赶回家，进门搂着女儿就哭。小美没哭，她反而向妈妈检讨着自己的过错，说妈妈晚间外出讲课很不容易，她不应当打搅妈妈。小美的一席话，说得罗薇更加悲伤。她能够想象女儿晚间独自在家有多么孤单，心中充满了自责。

午夜十二点钟，小美沉沉入睡了。罗薇悄悄走出女儿房间，独自坐在客厅里的沙发上，喝了一杯咖啡，提神。这时手机又响了，她本以为是那远在深圳的房立人，可传来的却是金正源的声音。这位韩国男士口气平淡，似乎从来就不知道罗薇家里发生了事情。这时罗薇镇定下来，告诉他小美晚间九点五十分接到恐吓电话，估计这是醉汉滋事，并且已经报警。"110"答复说这个恐吓电话来自偏僻街区的 IC 电话亭，警方正在严密监视。金正源认真听着，说很好。罗薇无声地笑了，她认为金正源显然用词不当，很好是什么意思？难道小美接到恐吓电话很好吗？看来一个外国人要想做到准确使用汉语，并不是一件容易的事情。

罗薇的语调变得轻柔，说谢谢惦记，我这里没事儿。

金正源顿了顿，问汉语里的"没事儿"是不是指情况很好。罗薇笑着说，是的，情况很好。

金正源犹豫着，说了声晚安。她立即拦阻对方，说您还没有回答我的问题呢。电话里一阵沉默，她似乎听到对方的呼吸声，心情随之紧张起来。金正源的口气依然平淡无奇，我必须回答这个问题吗？

她反而被动了，一时变得语塞。他显然不愿意难为她，说那我就回答你吧。罗薇愈发紧张，屏住呼吸等待他的答案。

我、我站在阳台上，我站在阳台上可以看到你走出金字塔大厦。我站在阳台上可以看到你没能追上那辆大巴。我看到你奔跑的样子，很像运动员。我的情况就是这样。现在，我可以说晚安了吗？

罗薇说了声谢谢，立即关闭手机。她一动不动坐在沙发上，突然嘤嘤哭了起来。

然后，她用那只韩国男士送给她的中国苏州出产的真丝手帕，擦拭着自己的泪眼——感觉特爽。

第二天是星期五，当年鲁宾逊在荒岛上收留土孩儿，就是这个日子。罗薇一早儿就给肥主任打了电话，说今天生病请假。她也不知道自己为什么要撒谎。她坐在床前，独自享受着扑面而来的冬日阳光。阳光很充足，心头却空空荡荡。我已经不是怀春的少女了，他为什么能够大步迈进我的内心深处呢？我认识他时间并不长啊。莫非人间情感中真的有男女一见钟情？

星期五。依照惯例，今天晚间七点二十分，金宅有课。不知什么原因罗薇忐忑不安，这种心情到了下午，竟变成了自惭形秽。

我为什么自惭形秽呢？我属于自卑型女人？谁知道。

她没吃午饭。她给手机充电。她知道自己在等金正源的电话。每逢晚间讲课的日子，他白天总是要打来电话的，表示"照常上课"。罗薇以前认为金正源此举多余，现在她明白了，他是喜欢听到她的声音啊。罗薇沐浴着正午阳光，胡思乱想着。他知道我曾以陈歌儿的名义主持播音吗？他不会知道的。有机会我一定把自己的录音带送给他，我相信他会非常喜欢陈歌儿的。

隔壁传来一阵放纵的喊叫，很刺激。光天化日那两个外国留学生又在做爱，发出毫无节制的男呻女吟。罗薇心情乱了，从客厅走进卧室，然后从卧室走进客厅，很像一只烦躁不安的动物。

黄昏时分，电话终于响了。罗薇拿着手机从客厅冲进卧室，满心欢喜地扑到床上，接听金正源的电话——但不是金正源。

金盛商厦"金情侣"柜台的售货小姐打来电话，说牛皮旗袍到货，欲购从速。这毕竟算个好消息，她打起精神坐到梳妆台前，描眉画鬓拾掇着自己的面孔。云想衣裳花想容。她极力想象着自己身穿牛皮旗袍的倩影，颇为自得。

一路匆匆。她径直奔向金盛商厦一楼"金情侣"柜台。售货小姐认出她，笑着递来那件预留的牛皮旗袍。她拿在手里看了看尺码，很好，然后快步走向试衣间，迫不及待的样子。

试衣间成为她的温馨小屋。她迅速脱去外衣，干脆将自己变成"三点式女郎"，她再次被自己的身材感动了，入神地欣赏着镜中的罗薇同志。我属于骨感美人儿还是肉感美人儿呢？她思忖着，企图给自己定性。我应当介于骨感与肉感之间吧。

穿好牛皮旗袍，罗薇愈发自信，认为自己高矮适度，肥瘦得当，只是肤色微黑罢了。然而美中必须不足，否则这个世界就没有遗憾可言了。身穿黑色牛皮旗袍的罗薇，顿时减去了她的运动员气质，摇身一变成为光彩照人的现代女郎。她翻腕看了看镀金手表，六点二十分。她决定身穿这件牛皮旗袍前往金宅讲课，外面加上那件红色风衣便可以御寒了。这样，金正源就成为第一位看我穿牛皮旗袍的男士了。她对这个行动方案感到满意，于是动手收拾衣服，然后推门走出试衣间。

她身穿旗袍走向收银台刷卡付款，立即引来众人的目光。她毕竟是白领阶层，即使受到人群关注，表情仍然镇定而从容。

收银员小姐从她的信用卡里划去一万八千元，打印着收据。这时候她的手机响了——她认为这是金正源打来的电话。

果然不错。金正源的声音早已摸透了她的耳膜。他在电话里首先表示歉意，说今晚银行有事，不能照常上课了。兴致高涨的罗薇听到这个消息仿佛遭受一记超重拳，顿时蒙了。

罗薇你没事儿吧？金正源在电话里连声问着，很不放心的口气。罗薇渐渐镇定下来，轻声说我没事儿，口气很是消沉。

金正源显然是为了安慰她，大声说星期二我们一定照常上课。

罗薇怅然若失，说好吧，我们星期二照常上课。口气愈发消沉。通话就这样结束了。这时收银员小姐笑盈盈将收据递给她，说您穿这件牛皮旗袍真是太漂亮了。罗薇说谢谢，心中却很不是滋味，转身离开收银台。

无人欣赏。无人喝彩。无处可去。她沮丧极了。商厦五楼有酒吧，她去了，而且喝了红酒。这是有生以来她首次独自在外喝酒，破纪录了。其实什么事情也没有发生。她告诫自己不可自作多情，心头一派苍茫。她轻轻叹气，似乎对这个世界表示极大的遗憾。她又喝了一杯，眼前一派朦胧。这时手机响了。她心灰意懒地拿起手机，不看"来电显示"便接听了。她听到了房立人的声音，很热烈的口吻。她嗯了一声，听着。

房立人似乎心情很好，说他已经从深圳归来，表示很想立即见到她。罗薇笑着问房立人此时在什么地方。房立人马上说出家庭住址，大声说欢迎光临。既然欢迎那我就光临吧。罗薇说着，招手埋单。她身穿黑色牛皮旗袍，披上那件红色风衣，拎着皮包款款走出酒吧。

我可有地方去了。

房立人住在碧云小区，塔楼的十三层。罗薇想起住在金字塔大厦的金正源，也是十三层。看来她的生活离不开"十三"。据说十三这个数字，不吉利。走出电梯，罗薇沿着楼道寻找房立人的家。罗薇突然无声地笑了，这真是命运的捉弄，金正源住金字塔大厦"1323"，房立人住碧云小区塔楼"1323"。她认识两个住房号码完全相同的男人。这挺有意思的。

她按响"1323"门铃。房立人应声开门，笑了。她看到房立人穿着肥大的休闲服，样子挺滑稽的。跟随房立人走进客厅，她几乎惊叫起来——天啊，这里的房型竟然跟金正源家房型完全相同。这真是当代版本的《聊斋》。

房立人不知内情，伸手请罗薇落座。落座之后她再度惊讶起来。这两家不但房型完全相同，而且客厅里摆放沙发的位置，也一模一样。

不可思议。罗薇认为这是上帝的旨意。否则世界上绝对不会出现这

253

样两片相同的树叶。她坐在沙发上，认为这只是巧合而已。否则绝对不可思议。这样想着，红酒的魔力依然笼罩着她，久久不散。

站在沙发前，房立人注视着罗薇的装束——红色风衣罩着黑色牛皮旗袍，清新脱俗，高雅端庄，美不可言。他痴迷地欣赏着"红与黑"，渐渐冲动起来。罗薇，你真是太漂亮啦。

她知道此时不能让这位房地产开发公司副总经理冲动，伸手从皮包里拿出牛皮旗袍的收据，说你不是答应凭票报销吗。

房立人看到收据，冷静了。他一本正经说，你把信用卡账号告诉我，等到月底财务结算我给你划过去就是啦。罗薇笑了，这房立人遇事丝毫没有幽默感，属于百分之百的生意人。

生意人系上围裙，一头钻进厨房，煎炒烹炸去了。罗薇起身踱步，环视着客厅，然后伸出目光朝着卧室方向望去。没错，二厅三房二卫一厨，房型完全相同。她自然又想到金正源。今晚暂停上课，不会是他有意回避我吧？不会的。他为什么躲避我呢？我只是他家聘任的汉语教师而已。

餐厅里，热气腾腾的饭菜上桌了。房立人很会做菜，水果沙拉，肉炒萝卜苗，红烧鳗鱼，煨乌鸡汤，还有法国红酒。罗薇很久没有享受这种家宴气氛，心里感动了一下。是啊，房立人这家伙挺不错的。高档住房商务用车，身体健康家庭清静事业成功，女儿在新西兰读书。

罗薇坐在餐桌前，丝毫没有自卑感。房立人为她斟酒夹菜盛汤，很绅士。温馨和谐的气氛升腾起来，渐渐笼罩着现实主义的餐桌。独男对孤女，法国红酒自然成为中国媒人。罗薇的心情趋于平和，接受了房立人的敬酒。

房立人指着餐厅角落里的电话机说，你应当给女儿打电话，告诉她你不回家吃晚饭了。罗薇再次受到感动，就给小美打了电话。女儿独立生活能力很强，告诉妈妈她已经泡了方便面。

房立人端起酒杯，态度诚恳。我们其实已经成为很好的朋友了。他说着，目光痴痴地注视着罗薇的黑色牛皮旗袍——这是他一万八千元的专项投资，因而百看不厌。罗薇则喝了一口乌鸡汤。你会跳舞吗？她问房立人。房立人谨慎地回答，说马马虎虎。

马马虎虎？两匹马两只虎啊？罗薇颇为幽默地反问他，脸色被法国红酒弄得红彤彤的，仿佛照耀着初升的太阳。生意人难以抵挡电台编辑的幽默攻势，只得嘿嘿笑了。

晚餐之后，他与她果然跳了舞。客厅的地板很滑，房立人的"三步"却给罗薇带来久违的安全感。作为女人多么需要男人保护啊。她忘却多年烦恼，投身优美舞曲之中，任凭房立人旋转着。

我喜欢你罗薇。房立人旋转着，低声说出心里话。罗薇笑了笑，然后轻轻闭上双眼。

房立人带动着罗薇，从客厅跳进了卧室。卧室没有灯光。他低头吻了吻罗薇额头，然后吻了吻罗薇脸颊上的酒窝儿。罗薇依靠在他怀里，双唇冰凉。他将双唇冰凉的她抱到床上。这是一张宽大的双人床。双人床今晚终于双人使用了。很久没接触性生活，罗薇任凭房立人挪动着，仿佛死人。

夜里，罗薇醒了。她睁大眼睛环视着卧室天花板，耳边听到房立人的轻微鼾声。她完全清醒了，悄悄将自己的身体从他环抱的臂弯里脱出，一声不响溜下床去，扯起浴巾裹住身子，然后赤着双脚走向客厅——仿佛是偷偷前去参加非法模特大赛。

没有灯光。她默默坐在客厅的沙发上，秀发低垂，双手托腮，任凭夜色勾勒出她女性的身体曲线。

很久没有做爱了，她感到生疏。生疏的床，生疏的胡须，生疏的呼吸接触以及生疏的器官感受。她环视着这间似曾相识的客厅，泪水一下子奔涌而出，势不可当。

她终于意识到自己深深爱上了金正源，难以自拔了。

房立人悄无声响走进客厅，站在罗薇身后，轻轻伸手抚摸着她的秀发。她抑制着泪水，浑身颤抖不止。他趋身绕到沙发前面，抖开一件粉红色睡袍披在她身上。然后他牵起她的手，说了声冷，就引领着她回到卧室去。她很顺从，表情却一派木然。房立人揿亮壁灯，伸手拉开卧室衣柜，深情地指着挂在衣柜里的崭新的女式睡衣睡裤说，这些都是我为你悄悄预备的，我真心希望这个角落永远属于你。

罗薇突然放声大哭。

十一

日子，一天天就这样过去了。罗薇头发渐渐长了，但距离秀发披肩的境界尚远。她破天荒地去了几次美容院，但找不到感觉。雷打不动的是星期二和星期五，每逢这样的日子金正源还是打来电话，表示照常上课。于是罗薇便照常上课，金正源夫妇的汉语水平，逐步提高着。罗薇讲课的时候表情平静，这种职业性的平静表情并不能够证明她的内心平静。恰恰相反，她内心进行着激烈的自我批判，很激烈。谴责自己，爱情是不存在的。即使存在，那么也不会有结果的。有结果的爱情不是爱情，而是婚姻。我自作多情暗恋一个韩国男人，而且是有妇之夫。这很不好。

只要是周末，房立人必然打来电话，邀请女友共度良宵。自从有了性生活，房立人很满意，感情渐渐升温。罗薇周末往往住在男友家里，算是同居吧。中年之恋同床共枕，男人是男人，女人是女人，各得其所，真是不无裨益。同吃同住同劳动，颇有试婚含义，挺好的。

每逢周末夜晚住在男友家里，罗薇便对女儿谎称单位加班。她告诉独自在家的小美晚间十点钟之前必须就寝，第二天清早电话遥控小美起床。小美很懂事，从不过问妈妈的私生活。

临近春节了，又是星期五。罗薇上午九点钟坐在办公室里便接到房立人打来的电话，使人觉得这位房地产开发公司的副总经理很像勤劳的老公鸡，提前打鸣。老公鸡询问女友今天晚饭吃什么，并且提出西芹炒百合之类的青菜，以此抛砖引玉。罗薇感到家常气息扑面而来，很舒服。她在电话里告诉房立人，无论晚餐菜谱内容如何，仍然是六点钟开饭，六点四十分晚餐结束，以此保证她按时赶到金字塔大厦讲课。房立人声称自己是后勤部长，一定保证罗薇将军火速赶往前线作战。

罗薇觉着房立人比过去风趣多了，这很难得。是啊，她总共经历了几个男人，前夫高达林毫无性格，李振祥精明，温力夫冷漠，杨建国心理变态，余涛软弱，陈长德敏感，王海儿是典型的小白脸儿，房立人则属于"现在进行时"，尚无论定。这个世界上男人的花色品种繁多，挑拣起来挺麻烦的。

星期五临近正午时分，金正源打来电话。这似乎已成惯例。他的声音平和而充满生机，基本掌握了汉语的四个声调。罗薇，今天晚上你来上课吗？金正源在电话里这样发问。罗薇听罢极为惊异。每次他打来电话千篇一律总是"罗薇，今天晚上照常上课"。今天却出人意料，变成反问句。尽管感觉新奇，罗薇还是如实回答，说今天晚上我照常上课。金正源听罢似乎放心了，匆匆说了声再见，挂断电话。

有了房立人，我就不爱金正源了吧？她独自坐在办公室，内心自我审问。没有答案。她忍耐不住，拿起手机给金正源发了一则中文短信息：你为什么问我今晚是否上课？这很奇怪。

她拿着手机等了很久，没见金正源回应，心里挺别扭的。我可能还爱金正源。她关闭手机，抬头看见郑一辉走进来。她拿起皮包，起身做出离开办公室的样子。

郑一辉压低声音说，你不接受我的爱情，我是不会放过你的。罗薇冷笑了，爱情？你是让我打"110"报警呢还是打"120"送你去神经病医院？说罢她拎起皮包走出办公室，期待着城市夜幕即刻降临。夜色终于来临。晚间七点十九分，罗薇的高跟皮鞋嗒嗒走到金正源门前，准时按响"1323"的门铃。她来金宅讲课从不迟到，几乎成为北京时间的化身。

金正源西服革履为她开门，说了声"晚上好"，星期五晚间的罗薇身穿一件红色风衣，仿佛一团耀眼的火光。这火光一瞬之间便照亮了金正源的眼睛。她随他走进客厅。罗薇放下皮包，脱去红色风衣，立即露出那件光彩照人的黑色牛皮旗袍。金正源还是面无表情，说请坐。她不坐，固执地站着。

今晚气温不高。罗薇的装束并不保暖，她身穿黑色牛皮旗袍一路忍耐着寒冷侵袭前来讲课，这意味深长的形象恰恰是献给他的。金正源似乎对她的装束并不在意，动手给她沏了一杯绿茶，热气腾腾摆在茶几上，然后坐在罗薇对面的沙发上，注视着她。

罗薇只得落座，然后拿出教学卡片说，我们上课吧。金正源正襟危坐，嗯了一声。罗薇朝卧室方向望着，问金太太怎么不出来听课。金正源面露歉意，说朴贤淑今天下午搭乘航班回首尔了。罗薇顿时明白了，太太回国，今晚只有先生一人听课。

一种异样的感觉就这样从内心深处升腾起来，于是她讲课了。

今晚的课程挺重要的，讲解同音不同义的词汇，譬如"意义"与"异义"，就是典型例句。罗薇这样讲着，以此例句分析同音不同义的词汇在具体语言环境里应用。金正源目光低垂，听着。

罗薇讲着讲着，伸手端起身边的茶杯，下意识地喝了一口。金正源突然抬起头来注视着罗薇。罗薇有意避开对方目光，继续讲课。对方还是目不转睛注视着她。罗薇慌了，低头看着自己的黑色牛皮旗袍，然后抬头看着金正源，我有什么地方讲错了吗？

他摇摇头，一本正经指着热气正在消散的茶杯说，这是你第一次喝我家的水。

罗薇哦了一声，明白了。她解释说，我外出讲课是从来不喝水的，这是我的习惯。那么你今天为什么喝了呢？金正源固执地追问。

罗薇被问得无言回答，腾地红了脸，拿出那只苏州真丝手帕，拭去鼻尖上沁出的汗珠儿。

这时候金正源变更话题，问罗薇吃晚饭没有。她感到意外，回答说吃了。金正源欲言又止，哦了一声。罗薇猛然明白了——这就是女性特有的直觉。金太太回国，金先生的晚饭就没得吃啦，是吧？

他表情尴尬，搓着双手说中国餐馆的韩国料理味道实在太差，不如绝食。罗薇想了想，挺身站起说，金先生我是不会看着您饿死的。她这样说着，竟然径直走进厨房。厨房里立即传出一阵只有女人能够发出的响动。

听着这种响动，金正源双手抱膝，埋头坐在沙发里，样子挺麻木的。大约过了十分钟，身穿黑色牛皮旗袍而腰系绣花围裙的罗薇，手里端着一只托盘嗒嗒走出厨房。金正源知道"嗒嗒"是高跟鞋发出的声响，却不知道托盘里一派大好风光——油炸花生米，凉拌西红柿，扬州炒饭，酸辣汤。

罗薇轻声说，您请用吧，这是中国的家常饭菜。他立即起身迎上去，大孩子似的张开双手接过托盘，鼓足勇气说，罗薇我故意没吃晚饭，就是为了吃你做的中国饭菜，这是上帝赐给的机会。

她说不出话来。他脸色涨得通红，山雨欲来的样子。她心跳加快，等待着暴风雨的来临。他的目光更加灼热。她感到火山即将喷发，等待着。

金正源终于大声说话了，罗薇，这怎么办？罗薇不明白金正源什么意思，蒙了。

我已经爱上你啦罗薇，这怎么办？这怎么办？

罗薇听罢感到一阵眩晕，仿佛腾云。多少天啦，她终于从金正源口中听到这句话，一个爱字重若千钧。她爱着金正源，金正源也爱着她，这就是相爱。罗薇内心充满巨大的喜悦。这时金正源一步步朝她走近。罗薇，这怎么办？这怎么办？

她倒退了两步，接过那只托盘转身摆在茶几上。是啊，这怎么办？

那种眩晕的感觉渐渐飘散，罗薇轻轻说了声坐吧，然后带头坐在沙发上。金正源摊开双臂做了个极其西化的手势，表示无可奈何，然后转身坐在沙发上。他与她面对面坐着，这样又形成了讲课的格局。

这课，已经没办法讲了。

看到金正源这个样子，罗薇猜测他正在极力克制着内心情感。罗薇喜欢这种具有自我控制能力的男人。当年她与高达林离婚，就是由于前夫没有性格。罗薇的内心渐渐冷静。她的冷静使得金正源感到意外，注视着她反而不知说什么了。

沉默着。这是典型的中国式沉默。金正源难以忍受这种令人窒息的气氛，猛然站起操着母语大声说，罗薇我在等待你的回答，罗薇我在等待你的回答。

她当然听不懂韩语。可韩语的怪腔怪调使她受到强烈震撼——这是一种多么陌生的语言啊。这种特定环境的陌生语言产生的特定陌生感，对罗薇刺激很大。就这样，金正源的形象也渐渐陌生起来。这种可怕的陌生感产生的力量好似一把把锋利的镰刀，一瞬之间割光了罗薇心田的青苗儿。这种割光刈净的感觉往往更加令人恐惧。陌生产生了恐惧，恐惧加剧了陌生。罗薇就是这样。

似乎意识到韩语对罗薇产生了不良影响，金正源马上改用英语说了声"骚瑞"。然而这时罗薇已经开始答复他了——这是一个典型的中国女人在说话。

您问我怎么办？我只能告诉您，这没有办法。真的，我很传统，我也很爱我的丈夫，况且，您的太太既漂亮又温柔，你为什么还要这样呢？

金正源连连摇手，极力表白着。罗薇你是健康的美，朴贤淑她是病弱的美，不一样，不一样。

罗薇认为金正源说的是实话。中国女人与韩国女人相比，确实很不一样。这时候，罗薇感到金正源的形象在她面前重新熟悉起来。

金正源还在努力争取着，说，罗薇，据我所知你们中国的情人现象非常普遍，我们为什么不可以成为那样的呢？

她心里松动了一下，下意识地看着墙上挂钟，九点三十分了。他误解了她的本意，以为她要宣布下课，韩国男人的自尊心使他立即站起，说，时间到了吧？然后从西装上衣里抽出一只装有人民币的白色信封，说这是当月的讲课费。她坦然接过信封，放进皮包里。

他依然保持着绅士风度，伸手从衣架上摘下红色风衣递给她，说你的黑色旗袍搭配红色风衣，很漂亮的。罗薇心头一热，想哭。金正源突然抓住她的手，说我们为什么不可以成为那样的呢？罗薇支撑着自己，几乎崩溃了。中国女人毕竟是中国女人。罗薇沿着中国女人的多年惯性，说那是绝对不可以的。他松开她的手，似乎承认了失败。

他送她走出家门，然后站在楼道里对视着，谁也没有说话。这时电梯来了。他注视着她走进电梯，低声说再见。电梯门就这样缓缓关闭，开始下降。罗薇站在电梯里，感到心里空荡荡的，这个世界似乎什么都不存在了。

罗薇就这样走出金字塔大厦，沿着长街朝前走去。她停住脚步回头望着灯火通明的金字塔大厦。它为什么取名金字塔？金字塔是古代法老的坟墓啊。这样想着，她热泪流淌下来。

我没有丈夫为什么要说有丈夫呢？我为什么说自己很传统呢？我为什么拒绝金正源呢？罗薇站在路旁的灯影儿里，拷问着自己。

她的手机响了。房立人在电话里说，罗薇你什么时候来呀？我等你睡觉呢。

十二

第二天是星期六。上午罗薇迟迟没有起床。以前她是不睡懒觉的。房立人独自吃了早饭，因为他是饿不得的，而且睡眠质量极佳，入睡如同小死。因此他根本不晓得罗薇一夜未眠。大约十点钟，床头的电话响了。罗薇迟疑着，不知接还是不接。这时房立人走进卧室，顺势躺在她身旁，接听电话。罗薇佯寐，内心度日如年。

房立人接听着电话，伸手抚摸着身旁女朋友的乳房。罗薇的乳房品相不错，大而坚挺。她翻身躲避着，心里有些厌恶房立人了。

这电话很长，房立人不时发出笑声。对方似乎问他有没有女人，房立人回答说就在身旁，然后大谈生意经。罗薇坐起，动手穿衣裳。

房立人终于放下电话，朝着女友笑着。谁呀？罗薇整理着文胸。房立人表情变得轻蔑，说打电话的这家伙名叫王海儿，他邀我去澳洲投资，我知道他是想找我借钱。

王海儿？罗薇一惊，穿好衣裳快步走出卧室，以遮掩自己的内心慌张。房立人跟随着她，说中午去外面吃海鲜吧。罗薇借口惦念小美，中午必须回家。房立人很聪明，从来不介入与小美有关的任何事情。他马上给司机打电话，派车送罗薇回家。

这是一辆黑色本田轿车。恋爱以来这是罗薇首次乘坐男友的轿车回家，挺生疏的。依照如今的社会标准，房立人什么都有，挺不错的。可不知什么原因罗薇就是激动不起来，即使跟房立人屡屡做爱也从未达到高潮，况且今天又出现了来自澳洲的阴影。罗薇暗自担忧，如果王海儿知道房立人跟我谈恋爱，那家伙一定会说这说那，存心败坏我的名声。

回到家里，小美正在网上聊天，她兴奋地告诉妈妈已经跟远在深圳的张悦强取得联系，天涯若比邻了。

以往看到女儿疯狂上网，罗薇必然要批评小美的。今天星期六，她宽容了女儿，径直走进卧室侧身躺在床上，心里编排着近期计划。果然，星期六星期日，她一连两天足不出户，一动不动地躺在床上，胡思乱想。她的情绪在震荡中走向低迷。

她后悔了，认为自己不该拒绝金正源。此时她心中的唯一期待就是星期二晚间七点二十分。那时候她就能够见到金正源了。

星期一她没去单位上班。房立人打来电话说出差北京，三天回来。星期一就这样过去了。星期二上午，罗薇进入紧张状态，依照常规金正源是一定要打来电话，说照常上课。她躺在床上等待着，心情很是迷乱。我既然如此企盼着金正源的电话，那么我究竟怀着什么意图呢？想了很久，认为还是出于一个爱字。我爱上了金正源，金正源也爱上了我。就这样简单。

临近中午，电话响了。罗薇心中祈祷着，祈祷这电话是金正源打来的。然而电话却传来郑一辉的声音，他问她为什么没去上班。她说你管不着，郑一辉气哼哼说不要拿好心当成驴肝肺。罗薇甩开了电话，心里恨死了这只色狼。

下午四点五十分，金正源先生还是没有来电。罗薇慌了，开始反思。优秀的男士尤其像金正源这样的往往非常注重尊严，一定是我的拒绝伤害了他的自尊心，使他处于尴尬境地。罗薇这样想着，越想心里越慌，仿佛永远失去乐园的儿童。她知道大韩银行办事处设在什么地方，拿出手机拨通国际大厦总机，分机电话也顺利接通。

她听到金正源的声音，心儿倏地一颤。我真的爱上这个人，否则不会如此心动。罗薇声音发怯，完全失去了电台节目主持人"陈歌儿"的风采。她叫了一声金先生，说，今天星期二，我们晚上照常上课吧？

金正源哦了一声，说，对不起，我正要给你打电话呢。金正源的声音雄浑厚实，放射着理性的光芒。罗薇紧紧握住电话，不敢发抖。金正源继续说，这段时间银行事务很忙，而且时间没有规律，汉语课程只能暂停了。罗薇慌了，立即追问，今天暂停，星期五照常上课吧？金正源顿了顿，说春节前后暂停两个月吧。

她惊诧极了，握住电话筒一时说不出话来。金正源以为电话断了，叫了一声罗薇。她应声，极力控制着自己极度失望的情绪。金正源似乎感觉到她的情绪低迷，说一旦恢复上课，一定提前电话通知。她无可奈何地说了声谢谢。他说了声"白白"，双方同时挂断电话。

放下手机，她呆呆坐在沙发上，一动不动坐到天色大黑。小美放学归来，看到妈妈独自坐在黑暗里，不由惊呼了一声。

罗薇起身揿亮客厅电灯，朝着女儿温和地笑着，说我们出去吃晚饭吧，麦当劳或者肯德基。小美困惑地注视着妈妈，不言不语。

就这样，日子仿佛小溪流水，不声不响过去了。罗薇内心颓废着，表面恢复了朝气。秀发几乎披肩了，她去美发厅剪成运动式，短短的无牵无挂的样子。每逢星期二和星期五晚间，她总要乘坐巴士前往金字塔大厦，下车之后站在不远的地方，注视着那座灯火辉煌的高层大楼。她无法确认金正源家的窗口，只是遥望而已。她终于懂得了遥望意味着什么，意味痛苦。在此之前她跟过几个男人，譬如王海儿什么的，也吃了也睡了也玩了，可混混沌沌什么都不懂。

她的手机二十四小时处于待机状态。她时时刻刻等待着金正源打来电话。周末了，她多次以陪伴女儿为由，推辞了房立人的热情邀请。她对同居生活渐渐失去兴趣。有时她自责，一派失神丢魄的样子，我为什么拒绝金正源先生呢？我为什么拒绝金正源先生呢？这种反复诘问产生的自责心态引发了自卑心理，于是罗薇就自卑下去了。

两个月时光一晃而过。罗薇心里挺空虚的，有时甚至认为自己已经不复存在。房立人仍然是她男友。一天，男友突然豪爽起来，说要送给她一部新款手机，价格不低。房立人声称必须以旧换新，否则公司无法入账。罗薇哭笑不得，从自己那部款式陈旧的诺基亚 3110 手机里拔出 SIM 卡，插入男友送给她的摩托罗拉 V66，这样，房副总经理强调的"以旧换新"就完成了。有了新款手机，她晚间睡觉还是将它放在床头，梦里依然期待着。她觉得自己手里拿着男友赠送的新款手机，内心却等待着梦中情人打来电话，这是悖论。

悖论就悖论吧。一天上午，罗薇坐在办公桌里弄稿子，手机不合时宜地响了，她看到"来电显示"的号码很陌生，接听了。请问你是罗薇吗？罗薇听出这是朴贤淑的声音，立即挺身站起，说是。

这只可爱的韩国玉鸟开门见山便向罗薇告别，说金正源紧急奉调回国，全家已经搬出金字塔大厦住进大峡谷饭店，等候机票。这突然而至的消息不啻晴天霹雳，罗薇几乎不能自持。她蒙了，极不礼貌地打断了朴贤淑的话语，急声急语地询问大峡谷饭店的房间号码。她的失态令朴贤淑感到意外，脱口说出731房间。罗薇说了声一会儿见，便挂断手机。

天啊，金正源紧急奉调回国。他为什么奉调回国呢？罗薇拿起皮包快步走出办公室，穿过广播电视大院停车场，极其盲目地朝前走去。金正源啊你不能走，金正源你知道我爱你啊。罗薇极力控制着情绪，看见李小小朝着停车场走来。李小小发现罗薇脸色如土，感到奇怪，笑着问她这是怎么啦。罗薇凝视着她，说我爱上一个韩国人。李小小立即撇嘴，毫不同情地说，你有病吧？你又不是青春女孩儿，你哈什么韩啊。

话不投机。罗薇走出广播电视大院，扬手叫了一辆出租车，桑塔纳。她告诉司机朝前开吧。于是这辆出租车便沿着中环线行驶起来。罗薇平时属于节能型女人，挺省钱的。今天她一反常态，居然滥用钞票，乘车大兜其风。女人往往是这样的，只有在爱情即将随风飘逝之际大彻大悟，真正认识到人是肉，钞票是纸，爱情才是无价之宝。

当天下午两点多钟，罗薇终于来到大峡谷饭店。这里是滨海新区，罗薇并不熟悉。走下出租车她看到大峡谷饭店的金字招牌，知道这是三星级饭店。

她顺利地找到731房间，开门的是朴贤淑。这位金太太明显胖了，开始走向丰腴。这只发福的玉鸟对罗薇的到来似乎并不感到意外，拿出水果招待客人。罗薇看到房间里一派撤离中国前夕的场景，几只大皮箱摆在角落里——强烈向往着韩国故乡。

金正源不在，他是不是有意回避我呢？罗薇想着，拿出一条杭州丝巾送给金太太，说是离别纪念。朴贤淑无以回赠，表情窘迫，就不停地说话。她告诉罗薇明天上午她搭乘大韩航班先行回国，金先生公务未了，还要滞留两天，机票也改签了。罗薇哦了一声，心里明白了。

这时门响了。罗薇凭借女人直觉，认定金正源回来了。她缓缓转身，倏地伸出目光注视着房门。

金正源身穿一身浅蓝色休闲装走进房间，样子很轻松。罗薇下意识站起，一眼便看出他比过去黑了瘦了。罗薇强笑着叫了一声金先生。金正源毫无思想准备，一时不知说什么。罗薇仍然强笑着，也不知说什么。朴贤淑及时送上一杯热茶。罗薇还是不知说什么。这样下去就冷场了。罗薇心里想，我既然见了金正源，就不虚此行了。她起身告辞，朝着朴贤淑祝福，说一路平安，然后主动伸手与金正源握别，显得端庄大方。金正源似乎很被动，但握手的时候力量很大——罗薇感觉自己被金正源的大手攫取了。

乘车回家，她变得极其冷静。独自坐在梳妆台前她观赏着自己并且认为形象不错。走进卧室打开衣柜，她将春季服装一件接一件翻腾出来，好像小贩儿摆地摊，然后一件接一件试穿，站在镜子前做自我评估。最终她选择了那套藕荷色职业装，满意地笑了。

当天晚上，她给肥主任打电话，郑重其事请了假。然后她检查了小美的近期作业，没有发现大问题，就放心了。晚间就寝，她躺在床上思谋着金正源的行程，其实她已经烂熟于心——明天上午朴贤淑搭乘大韩航班飞往首尔，从明天中午开始金正源就是单身男子了。罗薇坚信，单身男子金正源是一定会给她打来电话的，这是今世的缘分。因此，罗薇的世界已经变得非常简单——等待时光。

第二天上午，她给手机充电，全天候处于待机状态。想起朴贤淑已经飞往首尔，她给自己沏了一壶绿茶。茶叶是房立人出差浙江给她买的，号称西湖龙井。她慢慢品味着，全天的大好时光就这样悄然度过——主要内容是西湖龙井。她并不慌张，黄昏时分她动手给女儿做饭。烧茄子她忘了投盐，番茄汤放了发酵粉。小美急得高喊哇塞。

吃完晚饭她观看《新闻联播》。时光似水，哗啦啦就到了《晚间新闻》。罗薇踱来踱去，慌了。这时电话居然响了，她扑上去接听。电话里房立人告诉她中央六套正在播放老电影《董存瑞》，值得一看。她很失望，说了声谢谢便放下电话。

她坐在沙发上，闭目祈祷。金正源一定会给我打来电话的，金正源一定会给我打来电话的。

祈祷之后，她坐在梳妆台前，不慌不忙地为自己化妆，然后穿上那套藕荷色职业装。她很自信，做出随时出发的样子。

夜色很稠了。奇迹终于出现，电话响了。她拿起手机盯着"来电显示"，果然就是大峡谷饭店的电话号码。她不是宗教徒，还是说了一声感谢上帝，然后双手颤抖着接听电话。

你是罗薇吗？我是金正源。我是罗薇，我现在就到你那里去，好吗？好的。

这就是罗薇与金正源的对话，极短，不足十秒钟，却蕴含着极其丰富的内容。这种对话没有过程，仿佛两座火山历经千年冷静，轰然喷发。罗薇收起手机，拎起皮包冲出家门。她在小区里遇到一辆出租车，说去大峡谷饭店，司机看了她一眼，目光有些怪异。四十分钟之后，她终于到达目的地。这时她猛然想起"陈歌儿时代"她在《的哥儿之友》节目播出的一首有关大峡谷的诗歌："峡谷啊幽幽峡谷，我多么希望你带我走向它的深处，去犯那我今生今世从未犯过的错误。"此时，她终于理解了这首诗的意境。

夜深了，一楼大厅里有两个闲人游荡。罗薇轻车熟路走向电梯间，径直找到731房间。她揿响门铃，心儿咚咚跳着。

门开了，一陌生男子注视着罗薇，问她找谁。罗薇说拜访金正源先生。陌生男子极不耐烦，嘭的一声关了门。

金正源不会跟我捉迷藏吧？她匆匆来到一楼总台向值班小姐查询大韩银行金先生。值班小姐立即告诉她，这位韩国客人调了房间，现住918。罗薇拎着皮包立即赶往918房间。

她几乎是冲进房间的。金正源激动地张开双臂迎上前来。两人紧紧拥抱。多少年没有这样激动了。金正源哭了，泪水洒在她脸上。她说，你吻我吧，我其实没有丈夫。

金正源立即吻她。她问他为什么调了房间。他说，这是新房啊。罗薇听罢哭着说，你要我吧你要我吧，然后自己动手脱去外衣。金正源目光似火，伸手脱去她的内衣。罗薇说请你关灯好吗。他伸手关灯，房间里一派黑暗。黑暗里，火山爆发了。罗薇感到自己飞翔起来，渐渐朝着天堂飞去。

凌晨时分，罗薇依偎在金正源怀里，问他什么时候再来中国工作。金正源告诉她，半年之后他会再来中国的，但不会在这座城市了，而是上海或北京。罗薇感到欣慰，无论北京还是上海，只要你在中国工作我就能去看你。

她请求金正源搂紧，伏在他胸前享受着。她轻轻说，天亮了我该走了。他恋恋不舍，紧紧搂住不放手，小孩子似的。她说你是公务，我就不去机场送行了，说着起身穿衣。金正源揿亮电灯注视着罗薇。灯光之下罗薇感到羞涩，扑上前去搂住金正源脖子，亲吻着说，我永远在中国等待你。

金正源悄悄将两千美元塞进她的皮包，说，我早就猜出你单身生活，我很想在经济上帮助你的。罗薇立即表态，说自己生活很好并不需要经济援助。她热烈地注视着他，说只要我想起远在韩国首尔有一个男人爱着我，内心就满足了。金正源说，罗薇罗薇，我永远爱你的。

两人热烈亲吻。亲吻得天色大亮了。

罗薇走出918房间，乘电梯到达一楼大厅。总服务台小姐目光异样，注视着她。两个闲散男子迎上前来，嘿嘿笑着。她以为遇到坏人，下意识地抓紧皮包。一个男人亮出证件，说是公安局便衣警察。另一个男人说，小姐，你涉嫌向外国人卖淫，跟我们走一趟吧。

她气极了，伸手打了对方一记耳光。被打的便衣警察捂着脸说，你殴打公安人员，罪上加罪。她气哭了，抢起皮包打向对方。皮包里的美元散落而出。罗薇注视着飘落满地的美钞，愣了。

这些美元就是你向外国人卖淫的证据。便衣警察大声吼着。

罗薇冷静下来，伸手指着对方说，你们所说的那个外国人不就是金正源先生吗？他完全能够证明我们之间是高尚的爱情。

两个便衣警察相视一笑。好吧，既然如此高尚你就到总台打电话吧，请那位外国人证明你不是妓女。

她站在总服务台前，拿起电话拨通918房间。电话铃响着，没人接。她焦急地等待着。金正源可能在洗澡吧，她心里这样想。

喂。终于接电话了，她听到了金正源的声音。金先生你好，我是罗薇。她这样说着，眼睛里充满泪水。

罗薇，你在哪里？你还是回来吧……金正源温和地询问。

只是一瞬之间，罗薇改变了主意。金正源先生从来没有绯闻，他即将返回自己的家庭，我不能让他背上婚外恋的名声，影响他在韩国的前程……

这样想着，她心头一清凉，手握话筒轻声地说，哦，我没有什么事情，我只想再次祝愿你一路平安。

金正源似乎感到疑惑，哦了一声。罗薇说了声再见就放下电话。她转身朝着那两个便衣警察说，走吧，我跟你们去公安局。

一个便衣警察导前，一个便衣警察押后，罗薇不言不语走出大峡谷饭店，看见远处停着一辆警车。她欣慰地笑了。

遥远的巴拿马

一

春天的慵懒，往往越绿越甚。一派浓绿扶持着一朵红花，容易使人想起赖床的美人儿。然而单身男子易之锋跟美人儿没有什么关系，他主要是绿。依照惯例下午起床，他披着睡衣赤着双脚走进卫生间，洗脸、刷牙、刮胡子，一眼瞥见镜子里那位先生脸色泛绿。他的脸色泛绿与季节无关，是因为夜生活。他的夜生活非常简单，看碟。通常看碟到凌晨三四点钟，遇到好片子则彻夜不寐，一直看到广大劳动人民黎明即起，他才上床睡觉。可惜他不是女人，否则充当新版陈白露绝无问题。话剧《日出》那句经典台词"大阳出来了，我要睡了"，几乎成了他的生活写照。

今年春天来得迟，走得却早，人们没有充分慵懒便初夏了。这也无妨，单身男子的时间宽裕得很。春天后面有夏天，夏天后面有秋天，秋天后面还有冬天。一晃就是四季轮回。人生好比一场马拉松，你不必光想着冲刺。漫漫人生悠悠时光，你只有一天天去消耗，有谁能够一天消耗两天时光呢？大概没有。人生道路上你不必慌张。提前冲刺就是最大慌张。一个人的赛场你永远是第一名，想得亚军都不可能。

说起赛跑，易之锋听过一则笑话，说的正是这方面的故事。某甲戴

270

了一块进口名牌手表，某乙羡慕，询问在哪里买的。某甲说这是前天参加赛跑的奖品。某乙问有多少选手参加赛跑。某甲说一共只有三名选手，我是冠军，警察荣获第二名，失主第三。某乙愕然，然后大笑不止。某甲说赛后官方分析失利原因，一是由于警察急于夺冠中途盲目加速造成体力不支，二是由于失主卫冕心切提前冲刺不慎跌倒，于是形成了一个人的赛跑，那价格昂贵的手表成为冠军奖品，实至名归。

这手表的故事很有哲理。更有哲理的是前几天看的影碟《是谁弄疼了你》。这部芬兰电影里的男主人公拼命减肥，其实正是一场自己跟自己的比赛，连裁判也没有。经过一场艰苦卓绝的努力他减肥成功，半夜给自己颁奖，奖杯用一只罐头盒制作，还奏响了国歌。国歌淹没了隔壁夫妻疯狂做爱的尖叫。后来为了重新焕发聋哑女友对生活的热情，减肥成功的男主人公接连饱餐三日造成体重反弹，最终成了一个安详的胖子。

这就是春夏之交的一天下午，单身男子易之锋起床之后身披睡衣赤裸双脚走进卫生间从镜子里看到的自己——身材颀长，面孔消瘦，头发蓬乱，目光迷茫。舞台上陈白露的夜生活只有黑眼圈没有脸绿。镜子里易之锋的夜生活没有黑眼圈只有脸绿。这就叫男女有别。

不光由于夜生活而脸绿，易之锋对季节更迭更是麻木不知。他是室内动物，冬暖夏凉。室内动物没有四季意识，不春不夏不秋不冬。只有夜半看碟，斯人独憔悴。说起看碟，这是易之锋的大事业。他绝不看什么好莱坞，美国大片大而无当，实在让人嗤之以鼻。他只看欧洲国家的"小制作"，譬如北欧电影。昨夜看了捷克电影《多瑙河只有一滴水》受到震撼，他呼吸急促满面潮红，一时手足无措。这就是单身男人易之锋的独特表现，只要受到强烈艺术感染便丧失理智，不是竭力赞美荧屏形象而是高声痛骂自己傻×，具有明显自虐倾向。

其实易之锋离婚之前并不这样。那时他从不作践自己，给人留下自珍自爱甚至自恋的印象，好比一只不断梳理自己羽毛的大鸟。那时他在石油公司担任部门经理，春是春夏是夏秋是秋冬是冬，衣着得体，举止稳健，气度优雅，谈吐不凡，一派中年白领代言人形象。那时如果必须将他比喻为一只豪华游艇，那么它无疑正在驶向光明彼岸，而且码头有人接缆。

昨夜看碟，《多瑙河只有一滴水》里就有一只小船靠岸，跑来接缆的是一个满脸雀斑的姑娘。易之锋很久没有见到雀斑了，于是想到美容。美容的风行使得中国原装女子急剧减少，数量接近大熊猫。大街上小资们没了本真面目，争先恐后充当着美容师作品而招摇过市。白翎就很少使用化妆品，包括口红、眉笔和粉底。

离婚之后，他的生活宛若一潭死水。偶尔想起当年"乱石穿空，惊涛拍岸，卷起千堆雪"的生活，只得付之一笑。青山遮不住，毕竟东流去。日常生活除了看碟，只有三餐而已。说起三餐，他的早餐往往在下午两点钟，午餐挪到晚间，一般在《焦点访谈》前后，晚餐很晚，拖到子夜时分。这一日三餐的错位使得易之锋遵循着格林威治时间，人却生活在东八时区。

这就很滑稽了。更为滑稽的是四十三岁的易之锋已经退休。年富力强却退了休，好比一辆汽车只跑了五千公里就报废了。易之锋供职的石油公司改制转轨，拍卖大楼、削减机构、遣散员工，实行"买断工龄"政策，根据级别与工龄什么的，每人给一笔钱回家。你若想再就业，去人才交流市场登记好了。你若不想再就业，歇着就是了。四十三岁的易之锋"买断工龄"得到人民币十万三千五百二十七元零六分。这数目不小，那是跟"老少边穷"地区相比，倘若跟"中国民营企业家排行榜"相比，这家当简直不如都市乞丐。

下午两点钟，易之锋开始吃早餐了。当然这只是他的早餐，广大劳动人民群众的早餐，上午七点钟就吃过了。

这是他一个人的早餐，餐桌上却摆了两套餐具，好像家里还有一个人。离婚之后生活凌乱不堪，唯独早餐一丝不苟保持着一向的精细。两份果酱其中一份是杏酱，两份面包其中一份是燕麦的，两杯牛奶其中一杯是冰的，两只煎蛋其中一只煎得极嫩，只有半熟。还有一小盘酸黄瓜。

易之锋坐下吃自己那份早餐了。另一份摆在餐桌上，供品似的。端起那杯热奶易之锋喝了一口。白翎喜欢喝冰奶，这与她曾经到日本公司实习有关。很快易之锋就吃掉那只全熟的煎蛋。白翎喜欢半生的，这也与她曾经到日本公司实习有关。吃了那只全熟煎蛋，易之锋拿起全麦面包吃着，就着热奶。白翎喜欢燕麦面包，因为她外祖母有四分之一俄罗斯血统。白翎还喜欢酸黄瓜，也因为外祖母有四分之一俄罗斯血统。

就这样，易之锋与一个影子共进早餐。这影子就是前妻。吃罢早餐他端起那份供品送回厨房。每顿早餐都是这样的，那一份由凉奶、半生煎蛋、燕麦面包和酸黄瓜组成的早餐，宛若供品摆在餐桌上陪伴着易之锋。早餐结束了他把这份供品装进一只塑料袋里，小心翼翼放进厨房垃圾筒里。于是这只垃圾筒一天天吞食着一顿顿早餐，充当着一个人的胃口。

那时候，白翎属于上班族，易之锋也属于上班族，一年到头夫妻俩只能在家共进早餐。一走出家门便不属于自己了。公司经常无故加班，午餐晚餐很难保证。因此早餐成为一条珍贵的纽带联结着这一对小夫妻。自从白翎展翅离去，易之锋依然保持当初早餐的形式和内容，顽强地挽留前妻的影子。

早餐之后进入散步时间。这就是闲人的生活。离婚之后为了改变居住环境重新焕发生活热情，易之锋果断购买了城市南部宏发小区一套三室一厅的住宅。搬入新居之后他强迫自己增强户外活动，以助胃肠消化。他的散步路线一成不变，就是围绕着宏发小区中心广场转圈儿。于是，中心广场好似一只巨大磨盘，他充当拉磨的毛驴。这种散步难以改变孤独者的心境，倒是经常盘旋在幻觉世界里，鸟瞰人间城郭。

此时，易之锋穿衣换鞋正要走出家门散步，客厅的电话响了。搬迁新居他没有对外公布新的电话号码，倒是接过几个打错的电话。他漫不经心抄起听筒，喂了一声。

电话里传出前妻的声音，依然悦耳动人。他感到非常意外，迫不及待地问道，白翎，你怎么知道我新的电话号码啊？白翎长驱直入说，这有什么呀，我打一个电话给宏发小区物业管理处查询业主易之锋先生，这比114还便利呢。

他无可奈何地笑了，觉得前妻确实聪明。这么聪明的女人离他而去，只能说明自己愚蠢。白翎在电话里跟前夫聊了几句，丝毫没有芥蒂之感。毕竟大学同窗四年，不是夫妻还是同学嘛。他努力克制着浮躁情绪，咿咿啊啊聊着。

电话里的白翎音色优美，仿佛那种越经时光打磨越显润泽的白玉。易之锋颇有失落宝物的心情。白翎突然打来电话到底有什么事情呢？他暗暗揣测着。

当然不会是复婚吧。白翎生情温和，却不走回头路的。有一年夫妻赴云南旅游就是这样，从昆明去丽江白翎坚决不回大理。当时以为她斗气使性，其实不然。一个男人真正懂得一个女人，往往从失败开始。易之锋认为离婚就是他的最大失败。

这时门铃叮咚叮咚响了。白翎在电话里听到响动，咯咯笑着说，你乔迁之喜怎么不换新门铃呢，还是《泉水叮咚响》啊。易之锋连忙解释说门铃确实是新买的，可仍然老音乐。

既然门铃响了，白翎随即向他询问宋好妮的电话号码。看来这是她打来电话的真实目的。易之锋心里挺失望的，说了声不知道。白翎说，好啦好啦，你去给客人开门吧，再见。咔地挂掉了电话。

白翎变了，变快了。以前白翎比现在优柔，好似一把难以割肉的钝刀子。不知白翎遇到了哪块磨刀石，如今有了几分锋刃。

挂掉电话，他悻悻不已——平时白翎轻易不打来一个电话，因此贵如北国春雨。就是这不合时宜的叮咚叮咚好似一把钢钳剪断了他与白翎之间的电话线。这门铃太可恶了。

放下电话易之锋跑去开门。门外已经没人了。

二

晚间七点钟以后，进入易之锋的"午餐"时间了。午餐之前他往往收看中央电视台的天气预报，因为除了天气实在没有什么值得关心的事情了。

午餐之前其实也属于易之锋的散步时间。倘若"早餐"之后他因故没有散步，那么就在午餐之前这段时间弥补。散步是可以弥补的，破裂的婚姻却不可以弥补，如同一件珍贵瓷器，碎了就是碎了。

白衬衣灰裤子黑皮鞋，他走出家门已然过了黄昏时分。楼旁停着一辆崭新的紫色轿车，是合资丰田。一个小伙子从车里钻出来，当头就说美国原油市场价格回落了。他以为小伙子在跟别人说话，回头看看，没人。小伙子接着说，近水楼台先得月，你应当近油楼台先得利，这样的便利条件你自己怎么不买一辆车呢。

易之锋笑了笑，快步朝前走去。看来这小伙子以为我还在石油公司上班呢。近油楼台先得利？这句话太形象了，比近水楼台先得月生动得多。

围绕着宏发小区中心广场走了一圈儿，他看到草坪里的纸屑。小区物业管理水平出现滑坡，据说有人拒绝交纳物业费以示抗议。

这时迎面走来郎经理。他身材粗胖性格外向，逢人有说有笑，嘻嘻哈哈老相识似的。易之锋不喜欢这种人，却经常不期而遇。人生就是这样，你想见的人难得一见，你不想见的人却无法回避。

身穿灰色制服的郎经理大声告诉他，小区物业管理处隆重推出收费优惠措施，您一次交齐全年物业管理费，免收一个月，一次交齐两年的，免收三个月，一次交齐三年的，免收半年。这位郎经理说话一句撵一句，好像赶火车。易之锋毫无兴趣，敷衍着转身就走。

郎经理追赶几步叫住易先生，唉地叹了一口气，表情极为神秘地说，据不愿透露姓名者反映，您一天扔一袋早餐，袋子里有牛奶有煎蛋有面包还有酸黄瓜，都是新鲜高蛋白啊。您要是坚持不懈这样扔下去还不如直接捐给灾区呢。我看您养一只宠物吧，把牛奶鸡蛋面包什么的喂给小猫小狗，还能体现您的爱心啊。

那酸黄瓜怎么办呢？易之锋冷冷反问，趾高气扬地走了。

晚霞消失的时候他走进家门打开电视机，无论地方台还是中央台，《新闻联播》之后的《天气预报》都过去了。明日天气如何，一无所知。单身男子易之锋颓唐地坐在沙发里，情绪波动不止。郎经理的一番话无疑侵犯了他的个人隐私，却以勤俭节约为借口。我一天扔一袋早餐有什么不可以呢。以前全家两个人吃早餐，现在只剩我一个人了，当然要一天扔掉一袋了。难道要我一袋袋储存在冰箱里不成？真是不可理喻。

中央电视台的《焦点访谈》也结束了，敬一丹向易之锋说了声再见。他愈发觉得生活没了焦点，眼前一片模糊。于是起身冲了一杯咖啡，还是不知如何是好。

远处传来一阵阵噪声，嗡嗡嗡嗡越来越近，声声撞击耳鼓令人难以忍受。本来心烦，噪声送来意乱，易之锋就心烦加意乱了。起身踱到窗前朝外望着，晚间楼外草坪里有一个人影儿晃动——穷凶极恶的噪声正是从那里发出的。

以往，这种事情易之锋是不会出面干预的，尽管这明显有违物业公司"正常状态下晚间小区不作业"的承诺。离婚之前易之锋的人生原则是"事不关己，高高挂起；事已关己，扭脸躲避"。那时不用扭脸躲避，妻子便出面解决了。只要白翎在，易之锋便过着饭来张口衣来伸手的腐朽糜烂生活。如今婚姻破裂生活遽变，他成了孤家寡人。即使坐在家里发布圣旨也无人反对，只能自己伺候自己了，包括抵御夜晚噪声。

天色昏暗下来。他拿着手电筒出了家门。路灯相隔很远，那一大片草坪朦朦胧胧的，好似雾里观景。循着嗡嗡方向走过去，那噪声越来越响。哦，原来是一台笨重的剪草车发出轰响——正在嗡嗡修剪草坪。操纵剪草车的人影儿跟随机器抖动着，小动物似的。

已经有几个业主冲进了草坪，激烈指责着操纵柴油剪草车的人影儿。那一定是小区物业公司聘用的民工。这操纵剪草车的民工一定自知理亏当即熄火，噪声戛然而止。

既然有人出面制止了，易之锋停住脚步站在远处，充当看客。他认识这种老式柴油剪草车，油耗高、噪声大、效率低而且故障多发。二十一世纪的宏发物业管理公司竟然使用这种市场淘汰的园艺设备，真是岂有此理。

这一片草坪已经修剪了五分之四，在五分之一的地方停了工。既然停了工，那几个出面制止剪草车的人士纷纷走开。噪声消失，晚间小区重归宁静。易之锋不急于离去，他一屁股坐在经过修剪的草坪上，随即躺倒把身体摆成一个"大"字，尽情呼吸着青草散发的气息。他很久没有嗅到青草的味道了，渐渐返回记忆深处。那一年秋天他与白翎首次做爱就是在大学校园小树林的草地上。青草托着白翎，白翎托着他，他托着满天星星。那青草的独特气息深入肺腑，令易之锋终生不忘。后来他几次跟白翎说起那青草气息沁人心脾的快感，然而令白翎终生难忘的却是那一颗颗星星。是啊，他伏身面对青草，她仰面直视夜空，这既是男女之别也是天壤之别啊。

轰隆一声，那台柴油剪草车突然启动了。易之锋翻身坐起，困惑地望着远处驾驶剪草机的人影儿。

噪声大作，撕破了小区夜空的静谧。那民工的身影驾驶着老式剪草车快速行驶着，嗡嗡嗡蚕食着那剩余的五分之一草坪。

看来这个民工非常固执，他决心完成这片草坪的修剪任务，从五分之四做到五分之五。易之锋心里生气了。如今民工真是素质低劣，为了赚钱宁可吵得四邻不安。易之锋站起身来拍打着沾满双手的草屑，大步朝着噪声走去。夜色里剪草车笨重地行走着，很像动画片。

你站住！易之锋挥动着手电筒，好像给动画片配音。那民工毫不理睬，疯狂行驶修剪着最后的草坪。易之锋又喊了一声，依然无效。他气馁了。

那几个小区业主的身影再度出现，快步扑向轰鸣不停的剪草车。那个明知故犯的民工显然激起众怒，在劫难逃了。

人们追逐着疯狂的剪草车，仿佛投身一场美式橄榄球大赛。有一个业主企图从后面拽住民工，却扑空跌倒了。那民工操纵着剪草车冲向草坪边缘。

疯狂的剪草车一路剪草扑向大草坪的底线，然后主动停了下来。噪声没了，偌大一片草坪重归安宁。人们面面相觑，好像一时难以承受突如其来的静寂。没人说话，人们开始沉默竞赛。易之锋悄悄凑过去，加入无言的人群。

操纵剪草车的民工身穿蓝褂蓝裤，大汗湿透活像一个水鬼儿。这水鬼儿还戴了一顶不伦不类的巴拿马式草帽——身为民工偏偏追求着绅士气派，倒是增添了几分小丑儿风采。

终于有一个业主打破沉默走上前去，伸手指着巴拿马草帽说，你疯啦？你以为你是舒马赫这里是 F1 赛场啊！

另一个业主勇敢地补充说，你以为这是橄榄球大赛，神经病。你不知道噪声扰民违反环境保护法吗？我们让郎经理罚你款！

惨遭众人指责的剪草民工缓缓摘下巴拿马草帽儿，露出一张白净面孔说，对不起诸位朋友，我总算完成了全天任务，放心睡觉吧，我不会搅扰你们了。

咦？易之锋觉得这位手持巴拿马草帽的男子十分面熟。夜色里他瞪大眼睛注视着对方，突然无声地笑了。他妈的，这不是邝一非吗？这小子怎么混进民工队伍啦。

人们纷纷散去，围观者只有易之锋了。他看着邝一非不停摇动那顶价格不菲的巴拿马草帽扇风，知道他热透了。这时候邝一非抬头发现站在面前的这位先生正是自己大学时代的同学易之锋，立即低下高贵的头颅重重叹了一口气。

唉，我就担心遇到熟人丢脸跌份，结果还是遇到了熟人。易之锋你什么时候搬进富人区啦？真是几家欢乐几家愁啊。自尊心极强的邝一非一旦暴露身份，居然变得玩世不恭。易之锋知道，这是邝一非摆脱尴尬境地的常用战术。

邝一非你是款爷呀，你冒充民工跑这儿剪草是体验生活吧？易之锋小声发问，还打亮手电筒照了照大学同学的一双泥脚。

我款爷？我现在还饿着肚子呢我冒充什么民工呀。易之锋你不要为富不仁丧失扶贫意识。走，我上你家吃晚饭去！邝一非索性嚷嚷起来，一副造反派的脾气。

三

晚间九点钟，没吃晚饭的"民工"邝一非毫不犹豫地吃着业主易之锋的"午餐"：一盒大嫂牌速食面和两只茶叶蛋。吃饱了，邝一非要求喝茶。易之锋这才想起修剪草坪的民工渴透了。他起身泡了一杯龙井。老同学之间，邝一非什么也不说，易之锋什么也不问，沉默了一会儿。由于错过中央电视台的天气预报，易之锋向邝一非打听了一下天气情况。从事露天作业的邝一非告诉他，明天阴有小雨转多云。

邝一非是"海归"，这位物理学硕士在创业路上极具爬行能力，携款回国注册"成长公司"，从小款成为中款，终于稳定在中款与大款之间。这样的成功人士一夜之间沦为修剪草坪的民工而且头戴一顶名牌巴拿马草帽，令人哭笑不得。

一连喝了三杯茶，水足饭饱的邝一非起身告辞。易之锋送老同学走出家门。这时他很想告诉邝一非，我搬迁新居你是唯一来访者，谢谢。心里这样想，嘴上没说。走出楼门，邝一非说别送了。易之锋突然拉住老同学的胳膊说，我想炒一炒股票玩一玩期货，这样能够激发生命活力吧。邝一非瞥了易之锋一眼，仿佛在看一只珍稀动物。

易之锋连忙解释说，你这几年的情况我不了解，我这几年的情况你也不了解，我手里有几个闲钱，有时想做一点儿闲事。

你闲着没事儿就去抢银行吧，抓你的时候"110"警车还免费接送呢。我劝你宁可蹲监狱也不要炒股票。地球人都知道我们新添了一个民族——套牢族。邝一非说着激动起来，我告诉你吧，套牢族的最后命运是斩仓，斩仓等于斩首，我就是被斩首的。我觉得你现在情况不错，你什么都不要做，你就这样活下去吧。做，就可能意味着失误，什么都不做就永远不会失误。这道理你明白吗？

说着，邝一非跟他握了握手。这是意味深长的告别。易之锋知道邝一非这一去必然不复返了，换一个没有熟人的地方打工。他望着邝一非的背影，很想告诉这位老同学白翎曾经打来电话询问宋好妮的情况。转念一想还是不要刺激邝一非了。如今男人都是易碎品，脆弱得很。就说宋好妮吧，她曾经是邝一非的未婚妻，两人特铁。当年堪称"姐弟恋"楷模。最终未婚而分手——牢牢定格为历史未婚夫与历史未婚妻。这个"未"字，恰如其分地描述了瞬间的永恒也恰如其分地描述了永恒的瞬间。未，表达了一种状态。包括"齐鲁青未了"的未。

回到家里，心神不安。原本平静的生活被邝一非的突然出现给搅乱了，荡起一片片涟漪。走进卫生间凉水冲头，精神为之一爽。热水泡脚，安神；凉水冲头，除燥。这是他大学时代的重要体会。他如今丢掉了热水泡脚的光荣传统，保留了凉水冲头这一招儿。

自己的"午餐"被老同学当作晚餐吃了，易之锋只得就地取材为自己寻找新的"午餐"资源。那资源当然不会装在衣柜里。于是他打开冰箱。

冰箱里的灯泡坏了，光线昏暗无疑增加了寻找难度。他撅着屁股近乎考古队员的现场挖掘，无意之间发现一瓶广西糖桂花，一看过了保质期，随手扔了。又摸出两瓶炼乳，荷兰原装货，没有过期。还有一袋找不到生产日期的水磨年糕，颜色洁白给人以塑料制品的感觉。

最大收获是那一瓶日本绿芥末。他清楚记得当初它是白翎从超市买回来的。斯人已去，不知什么缘故它却保存下来，躲在冰箱角落里。易之锋双手捧着这瓶超过保质期的日本绿芥末，如同捧着一块爱情化石。

这瓶日本绿芥末彻底影响了易之锋的食欲——他手捧爱情化石缅怀往事，"午餐"免了。

坐在电视机前收看中央电视台《晚间新闻》，他肚子竟然不饿。看来肠胃基本进入了辟谷状态。

易之锋是独生子。童年时代由外祖母伺候他，嘘寒问暖可谓无微不至；少年时代外祖母去世，母亲接班伺候他，朝朝夕夕继续无微不至；母亲老了，他却有了大学女友白翎，索性零距离无微不至。无微不至，无疑成为易之锋人生辞典的关键词。

外祖母—母亲—妻子，这三代女性传递接力棒似的呵护着易之锋成长，从幼年进入成年。一路顺风顺水的易之锋也习惯于接受别人无微不至的关怀，就像接受免费午餐那样坦然。外祖母前往天国了，永远是外祖母；母亲也前往天国了，永远是母亲；妻子留在人间，却不是永远的妻子。人世间女性角色，只有妻子是可以下岗的，其余全是终身制。白翎便中途变成"前妻"。他因此进入"后易之锋时代"。

回忆大学校园里，易之锋绝对属于白马王子。他不但学习成绩优异而且全面发展。体育，是学校男排主攻手；文艺，在学校乐队吹黑管；还会写几句诗，担任海风文学社社长。身材修长，风度潇洒，谈吐不凡，日复一日吸引着女生们眼球。如果必须比喻大学时代易之锋的生活，完全可以说他是在女生们目光照耀下成长的。这种目光不是阳光胜似阳光。

女生白翎是化学系的"系花"，距离"校花"只有一步之遥。当值校花是外语系德语专业的大四女生宋好妮。宋好妮与物理系大二男生邝一非恋爱不慎怀孕，悄悄"人流"意外大出血。消息一出，一大批素常爱慕校花的男生自发停课，紧急赶赴医院为宋好妮献血。《青春报》记者现场采访，一连三天跟踪报道引发社会关注，有褒有贬，褒少贬多。一个女学生怀孕流产竟然招来各界批评，大学校长恼羞成怒，决定从重惩处——除名。学校委派团委副书记杜召前往医院当面向宋好妮宣布处分决定。这不亚于雪上加霜。失血过多的宋好妮躺在病床上，表情异常平静。她告诉团委副书记杜召，人生苦短，失去大学文凭固然可惜，然而比大学文凭更为重要的是爱情。杜召听罢，一时无言以对。陪伴一旁的男友邝一非听了宋好妮这一番话语，受到强烈震撼，当场失声痛哭。邝一非本来比宋好妮小三岁，这一番痛哭愈发成了小弟弟。

秀色可餐的宋好妮被除名，致使"校花"宝座一时空缺。这时候学生会接受商业赞助准备举办校园首届选美大赛，原本不平静的校园生活更加不平静了。满脸青春痘的男生们一边怀念着惨遭除名的前任校花宋好妮，一边期待着通过这次选美大赛涌现新一届当值校花。中文系的男生们还扯出"国不可一日无君，校不可一日无花"的横幅标语，以此表达亢奋心理。

人们不由自主将目光投向化学系大二女生白翎。端庄娴淑的白翎不具备惊人美貌，却有着令人难以形容的高雅气质，自然属于新任校花的有力竞争者。然而，校园选美已经拉开预赛帷幕，白翎却没有报名参加。男生们得知这个消息无不痛心疾首，纷纷表示首届校园选美大赛已经失去审美对象，兴趣锐减。

易之锋是学生会的文娱部长。由于重点选手缺席，学校团委副书记杜召指派他找白翎谈话，动员她报名参赛。在此之前，身为校园白马王子的易之锋并没有特别注意白翎，只知道她是化学系"系花"，气质不凡。由此可见白翎不属于公共场合特别"出位"的女孩儿，她更像一杯清茶，越品越有味道。

那时候手机很少，BP 机也不普及。傍晚大学校园寻找一个人，近似大海捞小虾。易之锋找到女生宿舍，没人。转向化学系教学楼，有同学说白翎去了图书馆。找到图书馆，有同学说白翎去了实验室。易之锋朝着化学系实验楼走去，心里说假若还找不到白翎，明天一大早我跟随学校乐团下乡巡演三天，三天之后首届校园选美大赛的预赛就结束了。

果然不出所料，化学实验楼里没有白翎身影。易之锋着急了，为了完成学校团委副书记杜召下达的任务，他一时不知如何是好。

终于想出一个切实可行的办法。他写了一张纸条前往化学系女生宿舍，嚼了一块口香糖粘贴在 305 房门上。纸条上写着一句话："白翎，你应当参加选美大赛。易之锋。"

如此简单便完成了任务，易之锋回宿舍睡觉了。第二天一早他背着乐器去学校乐团报到，集体乘车下乡巡回演出去了。

多年之后白翎仍然保留着易之锋贴在化学系女生宿舍 305 房间门外的那张纸条——它标志着一个女生恋爱的开始。

白翎并不知道易之锋写下"白翎，你应当参加选美大赛"这句话属于职务行为——为了完成学校团委副书记下达的任务。白翎暗暗认为这是易之锋的关爱，尽管这种关爱来得非常突然。女孩子往往容易美化对方，美化对方其实是美化自己。面对一个白马王子式的男生大胆贴在门外的一张纸条儿，她认为这是坦率的表达。但是，白翎还是认为大学校园不应当举办选美活动，尤其不应当举办由化妆品制造商赞助的选美活动。这种商业选美的最终目的就是推销化妆品。当代女大学生为什么无偿充当这种毫无审美价值的模特呢。

三天之后，易之锋跟随学校乐团巡演归来，回到校园适逢选美预赛结束。易之锋背着乐器回到宿舍，进门就向毛宏声打听预赛情况。

毛宏声睡在易之锋下铺，经常自称生活在"社会底层"。这位来自山区农村的大学生躺在床上极为不屑地说，这种校园选美大赛缺少白翎那样的选手参加，既没有号召力也没有说服力，既没有感染力更没有生命力。

看着毛宏声愤世嫉俗的样子，学生会文娱部长知道自己没有完成学校团委副书记杜召布置的任务。第二天早晨易之锋在学生食堂遇到杜召，对方喜笑颜开说，这次进入选美决赛的十名选手水平很高，尤其化学系的白翎更是出类拔萃，我看很有夺冠希望啊。

我怎么听说白翎没有报名参赛呢？易之锋不解地望着杜召。

开始白翎没有报名，我不是派你找她谈话吗？她赶在截止报名的最后时刻报了名，果然进入了前十名。看来，我派你找她谈话还是很起作用的嘛。

看到杜召得意扬扬的样子，易之锋相信白翎报名参赛了。杜召比易之锋大几岁，大学毕业留在母校做了专职团委副书记。这位杜副书记平时不苟言笑，一看就是当官的坯子。

然后杜召将话题转向前任校花宋好妮。你知道宋好妮吧，她本来有着美好前途，已经读到大四了嘛。可一失足成千古恨，走上另外一条道路。我听说她的男朋友比她还小三岁，这更不像话啦。

是啊，宋好妮的男朋友邝一非，是物理系大二学生，他比宋好妮小三岁，外号小女婿。

杜召似乎非常关心宋好妮的近况。宋好妮被学校除名之后，邝一非仍然与她保持恋爱关系吗？

易之锋被问住了。他觉得这事情杜召应当去问邝一非。恋爱本身就是一场悬念，只有当事人说得清楚，别人都是看客。

是啊是啊，别人都是看客。团委副书记杜召若有所思说着。

易之锋离开食堂回到宿舍，一眼看见同室的毛宏声站在楼道里吸烟。面孔黝黑身材粗壮的毛宏声烟龄已有两年。你怎么跑到外面抽烟来啦？易之锋不解地问着。因为平时这位烟民并不注重公共道德，经常把房间抽得烟气腾腾的。

有一女生坐在房间里等你呢，我是怕烟雾呛着人家才躲出来的。你快进去吧，人家等你等得望眼欲穿啦。毛宏声吸了一口烟，不酸不凉说道，你知道坐在房间里等你的女生是谁吗？白翎！

推门走进宿舍，房间里果然坐着白翎。她起身朝着易之锋伸手说，你好，我是白翎。

我知道你是白翎。易之锋跟这个女生握了握手。他觉得她手很凉，好像一尊冰雪女神。

你不是没有报名参加选美预赛吗？易之锋问道。

对，我没有报名。可你跑到我房间门外贴纸条啦，看到纸条之后我就去报名了。白翎颇为含蓄地说着。

易之锋没有向白翎说明动员她报名参赛是团委副书记杜召下达的任务。他笑了笑说，白翎，看来你是一个听话的好孩子啊。

白翎也笑了笑说，我有时候很听话，有时候很不听话。

易之锋故作严肃地说，我跟你完全相反，我有时候很不听话，有时候很听话。

白翎被他逗得笑了。你真不愧是中文系学生，明明一个意思嘛，你一颠倒就成了两个意思。这就是诡辩论吧？

易之锋得意地说，诡辩论是哲学系研究的课题，我是辩诡论。

阴差阳错。一张纸条引发一段姻缘。一次会面引发一场热恋。后来，这个男生与这个女生的恋爱故事，几乎被写进了校史。

四

日有所思，夜有所梦。易之锋终于梦见了前妻。

日本动画片《岁月的童话》，他看了一宿。这是第一次看宫崎骏的作品，他随着主人公一起怀旧。怀旧怀到黎明时分，他上床睡觉梦见白翎。应当说他是白天梦见白翎。属于白日梦。

是啊，白日梦。"白日依山尽"的白日。

下午起了床，他在午后两点钟操持自己的"早餐"，突然决定给白翎打电话。他寻思着打电话的理由，尽管前夫给前妻打电话不需要什么理由。于是找出那只经久不用的"商务通"，抻出手写笔点击"电话簿"，寻找宋好妮的电话号码。

找到了。BP机是12992135023，宅电是2535889。如今还有人使用传呼机吗？大概很少。看着这两个陈旧过时的号码，易之锋颇有"洞中方数日，世上已千年"的感慨。

有了理由，他给白翎拨打电话了。前妻的住宅电话和办公电话，他统统不知道，只有手机号码。拨通手机之后他突然怵了，一时不知所措。离婚之前，他是白翎的一座雪山，她乐此不疲地登攀着，一路哼唱着开心歌曲。离婚之后，白翎成了他的一座雪山，他只能孤独地坐在山脚仰天长叹。

电话通了。他听到白翎喂了一声。这声音对易之锋来说便是天籁。从前便是天籁，只是易之锋不懂得珍惜罢了。

他叫了一声白翎，说那天你要的宋好妮的电话我找到了。然后他就将宋好妮的BP机号码和住宅电话号码，给前妻念了一遍。电话里传来白翎的咯咯笑声，你这是从哪儿查来的八百年前的号码啊。

易之锋慌了，表示自己只知道八百年前的不知道八百年后的。白翎继续笑着说，我忙着呢，再见。

挂掉电话，易之锋好像一脚踏进泥潭里，不能自拔了。他觉得自己不但失去了妻子，还成了落伍的局外人。尤其电话里白翎的咯咯笑声刺激了他。因为他知道白翎从前绝对没有这种笑声。于是这种笑声显得非常陌生，好像发自别人喉咙。白翎的陌生笑声一定来自白翎的崭新生活。白翎过着一种什么样的崭新生活呢？他不知道。俗话说平平淡淡才是真，可一旦落伍出局，以往那种奢侈的平淡心理立即转化为现时难忍的孤寂状况。他开始反思自己是否已经被生活抛弃。这种惨遭抛弃的窘境好比一顶多年挂在门外的毡帽，就连充当鸟巢的资格也没有了。

这时候已经是下午两点半钟了。他准备吃早餐。早餐还是老规矩，一个人吃早餐偏偏在餐桌上摆放两份，另一份充当供品。只有这样他才觉得留有前妻几丝遗韵。有几丝遗韵足够了，以少少许胜多多许。

他将两份早餐摆上餐桌。离婚以后他学会了简单家务。离婚之前即使油瓶子倒了他也不会去扶的。这是离婚带来的变化，也是从男女合资生活走向男人个体生活带来的变化。

易之锋拿起餐刀将果酱抹在面包上，抬头瞧了瞧摆在对面的那份早餐说，我们吃吧我们吃吧。

于是就吃了起来，当然是他自己吃。这时门铃响了，还是被前妻讥笑为"老音乐"的叮咚叮咚声。易之锋无论什么事情都不愿被中途打断，包括接电话和吃饭。他一个人的早餐还是被门铃声打断了。

他怏怏然打开门，隔着防盗门瞥见一位女士站在门外说了声您好。他聚住目光仔细打量，惊呆了——这人就是白翎啊。

您是易先生吧？我是小区物业收费员，姓梁。对不起，我打搅您休息了。请问我可以把新近实施的收费优惠措施给您介绍一下吗？

哦……易之锋目光穿过防盗门的护栏，十分充分地注视着来者。他渐渐冷静下来，暗暗告诫自己这位自称姓梁的女士不是白翎，也不是白翎化身。前妻永远也不会跟他开这种玩笑——乔装收费员突然出现。只能说这位自称姓梁的女收费员长得很像前妻，假若她不是比白翎稍稍高出那么一两公分，绝对就是 copy。

只有三流电视剧里才会出现这样的巧合——妻子走了或者死了，某一天突然出现一个跟妻子长得一模一样的女人。然而这种戏剧情节此时却突然降临在易之锋面前，而且根本没有导演在场。

由于梁的长相酷似前妻，易之锋的态度颇为友善。他隔着防盗门对她说，您要是愿意介绍那就介绍吧。

谢谢，我简明扼要向您介绍一下吧。梁站在门外拿出一张宣传材

287

料，几乎是照本宣科。易之锋感到心头生出一片荆棘，却做出洗耳恭听的样子。是啊，梁的长相实在太像白翎了，只是白翎不搽口红不画眉毛，嘴唇天生红润，眉毛天生鬃黑。易之锋认为女人搽抹口红往往影响接吻质量。男人亲吻涂满口红的女人，总感觉隔着一层油脂，就跟练习人工呼吸似的。

梁读罢宣传材料，好像应当进入交费环节了。易之锋意犹未尽，低头思忖着。梁微笑等待着，拿出一册收费单据。

对不起，今天我家里没有零钱，您明天来好吗？单身男子易之锋说了这样一句话。似乎是今天的推诿，又好像是明天的承诺。

好吧易先生。那我明天什么时候来呢？梁善解人意地问道。

你留一个电话好吗？明天我在家里给你打电话。易之锋打开防盗门，看到梁穿着一双白色高跟凉鞋。是的，白翎也是这样，白翎喜欢穿白色高跟凉鞋。白翎说女人一穿高跟鞋，胸就挺起来了。白翎从来不用丰乳霜什么的。

梁递过来一张小纸片低声低语说，对不起我没有名片，物业公司不给收费员印制名片。易之锋伸手接过小纸片看到上面写着一串电话号码。那字，很娟秀的。

梁的出现，好比朝死海里投下一枚深水炸弹，虽然没击中潜艇却搅乱了海底鱼类的原本平静的生活。这一夜单身男子易之锋成了一条失眠的鱼——没有看碟，没有喝水，没有去厕所，就这样躺在床上晾着。

他还是没有将自己晾成一条干鱼。干鱼是没有知觉的，他却受到痛苦的煎熬。是啊，梁的出现使他陷入深深的思念。他思念一个人——白翎。思之念之，从思念白翎渐渐转移到梁。白翎已然远不可及，梁则近在咫尺。他的思念渐渐出现混乱，焦距也模糊起来。渐渐白翎与梁走到一起，双双站在他的面前，昂首挺胸的样子。他顿时激动不已——白翎与梁互相重叠着，二者合成一体。

第二天过午醒来，他一个"干鱼翻身"光脚下床径直跑进卫生间，站在镜子前注视着这位单身男人的憔悴形象。那个酷似白翎的女收费员从天而降出现在我生活里意味着什么呢？这样思忖着，他跑进客厅拉开抽屉找出一盒香烟。他不是烟民，只有百思不得其解的时候他才点燃一支香烟捏在手里，活脱脱进庙求神的香客形象。

我不会是叶公好龙吧？

五

到了散步时间单身男子易之锋照常外出散步，而且毫不例外遇到郎经理。这一次他主动向郎经理打招呼，他想打听修剪草坪的"民工"邝一非的下落。

郎经理哈哈笑着递给他一份报纸说，这是宏声房地产总公司的企业报纸，我们宏发物业管理公司是它的子公司，就是儿子吧。儿子应当大力宣传老子的辉煌业绩，所以我挨家挨户派送报纸。

易之锋对这种企业报纸毫无兴趣，房地产广告而已。他不得不接过郎经理塞过来的报纸，纵深打听邝一非的情况。

邝一非？郎经理连连摇头，表示不晓得有这么一个民工。易之锋不死心，强调着那一顶巴拿马草帽。他认为头戴一顶名牌草帽的民工，郎经理应当知道。

铁打的小区，流水的民工。什么叫巴拿马草帽啊？不知道。郎经理不以为然地说着，一派土皇帝的表情。

看来郎经理既无知又无畏，从来不懂巴拿马草帽的品牌。易之锋无话可说，放弃散步回家去了。

走进家门他将郎经理派送的企业报纸扔在沙发上，独自叹了一口气。他很为老同学邝一非悲哀。堂堂一只"海龟"竟然被郎经理视为一介草民，真是乾坤颠倒黑白混淆啊。姓郎的什么东西？一糙人而已。邝一非是"白骨精"啊——白领、骨干、精英。邝一非你堂堂"白骨精"怎么沦为剪草民工呢，这是自取其辱啊。

越想越生气，易之锋随手拿起那张企业报纸，一眼看见头版刊登着大照片，眼熟。他妈的，这不是毛宏声吗？

对，这就是大学四年睡在宿舍下铺的同学毛宏声。易之锋呼吸加快，马上翻开这一张印着"宏之声"大红楷体报头的企业报纸，读了起来。这张报纸的头版头条标题是"宏声房地产总公司董事长兼总经理毛宏声向广大业主致意"。

他全力以赴阅读着这张报纸，从字里行间捕捉着有关毛宏声的所有信息。一张报纸信息有限，易之锋反反复复地阅读，还是粗略地掌握了老同学的基本情况。根据大学时代的印象，他大体拼凑出了毛宏声从贫穷走向发迹的路线图。

大学宿舍里睡在易之锋下铺的毛宏声，好像有点儿自卑。易之锋在城市长大，生活条件优越，于是睡下铺的毛宏声便难免有抵触心理。由于城市与农村之间存在隔阂，同窗四年易之锋跟毛宏声关系平淡，交往不多。只记得毛宏声大一至大二期间曾经积极要求入党，经常去找团委副书记杜召汇报思想情况。后来灰心了，改看武侠小说。毛宏声极端瞧不起金庸而疯狂崇拜古龙。他认为古龙的性情是真性情，古龙的沧桑是大沧桑，金庸的洞彻则是假洞彻。

大学毕业之后毛宏声被分配到物资局。后来物资局改制转轨变成物资总公司，他离职单干，去倒腾钢材和煤炭什么的。好像后来转向房地产投资。据这张企业报纸《宏之声》介绍，毛宏声只用五年时间便将房地产这块蛋糕做大，成为业界一颗冉冉升起的新星，一举成为这座城市不动产界的领头羊。

通过阅读《宏之声》易之锋进一步得知，他所居住的宏发小区正是毛宏声的宏声房地产总公司投资开发的，宏发物业管理公司是其下属的子公司。看到老同学如此发达，易之锋首先为这位多年不曾谋面的室友感到高兴，同时隐隐约约觉得自己住在宏发小区里拥有了一种特殊身份。

他很想马上打电话告诉郎经理，你们宏发物业管理公司是宏声房地产总公司的下属，你的老板的老板的老板——毛宏声，他是我大学同学。然而他没打这个电话。毕竟受过高等教育属于知识分子，以大学同学作为炫耀资本，那太浅薄了。

毕竟十几年不见，毛宏声变成什么样子易之锋心里没底。人一阔，脸就变，这是中国人的通病。

黄昏时分，电话铃响了。他歪在沙发里伸出双脚夹起电话筒摆在茶几上，然后起身伸手抄起电话喂了一声。电话里飘出一个似曾相识的女声，轻轻问您是易先生吗。他回答是。

易先生打搅了，我是物业收费员梁晓鹊。昨天您说今天给我打电话，现在五点半钟我要下班了就冒昧给您打过来了。真是不好意思。

哦……易之锋一时语塞。他并不认为自己昨日的承诺今天必须兑现，因此陷入被动状态。

你有什么事情吗？他反问梁晓鹊。这时他得知她叫梁晓鹊，认为这名字不错，介于古典与现代之间，雅俗共赏。

我……梁晓鹊似乎没有料到他这样反问，顿了顿说，为了提高服务水平，宏发小区物业收费员入户收费，而且实行双语服务。至于具体优惠措施昨天我已经向您介绍过了。如果易先生方便的话，我想请您交纳今年的物业管理费。

好啊，那你就来收费吧。喂，你要是经过小区便利店，能不能给我捎来一袋速冻水饺？我要素馅，想念牌的。

放下电话，易之锋意识到这样做实在有些唐突，自己跟梁晓鹊毕竟只有一面之交就这样无所顾忌地给人家下达任务。当初白翎跟他分手，曾经告诫他克制男人的指挥欲必须从零做起。无论男权主义还是女权主义都不是好主义，好主义是男女平等主义。

尽管一时难以弄懂男女平等主义的具体内涵，反思之余的易之锋还是想通了，决定一会儿向梁晓鹊道个歉。这样思忖着，易之锋坐在沙发里翻阅着《宏之声》小报，心不在焉。

半小时过去了，梁晓鹊没来。易之锋"早餐"没吃，这顿"午餐"就迫在眉睫了。又挨了二十分钟，梁晓鹊还没露面。他肚子不耐烦了，起身不停地在客厅里踱步。

易之锋是北方人却从来不吃肉。尊重他的饮食习惯，夫唱妇随的白翎也奉行素食主义，何止三月不知肉味。当然白翎的最终离去不是由于食素而是另有原因。究竟什么原因导致离异呢，易之锋至今也不明白。

大学毕业之后，易之锋跟白翎走出校园参加了工作。白翎在一家化工公司做文员，一如既往给易之锋洗衣裳、晒被子、收拾房间、周末包素馅饺子，发誓将爱情进行到底。易之锋在石油公司做宣传工作，后来转为部门经理。就这样恋爱几年，易之锋终于同意结婚了。白翎如愿以偿，披起婚纱嫁给了白马王子。他与她共同决定不要孩子，创建新时代模范"丁克"家庭，共度美好人生。

那年春节过后，白翎突然提出离婚。这对易之锋来说不啻晴天霹雳。在此之前这位校园型白马王子被姑娘们宠坏了，他习惯于对女性说不。如今白翎突然对他说不，打了一个措手不及。一贯自视甚高的易之锋当然一口拒绝，因为他认为白翎一定是在外面受到坏男人勾引，一时糊涂才提出离婚要求，这完全是鬼迷心窍误入歧途。

经过广泛而深入、细致而严格的调查，易之锋并没有发现妻子的外遇。看来白翎提出离婚绝非心血来潮。他无话可说了，只得接受白翎的分手要求，协议离婚。从此，白马王子胯下没了白马，失去坐骑的王子沦为赤脚赶路的可怜单身汉，而且还穿了一双旧皮鞋。

易之锋的生活态度从此趋于消极。尤其实行"买断工龄"以后，赋闲在家无所事事，过着与世隔绝的生活。有时梦见大学时代的校园，便认为那只是人生的美好回忆而已。

这都什么时候了，想念牌素馅速冻水饺怎么还不来呢？

六

门铃响起之前，电话铃抢先响了，就跟比赛似的。易之锋本不愿意接电话，猜测这电话可能是梁晓鹊打来的，就接了。

却是邝一非。他又惊又喜，当头就问邝一非离开宏发物业公司跑哪里去了。邝一非好像不愿意涉及这个话题，敷衍了几句。易之锋还沉浸在修剪草坪民工的回忆里。邝一非转换话题说，明天就要出国了，特意打电话告别。

易之锋一下感到窒息。这就是邝一非，一会儿是虫，一会儿是龙，弄得你摸不到头脑。从一只令人羡慕的"海龟"沦为修剪草坪的民工，然后突然起飞再赴国外。这样的大起大落好比乘坐迪士尼乐园的过山车，你必须具有一颗结实的心脏。邝一非的心脏绝对结实，否则操纵剪草车的时候就爆裂了。

他问邝一非出国去什么地方。对方说先去美国然后转道加勒比海地区。易之锋笑了说，对啊你还戴着一顶巴拿马草帽呢。

邝一非说这跟草帽没有关系，他去加勒比海地区主要是商务活动。远在美国费城的胡莉娅姨妈介绍他认识桑托斯先生，提供了千载难逢的投资机会。

听到桑托斯先生、胡莉娅姨妈之类的称呼，易之锋觉得很远，也很玄。他意识到邝一非打来电话不光告别，便主动询问这位即将再度成为海外游子的老同学有什么事情。

你真是善解人意啊易之锋。邝一非语重心长地说，没错，我有一件事情拜托，就是请你关照一下宋好妮。你知道，我比宋好妮小三岁，当年轰动校园的风波就被称为"宋邝姐弟恋"，宋好妮即将大学毕业却被学校除名。为了爱情宋好妮损失巨大，我的损失也不小。可这一场马拉松式的恋爱，还是半途而废了。十几年过去了，我没结婚，宋好妮也没恋爱，这好比第一次开车被判罚违章，就永远不去考驾照了。又好比武侠小说的男女恋人同时被废武功，一起退出江湖了。

你这两个比喻都很好，一个驾校，一个武林。易之锋打断电话里老同学的深沉独白。邝一非你要我关照宋好妮有没有具体含义，譬如宋好妮遇到困难需要我挺身而出。

不，我多年没有宋好妮的讯息了，她的现状我一无所知，就连她的电话号码我都不知道。可不知什么原因，这次出国我心里特别惦记她，所以给你打电话郑重拜托。邝一非越说越深沉，一下感动了易之锋。

好吧，我接受老同学的拜托。假若宋好妮需要帮助，我是不会袖手旁观的。易之锋爽快地做出承诺，听到电话里传出邝一非的抽泣。

你放心去加勒比海地区吧。如果有可能请你给我带一顶巴拿马草帽回来。易之锋说着就准备挂电话了。

什么，巴拿马草帽？电话里传出邝一非困惑不解的声音，我光知道有一条巴拿马运河当初被美国人占领，那地方还出产草帽啊。

敢情邝一非只知其然不知其所以然——根本不晓得自己戴了一顶价格昂贵的巴拿马草帽。易之锋颇有对牛弹琵琶的感慨。

电话里两位老同学互相道了别，当然与巴拿马草帽无关。放下电话易之锋坐在沙发里，苦笑了。

一个人戴了一顶巴拿马草帽，却丝毫不晓得它的价值。于是这巴拿马草帽便成为一顶极其普通的草帽，而且跟修剪草坪的民工们戴的草帽没有什么两样。一顶好端端的草帽就这样完蛋了。

这到底是怎么回事儿呢？易之锋觉得巴拿马草帽似乎诠释着一个道理，这道理似乎与爱情相关。

那一年白翎报名参加首届校园选美大赛，最终夺冠。夺冠之后她与易之锋的恋爱火热开场。白马王子配校花，再度成为校园热门话题。同学们普遍认为，这场恋爱还是白翎更为积极主动，很像一个频频插上的助攻型后卫。

白翎的感人事迹，不胜枚举：一大早易之锋还没起床，白翎端着一只不锈钢杯子送来早餐，有牛奶有面包有鸡蛋；一到黄昏易之锋下课回到宿舍，白翎就给他擦亮皮鞋，预备晚间外出散步；白翎每周都给易之锋洗衣裳，包括内裤；冬天里只要有阳光白翎必然从男生宿舍抱出他的被子去晾晒，太阳照得暖烘烘的；夏天里白翎就是易之锋一只清凉果儿，爽口爽身又爽心。为了恋爱白翎在校期间多次受到团支部的批评和警告——请你集中精力专心学习，不要任意荒废大好时光，更不要辜负祖国人民对你的殷切期望。

　　毕业多年了，女生白翎的模范事迹仍然深刻留在学校员工们的记忆里，几乎成为恋爱经典。时代不同了，如今校园恋爱成为日常风景，一间宿舍里住着两对男女更是屡见不鲜。于是，易之锋与白翎的恋爱愈发具有古典意义。

　　易之锋并不知道，当年毛宏声和邝一非多次躲到学校小树林里就"易白之恋"进行研讨，羡慕也好嫉妒也好，据说最终难以达成共识。毛宏声坚决认为白翎如此追求易之锋是不可思议的。这位来自社会底层的大学生暗暗发誓一定破译"易白之恋"的密码，以大白于人心。他的理论依据是易之锋根本不懂爱情。根本不懂爱情的易之锋竟然赢得白翎的热恋，这太不公道了。

　　邝一非不同意毛宏声的观点。他认为人世间不存在不可思议的事情。你毛宏声觉得"易白之恋"不可思议，这恰恰说明你站在局外人立场上发言。假若恋爱本身就是不可思议的事情，还有什么不可思议而言呢。邝一非的观点无意之间伤害了毛宏声。这位农家子弟大学四年经历简单，没有罗曼史。大学毕业了，毛宏声扛起行李迈着情窦未开的步伐告别校园，赶往物资局报到上班了。

　　易之锋坐在沙发里仍然思索着草帽问题。莫非白翎就是一顶高贵的巴拿马草帽，我拿在手里一直不晓得它的价值？是啊，一顶巴拿马草帽象征着一个哲学命题：知名知实，知名不知实，不知名知实，不知名不知实。

这巴拿马草帽哲学太复杂了，一步步质问着易之锋，逼他反思，迫他悔过。这时门铃响了，叮——咚，叮——咚。

易之锋若有所思的样子，起身离开沙发前去开门。开了门，他看到梁晓鹊手里托着一袋速冻水饺站在门外，满头大汗，一派快递公司送货员的形象。

你……易之锋被一顶巴拿马草帽折磨得神情恍惚，一时忘了自己下达给女收费员的购物任务。

梁晓鹊气喘吁吁说，对不起易先生，您说的小区便利店里没有速冻水饺，我去了附近超市，那里有速冻水饺但没有素馅的，我只好跑到又一家超市，那里有素馅速冻水饺可不是想念牌的，我就去了第三家超市找到想念牌素馅速冻水饺，有两种，六块八的和七块二的，我擅自做主给您买了七块二一袋的，因为我认为您这样的白领人士不应当选择六块八的。

一口气说出这么多话，梁晓鹊从快递公司送货员角色变为说相声的，使人想起中央电视台的《曲苑杂坛》。易之锋恍然大悟，打开防盗门说请进。梁晓鹊表情拘谨，进退两难的样子。易之锋从她手里接过想念牌素馅速冻水饺，掏出钱包付款，抽出一张五元的一张二元的一张二角的，总共七元二角递给梁晓鹊。梁晓鹊则将超市开具的购物小票交给他，表示这是报销凭证。

你辛苦啦梁小姐。易之锋说了声谢谢，下面就没话了。梁晓鹊欲言又止，满面窘色。梁小姐你还有什么事情吗？易之锋不由问道。

梁晓鹊艰难地笑了笑，说，您要是方便的话请把今年物业管理费交了吧。易之锋说了声对不起，再次掏出钱包抽出几张大额钞票连声说，我交我交。

收了全年物业管理费，梁晓鹊踏着中央电视台《焦点访谈》的片头音乐，走了。

易之锋还在思索着那顶巴拿马草帽。

七

水沸了，几经水沸的饺子煮熟了。他站在厨房里盛了一盘子想念牌素馅水饺，热气腾腾端到餐桌上，开始进餐。这是他的"午餐"。

吃着吃着，他停止咀嚼思忖起来。以前的素馅饺子是白翎动手包的，如今的素馅饺子是梁晓鹊跑腿买来的。外貌酷似白翎的梁晓鹊莫非真是前妻的替身吗？

吃不下去了。他放下筷子坐在餐桌前，梁晓鹊一路奔跑的身影晃来晃去，越跑越近，甚至听到了急促的呼吸声。

易之锋闭目静坐，好像进入了虚拟世界。盘子里剩余的想念牌素馅水饺，已经凉了。

他一动不动坐着，脑海里却放映着一部小电影：一个女子气喘吁吁朝前跑着，从小区便利店跑到第一家超市，从第一家超市跑到第二家超市，从第二家超市跑到第三家超市。这分明是一场关于想念牌素馅速冻水饺的马拉松啊，而且沿途无人喝彩。然而梁晓鹊竟然一步步跑完全程。这种任劳任怨的精神完全是当年白翎的翻版，甚至有过之而无不及。

难道——梁晓鹊也是一顶不为人识的巴拿马草帽？天啊。他心里这样想着不由瞪大眼睛，注视着那半盘子剩余的想念牌素馅水饺。

这真是一个不同寻常的夜晚。这个不同寻常夜晚的关键词就是巴拿马草帽，还有想念牌素馅水饺。

巴拿马草帽。想念牌素馅速冻水饺。巴拿马草帽。想念牌素馅速冻水饺。巴拿马草帽……

易之锋是子夜时分上床睡觉的，破天荒没看影碟。很快他就睡着了，而且不知不觉为自己创造了一项纪录：深夜十二点钟上床睡觉，转天上午八点钟起床。他终于遵循了"北京时间"。

很久没有执行这样的起居时刻表了。起床之后心情不错，心里涌动着一股劲头儿，这劲头儿宛若一个积极要求进步的孩子。他蓦然觉得自己变了，一步回到正常生活边缘，再迈半步就重返正常人行列了。这不是做梦吧？他伸手掐了掐嘴唇，疼。疼就不是做梦。

一眼看见摆在餐桌上的半盘剩余水饺，他坚信这是现实生活而绝非梦境。他没有依照惯例将昨晚剩余的半盘水饺装进塑料袋儿扔进垃圾桶，而是决定加热之后，吃掉。他也不知道自己为什么这样，鬼使神差吧。他走进厨房打开小炸锅，把残存的想念牌素馅水饺一股脑倒进去，开始加热了。

小炸锅发出滋滋滋的响声，一股子油炸食物的香气弥散开来，充满人间。嗅着这股子香气，易之锋的肠胃受到感染，食欲蓦然强烈起来。

坐在餐桌前，他吃光了半盘油炸水饺——满嘴清香丝毫没有吃了剩饭的感觉。只觉得精力旺盛，身体里有一种焕然一新的冲动，犹如冰河解冻，犹如春草发芽，犹如候鸟返飞，犹如一只空瓶重新注满美酒。这分明意味着新生活的开场。

一个女子身影再度出现，手捧一册收费单据笑吟吟站在面前，易之锋断定这是梁晓鹊而不是白翎。尽管两人相像，但白翎是不会手捧物业收费单据的。手捧物业收费单据的只能是梁晓鹊。由此他认定自己喜欢上了梁晓鹊，有一册收费单据为证。尽管从喜欢到爱，尚有漫漫无尽的路程。

是啊，梁晓鹊就是梁晓鹊，白翎就是白翎。白翎是远水。远水就是远去的水，入海了。梁晓鹊则是身旁的一口井，咫尺而已。

这样寻思着，易之锋心里踏实下来。好像大旱之年老农家里添了一口水缸，而且满是甜水。

他从花瓶里找出梁晓鹊留下的具有名片功能的小纸片，看着上面的电话号码，犹豫不定。我以什么借口给她打电话呢？

好啦，借口就是对她不辞辛苦跑了三家超市买来想念牌素馅速冻水饺表示感谢。

看了看挂钟，上午九点钟应当上班了。他拨通梁晓鹊的办公室电话。接电话的是一个男人，一听声音便知道是郎经理。易之锋不愿意暴露自己身份，随即耍了个小花招儿问他是不是计划生育研究所。电话里郎经理大声回答，我是"120"急救中心您什么病啊？

看来郎经理确实粗鲁，一张口就挖苦一个打错电话的人。这种粗鲁人士属于社会主义精神文明建设的滞后者，一时难以进步。

放下电话，心里没有了主张。往常这种时间他还睡在床上呢，因此对上午的阳光感到陌生，一时不知如何打理。

于是，想起了宋好妮。当年轰动校园的"姐弟恋"以宋好妮被学校除名而告终。宋好妮离开校园迈入社会，邝一非在大学继续读书。她进了一家编译所打工。由于没有大学文凭屡屡遭遇歧视，她只能充当勤杂工。宋好妮与邝一非的姐弟恋，继续着。每月十号是宋好妮发工资的日子，她必然骑着自行车来到大学东门外的"莱茵河畔"西餐馆与男朋友共进晚餐，然后将一卷儿钞票悄悄塞到邝一非手里，小声说，你用吧，用完告诉我就是了。

莱茵河畔西餐馆的老板娘毕业于外语学院德语专业，她一见到宋好妮就用德语打招呼，热乎得很。这时候物理系学生邝一非就说纳粹来了。气氛更加热烈起来。

宋好妮在学校读书时，留着"假小子"的短发。据说邝一非不喜欢短发形象，说有欠婀娜。离开校园宋好妮便开始蓄发。宋好妮长发披肩的形象增添了女性味道，每每成为莱茵河畔西餐馆的一道景观。

有时在这里遇到当初给宋好妮献血的同学，邝一非就悄悄指给宋好妮看。宋好妮就悄悄告诉老板娘，那单她买了。易之锋带白翎去莱茵河畔西餐馆吃饭，几次见到这种场面。看来宋好妮不光懂得获取，也懂得付出和回报。莱茵河畔西餐馆里，前任校花宋好妮与现任校花白翎一旦见面，总要热烈拥抱一番。独具日耳曼风情的莱茵河畔西餐馆，好像成了两任校花频频会师的地方。

那一次白翎喝了一杯红酒，极为惆怅走出莱茵河畔西餐馆。春天的夜晚易之锋骑自行车驮白翎返回校园。路过她与他第一次做爱的小树林草地，白翎突然跳下车子，不走了。他推着车子注视着她。她冲上来搂住他的脖子说，我非常感谢你能爱上我，我也非常庆幸我能爱上你。因为同是校花我跟宋好妮相比那是处处逊色的。

你真的这样认为吗？易之锋惊诧不已。他深知一个女人拿自己去跟另一个女人比较，往往自视甚高。白翎居然甘拜下风，这确是很少见的现象。

命运多舛。宋好妮百般温柔千般高雅万般才情，都没用。她最终还是被邝一非抛弃了。据说，惨遭抛弃的宋好妮几天之间就白了头发，那形象亚似饱受黄世仁凌辱的白毛女。白翎得知这个消息擦着眼泪说，万恶旧社会白毛女还有大春哥去解救呢，如今宋好妮却形孤影单独自伤心——这就是难以治愈的恋爱后遗症啊。

这一场轰动校园的姐弟恋以分手告终。究竟谁是巴拿马草帽呢？是邝一非呢还是宋好妮？易之锋难以做出评判。

是的，局外人往往难以做出准确评判，因为爱情本来就是不可思议的。如今梁晓鹊的突然出现同样不可思议吧。

总算挨到中午，易之锋估计梁晓鹊此时应该回到办公室了。他再次拨通电话，果然是梁晓鹊接听。梁晓鹊的声音轻柔温和，好似幼儿园阿姨。白翎大学三年级曾经去幼儿园做义工，给十二个孩子洗过脚，给四个孩子剪过指甲，还教三十个孩子学唱歌谣"一条小河哗啦啦，九曲十八弯到我家"。如今易之锋明白了，不光一条小河九曲十八弯，还有流淌在心灵小溪里的爱情，同样九曲十八弯。

梁晓鹊有些惊讶，以为收费出了差错。单身男子易之锋连忙说，昨晚你跑了那么远路给我去买一袋速冻水饺，我真不知道怎样向你表示谢意。

您及时交纳物业管理费是对我的最大支持，我应该对您表示感谢才是。您对小区管理工作有何要求，随时给我打电话就是了。我们的承诺是上门服务，当场解决，绝不拖延。

易之锋顿时没了招数，无奈之下只得结束通话。他放下电话坐在沙发里寻思着，终于承认自己交际乏术，尤其缺乏结交女性的能力。是啊，从前都是白翎追我，我自岿然不动，白翎倒是练就一身追求男人的过硬本领，宠得我严重缺乏主观能动性，就跟一尊泥胎似的。如今跟梁晓鹊打交道，我居然不知从何处入手。

求教无门，举目无亲。历经婚变的单身男子易之锋只有向师姐请教恋爱 ABC 了。宋好妮现在还是白毛女吗？

八

易之锋给前妻打电话询问宋好妮的联络方式。白翎听罢笑得上气不接下气，电话里几乎喷饭。易之锋被前妻笑得丈二和尚摸不着头脑，我非常可笑吗白翎？他追问着。

电话里白翎强忍笑声说，我觉得你非常可笑。前几天我找你询问宋好妮的电话号码，你告诉我一个古老的 BP 机号，弄得我哭笑不得。今天你反而向我询问宋好妮的电话号码，我就觉得特别可笑。

我不认为这有什么可笑。同学之间彼此打听一下联系方式难道就要笑得前仰后合吗？白翎你心理过于敏感了吧。心理过于敏感往往容易夸大客观现实，明明不好笑的，你认为好笑；明明不要哭的，你认为要哭。易之锋渐渐进入好为人师的状态，滔滔不绝重返当年角色。

白翎郑重着语气说，对不起，我真的觉得你非常可笑，就笑了。假若我的笑声伤害了你的自尊心，那么我向你道歉啦。

出师不利。没有问到宋好妮的电话号码，反而引发前妻大笑不止。

易之锋心情沮丧，起身找出一支香烟点燃之后举在手里，一动不动注视着袅袅青烟。

自从心里有了梁晓鹊，他的生活就乱了。既不遵循格林威治时间，也丧失了北京时间，更不晓得巴拿马时间，于是没抓没挠好像进入太空时间。太空以光年计时——什么格林威治、北京、巴拿马，统统没有意义了。他悲观起来，猛然想起"绕树三匝何枝可依"这句诗，承认这是自己写照。

电话铃及时响了。易之锋断定这是梁晓鹊打来的，精神抖擞抄起听筒喂了一声。这时他听到一个男人声音，对自己的判断力深感失望，心情低落下来。

这几天你有时间吗？我认为大家应当聚一聚了。那男人毫不见外地说着，还打了一个饱嗝。

你是谁啊？易之锋以为对方打错了电话，硬声硬气反问着。

我是谁？你怎么连老同学的声音都听不出来啦，真不像话。你猜猜我是谁！电话里的男人声音似曾相识，可易之锋怎么也猜想不出他是谁。

你还是自己招供吧，我真听不出你是谁了。易之锋郑重其事说。

我是谁？我是邝一非啊。易之锋你对我的声音也麻木不觉啦。

你真是邝一非？我听你声音怎么特像毛宏声呢。你俩一定做了换头手术，要不就是毛宏声穷困潦倒把声带割下来卖给邝一非了。

靠！我穷困潦倒？我穷困潦倒就是出卖睾丸也不能出卖声带啊。电话里的男人哈哈大笑说，看来老同学毕竟是老同学，谁的声音也骗不了谁。喂，下周六晚六点金世界大酒楼606雅间同学聚会，你一定准时出席啊。尤其你这种单身男子，必须积极参加社会活动，千万不要蹲在树洞里冬眠哟。

喂，你真是毛宏声啊？如果你真是毛宏声就不会这样跟我说话呀，什么叫蹲在树洞里冬眠呀？我又不是东北狗熊。易之锋自尊心极强，受到轻微捉弄立即还击。

好啦好啦，我是东北狗熊行吗？我说易之锋同学，如今就连我这样的人都脱离了低级趣味，你小心眼的毛病怎么还没改呢。不多说了不多说了，下周六晚六点金世界大酒楼606雅间不见不散。你还记得我是咱班生活委员吧，这次同学聚会由生活委员买单。

对方说罢啪地挂断电话。易之锋怔了怔，缓缓放下电话心里说，这人真是毛宏声吗？听口音没错，还是尖音团音不分。可毛宏声说话不是这种开门见山的风格啊。毛宏声身材粗壮性格内敛。当年白翎特别喜欢世界地理，经常使用外国地理词汇形容同学。记得白翎说毛宏声是阿拉斯加鲟鱼，很是传神。白翎还说邝一非摇摇晃晃的样子，好像北大西洋浮冰。说到一枝独秀众人瞩目的宋好妮，白翎称她是希腊克里特岛的橄榄树。

易之锋从来没有问过白翎，我是什么。新婚之夜忍耐不住，他问了。白翎似乎早已成竹在胸，当即回答说你是格陵兰岛。他知道格陵兰气候寒冷却是地球第一大岛，心里非常满意。

一块北大西洋浮冰。一株克里特岛橄榄树。全部格陵兰岛。一条阿拉斯加鲟鱼。如今，这条阿拉斯加鲟鱼主动打来电话召集老同学聚会，易之锋还是能够接受的。在此之前假若要求易之锋主动跟这位事业发达的房地产老板联系，他恐怕很难做到。

午后，"宅急送"送来大眼睛影像制品公司寄来的最新影碟。易之锋是这家公司的铁杆客户，常年订货不断。签了收，速递员走了。他想起三天没看影碟了，竟然没有感到丝毫空虚。现实生活本身就是一部全天候电影。尤其你在这部反映现实生活的电影里担任男主人公，哪里还有时间去看别人演电影呢。

大眼睛影像制品公司寄来的最新影碟是西班牙电影《小声说话》。易之锋觉得这部电影名字不错，至少表现了一种人生状态。一个人的一生，有时哇啦哇啦大声说话，有时嗯嗯呜呜小声说话，有时闭嘴不说话。我现在处于什么状态呢，不是大声说话不是小声说话不是闭口不说话，而是不知道如何说话。我寻找理由给梁晓鹊打电话，一旦通话我又不知说什么好。看来我的青春期严重缺课，只好恶补了。

易之锋猛然想起清明节前小区物业管理处向广大业主发出绿化祖国义务植树的倡议，就是号召大家自掏腰包购买树苗然后自己动手挖坑栽树。于是他穿衣换鞋走出家门，朝着小区后面的绿化队跑去。

绿化队只有一个老头留守。听说易之锋来买树苗，老头从角落里找出几株树苗说，就剩这四棵了，打五折。一银杏一青蜡一白杨一泡桐，这都夏天了你还栽树啊。

不晚不晚。易之锋付了二十块钱，抱儿子似的抱起四株小树苗儿连连向老汉致谢。

走进家门，他立即给梁晓鹊打电话邀请她一起栽树。当年每逢植树节学校分派任务，由系里下达给班里，由班里下达给小组，一人一株。白翎总是跑来帮助易之锋。没有她的协助，他挖的树坑只能埋地雷。

梁晓鹊拎着一把铁锨跑来了。易之锋心头一热仿佛看到了当年的白翎。他在楼后选择一片空白地带，带头挖坑了。

男女搭配，干活不累。这句广泛流传于农村地头的俗语果然应验。两人同心协力居然挖好四个树坑，足抵上两个民工了。大汗淋漓干到过午时分，易之锋满怀劳动喜悦对梁晓鹊说，咱们一起吃午饭吧。

梁晓鹊婉言谢绝。易之锋还是给送餐公司打电话叫了两份西式餐盒。梁晓鹊只得同意了。她跟随易之锋走进家门，只在厨房里洗了洗手，不卑不亢的样子。易之锋走进卫生间洗脸，听见门铃叮咚知道送餐的来了，满脸水珠跑出来付款，却看到梁晓鹊结了账。他坚持还钱给她。梁晓鹊笑了笑说以后有机会您请吃饭就是了。

易之锋便认为这句话意味深长，表示愿意继续交往。当初白翎也是这样的。一起外出参观白翎抢着买了车票，他还钱她坚决不要，说下次乘车你买票就是了。没等到下次乘车便接了吻，小树林里白翎主动投入易之锋怀抱。

西式餐盒不错，有鱼排有牛腩有沙拉有烤虾有面包圈，还有白翎喜欢的酸黄瓜。他问梁晓鹊喜欢不喜欢酸黄瓜，她腼腆地说喜欢。于是心情大悦，他愈发喜欢梁晓鹊了。

吃过午饭天气不错，心情更好。两人一起栽树一起浇水。完工了，易之锋心里留恋着。郎经理跑来了，大声指责梁晓鹊工作时间擅离职守，当场宣布扣除当月奖金一百元。梁晓鹊哭着跑了。易之锋拉住郎经理说，我自费购买树苗义务美化小区环境，梁小姐协助栽树你怎么说她不务正业呢？你这样做是不对的。

郎经理丝毫也不买账，大声反驳说这是物业公司内部事务，小区业主不得干涉。说罢气哼哼走了。

易之锋跑回家，抢在郎经理返回之前给梁晓鹊办公室打电话。她接了，强忍哭声。他安慰她说，我们一起劳动非常愉快，你不要伤心。明天我请你听音乐会好吗？梁晓鹊连连致谢说明天家里有事不能去听音乐会，还说郎经理办事方法简单说话方式鲁莽请易先生不要介意。

放下电话，易之锋更加心仪梁晓鹊了。明明受了委屈还替别人说好话，这是美德。有一次他抱怨白翎弄丢了《中国地图册》，几经寻找恰恰放在自己书桌里。白翎反而劝他不要生气。在如烟往事的笼罩下，易之锋情不自禁进行对比，觉得梁晓鹊跟白翎成了孪生姊妹。

心里有了念想，生活变得充实而沉重。一连几天，他彻夜失眠，沙发里一坐就是一宿，没心思看碟。白天来了，他不看电视不听广播不看报纸，吃一点东西喝一点水，全心全意等待着电话铃声。电话机好像哑了，一如既往沉默着。

梁晓鹊怎么不打来电话呢？他忍耐不住给梁晓鹊办公室打了几次电话，总是不在。他频频外出散步了，从室内动物转变为露天动物。他一味围绕小区物业管理处转悠，渴望邂逅。他的心理近乎特务接头，却见不到自己人的身影。

忍无可忍了。他以询问何时投放灭鼠药为理由走进物业管理处，迎面看见楼道里贴着一张处罚告示——梁晓鹊工作时间擅自脱岗造成严重后果，扣除当月奖金二百元。

果然扣除了梁晓鹊奖金，而且扣除了二百元。易之锋又气又急，径直推开郎经理办公室。你不是宣布扣除梁晓鹊当月奖金一百元吗，怎么二百啦？

郎经理哈哈大笑说，你是小区业主，不是梁晓鹊丈夫。假设你是她丈夫也管不着我吧？我说扣除多少奖金就扣除多少奖金。你现在就去告诉梁晓鹊，我罚她在中央花坛里拔草呢。她愿意在这儿干就干，她不愿意在这儿干马上辞职啊。

易之锋气得脸色苍白嘴唇颤抖手指发僵，一句话也说不出来。郎经理指着易之锋说，你要是对我们物业管理工作有意见，尽管提。你要是看上哪位女士了，尽管追。你要是存心跟我过不去，尽管来吧。

秀才遇见了兵。易之锋终于目睹对方的地赖本相，溃败下来。他懵懵懂懂走出郎经理办公室，脑海里一团雾气。

出了物业管理处走向中央花坛，远远看见一个身穿蓝色工作服头戴大草帽的人，蹲在初夏的大太阳下拔草。易之锋快步走上前去，叫了一声小梁。

那顶草帽下终于露出一张汗淋淋红彤彤的面孔——几天不见梁晓鹊居然被晒成民工模样了。他又叫了一声小梁，说你不要害怕那个郎经理，他让你辞职，你就不辞！

梁晓鹊古怪地笑了笑，一边拔草一边说，您放心吧，我是绝对不会主动辞职的，我等待姓郎的主动辞退我。

好！我支持你。易之锋兴奋起来，随即蹲在梁晓鹊身旁，动手帮她拔草。梁晓鹊躲闪着说，易先生你不要这样，您跟我接触一次就是我的一条罪状啊。您以后也不要给我打电话了。您的声音他们一听就知道，勾引业主——这也是我的罪状啊。

易之锋惊愕地注视着梁晓鹊。原来你生活在水深火热之中啊。

九

黄昏时分，易之锋来到公交汽车"宏发商厦"站，耐心等候梁晓鹊。他对外面世界感到陌生，却知道梁晓鹊每天下班在这里乘车回家。站在马路边，他感觉迟钝。该死的"买断工龄"使他提前十七年退休，也使他提前十七年变成"老人"。这实在滑稽：站在老人堆儿里你是小伙子，站在小伙子堆儿里你是老人，站在大街上你既不老也不小，就是一个表情木讷的行人而已。

梁晓鹊出现了，背着一只紫色小皮包匆匆走来。白翎也有一只这种颜色的小皮包，只是款式略有不同。他大步迎着叫了一声小梁。梁晓鹊吓了一跳，挤牙膏似的挤出几丝笑容堆在脸上，勉强叫了一声易先生。

他手里握着两张百元面额的钞票递给她说，你帮我栽树反而被扣奖金，我必须补偿你的损失。

梁晓鹊慌忙倒退两步，好像躲避着伊拉克的人肉炸弹。易之锋以男子汉大无畏气概抓住梁晓鹊的胳膊，把两张钞票塞到她手里。这时872路巴士进站了。梁晓鹊挣扎着说，扣除奖金那是公司的事情，您的补偿我是绝对不能接受的。

钞票脱手落地了。易之锋仍然拉着她的手。梁晓鹊求救似的喊道，请您不要这样！请您放手好吗？

梁晓鹊转身逃命似的跑向872路巴士，快步冲上车去。

郎经理拎着皮包站在易之锋面前，猫腰从地上捡起那两张钞票，嘿嘿笑着递给他说，易先生您可真是大好人啊。

他终于无法控制情绪，伸手接过钞票指着对方鼻子说，你横行霸道一手遮天，你以为你是谁呀？

郎经理的笑容僵在脸上，伸手指着易之锋鼻子还击说，你好吃懒做勾引物业女工，你游手好闲冒充高级白领，你以为你是谁呀？

易之锋似乎冷静下来了。他叉开五指拢着头发说，你是粗人我不跟你说话了。你知道毛宏声吧？他是我大学同班同学！

毛宏声？郎经理一时想不起毛氏何许人也，极力思索着。这时候643路巴士驶了过来，进站。

伸出右手指着左腕手表他大声说，郎经理现在是五点四十分，我六点钟就能见到毛宏声。说罢转身上车，乘坐643路巴士走了。

他气喘吁吁站在巴士里，心里说郎经理你死定了。司机两次提醒投币。他如梦方醒掏出那两张百元面额的钞票。司机说恕不找零。他怔了怔，一时没有办法。司机第三次催促投币。他索性将一张百元面额的钞票塞进投币箱。巴士里的乘客们不约而同发出一声感叹。投一百元钞票乘坐巴士，干脆去打的好啦。

站在摇摇晃晃的巴士里，他想起作家海明威的名言：一个人可以被毁灭，不可以被打败。投币一百元乘坐巴士，恰恰印证了这句名言。

乘坐巴士只有四站路程就是金世界大酒楼了。大酒楼门前小广场里停满轿车，几乎没人乘坐公交巴士前来吃饭。于是易之锋再次成为局外人，极不光彩地走进大酒楼前厅。当年在石油公司做部门经理曾是这里常客，有时一天来两趟，午餐陪一拨晚餐陪一拨，这里几乎成了他胃口的地狱。如今人未老珠已黄，当年风光不再。尤其白翎的离去使他尝到了那杯苦酒的真正味道。

迎宾小姐说欢迎光临，问他有没有预订。他突然产生恶作剧心理故意压低声音说，不要声张，我是来追捕逃犯的。迎宾小姐一时不知如何应对，呆呆望着他的背影。他快步走进电梯，上楼去了。

走进电梯他看着镜子里的易之锋，觉得自己实在不可思议。我怎么想起冒充追捕逃犯的警察呢，难道这是单身生活憋出来的毛病？

出了电梯又一位迎宾小姐迎上前来，还是问他有没有预订。他说606雅间。迎宾小姐前面引路说，您是毛总的客人啊。

看来老同学确实非同凡响，已经成为金世界大酒楼尽人皆知的大人物了。

走进606雅间，当头爆发一阵掌声。他环视四周，不知这是欢迎谁。有人高喊易之锋欢迎你。他毫无目标地咧嘴一笑，对掌声表示感谢。两桌酒宴已经摆好，总共十几位来宾入了席，参差不齐的局面。易之锋侦察兵似的观察着一张张似曾相识的面孔。

有很多同学十几年不见，身心变化巨大，使人想起跨越时空的三峡工程。他聚拢目光依次辨认着，有的握手，有的拥抱。这时心头突然一阵酸楚。生活把我们打磨成什么样子啦，我们还在打磨着自己。

女生们普遍显老。当年参加首届校园选美大赛预赛即遭淘汰的外号"苏门答腊小猫"的女同学凑过来说，你是白马王子，白翎是校花，天造一对地设一双，你们怎么离啦？

苏门答腊小猫简称"苏小猫"。易之锋面对提问只得说一言难尽。苏小猫告诉他一会儿白翎就到了。他有些惊异，说白翎不是咱班同学啊。苏小猫颇有含意地说，人家白翎是今晚宴会的特邀嘉宾啊。

这时候他想起毛宏声。苏小猫笑着说大人物往往最后出场，我们是一群跑龙套的。

噼噼啪啪响起一阵掌声，有人高喊欢迎毛宏声。只要有同学到场就报以热烈掌声，不分高低贵贱。易之锋感动了，这毕竟是同学聚会啊，没有官气没有商气没有邪气。

身材粗壮的毛宏声快步走进606雅间，一条白色休闲裤，一件红色T恤，手里拿着一副墨镜。同学们起身欢迎这位事业发达的同窗，气氛热烈。轮到跟易之锋握手了，毛宏声一如既往面带微笑说了声你好，对昔日校园白马王子没有什么特殊礼遇。

他觉得毛宏声换了一个人，换了皮肤，换了目光，换了表情，总而言之当年的毛宏声没了。

这时又响起一阵掌声。看来毛宏声并非最后出场的大人物。易之锋抬头望去，原来是白翎进场了。

她穿了一件黑色连衣裙，头发盘成雅典美女式，身材愈发显得挺拔。几年不见白翎更显年轻。她的挺拔身姿使得易之锋蓦然想起亲手栽种的那四株小树。这种毫不相干的联想，弄得他心思趋于沉重。

昔日校花的出现使得女同学们活跃起来，好似汽油遇到火种。白翎一个接一个行着贴面礼，发出啧啧响声。西俗气氛空前浓烈。毛宏声则招呼男同学入席，易之锋恰巧在他左侧落座。

白翎完成了耗时耗神的贴面礼工程，入席了。她恰巧坐在毛宏声右侧，朝着易之锋嗨的一声打了招呼。

易之锋以微笑回应前妻。他意识到面部肌肉僵硬，暗暗告诫自己摆正心态，千万不要像中国足球队一样。

落座之后白翎的手机不断地鸣响。她一次次接听电话，难以掩盖事业繁忙的景象。前妻频频接听电话，却使易之锋摆脱了窘境。他跟毛宏声东一句西一句聊着，心理渐渐稳定下来。

服务员上菜了。毛宏声大声告诉同学们金世界大酒楼的菜谱已经上网了，他昨天坐在电脑前就把今天的菜点了。

易之锋听罢觉得很长见识。倘若物业管理公司依照此法实现网上收费，那么梁晓鹊就失业了。想到梁晓鹊他偷偷瞥了白翎一眼，果然从前妻身上看到了女收费员的影子。

突然觉得很好笑，他就笑了。这时八个冷盘全部上桌了。毛宏声端着一杯矿泉水站起身来，说宣布一条现场纪律，既然同学聚会就要珍惜宝贵时间，我请大家关闭手机好吗。

噼噼啪啪响起一阵表示拥护的掌声。大家纷纷掏出手机，关闭了。易之锋环视左右，俨然看客。毛宏声低声问他怎么不关闭手机。他说我没有手机。全桌人一起投来疑问目光。他连连解释说自己确实没有手机。苏小猫笑了笑，说大家都有手机就你没有，你这是特立独行啊。

易之锋心里暗暗叫苦。大家都忙着关闭手机只有我无事可做，我又成了局外人。真想不到没有手机也成了局外人。

白翎没有关闭手机，她起身端着一杯冰水说，实在对不起，我有急事必须赶回去，我以水代酒敬一敬老同学吧。

毛宏声立即起身阻拦说，老同学聚会还没开场你就告退，这怎么可以呢。你是校花，更应当跟群众打成一片嘛。

实在抱歉。白翎一一跟同学们碰杯，频频表示歉意。轮到跟易之锋碰杯白翎说了声多多保重。他感到无话可说，就笑了笑。

白翎也跟毛宏声碰了杯，说了声后会有期。毛宏声挽留白翎无效，泄气地坐下了。

依次跟同学们碰了杯，白翎背起小皮包大声说同学们再见，匆匆离席而去了。易之锋看到她的新款小皮包仍然是紫色的。一个人对颜色的喜爱可能很难改变了。

白翎走了。毛宏声的情绪起了变化，主动放弃矿泉水招唤服务员给他斟满红酒。主角一带头，全体龙套起身响应，餐桌一下变成红色海洋。苏小猫坐在易之锋左侧端起一杯红酒说，你前妻走了你很失望吧？俗话说人逢喜事千杯少，人逢失落千杯不多。你的心情我非常理解。今晚红酒管够，你一醉方休吧。

大学时代的苏门答腊小猫性格腼腆害羞，如今侃侃而谈，小猫形象荡然无存。易之锋不解地说，你为什么要我一醉方休呢？

毛宏声端起一杯红酒说，苏小猫说得对，今晚大家一醉方休吧。说着一饮而尽。易之锋心里说，我要是不干杯又成了局外人。于是主动起身跟同学们一起喝干了红酒。

一杯红酒进胃，感觉心头一暖。这时毛宏声主动敬酒说，你上铺我下铺，一间宿舍同居四年，这是缘分。咱们干杯吧。

易之锋毫不犹豫干了杯。苏小猫带头鼓掌说，大学四年，一生缘分，我知道易之锋从来不喝酒，今天大家为他干杯吧。

同学们纷纷给易之锋敬酒。他一次次被感动，连连干杯。红酒，血

311

液似的注入体内，他觉得四肢膨胀起来，朝着巨人方向发展。

毛宏声喝得满脸通红了。他起身对两桌酒席的同学们说，你们知道吧，今天我还请了前任校花宋好妮呢。

苏小猫立即发出一声尖叫，连连拍手表示激动。易之锋愈发觉得苏小猫变了，变成苏小狗。这时毛宏声举起酒杯说，可惜宋好妮出差杭州不能参加咱们今天的聚会了。

请允许我代替宋好妮喝了这杯红酒吧。苏小猫一饮而尽然后大声说，我是宋好妮的崇拜者。尤其当年她跟邝一非惊心动魄的恋爱令人景仰。她大四那年人工流产住院抢救，我还去献血呢。

不知是谁高声问道，毛宏声，今天同学聚会你怎么没请邝一非啊？

毛宏声主动解释说，我觉得他不是中文系的，就没通知他。

易之锋头脑发热大声说，邝一非出国了，他去了加勒比海地区！

苏小猫亲手斟满他的酒杯说，白马王子，我感谢你给我们提供了邝一非的信息。干杯！

我是白马王子？易之锋笑了。苏小猫突然情绪激动地说，我给你讲一段宋好妮的故事吧。

毛宏声出面阻拦说，苏小猫你是单身女，易之锋是单身男，你们另选时间单独约会吧。今天是公众聚会你懂吗？宋好妮的故事你应该讲给我们大家听。

好吧，我讲给你们大家听。苏小猫抄起一瓶红酒握在手里说，同学们不要伤感，我给你们讲一段宋好妮挽救爱情的故事吧。

易之锋呼地站起，伸手划了一个大圆圈说，我先给你们讲一个弱女子的故事吧，她无缘无故被上司扣了二百元奖金。

人们轰地笑了，觉得这不是什么故事。易之锋摇摇晃晃离开桌子，好像要去洗手间。一个男生起身扶着他。他突然反身折回指着毛宏声说，你下属物业公司有一个姓郎的经理，毛宏声你必须把他开除了。我发誓今生只求你这一件事情，就是开除那个郎经理。你不能让他继续迫

312

害梁晓鹊啦！

说着，易之锋难以自持失声痛哭。毛宏声起身与易之锋紧紧拥抱，说我记住这件事啦。苏小猫带头鼓掌说，毛宏声你可要给易之锋做主啊。毛宏声趁机低声耳语说，你告诉我梁晓鹊是谁啊？

我爱她。易之锋呜咽着说出这三个字。

十

一觉醒来感觉昏昏沉沉的。睁眼注视着黑暗世界，一时不知身居何处，他绞尽脑汁回忆着。记忆仿佛一块黑色沥青，很硬。伸手揿亮床头台灯。躺在床上注视着天花板，他看出这是家里。记忆渐渐恢复，黑色沥青开始熔化，又黏又稠。

哦，我去金世界大酒楼参加老同学聚会，见到了白翎，可她很快就走了，还见到了毛宏声，那两桌酒席他买单。我喝了酒，一杯杯红酒。有人唱歌，有人哭泣，有人讲故事，后来就什么也记不得了。

起床径直走进卫生间，哗哗哗凉水冲头。他满头水珠注视着镜子里的易之锋，不但脸绿而且黑眼圈儿，仿佛来自地狱。究竟是谁送我回家的呢？肯定不会是魔鬼吧。他走出卫生间重返卧室，看到衣柜上贴着一张纸条。

易之锋同学：你好！是我关键时刻挺身而出送你回家的。你应该减肥了，我多付了十元钱的士司机才帮我把你抬进家门的。你家钥匙我放在餐桌上了，请查收。如果发现财物有失可以拨打"110"报警。如果需要帮助可以拨打13920307894唤我。

落款是苏门答腊小猫。

苏门答腊小猫？就是苏小猫呗。当年白翎给一个个同学取外号都与地理有关。北大西洋浮冰、克里特岛橄榄树、阿拉斯加鲟鱼，还有西西里柠檬、巴伐利亚胖子、密西西比水手、俄罗斯列巴，生动而逼真。记得有一次他问白翎你是什么。她想了想说我是一条河吧。他说你是尼罗河吧。白翎说尼罗河太长了，我没有那么长。他追问她是什么河。白翎思索着告诉他，她可能是一条很短却很宽的河。

你是一条人工开挖的河吧？他微笑着问她。好似醍醐灌顶，她扑上来紧紧搂着他脖子说，就是你开挖了我！就是你开挖了我！

依照留言的手机号码给苏小猫打电话，响了十二声对方终于接听。他说你怎么不接电话呢。苏小猫气急败坏说大半夜了你打电话闹鬼啊。

对不起，现在什么时候啊？电话里苏小猫回答说现在北京时间凌晨三点十分，距离我送你回家已经二十四小时了。

他向苏小猫道歉，说既然凌晨三点多钟你继续睡吧。苏小猫说睡不着了，咱们聊聊吧。

他无话可聊，为难地笑了。苏小猫说同学聚会我要给大家讲宋好妮的故事，让你给阻拦了。你死乞白赖给大家讲了一个弱女子梁晓鹊无缘无故被扣除二百元奖金的故事，特别乏味。

易之锋吃了一惊。我真的讲了梁晓鹊的故事？

你不但讲了，还恳求毛宏声帮你办一件事儿，就是开除迫害梁晓鹊的那个郎经理。苏小猫讲述起来，酷似现场直播。

我真的恳求了毛宏声？易之锋紧急追问，那他怎么说的？苏小猫你必须如实告诉我。

你好紧张啊易之锋，你恋爱了吧，你一定恋爱了。你坦白梁晓鹊到底是你什么人？苏小猫开始审案了。

她是小区物业收费员。我怎么能爱上一个这样的人呢？易之锋一边辩解一边催问。苏小猫释然了，嘻嘻笑着说，就是嘛，白马王子怎能爱上物业收费员呢，除非你大脑进了水。

苏小猫终于开始播放现场录像。易之锋当时你哭了，你还跟毛宏声紧紧拥抱，你还强烈要求开除那个郎经理。我在一旁给你帮腔。毛宏声当场答应了。

他答应啦？听着苏小猫的讲述，他悬在心里的一块石头落了地。这时苏小猫介绍说，毛宏声这人说话算数行事果断，只要答应了就办，从不食言。因此他在商界赢得了口碑。

这样就好。易之锋长长出了一口气。心里踏实了，他想睡觉。苏小猫说，我给你讲讲宋好妮挽救爱情的故事吧，绝对精彩。

好吧，我洗耳恭听。他心里想着梁晓鹊，耳朵交给苏小猫。苏小猫不愧中文系毕业，深得"赋比兴"要领，开篇起兴。喂，易之锋你知道伍子胥一夜白头的故事吧？那京剧《文昭关》属于艺术夸张，但实践证明基本属实。宋好妮被郎一非抛弃之后，精神备受打击。她认为爱情不应当这样凋零，就不停地给郎一非写信，一天能写好几封。一个星期过去了，宋好妮头发全白了，那形象跟当年被黄世仁逼进深山的白毛女一模一样。宋好妮当时正在补读大本学历。大家劝她染染头发，一头披肩银发看着太让人心酸了。她偏偏不染。大家劝她剪剪头发，她执拗了几天还是剪了，剪成"假小子"发型。这样她就不得不染发了，因为满头白发背影看上去很像老太婆，可她又不想提前退休。

你知道宋好妮是贵州人吧，她的老家有一种古老习俗，就是用女人的长头发编织高筒袜子名叫"发袜"，穿着防水。其实它是姑娘送给小伙子的信物，很珍贵的。如今这种发袜很少，只残存在偏远山区。宋好妮就是用自己剪掉的一头白色长发编织了一双银色发袜，然后寄给了郎一非。她希望最后关头能够挽救爱情。然而银色发袜寄出之后毫无回音。宋好妮坚决认为那双银色发袜寄丢了，否则郎一非手捧信物绝对不会保持沉默。谁都知道宋好妮这是自欺欺人，她太痴情了。谁痴情谁失败，这就是恋爱战场上的基本法则。

苏小猫绘声绘色讲完银色发袜故事之后大发感慨说，你们男人没有一个好东西。多行不义必自毙。邝一非遭报应了吧，负债累累公司倒闭，一只"海龟"穷得不名一文，成了真正无产者。

思绪飞扬。易之锋想象着郎经理被开除的场面，想象梁晓鹊扬眉吐气的模样。于是苏小猫的讲述全然成了耳旁风。

你死了吧易之锋？苏小猫突然高声问道。他如梦初醒慌忙回答我没死。苏小猫笑着说你没死那你就活着吧，然后挂断电话。

易之锋放下电话仰面一躺，随即呼呼睡去进入梦乡。

他梦见一片汪洋大海，梁晓鹊落水挣扎，他投去一只救生圈将她拉上船来。这时他觉得她不是梁晓鹊而是白翎。他将她抱在怀里大声喊道，你是白翎还是梁晓鹊！你是梁晓鹊还是白翎！这时白光一闪，他怀里竟然抱着一条大鱼——既没了白翎也没了梁晓鹊。

中午醒来回味着梦境，想起那条大鱼他又觉得自己成了局外人。起床之后恹恹走到餐桌前，他突然意识到，已经好几天没有坐在这里陪同白翎吃早餐了。

人，有时候还是可以改变的。譬如增加了皱纹平添了赘肉生长了骨刺甚至干旱了心田，这都说明人的改变。包括从格林威治时间回到北京时间。

我吃了早点就去小区物业管理处看望梁晓鹊，我要告诉她正义必将战胜邪恶，翻身农奴把歌唱，深山也要出太阳。

草草吃罢早点，换了衣裳，他正要走出家门听到电话响了。这是邝一非打来电话，说已经回国了。易之锋觉得邝一非好像空降兵，说去加勒比海就去了，说回国就回了，身上仿佛背着降落伞。

邝一非通知他明天下午两点钟在陆氏茶馆见面，还说约了宋好妮。自从听到苏小猫讲述银发长袜的故事，易之锋对邝一非的冷硬心肠有了更深了解，因此对邝一非约见宋好妮表示不解。电话里邝一非解释说，这么多年了，我要当面向宋好妮道歉，你充当见证人吧。

既然这样只能答应了，易之锋放下电话走出家门。

有了毛宏声的背景，易之锋气完神足。他堂而皇之走进小区物业管理处，推门走进梁晓鹊办公室。这间办公室里有五六个人，却没有梁晓鹊身影。不知为什么空气一下凝重起来。

请问梁晓鹊今天上班了吗？易之锋大声问道。办公室里鸦雀无声，好像都在躲避瘟神。这时一个谢顶男子满脸堆笑说，这件事情您去问郎经理好啦，我们都是他聘来的。

郎经理闻讯赶来，哈哈笑着说，易先生您找梁晓鹊啊，她昨天就被除名了。

什么！易之锋困惑地看着郎经理，目光里闪出火苗儿。姓郎的你有没有搞错啊？

郎经理谄媚地笑了笑，轻轻将易之锋拉到楼道里说，我知道您跟毛宏声总经理是大学同学，失敬了。可毛总亲自打来电话命令我除名梁晓鹊啊。我也觉得这件事儿奇怪，可不能不执行。我说的话您听明白了吧易先生？

易之锋说听明白了，转身走出小区物业管理处。郎经理追在他身后说，我好不容易混到这职位，请您在毛总面前给我美言几句吧。易之锋转身说，好吧你告诉我梁晓鹊的住宅电话号码。

郎经理脱口说出一组号码，分明烂熟于心了。

急匆匆回到家里，易之锋立即给毛宏声打电话。办公室没人接，追到手机上。毛宏声在手机里说刚刚到达深圳。他单刀直入质问对方为何下令除名梁晓鹊。电话里毛宏声沉吟片刻说，可能因为你爱她吧。

我爱梁晓鹊你就把她除名吗？单身男子易之锋颇为好奇地问道，毛宏声你这是什么心理呢？

我也不知道。是嫉妒？是报复？是迫害？是幸灾乐祸？我真的说不清楚这是什么心理。反正是我亲自打电话命令郎经理立即辞退梁晓鹊的。如果我这样做使你受到损失，那我只能说一声对不起了。

深圳那边很热吧？易之锋突然这样问道。毛宏声一时不知如何回

317

答，显得很被动。

十一

下午两点钟，易之锋准时走进陆氏茶馆。他很久没有进出这种地方，看到冻顶乌龙已经卖到二千八百元，太贵了。邝一非提前到达，坐在桌旁看报。

大学毕业多少年了，其实他很少见到邝一非。他偷偷打量着西服革履的老同学，想起驾驶剪草车的形象，越看越陌生。

一身生意人打扮的邝一非放下报纸看看手表，宽容地笑了笑，说当年谈恋爱宋好妮就是迟到大王，如今仍然保持这项桂冠呢。

想起当年白翎给宋好妮命名"克里特岛橄榄树"，如今觉得并不贴切。一株树站在那里，永远守时。人称"北大西洋浮冰"的邝一非却稳稳坐在这里。看来，人是可以改变的。

邝一非说话了。他说这次出国不虚此行，住在美国费城的胡莉娅姨妈介绍他认识了桑托斯先生，桑托斯先生带他前往法属圭亚那，托托化妆品公司执行副总裁正在那里度假。他告诉那位执行副总裁中华民族是充满忧患意识的民族，两千多年前的古代中国就发生了伍子胥一夜白头的故事，既有"白发三千丈，缘愁似个长"这样的唐诗，又有"莫等闲，白了少年头"这样的宋词，因此他建议托托化妆品公司进入中国市场的第一炮应当打响"染发水"战役。邝一非说他获得托托化妆品公司派驻中国市场副代表这一职位，有如神助。他站在法属圭亚那的海滩上向那位执行副总裁立下军令状，发誓三个月之内将"托托牌染发水"全面推向中国市场。

易之锋对法属圭亚那的海滩毫无兴趣，看了看手表说宋好妮怎么还不来呢。邝一非胸有成竹，说，你放心吧，宋好妮肯定会来的，我电话里跟她讲好了，不见不散。宋好妮说她已经补齐大本文凭准备考研。她好像非常怀念校园生活，说一辈子也不愿意毕业。

这时易之锋看到宋好妮出现了。她穿一件白色连衣裙，长发披肩款款走进茶馆，风采不减当年。邝一非起身相迎，笑吟吟行了吻手礼。宋好妮微笑着跟易之锋握了握手，问了一声好。

脸色苍白的邝一非果然是工作狂，随即从皮包里拿出广告策划书，向她介绍着关于拍摄托托牌染发水广告的具体情况。宋好妮认真听着，然后打断了邝一非说，你的创意我明白了，你起用我这位当代白毛女充当托托牌染发水的形象代言人，一定企盼产生很大影响吧。

我实话实说吧。这次拍摄商业广告推广托托产品，你能拿到一笔丰厚的报酬。这也算是我对你的一点补偿吧。邝一非很是诚恳地说。

宋好妮起身抖了抖披肩长发说，你找我拍摄染发水广告并不合适啊。邝一非看了看前女友的黑亮润泽的披肩长发说，你使用的国产染发剂肯定不如进口名牌产品。国产染发剂染出的头发太黑了，太黑了就显太假了。

宋好妮嘻嘻笑着说，我根本没用染发剂啊，你看啊我一根白头发也没有啦。

邝一非知道宋好妮约会不守时，却从来不说谎，没用染发剂就是没用。他注视着她的黑色长发，一时无话可说。

宋好妮继续说道，我当初白了头发，那是爱情的魔力。如今我没了白发，这也是爱情的魔力。爱情这东西原来是世界上最好的天然染发剂，或者染黑，或者染白。

说着，宋好妮起身告辞。她再次接受了前男友的吻手礼，款款而去。她一头披肩长发随之飘扬，好像抖动着一块黑缎子。

陆氏茶馆门外站着一位西服革履的男子——杜召。这位当年的大学团委副书记如今是大学党委副书记了。杜副书记伸手为宋好妮拉开写着"茶"字的玻璃门。两人并肩走了。

你好像并没有对宋好妮表示歉意？易之锋小声说着，喝了一口冻顶乌龙，品出几分苦涩。邝一非收起广告策划书说，我请宋好妮拍摄广告就是对她表示的最大歉意，可是她拒绝了。

我给你出一个主意吧，你现在迅速跟一个姑娘恋爱并且让她爱得死去活来，爱到巅峰时刻你甩了她，也让她一星期之内白了头发，然后你让她拍摄托托染发水的广告。易之锋说着，表情很是严肃。

我知道你在开玩笑。邝一非整理着领带说，但我要告诉你，这个世界上再不会有为爱情而白了头发的姑娘啦。

我还得去见一个客户，再见。邝一非买了单，拎起皮包匆匆走了。易之锋不慌不忙喝着茶。他打电话约了梁晓鹊，见面地点就在一街之隔的美式炸鸡店。

他庆幸梁晓鹊同意见面。电话里他说约她见面只想当面道歉，毕竟由于他的原因使得梁晓鹊失去工作，内心非常不安。

喝着已然苦涩的冻顶乌龙，想起宋好妮与杜召走到一起，易之锋茅塞顿开。假若不是现场目睹，他万万不会想到世界上还有这样一对鸳鸯。爱情就是意想不到。意料之中的不是爱情。这时候易之锋起身离开陆氏茶馆，横过马路走进美式炸鸡店。

下午三点钟吃炸鸡的顾客不多。他选择这里正是为了增加梁晓鹊的安全感。女人往往认为热闹的公共场合最安全。男人往往认为没人的荒郊野外最安全。这也叫男女有别。

梁晓鹊穿了一件大红色连衣裙，好像裹着国旗就来了。易之锋起身迎接，说了一声辛苦。梁晓鹊落座。他问她吃什么喝什么。她说冰水吧。这跟白翎一样，无冬无夏永远一杯冰水。

梁晓鹊下意识看了看手表。他知道这动作反映了她不愿久留的心理，就说了话。

他告诉她，他本想通过高层力量为她除去郎经理，没想到弄巧成拙反而她被除了名。如今找一份工作很难，因此他特地向她表示歉意。如果有什么补救措施，他会不遗余力的。

梁晓鹊喝一口冰水说，你不要对我表示歉意。我应当向您表示谢意。当初小区物业招聘收费员，三个名额一百六十二个人竞争。面试之后郎经理要我交一万元保证金，说倘若日后他辞我，这一万元退还，倘若日后我辞他，这一万元扣除不退。我知道这是霸王条款，可如今找工作太难了，我只能忍痛接受。我交了一万元保证金，上班了。上了班才知道郎经理是色鬼，他勾引我跟他上床，我不接受他就处处作梗。我几次想辞职不干了，可那一万元是我找表姐借的，就忍了。原来那霸王条款就是这色鬼防止我辞工而去的。我就在心里盼望有朝一日他恼羞成怒辞退我。可他嬉皮笑脸说他永远也不会辞退我，除非我陪他睡觉。这次他主动把我除名还退了一万元保证金。我心里纳闷这色鬼怎么高抬贵手啦，原来是您起了作用。所以我要谢谢您才是。

哦，原来是这样。三流电视剧的巧合情节再次出现在面前，易之锋哭笑不得。

梁晓鹊继续说，易先生您是贵人，那我跟贵人多说几句话吧。其实我跟过很多男人，外号巴拿马运河。就是这一只船刚驶出去那一只船又驶进来的意思，很滥。后来我厌倦了，发誓关闸闭水，无论太平洋来船还是大西洋来船，统统停航。做了收费员面对郎经理的威逼利诱，我差一点儿回到过去的生活。我宁愿嫁人变成一潭死水也不再做巴拿马运河了。运河的命运实在可怜，水永远是船的过客，船永远是水的过客。我不愿意这样流淌了，因此我会永远感谢您的。

你根本不用感谢我，这都是阴差阳错的功劳。易之锋唯恐自己失态，就起身与梁晓鹊道别，说时间宝贵你请回吧。

他目送梁晓鹊钻进出租汽车疾驶而去了。独自站在路旁梧桐树下他笑了，我毕竟无意之间营救了梁晓鹊，这也叫爱的奉献吧。

打的回家，他突然想起巴拿马运河这外号也是地名，由此看来喜欢用地名取外号的大有人在啊。

路经小区便利店，他下了车。走进便利店他买了两瓶冰镇啤酒。素常滴酒不沾却拎了两瓶啤酒回家，他好像涅槃了。

看到草坪深处他跟梁晓鹊一起栽种的那四株小树，走了过去。一屁股坐在四位"小朋友"面前，他用牙齿咬掉瓶盖儿，喝了一大口啤酒。

味道不错，这时他看到有三株树苗已经枯死了，就又喝了一大口。

爽。他从前不知道啤酒竟然如此美妙，怎一个爽字了得。就这样他喝光一瓶。咬开第二瓶啤酒，他觉得生活刚刚开始。

醉眼蒙眬之间，他看到有一株小树活了，已然冒出了嫩嫩的绿芽儿。他定睛细看，是青蜡。

他将半瓶子啤酒浇给了这一株青蜡树，欣喜不已。

美丽花环

一

这显然是一个外地男人，一身灰色休闲装，鹿皮鞋，头发乌黑，皮肤白皙，说话也很温和。这种保养良好的外地男人你很难判断他的年龄，年近四十年近五十甚至年近六十，都行。自从兴起染发剂和换肤霜，年龄便成了谜语，谜底只能是未经篡改的身份证。

站在柜台前的外地男子扶了扶金丝眼镜问红梅，你怎么光卖杂牌子方便面呢？然后说出几个著名方便面品牌。红梅连连摇头，说没有。外地男人无奈地耸了耸肩膀，这是一个非常西化的动作，在外国电视剧里经常见到。不知为什么，乡镇女子红梅对这位一大早儿便光临她小卖店的顾客很有几分好感，表情随之局促起来。

我这儿的东西主要供应本镇居民。方便面要是超过一块二，那就没人买了。名牌方便面太贵，进了货只能当摆设供着。红梅主动交代着经营情况，好像犯了什么错误。

文质彬彬的外地男人买了一盒火柴，说大城市很难见到这种东西，全用打火机了。买了火柴，红梅趁机向他推销香烟，说有火儿哪能没烟啊。外地男人极为坚定地说我从来不吸烟的。

手里捏着一盒泊头牌火柴，外地男人很帅地走出红梅小卖店。红梅注视着他的背影，怀着景仰心情。

我真是自不量力。北京人啊上海人啊才管别处去的人叫外地人呢，我一个小镇女子凭什么叫人家外地人呀，人家是大地方人。

红梅经营的这个小卖店是典型的中国北方乡镇杂货铺，这里刨去人口什么都卖。去年有业务员来推销超薄安全套，红梅红着脸上了一盒中号的。没过几天就被路经此地的一个东北司机买走了，直奔县城洗浴中心。

看来，这种摆不上农村台面儿的货色还是很好卖的，也最赚钱。可那位推销安全套的业务员再也没露面儿，从此断了货源。

柜台上摆着一台老式黑白电视机，主要为了看天气预报。小卖店的生意跟天气密切相关。天冷了，喝啤酒的就少，小肉肠儿反而卖得快。

缺钙李拃挲着双手跑进来，嚷嚷说买一盒洋火。红梅纳闷儿问他怎么不用打火机了。缺钙李大声说，那大地方的男人在你这儿买了一盒洋火，我跟着学呗。有朝一日我学成大地方人，你就相中我啦。

红梅不愿搭理缺钙李。这男人整天缩脖仄肩，跟缺钙似的，因此得了这个绰号。起初缺钙李跟红梅的丈夫吕晓缸一起去县城玩体彩，好像随时都要发财。后来吕晓缸造假冒领大奖未遂，跑了。缺钙李回到镇上，目光瞄准了红梅。红梅知道他心思，想趁人家丈夫不在玩人家媳妇。缺钙李多次啧啧称赞，说外面小姐的奶子十有八假，红梅那两座小山儿是真的，绝对珠穆朗玛。红梅心里明白，缺钙李说她珠穆朗玛不是因为高，而是难以攀登。

她暗暗承认自己有一对好奶子，又白又大又挺。她听说大地方女人花钱买丰乳霜，天天涂夜夜搽，盼望膨胀起来，可平板儿照样儿平板儿。奶子这东西，天生。

我知道你喜欢大地方男人。站在柜台外面缺钙李色眯眯盯着红梅胸脯说，可大地方男人看得上你吗？人家买了一盒洋火就走了。红梅你面对现实吧，吕晓缸没音信快半年了，你别守活寡了。人活一世，草木一秋，千万不要委屈自己。你听过《百岁歌》吗？我念给你听听。

零岁哭着出娘肠，十岁灾荒断了粮，二十还是睁眼瞎，三十光棍没对象，四十攒钱去嫖娼，五十犯罪抢银行，六十瘸腿出了狱，七十偷钱打麻将，八十结婚娶母羊，九十不死就火化，一百岁挂在墙壁上。

一口气念了《百岁歌》，缺钙李竟然伤感起来。你说人活一辈子有什么意思呢红梅？红梅低头说，人活一辈子没意思可也得活着呀。是啊，你二十八就做了媳妇当了娘，我今年三十九了还没对象，这就叫坐轿的不懂行路苦，饱汉子不知饿汉子饥。

缺钙李能说会道口才好，这与他干过半年传销有关。正是由于这半年时光，他彻底成了小镇穷汉。穷汉却想吃好奶子——缺钙李认为这恰恰是男人气概。面对天鹅，男人有时就是癞蛤蟆。

面对癞蛤蟆，红梅养了一只小狗儿，心里催促这畜生快快长大，充当贴身保镖。农村人管小狗儿叫畜生，从来不叫宠物。红梅给小畜生取名钉钉。

又瘦又小的钉钉围着红梅脚下转悠，一时还难以担当驱逐缺钙李的神圣职责。这时，一位身材高大的汉子一步迈进红梅小卖店，使劲咳了一声。红梅抬头，惊诧地叫了一声爹。

缺钙李趁机溜走了。

这时临近中午，红梅问爹吃了吗？红梅爹根本不睬女儿，目不转睛盯着电视里正在播出的"每周质量报告"——南方一家肉联厂从农村大量收购病死猪肉制作火腿肠午餐肉什么的。

红梅爹突然嘿嘿笑了，嘴里却没有喷出酒气。素常一天三顿饭爹爹离不开烧刀子的。一大早儿喝二两酒叫漱口；晌午半斤，称为润嗓；天黑了才叫正式喝酒，一斤打不住。红梅娘一旦阻拦，必然受到大巴掌抚爱。红梅爹的大巴掌尽管不比泰森的重拳，红梅娘还是多次倒地不起，"数八"也没用。

不喝酒的时候，红梅爹是天下头号好脾气，喝了酒就是天下头号浑蛋了。大晌午了爹爹来到镇上竟然没喝酒，今天太阳从西边出来了。

嘿嘿，大地方的人就是大惊小怪。如今哪家乡镇肉肠厂不掺病死猪肉啊？曹老三在县城里炸馓子使的是地沟油。红梅爹自言自语着，似乎对电视曝光病死猪肉事件极为不屑。你知道集市上卖酱鸡的二栓吧，那小子一年用多少瘟鸡啊。

红梅不认识瘟鸡二栓，也不晓得地沟油曹老三。她只知道丈夫吕晓缸去向不明，这远远比病死猪肉严重得多。

拿出一瓶白酒，红梅掀开冰柜寻找着速冻水饺。其实所谓速冻水饺是她自己包的，有猪肉芹菜馅有羊肉萝卜馅有牛肉大葱馅，放进冰柜冷冻一下就成了名牌"速冻食品"。她问爹爹吃什么馅儿的。爹爹说只要不是病死猪肉的，什么都行。红梅还是替爹爹选择了羊肉萝卜馅的。自己亲手包的饺子，什么馅好什么馅孬，她心里最清楚。

有酒有饺子，爹爹就天堂了。酒菜酒菜，以菜佐酒那是庸常之辈。真正的酒鬼不吃菜，干喝。爹认为吃菜分散了喝酒的精力，委实划不来。红梅撅着浑圆的屁股在煤炉上煮熟了一锅饺子，爹爹站在小卖店里已然喝光一瓶烧刀子。

一盘热气腾腾的饺子端上来，爹爹伸手捏了一个扔进嘴里，没嚼就吐了出来，烫得托在手心里。红梅并不觉得爹的举止粗鲁，农民嘛，手指头就是筷子。丈夫吕晓缸更没出息，有一次吃糖饼还烫了脖子。

就这样站在小卖店里，一只手端着盘子一只手捏着饺子，爹吃了起来。他嘴里发出吧嗒吧嗒的声响，很惬意的。红梅站在一旁观看着，心里颇为满足。爹吃得极快，一眨眼工夫成了一只空盘子。然后他打了一个饱嗝，翘起小手指头开始剔牙。

红梅问爹喝不喝茶。爹不理会，却朝女儿伸出一只手。你有五十块钱吗，给我。红梅顿时警觉了，走到柜台后面从木匣子里抽出一张十元面额钞票说，您要钱干吗，我叫一辆二等驮您回村吧。

爹一步上前从女儿手里抻去钞票说，我要钱自有用项，你怎么才给十块啊真不孝顺。

手里握着十元钞票迈步走出小卖店，他突然反身望着女儿，满嘴酒气地说了一句——你娘病啦红梅。

追出小卖店红梅冲着爹的背影大声问，我娘到底怎么病啦？

缺钙李及时凑上来嘿嘿笑着说，你爹找你要钱不是给你娘看病，你爹拿钱去给黄寡妇买镯子啦。

你怎么什么都知道呢！红梅又气又恼转身跑进小卖店。

缺钙李跟了进来。对，我什么都知道，我还知道你屁股上有一颗瘰子呢。你别跟我急，这是你丈夫吕晓缸主动告诉我的。

二

红梅关了小卖店，拎着一只花布包袱离开镇子向娘家村子走去。她细腰长腿，走起路来扭腰摆臀犹如风拂柳枝儿，不经意间便招来男人们目光。初秋时节，出了镇子越走越绿，不远就是黄寡妇的村庄。红梅对爹给黄寡妇买镯子的消息将信将疑。男人一旦喝了大酒，往往不贪大色了。再说爹穷得连酒都喝不起，哪有闲钱去给野花添彩啊。

必须经过黄寡妇的村庄，红梅心里紧张起来。回头看见小狗儿钉钉紧紧跟在身后，心情宽松了几分。

黄寡妇娘家不姓黄婆家也不姓黄。她曾经外出打工两年，五湖四海学会了一肚子黄笑话，回乡之后专门说给男人们听。她讲一段儿就好像扔出一颗爆笑原子弹，扔出一颗爆笑原子弹就好像掀起一股爆笑冲击波。男人们笑得脸僵腿软肚子疼，回家讲给自己女人听。女人听罢羞得骂一声缺德，低头哧哧笑着。如此神通广大，人送美名"黄寡妇"。

黄寡妇的黄段子几经流传，红梅是从别人嘴里听到的，当时便臊得面红耳赤。那段子真黄，直逼见不得人的地方。不过也真逗，谁听谁笑。红梅认为这种黄段子不是凡人编的，只能介于鬼神之间。黄寡妇究竟是鬼是神，那可不好说了。

这几天黄寡妇的排场越来越大，竟然有一辆辆小汽车驶进村子停在她家大门外，进进出出都是乡镇干部模样的人，据说是来取经的。他们究竟来取什么经呢，黄寡妇又不是尼姑。红梅这样想着，沿着小路走进村庄深处。

黄寡妇家门前果然停着一辆黑色小汽车。红梅不懂得它叫奥迪，只叫它"四圈儿"。一胖一瘦两个男人兴高采烈地从黄寡妇院里走出来，争先恐后掏出手机。胖的问瘦的，那三个黄段子你都记牢了吧？瘦的点头表示记牢了，然后小学生背诵课文似的大声复述起来。

走远了，红梅已经听不清后面的内容了。她怎么也弄不明白这乡镇干部们为什么一拨拨跑到黄寡妇家里来取这种歪经。这年月好像全乱套了——馊窝头变成香饽饽，垃圾堆变成藏经阁。兴许，黄寡妇就这样成了圣人。

身后的钉钉没了踪影，也不知跑到什么地方去了。唉，这年头连小狗儿也爱听黄段子，人就不用说了。

临近娘家村子，红梅看见村支书从果园里跑出来，红头紫脸的样子。村支书身后跟着二头，哈巴狗儿似的。

村支书大声说，二头你这段子太好啦，这几天我搜集了二十几段儿就数你的"炮兵打靶"最精彩！这下我就能跟乡长交差啦。

说着，表情亢奋的村支书跨上摩托车，一股烟儿走了。

二头望着村支书远去的身影，满脸轻蔑的表情。红梅觉得好笑，一只哈巴狗儿眨眼之间就变成一只大老虎，男人们活得实在太可怜了。她随着叫了一声二头哥，二头转过脸来笑着说，红梅你看这年月当个小芝麻官儿多不容易啊，上头要啥你就得送啥，还不能误了时辰。乡长找村长要黄段子，这可比要烟要酒难多了。好烟好酒花钱有地方去买，可黄段子不好淘换啊，还必须新鲜，旧货不行。

从疾驶而去的村支书联想到门庭若市的黄寡妇，红梅觉得黄段子的行情好比一支牛市股票，一路狂涨，令人摸不着门。二头哥，村支书找你淘换黄段子干什么？

二头介绍说，新近调来一位县领导爱听黄段子。新官上任，各乡各镇送什么？先送黄段子呗。听说一文化站干部献上几段国货精品，马上调到县委宣传部去啦。下面一听就跟火燎腚似的，即使掘地三尺也要掘出优秀黄段子献上去。这新官上任三把火，烧到谁头上也不好啊。

二头笑了笑，便转身走进果园干活儿去了。红梅继续朝村里走去，心里还在想象着那位县领导的模样。不知道为什么她想起了电视剧里的牛魔王。

这果园里的二头其实是红梅的亲哥。小时候他过继给大伯，于是成了红梅的堂哥。无论亲哥堂哥，反正从一根娘肠里爬出来的，红梅心里跟二头很亲。当年她出嫁，就是二头去送的嫁妆。有哥，就是比没哥强。

娘家村里死气沉沉，鸡不鸣狗不叫的。年轻人一个个都跑到大地方打工去了，好像一株株移栽而走的小树。老人们蹲在家里，不声不响好像这样特别节省粮食。这几年种庄稼的越来越少了，今年麦子就涨了钱。

缺钙李也不种庄稼。有时他跑进红梅小卖店瞎聊胡侃，说十年之后买一瓶水要一百块钱，买一斤米也要一百块钱。红梅不信，说即使中国缺粮缺水也不至于那么邪乎吧。缺钙李便讥笑红梅头发长见识短不懂天下大事。

看来缺钙李不光好色，还喜欢地球呢。这样想着红梅穿街过巷走进娘家院子。篱笆院里三间破屋，悄然冒着穷气。一只老母鸡当院站着，傻不拉儿的。屋里传出娘的呻吟，问谁来了。红梅走进屋去看见娘躺在炕上，心里说娘真病了。一年四季无论何时娘都闲不住，一旦躺倒那一定是扛不住了。红梅凑近叫了声娘。娘掩饰着说，我一犯困就睡着了，真是越老越没出息啊。

其实娘并不老，虚岁五十五。红梅拉住娘的手，冰块儿似的。娘翻身坐起，做出极其硬朗的样子。红梅细看娘的面孔，焦黄焦黄的颜色。您吃药了吧娘？娘说没病吃什么药，然后就催促女儿回去，说扔下小卖店的生意可不好。红梅坚决认为娘病了，只是不知她病在哪里。这时小狗儿钉钉进屋了，转悠一圈儿又跑出去了。

小莓在自己那屋里玩呢。娘有气无力说着。小莓是红梅的女儿，六岁。红梅立即从这屋跑进那屋，一眼看见小莓趴在窗台上睡着了。她抱起女儿亲了亲脸蛋儿，轻轻叫了声宝贝儿。

独自开着小卖店，红梅只好把小莓放在娘家。娘把她拉扯大了，接着又替她拉扯小莓，真辛苦啊。这时红梅湿了眼窝儿，抱起小莓回到娘屋里。

娘正在梳头，连声说没事儿。红梅看见躺柜上摆着半碗凉稀饭，伸手摸了摸娘的额头。

您有点儿发烧啊娘，您晌午吃饭了吗？

不发烧。娘朝着红梅笑了笑。小莓突然奶声奶气说，晌午我吃了一碗鸡蛋羹。姥姥没吃，她还呕吐啦。

您呕吐啦娘？您告诉我您到底哪儿不舒服啊！红梅着急了。

告诉你没事儿呢，我没有不舒服的地方。哎，吕晓缸有音信了吗？

红梅摇了摇头注视着娘的脸庞。您的眼珠儿怎么也发黄呢娘？

嗨，前村出了一个黄寡妇，她一天到晚给男人们讲黄笑话赚钱，这一准是她把黄色传染出来，就算我倒霉呗。

娘说话竟然这样机智。红梅吃惊地注视着母亲，不由流下泪水。

你眼睛长得这么好看掉什么眼泪啊！你赶快回去照应小卖店吧，十天半月你也不用回来看我。你走吧你走吧，我要有事儿就让二头去镇上招唤你。

院里传来一阵脚步声，是爹。爹走进堂屋极其霸气地说，也不知道从哪儿跑来一只小野狗，让我一脚就给踢死了，拎回家来炖炖吃！

330

红梅迎出去一眼看见钉钉的遗体，哇地哭了起来。

三

二头果然来镇上找红梅了。没进小卖店他跟缺钙李聊了起来。其实二头原先不爱张口，不知为什么改了，话多了。他说起"炮兵打靶"的黄段子非常得意，仿佛在宣读博士论文。没想到缺钙李当头给他泼了一盆冷水，说黄段子不值钱了这几天已经没人搭理黄寡妇啦。二头一下子减了兴致，没话了。

迎出小卖店红梅叫了一声哥。二头眨着一双小眼睛让红梅给他拿一盒烟卷儿。红梅转身进去给他拿了一盒"小红梅"，这是她小卖店里最贵的烟卷儿。二头灵机一动说，红梅你应当状告这家卷烟厂侵犯你的名誉权，找它索赔百八十万人民币也不多。

红梅心怀忐忑，急忙问家里有什么事情。二头点燃"小红梅"吸着说，你娘病了，我是瞒着她来给你送信儿的。你爹还是天天喝酒，他拿那张小狗皮做了一双耳套，说冷天戴着特别暖和。

娘病重了，爹照样喝酒而且还拿钉钉的皮毛做了一双耳套，这两个消息令红梅哭笑不得。当即关了小卖店，红梅请求二头一起帮她把娘送到县城医院。二头躲闪着说果园里还有活计，既不像亲哥也不像堂哥。缺钙李当即挺身而出报名，而且态度非常诚恳。红梅当场谢绝了，转身就跑。到了镇口花钱雇了一辆摩托车驮着她，朝着娘家疾驶而去了。

娘果然病重了，脸色晦暗躺在炕上好似一截枯树。爹三天没影儿，不知醉在黄寡妇家还是黑寡妇家了。红梅看到娘病成这样子，反而没了眼泪。她掏出钱包对母亲说，您看我把钱全带在身上啦我现在就去找车送您到县城医院。

娘有气无力告诉她，这几天把小莓放在二头家里了。红梅这才想起自己的六岁女儿。蹲在灶前她搂了两把秫秸给娘烧开水，然后起身跑出去了。

她先到二头家里，说了一堆好话托付二头媳妇继续照顾小莓。二头媳妇应承了，不冷不热的表情。她又跑到村委会找车，说送娘去县城看病。红头紫脑的村支书打量着她说，红梅你越长越俊啦。

村委会没车，只能挨家去问。村支书要红梅先交二十块钱，说如今哪有学雷锋专业户啊，你总得给人家业余雷锋几个汽油钱吧。

您说的都是实情。红梅毫不犹豫地交了二十块钱说，是啊如今没有专业雷锋，村里能够找到业余雷锋就知足了。

村支书手里捏着钞票说，我知道你娘病得不轻，就这样你爹还逼着你娘给他缝了两只狗皮耳套呢。好啦，全看你红梅的面子我派大柱子开车送你们去县城医院吧。

红梅觉得村支书红头紫脑的模样，却有几分良心。她道了谢跑出村委会，以为娘有救了。

大柱子突突突地来了，驾驶着一辆农用三轮车。这种农用三轮车俗称"狗骑兔子"，行驶起来如同狗奔兔蹿，颠簸至极。红梅细心地在车里铺了一层麦草，再铺上一床褥子，扶着娘上了车。她给娘身上围了一条棉被，说您坐着吧，躺着颠坏了腰。

娘围着棉被坐在车里气喘吁吁说，梅呀，吕晓缸在家还能帮你一把，我这不是拖累了你吗。

您没拖累我，您就是拖累了我，我也一百个愿意。红梅给娘头上裹了一条红围巾，又给娘怀里塞了一只热水瓶子，然后突突突上路了。

她坐在娘身旁。从村边果园驶过没有看到二头的身影。从镇里小卖店驶过她心儿一颤，很有几分伤感。去县城只有三十公里，她却觉得遥遥无期。

终于到了。县城医院不许"狗骑兔子"开进院子，说小轿车可以，农用三轮车不行。大柱子受到歧视气得脸色泛白，只得猫腰背着红梅娘跑进门诊大厅。红梅娘受到感动低声夸赞着大柱子，说你比二头还强呢。大柱子瓮声瓮气说，我收了您二十块汽油钱，背您一回也是应该的。

住进四楼内科病房九床，一小护士命令红梅去交押金。红梅拿着单子到了收费处，说三千。

交了三千元押金，小护士立即吊瓶子给红梅娘输液。娘躺在九号病床上感慨道，钱真是开路神啊，怪不得有人冒死抢银行呢。

为了逗乐儿红梅对娘说，兴许吕晓缸就抢了银行，这会儿正藏在地洞里数票子呢。

红梅你别瞎说。吕晓缸好歹是你丈夫，再说他也没有抢银行的胆量啊。然后娘故作轻松地说，打针吃药吊瓶子输液，住几天医院我的病就好啦。

半夜里，病房八床住进一个女病人，哭哭啼啼絮絮叨叨，好像精神受了什么刺激。陪床的胖大嫂显然不是患者亲属，满脸事不关己的表情。护士来给女病人打了镇静剂，渐渐安静了。胖大嫂寂寞难耐搬着凳子凑到红梅身旁，小河流水似的说了起来。

你知道八床病人是谁吗？她是县委的牟副科长。牟副科长七年没提拔，经过反思，她决定进一步跟领导搞好关系，可没机会呀。听说新来的县领导喜欢黄段子，牟副科长认为这是天赐良机，马上通过手机短信发去两段儿，据说县领导非常高兴，还专门储存在手机里。过了几天，县领导听取工作汇报，还专门问起牟副科长呢。这喜讯传来她心花怒放，再接再厉费尽九牛二虎之力从北京弄来一段新鲜出炉的笑话，立即通过手机发给了县领导，落款署名县委小牟。大功告成她光等着提拔呢，没想到第三天就被贬到计划生育办公室当干事去了。遭到突然打击她精神受了刺激，逢人便说我犯了什么错误啊就这样处置我，跟祥林嫂似的。她心理崩溃病倒了，没人管。我是县政府大院烧茶炉的，总务处长把我派来陪床啦。

第二天上午八点钟医生查房，红梅被护士叫了出去，站在楼道里好像等待枪决。主治大夫来了当头就问红梅想不想治好母亲的病。红梅觉得对方说话实在出格，义正词严回答说，天底下哪有女儿不想治好母亲病的啊。

主治大夫故作深沉地说，这样就好，这样就好啊。

这时病房里传出一声尖叫，胖大嫂冲出病房便瘫倒在楼道里。一个小护士颤抖着说，八床病人跳楼啦八床病人跳楼啦……

红梅跑进病房朝着母亲大喊道，娘，咱又不惦着升官发财，咱可不能死啊！

四

红梅日夜守候病床前，熬瘦了，反而愈发显得清秀。拍胸片、照 B 超、验血验尿，还做了 CT，三天花去两千八。第四天主治大夫找到红梅说，九床病人的肝可能出了大问题，应当转院去省城治疗。她蒙了，说怎么越治越厉害呢。

主治大夫挥了挥手好像在轰一只苍蝇。好啦好啦，反正我把病情给你讲清楚了，你是家属你拿主意吧。

染坊没有往外退白布的。看来娘的病县城医院真的治不动了，否则不会板起面孔往外轰病人。红梅只好给二头哥打电话，一是借钱，二是找车。这时红梅确实感到举目无亲的滋味。叫天，雷公忙着给电视台做天气预报，听不到她的呼声；叫地，县城处处铺了柏油马路，把土地爷罩在底下出不来。叫爹，谁知道他醉卧何处呢，那就光剩下叫娘了。

二头出现了，一进病房先哭穷，那模样活像来自灾区的难民。他往红梅手里塞了一张五十元的钞票说，你借钱只能去找瘸刘啦。说罢转身就走了。

人人都知道瘸刘专放高利贷，利息有时高达百分之四十。高利贷就高利贷吧，穷人到信用社那是借不出钱的。红梅给大柱子打电话，订车。大柱子听说红梅急着借钱当即推荐了自己妹妹。他说他妹妹放高利贷，才百分之三十利息。电话里大柱子还表示，如果找他妹妹借钱他就免收红梅的车钱。

借高利贷免收车费。红梅笑了，大柱子说话瓮声瓮气却很有经济头脑，跟商场优惠促销似的，买一赠一。她说那就借一万吧。

第二天一早，大柱子开着农用三轮车来了，还捎来了缺钙李。进了病房缺钙李从怀里掏出一只包装精美的人参递给红梅娘，说滋补滋补身体。红梅娘揉了揉眼睛说，你就是镇里的李子春吧，我知道前几年你跑东北贩人参赔了不少钱啊。

大柱子招了招手叫红梅走出病房，把一只白色发泡饭盒递给她。她以为这是早饭，连忙说吃过了。大柱子压低声音说饭盒里是一万元票子，放贷的都这样盛钱。说着掏出一盒印泥让她在借据上捺手印儿。五大三粗的大柱子竟然如此精细，红梅伸出左手食指蘸着印泥往借据上捺了个红色的指纹。

你右手还得捺一下子。大柱子沉着面孔说。红梅这时想起《白毛女》里的大管家穆仁智。是啊，暂时倒是还没遇见黄世仁呢。

办了出院手续，红梅出于礼貌对缺钙李说了声谢谢。这次缺钙李并没有嬉皮笑脸，一边帮着红梅往农用三轮车里搬行李一边小声说，红梅红梅我跟你们一起去省城医院吧，你办事身边没男人哪行啊。

怀揣一万元人民币的红梅坚定不移地摇头说，用不着。

就这样，大柱子开着被广大人民群众称为"狗骑兔子"的农用三轮车前往省城了。一路上红梅娘不时发出轻微的呻吟。这呻吟使得红梅心情愈发沉重。她心里期盼着省城医院能够治好娘的病。

跑了五个小时进入省城的外环路。十字路口一个戴白帽子穿黑制服的交通警察拦住大柱子，说"狗骑兔子"不准进入市区。大柱子说拉的是病人，交通警察说病人打出租车啊，一直送到医院里。

是啊，娘还没坐过出租车呢。红梅并不着急，叫大柱子卸了行李。

警察不错，伸手替她拦了一辆夏利，说这种出租车便宜。红梅笑着摆手说，我娘头一遭坐出租车，要坐就坐贵的。

交通警察向坐在农用三轮车里的红梅娘大声说，好啊，中国农民真有志气啊。

大柱子吃惊地看着红梅，以为她在跟谁怄气。这时驶来几辆出租车，红梅果然扬手叫了一辆桑塔纳，转身吩咐大柱子往出租车里装行李。

桑塔纳出租车载着红梅母女以及一万元人民币的债务，朝着市区方向疾驶而去了。

大柱子望着渐渐远去的桑塔纳，摇了摇头。红梅娘坐一次高档出租车也好啊，以后恐怕没有机会了。

驶进市区，出租车司机问红梅去哪家医院。红梅说去省城最好的医院。出租车司机笑了笑，说那就去和平医院吧。

红梅并不知道司机是"托儿"。这种司机遇到病人就给医院拉患者，遇到嫖客就给做小姐的拉生意，遇到出差的就给旅馆拉房客，遇到逃犯就打"110"领取赏金。总而言之，这种出租车司机就是一座通往各行各业的桥梁，但往往不会将你引向康庄大道。

果然，桑塔纳出租车驶入一条颠簸的小道，于是司机开始夸赞和平医院，医术高明设备先进收费合理膳食优惠，尤其对肝肾脾胰心脑血管方面的疾病，随治随走，包治包好，无效退款。

红梅娘脸色蜡黄疑惑地说，这不成华佗啦。

华佗能耐再大谁也没见过呀，再说最后还是被曹操宰了。人家和平医院的许主任那是当代活华佗呀，去年硬把一个死人给救活啦。

红梅扑哧一声笑了。尽管这是苦中求乐，她还是觉得这位省城出租车司机好像说相声的，特别逗。

出租车一直驶进和平医院大院里。司机对这里非常熟悉，伸手搀着红梅娘下车，径直走向一楼接诊室。接诊室没人，红梅拎着行李气喘吁吁连声向司机表示感谢。司机满头大汗说去找大夫，急急忙忙离开接诊室走向门诊大厅的值班室。

司机伸出一只手朝值班员说，给你们拉来一个住院病人，看气色又是来烧钞票的。值班员笑着说你上次拉来的那个前几天死了，说着从抽屉里拿出一张百元钞票递给这位"托儿"。接过钞票出租车司机撇了撇嘴，说，铁西医院已经二百了，你们还一百啊。

走出值班室回到接诊室，出租车司机看见值班小大夫正给红梅娘测量血压，就悄悄递给红梅一张名片说用车就给我打电话随叫随到。

红梅受到感动，觉得省城真是好地方。

值班小大夫看了看红梅带来的一堆病历什么的，说交一万元押金立即住院吧。红梅一愣，小声问，我娘得了什么病啊？值班小大夫说明天上午许主任会诊。

就是硬把一死人给救活了的许主任啊？红梅突然想起出租车司机的热情介绍，脱口问道。

值班小大夫似乎不认为硬把死人救活值得炫耀。我们许主任是著名急腹症专家，国际国内获得十二项专利呢。

红梅受到这十二项专利的感染，跑进女厕所拆开缝在内裤里的小袋儿，拿出五千块钱，然后解开胸兜儿拿出五千块钱，总共一万元。女厕所里没人。她手捧一万块钱突然激动起来，说人民币啊人民币，你们一定要治好我娘的病啊。

住进二楼病房，恰恰还是九床。娘说真巧啊，然后瞥了一眼旁边的八号病床。县城医院的"八床"精神错乱跳楼摔死了，省城医院的"八床"此时没住病人，空空荡荡的。

娘叹了一口气说，那八床她当副科长挺好的，为吗自找麻烦呢？

红梅思忖着，说当了副科长就想当正科长，当了正科长就想当正处长，往上爬呀。

爬？那磨破了手磨破了脚磨破了膝盖，多痛啊。我看值不得。你开小卖店没权没势没人抬举，可只要有吃有喝有穿戴，我看比当副科长不差。娘以自己的心思丈量着社会，充满慈爱地望着女儿。

当晚，红梅就睡在八床陪伴着母亲。夜里她做了一个梦，梦见自己坐在大树底下给男人缝补衣裳被针尖儿扎了手，疼得哎哟叫了一声。娘被惊醒，低声问女儿怎么了。黑暗里红梅眨着一双大眼睛回味着梦境说，没事儿，是我弄疼了自己。

第二天一大早儿，皮肤白皙体态丰腴的护士长来了。她指着胸卡自我介绍姓汪，然后笑眯眯告诉红梅上午八点钟主任会诊。红梅羡慕地看着汪护士长，似乎从未见过如此白嫩如玉的女人。汪护士长被她看得羞了，转身走了。

红梅自卑起来，抱怨自己皮肤太黑。人家大地方女子就是白净，风不吹雨不打的。庄户女子被大太阳一晒黪黑黪黑的，无论多俊也白瞎了。

上午八点钟，果然一群大夫簇拥着许主任查房来了。红梅一下惊呆了。这位身穿白大褂的许主任不就是在我小卖店买了一盒火柴的男士吗？敢情他是著名医生啊。

许主任来到九号病床前，伸手扶了扶金丝眼镜，表情和蔼地询问着病情。红梅一旁代替母亲回答，心里愈发认定他在小卖店买过一盒火柴。

许主任举起 CT 片子看着，不由皱了皱眉头，轻轻说着什么。红梅慌了，觉得不是好兆。

您是患者家属？那半小时以后请到我办公室吧。仪表堂堂的许主任说完，领着一群大夫去隔壁病房了。

半小时以后，红梅坐在许主任面前，表情局促不安。许主任可能新近染了头发，黑灿灿愈发显得年轻。他手里摆弄着一支铅笔缓声缓语说，你母亲的胆囊出了问题，我认为百分之九十是恶性的，位置靠近肝脏，或者说在肝胆之间，我认为必须手术。

红梅一听，连忙问有没有生命危险。许主任宽宏地笑了，说任何手术都有意外，不过你母亲即使手术成功病情也难以根本逆转，因为晚期恶性疾病往往预后不良，手术只能延缓生命而已。

她抬头注视着温文尔雅的许主任，突然大声喊道，您无论如何也要救活我娘，她这辈子太苦啦。

汪护士长闻声推门跑进来说，九床家属你千万不要激动，我们和平医院一定会尽心尽力的。

红梅脱口而出说，许主任您还需要火柴吗？

许主任与汪护士长，面面相觑。

五

既然决定手术就必须再交一万元押金，总共两万。汪护士长这样说着，仍然笑眯眯的。其实按照医院规定手术押金应当三万，为了照顾农村患者就给你们减了一万。红梅听罢只得连声致谢，跑去打电话了。

和平医院虽然冷清，公共设施还是不差的。楼梯口安装了 IC 卡电话，就跟知道你要借钱似的。办理住院手续时红梅买了电话卡，此时派上用场。她插卡拨通大柱子手机，里面说关机。只好给二头哥打电话，明明知道从他手里借不出钱，也要争取一下。果然二头哥听说借钱当即在电话里叹气，说今年大旱梨子歉收赔了本，至今没还人家农药款呢。

红梅告诉二头，娘得了要命的病，必须开刀救命。二头立即说要是治不好就别花冤枉钱了，花了也白花。红梅急了，说你可是她亲生儿子啊。二头听罢马上变了口吻，硬声硬气说，她就是我亲娘我也不能替她去死吧？说着啪地挂了电话。

楼道里汪护士长看到表情沮丧的红梅，说什么时候交齐了押金什么时候约定手术时间吧，争取由许主任亲自主刀。

楼道里非常安静，这种安静非常不适合大哭。红梅跑到楼道尽头，发现有几间病房空着，一派狼藉很像革命电影里出现的国民党撤退以后的场面。她躲进一间满地纸屑的病房里，抽泣起来。

没钱，我娘动不了手术。我娘动不了手术，就躺着等死啊。我不能让我娘躺着等死，我还得想尽办法借钱。红梅擦着泪水，暗暗给自己鼓劲儿说，我就不信我借不到一万块钱。

从兜儿里摸出一张名片，终于想起这是出租车司机留下的。一面之缘就张口借钱，这使不得。她收起名片振作精神，站在 IC 卡电话机前一遍遍拨打大柱子手机。

大柱子终于开机接电话了，一听红梅又要借一万块钱，沉默了。红梅以为他没听见，就喂喂叫着。大柱子说，你别喂喂了红梅，我实话告诉你吧，我放贷的权限只有一万，超过一万必须跟我妹妹请示，因为钱是她的。你知道我妹妹在省城给人家当二奶，也挺不容易的。红梅你过两天再给我打电话吧。

放下电话，红梅知道大柱子在搪塞。这时她想起小时候的油灯碗儿，噼噼啪啪燃烧着。此时娘就像一根油灯芯儿，不添灯油那灯芯儿就耗尽了。那灯油其实就是手术押金，人民币两万。那油灯碗儿其实就是和平医院。倘若没有两万人民币，娘真的就成了灯芯儿。红梅跑到食堂给娘点了一碗鸡蛋汤面，强作欢颜端到病床前。

娘越来越弱，好像连碗也端不动了。红梅说过几天动手术，动了手术就好了。娘问，动手术得花不少钱吧？红梅说不多，三四千块钱。

八床突然住进一女病人，一阵风似的走进来。她特别年轻，黑色皮裙子很短，因此露着大腿，她的黑色皮夹克也很短，因此露着肚脐儿。红嘴唇儿，黑眼圈儿，一张白脸，看上去就跟假人儿似的。她浑身散发着香水味道说，我输两瓶子液就走，不搅扰你们。

红梅娘不知道大城市里有"鸡"，看皮衣皮裙皮靴以为她是演员。八床女病人听了咯咯笑着说，是啊我一天换一个导演。

汪护士长走进病房表情郑重对八床女病人说，许主任的医嘱，你必须输三天西力欣。你知道你什么地方有炎症吗？

红梅娘关切地说，姑娘，这三天输液可就耽误你演出啦。

八床女病人撇了撇小嘴儿说，是啊这三天我至少要演六场戏更换六个导演呢。

汪护士长亲手给八床女病人扎静脉、吊瓶子，然后转脸微笑着对红梅说，家里还没送押金来呀。

红梅已经难以适应这种微笑了，连忙说家里男人出了门，三五天就回来了。汪护士长给红梅娘量了量体温，说了声三十八度三，就摆动着圆臀走了。

这位姐姐，你等钱呢？八床女病人躺着输液寂寞难耐，看了一会儿报纸便主动找红梅说话。红梅觉得她挺孤单的，递了她一杯水。这杯水下肚，八床女病人一下打开了话匣子。

你等钱啊？这年头哪儿都缺钱。就连银行也不例外，要不怎么会升息呢。哎，大妈您怎么跑这儿住院啊，和平医院以治疗性病为主，跟您也不对卤子啊。

红梅娘转脸向女儿说，红梅啊她说得对吗？

八床女病人立即改口说，听说许主任是多面手，他还能做痔疮手术呢。大妈你什么病呀？

我娘的胆有点儿小毛病，等着做手术呢。红梅说着，心里犯了寻思。这和平医院怎么跟我小卖店一样，一会儿性病一会儿痔疮，太杂啦。眼科医院专门治眼，牙科医院专门治牙。人家说越大医院越专越精，越小医院越滥越泛。红梅渐渐起了疑心。

哼，这家医院全凭人家许主任撑着呢。你看今天报纸还登了他的事迹呢。八床女病人随手扔过来几张《都市快报》。红梅接在手里找到第八版，果然刊登着许主任照片，文章标题"急腹症专家中西结合的新成果"，介绍一种名叫"许氏三号"的新药。

第八版还有一篇文章《名医走穴进入镇卫生院》，说大城市名医

"出诊"一般去县级医院，如今有些镇级卫生院也请大城市名医前来坐堂，或外科手术，或内科会诊，以此招揽生意扩大影响最终实现经济效益的提高。

哦，那次许主任来买火柴兴许就是去镇卫生院走穴吧？名医才走穴呢，看来许主任不是假冒伪劣产品。红梅打消了疑心。

晚间八点多钟，她走出病房沿着楼道来到IC卡电话前，鼓起勇气拨通了那位出租车司机的手机。

出租车司机接了电话。他好像对红梅印象深刻，因此对她提出借钱的要求并不感到意外。他当即表示，用钱应当找银行贷款，如果用车明天上午八点半他准时到达和平医院然后送她去农业银行。天下农民千千万，农业银行去贷款。借钱治病有理由，早日开刀早出院。

挂了电话，红梅愈发觉得这位省城出租车司机说话合辙押韵口齿伶俐，真的应该改行去说相声。她站在电话机前面，发怔。这时八床女病人踱出病房掏出香烟大声说，你打电话用我手机就是了，这么晚了站在楼道打IC卡电话多冷啊。

说着，八床女病人点燃一支香烟叼在嘴上，举着手机说，刚刚收到一条短信我念给你听，这可不是黄段子啊。

"小姐是刷卡机，你是信用卡，你跟小姐做一次爱就等于刷一次卡，最终透支的是你，还有别人继续刷卡。"

"你是驾驶员，小姐是汽车，你跟小姐做一次爱就必须加一次油，最终违章的是你，还有别人继续驾驶。"

红梅听罢看了对方一眼，似乎不觉得可乐。汽车、信用卡、违章和加油，这对红梅这样的乡镇女子来说，毕竟比较陌生。

八床女病人收敛笑容说，这位姐姐，你真的弄不来钱啊？这可就怪了。如今这年月女人弄不来钱？这事儿只能怪你自己没本事。

是啊，我只能开个小卖店挣一口饭吃。红梅下意识地从对方手里接过一支香烟，情绪低到了冰点。

女人挣钱的手段，一是卖肉，二是卖血。其余就没的卖了。卖肉呢伤心，卖血呢伤身，其实这都不是好生意。可不卖又怎么活下去呢？卖呗。是卖肉是卖血，那你自己拿主意吧。八床女病人说着吐出一个烟圈儿。这烟圈儿越变越大，飘飘忽忽套住了红梅，就跟电视剧《西游记》里的特技镜头一样。

这位姐姐，你模样长得不错，高鼻梁大眼睛。你身段也挺好的，小细腰大屁股。你年岁还不太老，真想赚钱我就给你介绍一个。我可不收佣金啊，我是看你可怜才免费帮你的。

红梅听罢，扔了香烟转身跑回病房去了。

哼，又一个不愿意卖肉的，那就卖血吧。八床女病人打开手机收件箱，阅读着短信。

第二天一大早儿，八床女病人空着腹憋着尿做 B 超去了。一个身穿白大褂的男子站在病房门口朝红梅招手。她以为医院收费处来催交押金了，连忙起身走出病房。

我知道你等钱用，你要是想挣钱就跟我献血去。这男子压低声音说，表情神秘。

献血？红梅疑惑起来。你怎么知道我要献血呢，这是卖血吧？

你就别嚼字眼儿啦。你献不献？你不献我可走啦！对方做出告辞的样子。红梅连忙说，我娘做手术没押金，你告诉我卖一次血给多少钱啊？

这男子伸出两个手指，说不少吧。红梅以为是二千，心里说不少。她回到病房跟娘说有事儿出去一趟，就随着血头走了。

过午时分红梅回来了，手里举着一串红灿灿的冰糖葫芦，兜儿里多了二百块钱。她脸色苍白走进病房强作笑容说，娘您吃吧，山楂这东西开胃呢。

说着，她一头昏倒在病床前，手里还紧紧攥着那串儿冰糖葫芦。这时八床女病人哼唱着流行歌曲走进病房，吓得一声尖叫。汪护士长闻讯赶来，安慰着浑身颤抖的红梅娘，大声说不要紧张她可能没吃午饭低血糖啦。果然，红梅苏醒过来，苦笑着承认自己没吃午饭，却只字不提卖血的遭遇。八床女病人递来一盒蛋黄派。汪护士长说吃吧，吃了血糖就正常了。

汪护士长走了。红梅压低声音问八床女病人，一定是你介绍血头找我的吧。八床女病人极为惊讶地说，我光介绍人卖肉，从来不介绍人卖血啊。

红梅娘一旁听到，扭脸哭了。

娘！您别难过，这献血是公民的义务，谁献血谁光荣。红梅冠冕堂皇说着，仿佛真的就是这座城市的模范公民了。

六

红梅依照手里地址找到幸福家园住宅小区。站岗的保安说，你是保姆吧？她说找许家，就是和平医院许主任的家。保安听说"主任"二字肃然起敬，立即放行。她走进住宅小区，很有几分怯意。这幸福家园果然名不虚传，一派人间天堂景象。这种高档住宅红梅只在电视剧里见过。假山溪水绿地，石子路金鱼池，社区广场林荫道。一只狗熊趴在路旁，走近一看竟是一尊兽形石凳。楼前楼后广栽果树，石榴、柿子、山楂、元枣、杜梨，一株株果实累累挂满枝头，植物园似的。

好不容易找到十八号楼四门，红梅被却安全门挡在楼外。这地址是八床女病人出院之前交给红梅的。八床女病人说人心都是肉长的，你应当去家里拜访许主任，争取少收手术押金啊。你交不起两万你交一万五行不行？别让你娘这样躺着等死啊。要是许主任心一软，兴许连手术红包也不收你的了。

红梅听罢认为很有道理，至于八床女病人手里怎么会有许主任的家庭住址，就不得而知了。既然决定送礼就不能小气，红梅从手提箱里找出缺钙李送给的那盒包装精美的关东人参，觉得品相不错。她狠了狠心拿出五百块钱塞进人参盒子里，手里攥着许主任的住址一路打听找到了幸福家园住宅小区十八号楼四门。

一个女清洁工扛着扫帚从这里经过。红梅叫了一声大姐，满脸堆笑向人家请教。女清洁工操着边远地区口音指着安全门说，这上面不是有两排按键嘛，你找101就按101，你找102就按102，然后对讲机响了，对讲机响了你就说话呗。你一说话人家一听对头，啪的一声就给你开门了。

我找401。红梅小学生似的说。女清洁工海人不倦地说，你找401就按401键，这比一加一等于二还简单的事儿你怎么就听不明白呢。你知道狗熊妈妈怎么死的吗？

红梅不慌不忙回答说，笨死的。

好，你已经能抢答了。女清洁工极其满足地走了。红梅望着她远去的背影，心里挺佩服的。人家也是小地方来的，可扛着扫帚见面张口就敢训人。这样想着红梅鼓起勇气，伸手按响了401的对讲机。

对讲机里传出一个女人的声音，问找谁。红梅说找许主任。那女人问，你是谁？红梅说，我娘住院了，我叫李红梅。那女人说，你有什么事情？红梅说请许主任多多关照。

许主任不在家。那女人说完就挂了。红梅犹豫了一下，再次按响对讲机说，我给许主任捎来一棵关东人参。对方哼了一声说不要，啪地关闭了对讲机。

她是谁呢？红梅寻思着，觉得对讲机里的女人也有几分边远地区口音，跟女清洁工近似。无论边远不边远她却不敢再按对讲机了。送礼遇阻，原本请求许主任给予关照的目的没有达到，红梅怏怏离开，怀着失败者的心情。

坐在幸福家园小区里的石凳上，红梅挽起袖子看着胳膊上的"红点儿"，这是抽血留下的针孔。敢情人血不值钱啊，血头才给了二百块钱。

我要依仗卖血给娘凑齐了手术押金，恐怕猴年马月了。可不交齐押金医院就不安排手术，娘就这样躺在医院里等着。钱，真的变成了拦路虎，朝你张着血盆大口。

不经意间她看见假山旁边立着一张牌子，上面写着"慈善台"三个大字。起身凑过去一瞅，慈善台上摆着好多东西，有棉衣裳有铁筒罐头，还有一台收音机和两双皮鞋。红梅觉得奇怪，这好端端的东西放在这儿可别丢了啊。又看见大牌子上贴着一张"慈善公约"。红梅初中毕业语文不错，一字一句读下来，欣喜不已。

这慈善公约总共十二条，大意是说幸福家园住宅小区业主居家过日子倘有多余物品，无论吃的穿的用的，只要自愿捐献出来，均可摆在"慈善台"上。愿意留名就留名，不愿意留名就不留名，全凭一颗爱心。凡是摆上"慈善台"的物品均属慈善流通性质，需求者即可无偿取走，力求物尽其用。慈善台的原则是可捐可取，捐取自便，我为人人，人人为我，慈善共建，美好生活。

红梅懂了，这里的东西都是人家无偿捐献出来的，因此也可以无偿取走使用，不浪费就是了。她平生第一次遇到这种好事儿，心儿噔噔跳了起来。一眼看见一件栗色夹克摆在"慈善台"上，洗得干干净净叠得整整齐齐，足有九成新。这衣服伸手就可以拿走啊？面对美丽新世界红梅反而疑惑起来，不敢相信这是真实的世界。镇子里天天丢东西，不太平。有一次把半袋子大米放在小卖店门外，一转身就没了。从前经常说农民勤劳质朴，如今农民不种庄稼了，变得既不勤劳也不质朴，成天光盼着天上往下掉馅儿饼，盼不到就骂街，上骂天下骂地，中间骂节气。爹就是这样，只有见了酒瓶子不骂。

既然慈善台可捐可取，那我就取走这件栗色夹克吧。红梅做贼似的将衣裳抓在手里，转身就走。出了幸福家园大门，她心儿渐渐平稳。气喘吁吁走出老远，坐在边道牙子上打开那件衣裳，她尽情欣赏着。这件夹克面料很好，摸着好像纯毛的，蓝绸衬里的标牌全是洋文，绣着一只小鸟儿。这品牌买一件兴许好几百块钱呢。红梅伸出手掌量了量尺码，爹能穿，吕晓缸也能穿。究竟是给爹还是给丈夫，她一时拿不定主意。

起身往和平医院方向走去。走得两腿发胀遇见一座 IC 电话亭，她掏出电话卡拨打大柱子的手机。大柱子一接电话，红梅抽泣起来，说要是交不齐两万元押金娘只能等死了。大柱子沉默一下说，我妹妹要百分之三十五的利息。

行，那你明天送钱来吧，一万。红梅毫不犹豫地答应了。

一路赶回和平医院，汪护士长告诉红梅她娘发烧不退，还呕吐了两次。红梅给娘沏了一杯藕粉说，您喝吧，您肚里没食可不行。娘弱声弱气说，你别看汪护士长笑眯眯的样子，没钱她照样轰病人出院。你不在病房的时候她总催我交押金，说不动手术只能躺着等死。红梅抖擞精神说，大柱子明天送钱来，咱交齐押金许主任就给您动手术。

娘呻吟了一宿，半夜还叫来护士打了一针止疼。天亮了，红梅给娘冲了一碗奶粉，娘的神志好像不很清楚，目光迷离。红梅知道娘熬不住了。汪护士长几次跟娘说交了押金动了手术就不难受了，吃得香睡得稳走路有劲头。娘心里一定祈盼着那一天的到来。

第二天等了一上午，大柱子还没露面。红梅趁着病房里安静，拿出那件栗色夹克，看着小鸟儿商标她愈发认为这是名牌。

正午时分，失踪多日的吕晓缸却来了——满头大汗走进病房，气喘吁吁望着红梅。

丈夫的突然出现，让红梅又惊又喜，久经煎熬的身体一下增添了活力。她丢掉那件夹克扑上去抓住吕晓缸的手，泪水夺眶而出。晓缸，你半年多不见踪影，咱娘病成这样儿全凭我一个人撑着，你这个没良心的跑到哪儿去啦？

红梅哭泣着，攥紧拳头捶打着丈夫的胸口，一腔委屈终于喷发出来了。红梅娘喘着粗气说，晓缸啊这一程子可苦了红梅啦。脸色苍白的吕晓缸扑通一声跪在地上，伸手使劲儿抽着自己嘴巴说，我错啦我错啦。

看见丈夫竟然如此悔过，颇感意外的红梅猫腰拉起吕晓缸说，你快起来吧，也不怕别人笑话。

汪护士长及时走进病房注视着吕晓缸说，人多力量大，既然来了你们就合计一下，把押金交齐了约定手术时间吧。

红梅知道汪护士长的心思，大声回答说今天下午押金就凑齐了。

听到这个消息吕晓缸目光一亮，低声向媳妇询问着。红梅说，今天大柱子保准送来一万块钱。说着，她拿起那件栗色夹克让丈夫试一试。吕晓缸看了看商标说，这长寿鸟儿是名牌啊。

她觉得丈夫外出几个月长了见识，懂得了服装名牌。吕晓缸好像进步了，从怀里掏出五十元钞票对红梅娘说，您想吃什么就说，我出去给您买。红梅娘哭泣着说，小子，这么多年我还没吃过你给我买的东西呢，那你去给我买一盒荔枝罐头吧。

娘，谢谢您给我尽孝的机会。身材瘦长的吕晓缸说罢兴冲冲走了。望着丈夫的背影红梅舒展眉头，笑了。晓缸真是变了，变得孝顺变得体贴变得善解人意了。

大柱子来了，走进病房好像移进来半截子大树。他将红梅叫到一旁从怀里掏出一只白色发泡饭盒递过来说，这是九千块钱。

怎么九千呢？红梅颇为不解。大柱子瓮声瓮声说，我妹妹已经把一千块钱利息扣啦。

红梅无可奈何地笑着，在借据上捺了手印儿，说借一万给九千这真是高利贷啊。

大柱子很不高兴，说这是你哭着喊着找我们借的，我不说情我妹妹还不愿意借你呢。

大柱子走了。红梅双手捧着装了九千块钱的白色发泡饭盒说，娘啊，一会儿我去交齐押金您就能动手术啦。

娘的脸上浮现出几丝久病不愈难得一见的欣慰，连声说好。

吕晓缸捧着一盒荔枝罐头跑回来了，说跑了好几家商店，还说在医院门口遇到了大柱子。红梅从丈夫手里接过荔枝罐头激动起来，说，娘您吃吧，这是晓缸给您买的，跑了好几家商店呢。娘说，我吃我吃，晓缸给我买的荔枝罐头我一定吃。

人家催咱们交押金呢。吕晓缸说着从床边拿起那只白色发泡饭盒说，我去交押金吧，交了押金咱娘就能动手术了。

红梅连忙从身上掏出一沓人民币递给丈夫压低声音说，大柱子扣了利息，添上这一千那才是一万呢。

吕晓缸窘迫地笑了笑，拿着一万块钱走出病房去交押金了。红梅打开罐头用小勺儿舀出一颗洁白如玉的荔枝送到母亲嘴里。娘含在嘴里极其满足地说，红梅啊晓缸怎么一下变得这么好呢。

一个钟头过去了，不见吕晓缸回来。红梅担心丈夫出事，跑到住院部收费处打听。收费员摇头说没人来交手术押金。红梅心里咯噔一下，说了声不好，转身撒腿向医院大门跑去。

吕晓缸，你这挨枪子儿的赌鬼，你拐了钱就跑，那可是我娘救命的钱啊！红梅绝望地蹲在医院大门口，号啕大哭。

一辆黑色轿车从医院大门里开出——许主任驾驶新款帕萨特疾驶而去。

你哭什么呀红梅？红梅听到有人这样说，伸手抹去眼泪看见两只肮脏的皮鞋。她缓缓抬头透过泪光看见面前站着一个男人——缺钙李。

七

思来想去，红梅要去电视台刊登寻人启事，寻找吕晓缸那混账东西，请他把一万块钱送回来。缺钙李笑了，说你丈夫要是能把钱送回来他就不是赌鬼了。红梅一听没指望了，泄了气。

缺钙李讪笑着，走了。红梅的心，一下成了一间空房子。

黄昏时分，爹来了。他老人家双手拎着十根手指头走进病房，外带一股酒气。女儿见了爹，心头一酸。爹板着面孔站在病床前，瞅了老伴一眼说，你怎么得了这种病呢。那口气包含着几分怨气。红梅娘理亏似的说，这不是前世作孽今世报嘛。

哼，前世作孽今世报。爹气哼哼说着，甩手就走。红梅追出病房问爹去哪里。爹头也不回地说，我去哪里，我走啊。红梅一时不敢把吕晓缸拐去一万块钱的事情告诉爹，只是叹气。

爹就这样来了，说了一句充满怨气的话，又这样走了。面对夫妻之间这种寒彻骨髓的冷酷，红梅无语凝噎，暗暗为娘抱委屈，这样活一辈子真不如死了呢。

红梅掏出电话卡站在楼道里给二头家里打电话。一听是她的声音二头嫂连忙说二头哥不在家，好像来了瘟神。红梅知道这都是借钱惹的祸，立即解释说不找二头哥，只想跟女儿说几句话。二头嫂这才解除防空警报，大声招唤小莓接电话。

一听女儿的声音红梅伸手抹了一把眼泪。她告诉小莓过几天妈妈就回家。小莓很懂事，说给姥姥治病要紧，又说想要洋娃娃。红梅答应说一定买一只最好的洋娃娃。小莓说别买最好的，太贵了。

一个身穿白大褂的男子围着红梅转悠。红梅跟女儿说了声再见，挂上电话回头一看，这男子原来是血头。

你没钱买洋娃娃吧，再去抽一管血就有钱啦。血头嘿嘿笑着。

你滚！红梅气得脸色泛白，转身快步走进病房。

病房里，一身洁白的汪护士长站在病床前跟娘说话，脸上永远挂着笑眯眯的表情。红梅遭受血头调戏气喘吁吁跑进来，满脸羞色。汪护士长朝她点点头，知趣地走了。

娘，她还是催您交押金吧？红梅小声问。脸色焦黄的娘躺在病床上疲惫不堪地叹了一口气，说，红梅我出院回家吧，回家养病多踏实啊，心里踏实病就减轻，喝十几剂汤药病兴许好了，偏方有时治大病呢。

您必须动手术。许主任说您的病不动手术不行。红梅非常坚决地告诉母亲，无论如何也要交齐押金给您动手术。

红梅去医院总务处领工钱。她忙里偷闲给医院门诊大厅擦玻璃，说好了一扇窗户五毛钱，一连几天总共擦了三十二扇大窗户，应当领取十六块钱。走进总务处她找到出纳员。出纳员翻了翻账本说已经领走了。红梅傻傻地望着出纳员说，我擦的玻璃怎么钱被别人领走啦？出纳员不酸不凉说，哼，你报案吧，一会儿警察就来破案，还不够一盒烟钱呢。

这一定是被清洁工头子冒领买烟抽了，红梅只得吃了哑巴亏。

为了一万块钱押金，一连两天红梅给大柱子打电话对方都关着手机，打到家里却没人接。我怎么光认识一个大柱子呢，要是还有二柱子三柱子四柱子五柱子多好啊。她着急了，知道再拖娘就没命了。吃了晚饭，她鼓起勇气去敲护士值班室的门。敲了一会儿汪护士长开了门，里面还坐着许主任。不知为什么红梅腾地红了脸，心里窘得很。

汪护士长回头对许主任说，没事儿，这是九床家属。九床？许主任起身询问病人情况。红梅说，病人吃了止疼药已经睡了，许主任您先给我娘动手术行吗？我保证一分钱也不会拖欠医院的。

许主任扭脸看着汪护士长，一脸困惑不解。汪护士长笑着说，好啦，你的要求许主任听到了，九床家属你先回去吧。

回到病房红梅继续寻思着，这么晚了许主任还不走，汪护士长表情特别紧张，好像有什么重要事情。看来无论大夫还是护士长，不交齐了押金手术就不得做。红梅愁肠欲断，绞尽脑汁思谋着出路。

关了灯拉来一只凳子，红梅趴在病床前哼哼着一首童谣，"一分钱憋倒英雄汉，胜过当年十万贯"，渐渐进入梦乡。病房里只住了娘一个病人，很静。红梅睡着了。

红梅半夜突然醒来，黑暗里扭脸看到身旁蹲着一个人，不由啊地叫了一声。那人呼地站起身，一下惊醒了红梅娘。那人哑着嗓音说，别喊别喊，我是李子春啊。

李子春？你吓死我啦缺钙李。红梅说着，一只手捂着胸口一只手去找灯绳儿。

别开灯，红梅。缺钙李一把拉住她的手，黑暗里使劲儿攥着。红梅被他拉到一旁，突然嗅到一股香水儿味道。你还洒了香水啊？她小声发问。缺钙李不答，猫腰从脚底一只帆布兜子里掏出一沓子东西。红梅的眼睛已经适应了病房里的黑暗，朦胧之间看出这是一沓子钞票。

一、二、三、四。缺钙李依次将四沓子钞票递到红梅手里，沉甸甸的。红梅啊这是四万块钱，你明天交齐两万元押金就给你娘动手术吧，你娘的病是无底洞，这四万块钱你要用在刀刃上啊。

你哪儿来这么多钱啊？红梅追问着。缺钙李说了声再见，起身离开病房。红梅双手颤抖着将这四万块钱塞到病床草垫子底下，连忙追了出去。

半夜医院静极了。她在楼道里追上缺钙李。你告诉我你到底从哪儿弄来这多钱。她推着他搡着他向着楼道尽处走去，她知道那里有几间空闲病房。

进了空闲病房红梅一下放松了，她知道这里说话安全，就催问着。

这是我的家底儿红梅，你什么时候有钱还给我就是了。缺钙李轻描淡写说着，声音却有几分颤抖。红梅听说这是他的家底儿，心情激动起来。这年头谁还肯把家底儿抖搂出来啊。于是愈发感激缺钙李。这时她又嗅到那股子香水味道，又问。

我是怕你嫌我臭，就往身上洒了香水。缺钙李忸忸怩怩说着，转过身去。

竟然被这个男人感动了。困难之际女人往往容易受到感动。尤其那香水感动了她，往日对缺钙李的厌恶，也一扫而光了。这四万块钱好似雪里送炭雨里送伞饥里送饼渴里送茶啊。爹是那么冷酷，吕晓缸是那么歹毒，二头是那么自私，这几个男人相比之下缺钙李的形象竟然高大起来，除了爱找女人套近乎他好像没有什么别的缺点。可男人不好色就不是男人啦。

352

她这样想着，心里一下接受了这个男人。她突然从后面拦腰抱住他，破天荒叫了一声李哥。这时她猛然发现他的身材并不矮小，好像一棵大树。他听到她叫自己李哥，猛然转身将她搂在怀里，呼的一下拥到了墙角，两人踩得脚下废纸乱响。

她被他紧紧搂在怀里，身子就软了。你为什么帮助我啊李哥？她听到他大声说，我特别喜欢你红梅！身子就酥了。

他使劲儿亲吻她。是啊，已经很久没有被男人亲吻了，她竟然被亲吻得丧失了知觉。这时他伸手扯开胸衣，使劲揉搓着。他呼呼喘着粗气好像驶来了一艘小火轮。

红梅觉得自己蒸发了——身体渐渐升腾起来，随风飘浮着。她飘浮在半空中，看见一个男人搂住一个女人的腰，从后面解开她裤子，站着便开始撞击。那女人张开双臂紧紧扑在墙上，那身形很像外国电影公墓里竖立的十字架。

事情就这样发生了。事情就这样过去了。红梅好像随风飘浮着，对她半夜发生在空闲病房里的情形，一派模糊而且将信将疑。

这真的做了那种事情？然而，她塞在病床草垫子底下的四万块钱却是真实的钞票，绝对人民币。

八

娘的手术是上午八点钟开始的，红梅独自坐在楼道里等待着，怀中揣着一只小兔子。一上午同时进行三台手术，手术室门外拥挤着十几个家属，两侧椅子也坐满了人。这时她听见有人小声说，和平医院的手术台对外出租，三台手术赶在一起比农村赶集还乱呢。

红梅闭目养神，她知道娘手术之后的四十八小时必须住进重症室"监护"，自己应当趁机养精蓄锐以逸待劳。

卖晨报的老头儿来了，低声吆喝着。红梅晓得人家省城里的人一大早就要看报纸的，地球人特别关心地球事儿，人们好像天天盼望出事儿，出了事儿报纸就有看头了，比《三国演义》还热闹。

坐在红梅身旁的一个小伙子抖动手里的报纸大声说，重金捉拿劫车杀人犯，公安局悬赏奖金五万元，还登出了举报热线电话呢。

睁开眼睛，红梅瞅见小伙子手里的报纸上登着一张照片，这显然是逃犯了。公安局掏出五万元捉拿逃犯，这一定是死罪啊。红梅继续闭目养神，心里并不惦记那笔五万元巨款。

临近十一点钟，那两台手术结束了，家属配合护士把病人送进重症室。手术室门外清静下来，只有红梅和一个表情木讷的老头子。红梅焦急地起身凑到手术室门前，扒开门缝儿窥视着。一个小护士推门走出，红梅向她打听娘的情况。小护士说估计还有半小时手术结束。

红梅坐下等着，心情放松几分。望着空空荡荡的椅子，她随手从身旁拿起一张别人遗弃的报纸，三心二意地看了起来。这是文艺副刊版，当头登着一篇题为"茉莉春"的文章，好像是闲人说闲话。红梅不爱看这种文章，手指头蘸着唾沫翻了过去。

小护士出来告诉，手术结束病人转入重症室。红梅起身跑进去，看见娘躺在担架车里，面色苍白处于昏迷之中。许主任走出手术室摘去薄胶手套正在洗脸，红梅急声询问母亲手术情况。许主任表情庄重说，晚期啦，脏器病变，周边组织严重糜烂，只能把即将完全堵塞的胆管疏通一下，手术肯定难以挽回了，姑息治疗吧。

红梅不懂什么叫姑息治疗，看来娘的病情非常严重就连手术也没用了。心事重重的她站在楼道里自言自语说，既然如此还给我娘动什么手术呢？这是瞎子点灯——白费蜡啊。

大夫明明知道手术没用为什么还给病人动手术？一动手术就赚钱呗。那位端坐一旁表情木讷的老头子突然大声说话，吓了红梅一跳。

卷了几张报纸回到病房，看到娘的病床空着，红梅心里祈祷，祝愿躺在重症室里的母亲顺顺当当度过四十八小时，告别"特护"平安回到病房。这时她感到疲倦了，侧身躺在娘的病床上，觉得被什么东西硌了一下。哦，伸手一摸原来是缺钙李留下的香水瓶子，说是第五大道牌的。他担心我嫌他臭便买了这瓶香水洒在自己身上，真有意思。不过想起那天半夜发生的事情她还是懵懵懂懂，第二天一早在水房里洗衣裳发现内裤被撕破而且秽迹斑斑，就哭了。她不知自己为什么哭，只知道从此改换了称呼——缺钙李变成了李哥。她从李哥留下的四万元中拿出两万交了手术押金，这样她前后总共交给了和平医院三万元，娘可以安心住院治病了。那剩余的两万元她跑到和平医院附近的储蓄所，立了存折还设了密码。她特意将六位数字的密码设为她和李子春半夜发生关系的日子：041109。

无论怎么说那也是一个重要日子啊。红梅躺在娘的病床上寻思着，昏昏沉沉又梦见自己缝补衣裳，一不小心针尖儿扎了手。她一下疼醒了，心里挺纳闷。我怎么又梦见给男人缝补衣裳呢，而且还是坐在那棵大树底下。不过这次缝补的衣裳是那件栗色夹克，好像拉链还坏了。翻身下床红梅从手提箱里找出那件来自"慈善台"的名牌上衣，看到拉链完好无损。红梅放心地笑了。唉，又是自己弄疼了自己。

拿起床边报纸看了一眼，她惊得叫了一声，双腿发软一屁股坐在地上。这张报纸上刊登的逃犯照片就是李哥啊。

李哥就是缺钙李，大名李子春。红梅挣扎着从地上爬起，趴在病床前面仔细端详着那张照片。没错，省城公安厅悬赏五万奖金追捕的劫车杀人嫌疑犯就是李哥。尤其左颊那颗黑痣清晰可见。看来李哥不好逃了。

心儿乱跳，她一时忘记躺在重症室的娘，跑出病房坐在医院锅炉房后面的煤堆旁，寻思起来。

李哥劫车杀人这是死罪啊。他一个穷光蛋给我送来四万块钱，这百分之百是赃款啊。他要是投案自首主动交出赃款，能免去死罪？十有八九不能，除非没把那人杀死。即使重伤也行啊，就怕那人死了。人死必须偿命。李哥啊李哥你可不能偿命啊，只要那人没死你就去自首，我把四万块钱赃款给警察送去，你的命就保住了。判你死刑缓期啊无期徒刑什么的，只要保住一条命，就成。留得青山在不怕没柴烧嘛。

寻思来寻思去，红梅拿定了主意，上天入地也要保住缺钙李一条性命。他年近四十还打着光棍呢。男人没结婚就去死，太亏了。

起身离开煤堆红梅快步走出医院大门，往大街上寻找 IC 电话亭去了。医院楼道里的 IC 电话，说话不方便。她跑到大街上，寻找着。

金水洗浴中心大门口立着一间 IC 电话亭。红梅快步走上前去，掏出电话卡。她的手颤抖起来，几次插卡不入，俨然半身不遂后遗症的模样。这时一个腆着将军肚儿的男人从洗浴中心走出，瞟了瞟红梅。红梅深深吸了一口气，插进了电话卡。

乡镇女子李红梅拯救缺钙李的行动方案非常具体：一、打电话询问公安机关逃犯是不是真的把人杀死了。二、如果没杀死，她就替逃犯自首而且主动交代四万元赃款。三、强烈要求宽大处理，因为逃犯把赃款交了手术押金，没挥霍，这属于救死扶伤性质。

终于拨通了报纸上刊登的那个举报电话。很快有人接电话，恰恰是女声。红梅语无伦次，反复询问那逃犯是不是真把人杀死了。

对方声音柔美就跟播音员似的，特别亲切。她告诉红梅不能详细介绍案情，只接受群众举报。红梅固执地询问着，很像一个智商不全的大孩子。对方笑了，问红梅是不是替别人打听案情，然后决定是否自首。红梅一时不知如何回答，语塞了。

你要是愿意聊天儿咱们就在电话里聊天儿吧。你要是愿意把名字告诉我，咱们就交个朋友。电话里对方愈发亲切了，仿佛红梅的前世姐姐。

红梅突然想起外国电视剧里的情节，好像叫过失杀人，过失杀人法官不判死罪。于是她向电话里的前世姐姐请教这个超越国界的法律问题。对方并不直接回答，反而笑着问红梅是从哪里来省城打工的，老板是不是按月发放工资。红梅慌了，连忙解释自己不是来省城打工的。对方说如果老板克扣工资，公安局愿意协助解决。红梅觉得越聊越离题万里，一泄气便挂了电话。

挂了电话，她小鹿儿似的朝着和平医院方向跑去了。几分钟之后一辆警车疾驶而来，吱的一声停在这间 IC 电话亭近前。

她浑身汗水湿透，跑到医院重症监护室门外，被小护士拦住。小护士说患者已经醒了，但家属不得入内。听说娘从麻醉里醒过来，红梅松了一口气，小锅炉似的坐在楼道里呼呼喘着粗气。

一中年男子腆着将军肚儿走到红梅身后，伸出一只大手轻轻拍着她肩膀说，喂，请你跟我走一趟吧。红梅回头一看他胖头硕耳的模样以为又来了血头，摇头拒绝着。

他扯了扯红梅袖口小声说了一句什么，她就跟他走了。

警车停在医院附近的一条小街里。红梅被带进警车里接受询问，首先是姓名年龄家庭住址什么的。她如实回答着，感觉晕晕乎乎的。

这时候，那将军肚儿男子的手机响了。他停止询问，嗯嗯着接电话。没说几句电话就结束了。将军肚儿男子极其失望地对警车里另外两名便衣警察说，犯罪嫌疑人十分钟之前在一家小旅馆落网了，他妈的这次又让二队抢了头功。

红梅嘤嘤哭了起来。

九

十天之后，红梅被释放了。一进拘留所她便主动交出两万元存折，还坦白了象征着二〇〇四年十一月九号的存款密码。审案人员问她为什么主动交出这两万块钱。红梅说为了给李子春减罪。审案人员说，如此看来你是知道李子春劫车杀人罪行的。红梅如实回答，说开始不知道，后来看了报纸便猜测这钱来路不正，跑去打了举报热线电话。其实她想劝解李子春投案自首，最后还是晚了。红梅大声告诉审案人员，别看李子春平常嬉皮笑脸，他心眼还是不错的。

红梅的交代跟缺钙李的口供完全吻合。劫车杀人犯李子春声称，如果不是红梅主动认账他是不会交代那笔钱的去处的，因为那样会害了红梅。既然红梅主动承认了，他就招供了。缺钙李说他送给红梅四万元钱她是毫不知情的，以为那是他的家底儿。

这样，红梅并不构成包庇销赃罪，取保候审了。

出了拘留所红梅跑到和平医院。楼道里遇到汪护士长，急忙打听娘的病情。汪护士长佩戴着崭新的胸卡，仍然笑眯眯表情。她告诉红梅八天之前公安局来医院查封了你母亲的住院押金账户，说这是赃款必须冻结给予追缴。这样，你母亲的住院押金不止为零而且一下成了负数，当日欠款三千八百七十四元二角九分。没钱，任何治疗都难以进行，我们只好停针停药停液。你父亲就接你母亲出院了。

一旦有了钱，我一定把三千八百七十四元二角九分还清的。红梅看了看汪护士长的胸卡，记牢了债权人的姓名，转身就走。汪护士长挺着胸脯大声说，你母亲出院时忘下一瓶香水儿，好像被清洁工放在女厕所窗台上了。

听说那瓶特殊香水的下落，红梅心头一热径直冲进女厕所，伸手从窗台上抓起那瓶"第五大道"。她快步离开的时候，听见汪护士长说那是一瓶假冒的名牌香水儿。

世界上的香水儿都是假的，只有这瓶儿是真的。红梅乘坐长途汽车回家，一路上这样念叨着，就跟尼姑念经似的。

走近娘家村子，红梅经过二头哥的果园，远远看见二头嫂领着小莓收集树枝儿。二头嫂裹着围巾，小莓却光着脑袋。红梅心头一痛。这大冷天让六岁孩子跟随下地干活儿，大人的心太硬了。红梅知道小莓见了妈妈一定大哭不止，便悄悄绕过果园，朝着娘家快步跑去。

娘病重卧床，看见女儿回来了立即挤出几块笑容堆在脸上，表示欢喜。红梅紧紧抓住娘干枯的手，问她想吃什么。娘听罢，思索着。爹站在一旁很不耐烦地说，你娘好几天不说话了，你一回来她一定张口呗。

果然，娘张了口。娘说，住在省城医院里吕晓缸问我想吃什么，我说荔枝，结果让他拐去了一万块钱，女婿狼心狗肺啊。你是亲闺女，你问我想吃什么，我说我什么都不想吃，我只想见你一面。今天见上面啦，我比吃了山珍海味还高兴呢。

红梅觉得娘太可怜了，下灶去煮小米粥。娘高兴极了，躺在被窝里哼起了当年童谣：叮叮当当，老虎箱箱，到家了吗？没——有。

爹凑过来小声打听缺钙李的案子，嘴里没有酒气。红梅告诉爹，缺钙李抢了一辆桑塔纳出租车，逃跑时他伸手一操，司机失足掉进河里淹死了。这就叫抢劫杀人罪。

我听说缺钙李把卖桑塔纳的钱给了你？爹问。红梅点了点头。爹突然大声说，他妈的缺钙李是好人！红梅啊你来世要给这种男人做媳妇，值啊。

爹没喝酒，说话入情入理掷地有声。爹要是喝了酒，说话就跟驴叫一样，不通人性。

凌晨两点四十分，娘撒手走了。红梅给娘梳了头剪了指甲，还擦拭了身体。娘的手术刀口至死也没愈合，仿佛留给来世的一个伏笔。娘回光返照之际哼唱的童谣依然在女儿耳畔回荡着，发出流水般悦耳的声响。她给娘穿好寿衣，突然想起那瓶香水儿，便拿来洒在娘的遗体四周。香气立即弥散开来，深深地嵌入人的肺腑。

二头跑来帮着办了丧事，然后溜了。大柱子登门讨债了，这位账主子沉着面孔站在红梅娘遗像前，活脱脱一个丧门神。大柱子说他妹妹被人家给甩了，没了依靠，如今全凭这积蓄活命。红梅叹了一口气说，你放心勿念吧，我就是去南方当小姐也一定连本带利把钱还给你。大柱子翻了翻眼皮说，你这年岁出去当小姐，只有两三年的挣钱光景啦。一过三十岁小姐变成老姐，谁玩你啊。

大柱子登门催债的第三天，吕晓缸现身了。他西服革履油头粉面，好像抗日战争时期的堕落文人。红梅爹喝得大醉不起，躺在柴火堆里呼呼大睡。吕晓缸因此躲过老丈人的一顿暴打。红梅气得脸色泛白浑身哆嗦，伸手指着娘的遗像说不出话来。

吕晓缸知道骗走了丈母娘治病救命的钱，自己罪孽深重死有余辜。他扑通一声跪在地上从西服上衣里掏出厚厚一沓钞票摆在岳母遗像前面大声说，红梅这是我还你的一万块钱！然后又掏出薄薄一沓钞票，说，红梅这是我付的一千块钱利息。

说罢，吕晓缸起身环视四周寻找着小莓。红梅低声说，你心里还有女儿啊。吕晓缸敞开西装上衣从里面掏出一卷儿人民币扔到妻子怀里说，这两万块钱供给小莓念到高中没问题吧？你开小卖店养活你自己。这辈子我可不欠你们的啦。

你从哪儿弄来这么多钱？吕晓缸你千万别学李子春啊。红梅警惕起来，将那一卷儿人民币掷还了吕晓缸。

丈夫啪啪拍着胸脯对妻子说，这钱可不是抢来的。你放心用吧，绝对没有毛病。说着，吕晓缸转身走了。

大柱子好像从天而降，伸手抓过去两万块钱随即揣在怀里说，红梅，你娘死了我也不讨利息了，这两万块钱我归本了。

那是小莓的钱啊。红梅只解释了一句就闭了口。欠债还钱，天经地义。她眼巴巴看着大柱子满意而去了。

给娘烧了"二七"纸钱，红梅拾掇东西的时候在手提箱里发现了那件栗色夹克。这可能是她省城之行的唯一纪念物了，心头酸酸的。她带着小莓离开娘家，去镇上打理自己的小卖店。她知道生活还将继续下去，日子长着呢。爹不知醉卧何方，一连三天没露面了。出了村子路过二头哥果园，看见二头嫂迎面走来。二头嫂当头就说，我听说吕晓缸发了财，身上揣着一沓沓钞票，就跟大老板似的。他逢人便讲花钱买护照去海外创业，不成为第二个李嘉诚他就不回来。

红梅迷惑不解，继而苦笑了。吕晓缸这个赌徒要是成了大富翁，羊

360

也会爬树啦。

到了镇上，人们聚在小卖店附近正在议论缺钙李被判处死刑的消息，说是上午电视里报道的新闻，缺钙李上诉了。红梅听罢耳畔轰的一声炸了，两脚好像踩了棉花。

他真的上诉啦？红梅拉住瘸刘媳妇问道。瘸刘媳妇惊异地说，红梅你怎么五官挪位呢，缺钙李又不是你爷儿们你着哪家子急呀。

红梅拉过小莓交给瘸刘媳妇，然后塞了五百块钱说，您帮我照看孩子吧，我过两天就回来。

说着，红梅拖着手提箱招手叫了一辆农用三轮车，说送我去县城长途汽车站。人群鸦雀无声，看着红梅爬上农用三轮车。瘸刘媳妇看着手里的五百块钱说，乱套了，红梅也发财啦？

一路颠簸，红梅坐在农用三轮车里自言自语。李哥是死罪啊，他用不着上诉，他上诉一定是想临死之前见我一面啊。

风尘仆仆进了省城，红梅以表妹身份请求监见，说你们政府不是提倡人道主义吗，枪毙那天总得让人家换一件儿衣裳吧。她的申辩竟然得到批准，第二天就监见了。

李子春的监押编号居然是1109！这令红梅大惊失色，世界上哪有这样的巧合啊，只能认为这是天意。十一月九号，这日子成了李哥的死亡号码。

监见之前例行检查。年轻的狱警打开那件栗色夹克，从衣领到衣兜儿，从衣兜儿到衣袖，捏了又捏，摸了又摸，终于从内侧小兜里翻出一张叠得工工整整的纸片儿，邮票般大小。狱警展开纸片儿看了看转手放在一只柜子里说，不许带进有文字的东西，柜存吧。红梅惊异地说，我真不知道衣裳里还藏着纸条儿呢。年轻的狱警笑着说，你的心情我们能够理解。

监见室并不像香港电视剧演的那样中间隔着一道大玻璃双方通过话筒对话。省城监狱的监见室中央摆着一张大桌子，使人想起乒乓球案子。红梅坐这一端，李子春走进来坐在那一端。她不由站起身来叫了一声李哥。李子春朝她笑了笑，一味地无言。

她把那件栗色夹克递给他，说你穿吧。李子春坐姿端正，平添了几分周正气象。红梅发现以前叫他"缺钙李"真是冤枉了人家。四十岁了他不缺钙，他缺女人疼。

一时竟然不知说什么。红梅忘情地注视着这个男人，终于小声说话了。李哥，以前都是你盯着我看，我躲着你目光。今天就让我盯着你看吧，你躲也躲不得。

是啊，我都进了监狱啦还能往哪儿躲啊。缺钙李表情平静谈吐从容。越来越近的死期居然将他塑造成为一个很有风度的男子。

你是不是为了给我凑钱才去劫车杀人啊？她目光一下炽烈起来，烫热了屋里的空气。缺钙李连连摇头小声说，红梅你这不是给自己找罪吗？胡说八道，我劫车杀人跟你有什么关系！

红梅把那件栗色夹克摆在桌上，说，当初我想把它给吕晓缸穿，他不配，现在我送给你穿，你配。

缺钙李笑了，说，红梅你知道是谁举报了我吗？我走出小旅馆买方便面，可巧遇见熟人，这小子抓住了发财机会，举报奖金五万呢。

狱警走进来大声说不要涉及案情。红梅惊诧地站起来，大声说，李哥你告诉我举报的那个人是谁呀！

谁暴富了就是谁啊。缺钙李也站了起来。红梅听见他脚镣哗啦响了一声，心疼极了。狱警上前拢着死囚肩头说，时间到了时间到了。

红梅扑上前去非要把那件栗色夹克塞到缺钙李怀里。狱警接过衣裳横身拦阻说，你们已经超时了，你们已经超时了。

缺钙李扭身注视着心爱的女人，那目光充满血色。红梅哭泣着说，李哥你告诉我你爱我吗？

缺钙李突然放声说，红梅，我爱你！我还想弄你一次！我还想弄你一次！

狱警大声警告说，不许说下流话！不许说下流话！

红梅怯怯地说，李哥这都什么时候你还不说人话啊。

缺钙李被狱警押走了。红梅听到他渐行渐远的喊叫，我说的就是人话啊，我说的就是人话啊。

敢情这就是人话啊？红梅坐在监见室里自言自语，回味着死囚说话的含义。他爱我，可他是粗人，难道粗人就是这样表达爱情？

取出手提箱以及那张小纸片儿，红梅木头人儿似的走出监狱大门，心里空空落落的。这就是永诀啊。一场永诀使她觉得李子春变成一个陌生男人。我不了解这个男人，就像我不了解自己丈夫一样。

想到吕晓缸，红梅反而冷静下来。"谁暴富了就是谁啊"。怪不得吕晓缸变得西服革履油头粉面呢，敢情是他举报了李子春，敢情五万奖金到手就发财了。她心里埋怨着缺钙李。李哥啊李哥，你杀人劫车经历了大江大河，怎么会在小阴沟里翻船呢？你被谁举报也不要被吕晓缸举报啊，你一条命被他卖了五万块，委屈死啦。

她没有立即离开省城，拖着手提箱找到那家小旅馆——长江旅社。办理住宿手续时她装得漫不经心打听劫车杀人犯在哪儿被捕的，能言善道的旅馆女服务员说333房间。她包了333的四张床位，住了进去。女服务员来送暖水瓶，补充说举报者是一男的，住在233房间。红梅说那男的举报之后发了财吧。女服务员羡慕地说，奖金五万元呢，我记得那男的姓吕。

晚间，她找出那张被狱警搜出的小纸片儿，凑到灯下仔细看着。哦，原来这是一封袖珍情书。

丽达：我当然懂得你的目光，我只是佯装不懂罢了。其实我也爱你。倘若我们相爱，那就等于站到悬崖上了。你懂吗，那是悬崖。因此我还能说什么呢，我只能默默地爱你，爱你到永远。X。

落款是"X"。红梅初中毕业学过英语和数学，她知道"X"可能表示姓氏字头，也可能代表未知数。人世间的未知数，真是太多了。

睡在333房间，夜里她做了梦。梦见自己坐在一棵大树底下，没有缝补衣裳。半夜醒来她无奈地笑了，没了针线没了衣裳也就没有针尖儿扎手，光剩下我一人坐在大树底下了。

一大早起床，收拾停当她环视着333房间，轻轻说，李哥啊我跟你合房啦。说罢拖着手提箱出了小旅馆行走在省城大街上。她进了一家大药房说买冬眠灵。售货员摆手，说那属于神经类限制药品不许随便出售。

她强硬地笑了笑，走进隔壁小邮局买了一只信封，把那张小纸片儿装进去，用胶水封口。走出小邮局进了一家玩具专卖店，给小莓买了一只洋娃娃。她抱着洋娃娃仿佛抱着小莓，站在路旁叫了一辆出租车，说去和平医院。

到了和平医院找到汪护士长递交欠款，三千八百七十四元二角九分。这位满脸微笑的护士长万万没有想到红梅居然不肯赖掉这笔完全可以赖掉的账目。还了账，红梅看了看汪护士长的胸卡说，我失眠十几天睡不着觉，您给我开一些安眠药好吗？汪护士长不假思索便给她开了舒乐安定。红梅说吃过了还是睡不着。汪护士长连连叹气说，给你开四粒速可眠吧，你不到万不得已不要服用，记住这药一次最多一粒，吃多了你可就醒不过来啦。

取了药，红梅心满意足地出了住院部朝着医院大门走去。她来到传达室借了一支圆珠笔在那只信封上写下"汪丽达护士长收"七个字，微笑着托付传达室老头儿转交。

她知道汪护士长的胸卡上写着"汪丽达"三个字。这名字多好听啊，男人们一定喜欢这样洋里洋气的名字。红梅断定，那一封隐藏在栗色夹克里多日不见阳光的袖珍情书正是"X"先生写给这位"丽达"护士长的。

她不知道自己为什么这样做，也不知道自己为什么乐于充当一个男人与一个女人之间的信使。这样做了，她感觉非常舒服。是啊，一个女人应当知道有一个男人爱她。比如汪丽达护士长就应当这样。

省城长途汽车站附近有一家装饰材料门市部。她进去买了一根尼龙绳，两米长，筷子粗。她把这一根尼龙绳盘成花环形状，小心翼翼装进手提箱里。它旁边睡着那只洋娃娃。她心里说，这花环要是套在谁的脖子上，一定很美丽的。

这时红梅猛然想起一个流传很广的段子："一个四岁小男孩儿非要亲吻一个三岁的小女孩儿，三岁的小女孩儿十分庄重地问道，你能爱我一辈子吗？四岁的小男孩儿对三岁的小女孩儿说，哇塞，你别开玩笑了，咱们都不是一岁两岁的小孩子啦。"

就连两个小孩子也被扯进成人世界，成了笑料。红梅觉得这笑料一点儿都不可笑，只能说明大人们变坏了。

就这样，她拖着手提箱排队去买回家的长途汽车票了。

图书在版编目（CIP）数据

美丽花环／肖克凡著. — 北京：中国文史出版社，
2020.3

（中国专业作家小说典藏文库·肖克凡卷）
ISBN 978 - 7 - 5205 - 1652 - 5

Ⅰ. ①美… Ⅱ. ①肖… Ⅲ. ①中篇小说 - 小说集 - 中
国 - 当代 Ⅳ. ①I247.5

中国版本图书馆 CIP 数据核字（2019）第 261547 号

责任编辑：蔡晓欧　薛未未

出版发行：**中国文史出版社**

社　　址：北京市海淀区西八里庄 69 号院　邮编：100142
电　　话：010 - 81136606　81136602　81136603（发行部）
传　　真：010 - 81136655
印　　装：北京东君印刷有限公司
经　　销：全国新华书店
开　　本：720 × 1020　1/16
印　　张：23.5　　　　字数：316 千字
版　　次：2020 年 3 月第 1 版
印　　次：2020 年 3 月第 1 次印刷
定　　价：69.80 元